BARRY LYGA

Im Namen meines Vaters

W0251301

Buch

Jazz, Howard und Connie kämpfen verzweifelt ums Überleben: Connie wurde von dem eiskalten Killer Billy Dent gefangen genommen und ist ihm schutzlos ausgeliefert. Zur gleichen Zeit ringt Howie im Krankenhaus von Lobo's Nod mit dem Tod, und Jazz ist schwer verletzt in einem Lagerraum eingesperrt. Durch eine Schussverletzung ist er stark geschwächt und kann sich nicht selbst befreien. Ist die Jagd auf seinen Vater damit endgültig gescheitert?

Jazz Dent ist verzweifelt, denn solange sein Vater auf freiem Fuß ist, wird ihn seine dunkle Familiengeschichte immer wieder einholen. Doch neben Billy Dent lauert noch eine viel größere Gefahr auf das Trio – der Krähenkönig.

Autor

Barry Lyga hat bereits mehrere in den USA gefeierte Jugendbücher geschrieben. Seit den Recherchen für seinen Debüt-Thriller *Ich soll nicht töten* weiß er beunruhigend gut über alle Methoden Bescheid, wie man eine Leiche verschwinden lassen kann. Der Autor lebt und arbeitet in New York City.

Von Barry Lyga bereits erschienen:

Ich soll nicht töten (38043)
Blut von meinem Blut (38140)

Barry Lyga

Im Namen meines Vaters

Thriller

Ins Deutsche übertragen
von Fred Kinzel

blanvalet

Die Originalausgabe erschien 2014 unter dem Titel
»Blood of my Blood« bei Little, Brown and Company, New York.

MIX
Papier aus verantwortungsvollen Quellen
FSC® C014496

Verlagsgruppe Random House FSC® N001967
Das FSC®-zertifizierte Papier *Holmen Book Cream*
für dieses Buch liefert Holmen Paper, Hallstavik, Schweden.

Besuchen Sie uns auch auf www.facebook.com/blanvalet und
www.twitter.com/BlanvaletVerlag.

1. Auflage
Deutsche Erstveröffentlichung Juli 2015
bei Blanvalet, einem Unternehmen der Verlagsgruppe
Random House GmbH, München
Copyright © der Originalausgabe 2014 by Barry Lyga
Copyright © der deutschsprachigen Ausgabe 2015 by Blanvalet
in der Verlagsgruppe Random House GmbH, München
This edition published by arrangement with Little, Brown and
Company, New York, New York, USA. All rights reserved.
Umschlaggestaltung: © Johannes Wiebel | punchdesign,
unter Verwendung eines Motivs von Shutterstock.com
Redaktion: Gerhard Seidl
BS · Herstellung: sam
Satz: Buch-Werkstatt GmbH, Bad Aibling
Druck und Einband: GGP Media GmbH, Pößneck
Printed in Germany
ISBN: 978-3-7341-0126-7

www.blanvalet.de

Für meine Eltern. Ironischerweise.

TEIL EINS
Die Steilwand hinauf

1

Jazz öffnete die Augen.

Connie öffnete die Augen.

Howie öffnete die Augen.

2

Jazz hatte geschwebt. In Träumen geschwebt. Aber die Träume waren in Wirklichkeit keine Träume, nicht gänzlich jedenfalls. Es waren durch einen Traumschleier gefilterte Erinnerungen.

Er hatte sich mit Connie in seinem Versteck gesehen. Er hatte zu ihr gesagt, wie glücklich es ihn machen würde zu wissen, dass seine Mutter Billy entkommen konnte und nicht von ihm getötet worden war.

Er hatte sich selbst am Grab seiner Mutter gesehen, wo er an Connies Seite um sie geweint hatte.

Und sie war nicht tot, wie er inzwischen wusste, er wusste es im Traum und wenn er wach war. Sie war nicht tot, sie lebte, und er hatte gesagt, es mache ihn glücklich, aber jetzt war er verletzt und wütend, und er war außerdem – verdammt noch mal! – gleichzeitig auch glücklich, weil sie lebte, denn das war großartig, doch warum, warum, warum … warum hatte sie ihn nicht …

Und das war genau der Moment, in dem er mit einem Ruck aufwachte, immer noch im Dunkeln, immer noch in Container 83F eingesperrt, wo es eng war und die Luft abgestanden; es roch nach Formaldehyd und Bleiche, mit einer immer deutlicheren Note von Blut und Schweiß. Nichts hatte sich geändert.

Nichts außer …

Er öffnete Hunds altertümliches Handy wieder, verbrauchte wertvolle Batterieladung. Es wurde hell im Container, als das Bild seiner Mutter auf dem Display aufleuchtete.

Das zumindest war kein Traum. Sie lebte. Sie lebte tatsächlich noch.

Noch.

Er fröstelte. Es war kalt in der Lagereinheit, aber er schauderte nicht deshalb.

Wen suchst du in New York, hatte er Billy gefragt, und Billy hatte mit dem Foto geantwortet.

Sie könnte inzwischen tot sein. Gefoltert. Sie könnte alles sein.

»LASST MICH HIER RAUS!«

Der Schrei zerriss ihm fast die Kehle. In der engen Echokammer von Einheit 83F dröhnte er in Jazz' Ohren. Sein Herz setzte einen Schlag aus beim Klang seiner eigenen Stimme, die so wund und verzweifelt klang. Er hatte nicht einmal gewusst, dass er schreien würde, bis die Worte aus seinem Mund kamen.

Nicht den Kopf verlieren, Jazz, nicht den Kopf verlieren. Bleib beherrscht.

Aber er konnte nicht anders. Sein Bein pochte jetzt mit einem anhaltend dumpfen Schmerz, und er stellte fest, dass er beweglich genug war, um an das Rolltor der Einheit zu gelangen, wo er immer weiter schrie und heulte und mit den Fäusten an das Metall schlug, bis es klebrig war von seinem Blut.

Er sank in der Dunkelheit zusammen. Seine Hände waren taub, aber er wusste, das würde nicht so bleiben. Der Schmerz würde ihn finden.

Der Schmerz fand ihn immer.

Schmerz bedeutet, dass du lebst. Schmerz ist gut. Schmerz ist Leben.

Es würde bald keine Rolle mehr spielen. Bald würde er tot sein. Sein behelfsmäßiger Verband würde die Blutung nicht ewig stillen. Und wenn er nicht verblutete, würde er an einer Infektion sterben. Oder verdursten.

Der Uhr auf dem Schirm von Hunds Telefon zufolge waren keine fünfzehn Minuten vergangen, seit er das Foto zum ersten Mal gesehen hatte. Fünfzehn Minuten, um in einen Dämmerzustand zu versinken und wieder daraus zu erwachen. Zeit verlor jede Bedeutung.

Seine Mutter sah ihn vom Display her an, unbemerkt eingefangen von Billys neugieriger, suchender Kamera.

»Mom«, sagte er, aber es klang falsch. Nach einem Moment wurde ihm klar, wieso. Er war noch so klein gewesen, als sie wegging. Sicher, manchmal hatte er sie Mom genannt, aber meistens …

»Mommy«, sagte er und würgte das Wort hervor, als hätte es sich in ihm verklemmt.

»Mommy«, sagte er wieder und weinte.

3

Es war kein Traum. Das war wirklich Billy Dent, der vor ihr stand.

Connie schüttelte sich, um klarer im Kopf zu werden, aber das führte nur dazu, dass aus einem leichten Pulsieren an ihrer Schädelbasis ein pochender Kopfschmerz wurde, den sie nicht ignorieren konnte. Sie stöhnte auf, und Billy lächelte.

»Einfach immer weiteratmen«, riet er. »Ich habe dir nur eine schwache Dosis verabreicht. Du müsstest im Handumdrehen wieder klar im Kopf sein.«

Connie gehorchte, der Kopfschmerz jedoch nicht – er hämmerte immer weiter, ein Männchen mit riesigen Betonstiefeln, das in ihrem Gehirn herumtrampelte.

O Gott, Connie, hör auf, dir wegen deiner Kopfschmerzen Sorgen zu machen.

Sie war an einen Stuhl gefesselt, wie sie feststellte, als sie versuchte, eine Hand an den Kopf zu heben. Sie spannte die Muskeln an Armen, Beinen, Rücken. Der Stuhl war niederschmetternd stabil, die Seile sicher verknotet. Billy war kein Amateur.

Der Raum war genau so, wie sie es sich nach dem heruntergekommenen Äußeren des Gebäudes gedacht hatte – Flecken von Schimmel und Wasser an den Wänden, der Boden schmutzig und entstellt durch Substanzen, von denen sie lieber nicht wissen wollte, was es war. Dann war da natürlich Billy, genau vor ihr, aber links von sich konnte sie so gerade noch einen Tisch ausmachen, auf dem zwei

Handys lagen: ihr eigenes iPhone und ein billiges Ding zum Aufklappen.

Billy sah anders aus als auf den Fotos, die sie im Lauf der Jahre von ihm gesehen hatte. Er trug absurde Koteletten und ein Ziegenbärtchen, das so geschnitten war, dass es sein Gesicht länger wirken ließ. Sein Haar war graubraun, nicht schmutzig blond. Es war das Gesicht, das sie gesehen hatte, als die Wohnungstür aufging, und sie hatte ihn nicht an seinen Zügen, sondern an dem *Ausdruck* darin erkannt, an dieser bösartigen Freude und an der Stimme.

Ihr Magen hob und senkte sich, dann hob er sich wieder.

»Ich muss mich übergeben«, flüsterte sie.

Billy zuckte mit den Achseln. »Ich werde dich nicht davon abhalten.«

Sie überlegte, ob sie mit ihrer Kotze auf seine Schuhe zielen konnte. Wie sah wohl die Strafe dafür aus, dem berüchtigtsten Serienmörder der Welt auf die Füße zu kotzen?

Es gelang ihr, ihren Magen unter Kontrolle zu halten.

»Es heißt *Darkene*«, sagte Billy plötzlich. Er hatte sich einen Stuhl herangezogen und setzte sich weniger als einen Meter vor Connie.

»Was heißt Darkene?«, fragte sie. Sie erinnerte sich plötzlich klar und deutlich an Jazz' Versuch, ihr einen Vortrag zu halten, wie man Serienmörder überlebt. Sie hatte das meiste schon verpfuscht, aber »lass sie reden« war noch auf der Liste. Wenn sie dafür sorgte, dass Billy immer weiterredete, würde vielleicht jemand …

»Das Zeug, das ich dir gespritzt habe«, sagte Billy.

Connie konnte sich nicht erinnern, dass ihr etwas gespritzt worden war. Das Letzte, woran sie sich erinnerte, war, wie die Tür zu der Wohnung aufging. Wie Billy vor ihr stand. Wie sie ihn trotz seines veränderten Aussehens sofort erkannte. Dieses Gesäusel …

»Na, sieh mal an. Wenn das nicht das süßeste Stück Schokolade ist, das ich je gesehen habe.«

»Eine Art europäische Version von Rohypnol«, fuhr Billy fort. »Sie sind hergegangen und haben es in eine Alkohollösung gegeben, damit man es injizieren kann, verstehst du? Hab ich im Internet herausgefunden. Ist dieses Internet nicht wunderbar? Man kann alles über jeden herausfinden. Fantastisch. Erleichtert mir die Arbeit sehr. Himmel, damals als ich anfing, konnte man sich nicht einfach per Knopfdruck alles besorgen, was man brauchte. War eine elende Rennerei, damals. Mehr Gelegenheiten, nachlässig zu werden. Um nichts in der Welt würde ich zu den alten Zeiten zurückwollen, Süße.«

Bei der Erwähnung von Rohypnol hob sich Connies Magen wieder, und sie hatte Mühe, nicht zu erbrechen. Die Vergewaltigungsdroge. Sie ...

»Na, na, Schätzchen«, sagte Billy beruhigend. »Du wirst doch nicht unfreundliche Gedanken in Bezug auf den guten alten Billy hegen, oder?« Er lachte. »Es steht dir förmlich ins Gesicht geschrieben. Du denkst ›K.-o.-Tropfen‹, und du weißt, dass ich gewisse ... sagen wir *Vorlieben* habe, nicht? Ich will dich nicht anlügen, ich bin dafür bekannt, dass ich mit gewissen Damen ›nicht einvernehmliche Beziehungen‹ eingegangen bin, wie es der Gefängnispsychiater nannte. Und ich sage dir, Connie – wenn eine einzige dieser Frauen ein echter Mensch gewesen wäre oder auch nur die geringste Rolle gespielt hätte, könnte es sein, dass ich es sogar bedauern würde. Aber das waren sie nicht, und deshalb bedauere ich nichts.« Er räusperte sich und beugte sich vor. »Aber jetzt denk mal angestrengt nach, du hast deine Unterhosen noch an, und ich hab dir auch sonst keinen Fetzen Kleidung ausgezogen. Ich habe nichts Unanständiges mit dir gemacht. Nicht mit dem Mädchen meines Jungen.«

Außer mich zu betäuben und an einen Stuhl zu fesseln, hätte sie gern gesagt.

Hätte sie gern. Durfte sie aber nicht sagen und würde sie nicht sagen. Sie war zwanzig Zentimeter vom Mund eines Mannes entfernt, der einer Frau die Kehle mit den Zähnen herausgerissen hatte. Der einem Opfer die Brustwarzen abgeschnitten und sie mit denen eines anderen Opfers vertauscht hatte. Zwanzig Zentimeter von dem Ungeheuer entfernt, das in Menschengestalt vergewaltigend, folternd und mordend über die Erde streifte.

Sie betrat Melissa Hoovers Haus, Jazz ging vor ihr, Howie hinter ihr. Billy war dort gewesen, so viel hatte ihnen G. William am Telefon verraten. Und dann blickte Jazz in einen Raum, fuhr herum und stieß sie und Howie zurück, stieß sie mit unnötig viel Gewalt, als interessierte es ihn nicht, dass Connie seine Freundin war und Howie Bluter.

»Ihr dürft das nicht sehen«, sagte er. »Sonst werdet ihr für den Rest eures Lebens Albträume haben.«

Er hatte Connie nie erzählt, *was* genau Billy Dent der armen Melissa Hoover angetan hatte. Aber Connie und Howie hatten draußen gewartet, während Jazz mit G. William und den Polizisten den Tatort inspizierte. Sie hatte einen Polizisten herauskommen und sich am Haus abstützen sehen, ehe er sich über einen Rosmarinstrauch beugte, als wollte er sich zwingen zu kotzen. Es war nichts herausgekommen. Sie hatte den Gerichtsmediziner mit grimmiger Miene hineingehen und grau im Gesicht und kopfschüttelnd wieder herauskommen sehen.

Billy Dent tötete nicht einfach. Er vergewaltigte nicht einfach. Er richtete sie zugrunde. Er *zerstörte* seine Opfer.

Sie war zu Tode verängstigt, wie ihr plötzlich erschreckend deutlich klar wurde.

Das war jetzt nicht die Zeit für freche Antworten. Nicht

die Zeit zu beweisen, wie stark sie war. Es war die Zeit, zu tun oder zu sagen, was immer sie musste, um das hier zu überleben.

»Es tut mir leid, dass ich an Ihnen gezweifelt habe«, flüsterte sie.

Billy lachte dröhnend und schlug sich auf den Schenkel. »Schwarze Mädchen!«, heulte er. »Gott, wie ich sie liebe. Wo bleibt das freche Mundwerk, Kleine? Das hochgereckte Kinn und das großspurige Auftreten? Du enttäuschst mich. Ich sehe im Fernsehen immer, wie tough ihr angeblich alle seid, aber hier? Jetzt? Du beeindruckst mich nicht. Du machst der afroamerikanischen Spezies keine Ehre, wenn ich das so sagen darf. Eher ein unbedeutendes farbiges Mädchen, geduckt wie eine Sklavin, verstehst du.«

Er stand auf, eine Hand am Rücken, und als die Hand in Sicht kam, hielt er ein großes, bösartiges Messer in ihr.

»Du glaubst, du bist gut genug für meinen Jungen, Conscience Hall? Du glaubst, du hast alles, was nötig ist, um mit ihm zusammen zu sein? Ganz recht – ich weiß alles über dich und ihn. Als ich es das erste Mal hörte, dachte ich, na, verdammt, da hat sich Jasper aber was Komisches ausgesucht. Und ich habe gelacht.«

Alle Muskeln Connies waren angespannt. Sie konnte nicht aufhören, mit ihren Blicken dem Messer zu folgen, mit dem er vor ihr herumfuchtelte. Und sie konnte nicht verhindern, dass sie hörte, was er sagte.

»Nicht weil du schwarz bist, sei bloß nicht so empfindlich. Das ist nämlich ein echtes Problem mit eurer Rasse. Und ich sage das nicht aus einem Gefühl rassischer Überlegenheit heraus, verstehst du. Ich bin nur ehrlich zu dir. Ich versuche, dir zu helfen.«

Er hielt inne, und Connie begriff zu ihrem Entsetzen, dass er eine Antwort erwartete.

»Ja«, brachte sie heraus. »Danke, Mr. Dent.«

»›Mr. Dent‹?« Billy schnalzte mit der Zunge. »Verdammt noch mal, Kind, du gehörst praktisch zur Familie, nachdem du die Beine für meinen Sohn breitmachst.« Er seufzte schwer. »Es wird meine arme Mom umbringen, wenn du und Jasper im Hafen der Ehe landet, Connie. Das muss ich dir schon sagen. Sie ist nicht so fortschrittlich gesinnt wie ich. Verstehst du, was ich meine?«

»Ja, Mr. … Ja.«

»Nenn mich Billy, Schätzchen.« Er neigte den Kopf wie ein verwirrter Welpe und grinste. Das Messer tanzte langsam vor Connies Augen hin und her und reflektierte das Licht von der Lampe an der Decke.

»Ja, Billy, ich verstehe.«

Billy nickte zufrieden. »Gut. Gut.« Er begann jetzt, hin und her zu gehen, und fuchtelte dabei weiter mit dem Messer herum.

Und Connies Angst hatte so weit nachgelassen, dass sie nach einem Ausweg zu suchen anfing … um allerdings zu erkennen, dass es keinen gab. Sie könnte natürlich schreien, aber sie hatte es hier mit Billy Dent zu tun – er würde ihr die Kehle durchschneiden, bevor die erste Silbe über ihre Lippen gekommen war.

»Man muss ja aufpassen heutzutage. Wenn man irgendwas wie Mohrenkopf oder Negerkuss sagt, regen sich die Leute auf. Es ist nicht *politisch korrekt,* so etwas zu sagen! Unsensibel! Wenn ich so etwas sagen würde, würden mich die Leute vielleicht wirklich hassen. Nicht nur Schwarze. Auch eine Menge Weiße regen sich darüber auf. Aber soll ich dir was sagen? Ich verrate dir ein Geheimnis, Connie. Ich verrate dir ein Geheimnis, wenn du mir auch eins verrätst. Abgemacht?«

Was blieb ihr übrig? Connie nickte.

»Bimbo!«, rief Billy. »Äh … Bingo, meinte ich natürlich.«

Er heulte vor Lachen und wischte sich die Tränen aus den Augen, vollkommen hingerissen von seinem eigenen idiotischen, rassistischen Humor. Doch dann hörte er auf zu lachen und setzte sich wieder ihr gegenüber, ein bösartiges Funkeln in den Augen.

Connie biss sich auf die Unterlippe. Sie hatte den schlimmsten Fehler gemacht, den sie wahrscheinlich bei ihm machen konnte. Sie hatte gedacht, dass er idiotische, rassistische Witze riss. Aber nichts, was Billy Dent tat, war idiotisch. Nichts geschah ohne Berechnung oder aus Zufall.

Er versucht, in deinen Kopf zu gelangen, hörte sie jemanden sagen und stellte leicht überrascht fest, dass es Jazz' Stimme war. Das war neu.

Wenn er es schafft, in deinen Kopf zu kommen, ist alles vorbei, fuhr Jazz fort. *Wenn er in deinen Kopf kommt, bist du tot.*

Billy neigte den Kopf wieder. »Du überlegst, nicht wahr? Weit hinten in deinem Köpfchen überlegst du. Du denkst, wenn es dir gelingt, mich immer weiter reden zu lassen, kommt vielleicht jemand und rettet dich.« Er schlug sich dazu geistesabwesend mit dem scharfen, tödlichen Messer leicht ans Kinn, direkt unter seinem Mund. Als würde er es ständig tun, weil es ihm half, sich zu konzentrieren.

Connie zog zischend die Luft ein bei dem Anblick. Der Gedanke, wie nah ihr diese Klinge war, die Vorstellung, von ihr berührt zu werden …

Er hielt das Messer so beiläufig, als wäre es nichts weiter als eine Verlängerung seiner Hand.

Benutzt er spezielle Messer, überlegte Connie. *Oder tut es jedes beliebige?*

Er blinzelte ihr zu, und in diesem Moment wusste sie, dass ihr Schicksal besiegelt war. Billy war in ihrem Kopf. Er spielte zwei Spiele gleichzeitig, er redete mit ihr, während er sie gleichzeitig ausforschte. Vielleicht um herauszufinden, was sie am meisten zum Schreien brachte. Oder am besten. Wahrscheinlich hatte er eine Skala für Schreie. Und er wusste, wie er ein Opfer von eins bis zehn führte, kein Problem.

»Also, hier ist mein Geheimnis«, sagte er. »Zwischen mir und euch ›Leuten‹, die ihr da draußen herumrennt, ist gar kein so großer Unterschied, Connie. Überhaupt kein großer Unterschied, ehrlich. Weißt du, woher ich das weiß?«

Sie schüttelte den Kopf.

»Ich werde es dir sagen. Ich habe ... nun, ich habe ein Experiment durchgeführt, könnte man sagen. Ich bin ja für eine ganze Menge Tode verantwortlich. Die meisten davon Frauen, ich nehme an, das weißt du.« Er strich sich mit der freien Hand übers Kinn. »Viele Leute behaupten, ich hätte, na ja, Probleme mit Frauen. Ganze Expertenscharen denken, sie könnten den guten alten Billy verstehen. Aber verdammt noch mal, Connie. Verdammt! Sie kennen mich nicht! Glaubst du, dass sie mich kennen?«

Sie schüttelte wieder den Kopf. Billy Dent recht zu geben, war grotesk einfach geworden.

»Ich liebe Frauen, Connie. Wirklich. Ich liebe zum Beispiel meine Mom. Das ist nur eine. Aber das Problem dabei ist, dass es nicht viele echte Frauen auf der Welt gibt. Oh, ich weiß, du möchtest gern glauben, dass es sie gibt. Du spazierst gern den ganzen Tag herum und schaust. Du siehst diese Dinger, Connie. Diese Geschöpfe, diese Puppen. Hübsche Dinger, manchmal. Sie haben langes Haar und einen Busen, und sie haben schöne Beine mit einer netten Muschi dazwischen, aber sie sind nicht *echt*, verstehst du?«

»VERSTEHST DU!«, schrie er plötzlich.

»Ja!« Sie schluchzte auf. »Ja, ich verstehe Sie!«

»ICH GLAUBE DIR NICHT!« Er hielt ihr das Messer vor die Augen, die tödliche Spitze starrte sie an, reglos, er hielt es so unglaublich still, dass es sich auch nicht weniger bewegt hätte, wenn Billy eine Statue gewesen wäre.

»Ich glaube Ihnen«, japste sie. »Wirklich! Ich schwöre es, Billy. Ich schwöre es!«

Er lachte und wechselte schneller, als sie blinzeln konnte, von Empörung zu Gelassenheit. Das Messer wurde zurückgezogen.

»Du hast es kapiert. Ich fange zu glauben an, dass du vielleicht echt bist, Connie. Vielleicht hat dich mein Junge deshalb noch nicht aufgeschlitzt. Könnte sein.«

Wenn ich echt bin, tötet er mich dann? Lässt er mich gehen? Oder spielt es vielleicht gar keine Rolle, weil ich schwarz bin?

»Jedenfalls habe ich es ausprobiert. Mein kleines Experiment. Wissenschaftliche Vorgehensweise, Connie. Verstehst du, die Nachrichtentypen haben weiß Gott liebend gern darüber gequatscht, was ich getan habe, wem ich es angetan habe und warum. Und ich will dich nicht anlügen, mein Hochmut kam ohne Frage vor meinem Fall, denn ich war verdammt noch mal ziemlich fasziniert von dem, was sie zu sagen hatten. Habe jeden Artikel gelesen, den ich in die Finger bekam.« Er blinzelte verschwörerisch. »Ich hab mir sogar für eine Weile so ein – wie sagt man – Google Alert eingerichtet, damit ich nichts verpasse. Und hier kommt jetzt mein Experiment ins Spiel. Hier ist das Geheimnis, Connie: Ich habe absichtlich ein paar reizlose Mädchen getötet. Nicht viele. Ich bin schließlich ein Mann, und ich habe meinen Geschmack, und ich bin keiner, der sich verleugnet. Aber ich habe ein paar Mädchen ausgesucht, die wirklich nicht viel hermachten, und ich habe sie genauso umgebracht wie die anderen, und weißt du was?«

Sie zuckte mit den Achseln. Es kam ihr unpassend und provokativ vor, deshalb schob sie rasch hinterher: »Nein. Was?«

»Ich sage dir, was: Die Medien haben weniger über sie berichtet als über die anderen. Weniger Bilder. Weniger Text. Weniger Einzelheiten. Und weißt du, warum?«

Er wartete nicht auf eine Antwort. Er beugte sich noch näher zu ihr als zuvor, bis sein Mund direkt an ihrem Ohr war, er hätte es abbeißen können, oder ihr einfach das Gehirn heraussaugen, denn er war Billy Dent, und vielleicht konnte er es tatsächlich.

»Weil«, flüsterte er, und sein Atem war unangebracht warm und weich in ihrem Ohr, »weil sie selbst gern die Hübschen umbringen würden, genau wie ich. Sie leben durch mich, Connie. Sie wollen haben, was ich habe. Was ich bekomme. Was ich mir nehme. Aber sie haben nicht den Mumm dazu. Für das Blut und die Leichen, für die Vergewaltigungen und alles andere. Deshalb berichten sie nur darüber. Sie erzählen die Einzelheiten. Und die ganze Zeit wünschen sie, sie wären es gewesen. Die sie auf den Boden niederdrücken. Ihnen die Kleider vom Körper schneiden. Und alles andere tun. Sie alle wollen es, Connie«, sagte er und wich grinsend wieder von ihr zurück. »Nettes Geheimnis, oder?«

In diesem Moment fiel ihr die Unterhaltung am Telefon wieder ein. Mit der vom Computer verfälschten Stimme, die gesagt hatte, es würde keine Fernsehberichterstattung rund um die Uhr geben, wenn Connie starb.

Was, wenn es einfach zutrifft, dass dein Leben wirklich weniger wert ist als das eines weißen Mädchens?, war sie gefragt worden.

»Wie Sie schon am Telefon zu mir sagten«, entfuhr es ihr, ehe sie sich daran hindern konnte. »Manche Menschen sind weniger wert als andere.« *Für dich*, fügte sie im Geiste hinzu, hatte aber nicht den Mut, es auszusprechen.

Billy schürzte die Lippen. »Ich weiß nicht, wer was am Telefon zu dir gesagt hat. Mit mir hast du nicht gesprochen.«

Du wirst so oder so sterben, Connie. Dann kannst du ge-

nauso gut noch deine Neugier befriedigen. »Dann haben Sie also einen Partner?«

»Einen Partner?«

»Wie den Impressionisten. Oder den Hut-und-Hund-Killer.«

»Diese Blödmänner?«, sagte Billy erbost. »Machst du dich über mich lustig, Kind? Die drei hatten zusammen keinen vollständigen Satz Eier. Nützliche Idioten waren sie, weiter nichts. Werkzeuge wie ein Schraubenschlüssel oder ...« Er hielt überrascht und erfreut das Messer in die Höhe, als hätte er vergessen, dass es da war. »Oder ein Messer!«

Die drei?, dachte Connie.

»Aber jetzt bist du dran«, sagte Billy. »Du musst mir ein Geheimnis verraten.«

Connie öffnete die Lippen, aber es kam kein Laut heraus. Sie war unfähig, die Zunge zu bewegen, die trocken, schwer und nutzlos in ihrem Mund lag. Sie konnte sich plötzlich kein einziges Geheimnis vorstellen. Gar nichts. Nichts, was Billy Dent interessieren würde.

Es spielt sowieso keine Rolle. Er wird dich töten, egal, was du sagst.

»Hast du deine Zunge verschluckt?«, fragte Billy.

»Ich habe keine Geheimnisse«, brachte sie schließlich heraus. »Tut mir leid.«

»Jeder hat Geheimnisse, Schätzchen. Jeder. Und wir beide haben uns doch eben erst kennengelernt. Wir unterhalten uns zum ersten Mal. Du hast eine Menge Geheimnisse vor mir.«

»Sie wissen, wer ich bin«, sagte sie. »Sie wissen alles über mich.«

»Aus zweiter Hand«, sagte Billy und rümpfte bei dem bloßen Gedanken die Nase. Er wedelte ihn wie einen Gestank aus der Luft. »Andere Leute, die mir erzählen, was sie gesehen haben. Ich will *dich* kennenlernen, Connie. Und ich will es von *dir* wissen.« Diesmal tippte er sich mit dem Messer an die Zähne, und für einen kurzen, glorreichen Augenblick stellte sich Connie vor, wie sie sich mit ihrem ganzen Gewicht auf ihn warf und das Messer über diese Zähne nach oben glitt, seine Oberlippe und die Nase aufschlitzte und durch die Nebenhöhle in sein Gehirn eindrang ...

Aber dann war der Moment vorbei, ehe sie es zu Ende gedacht hatte.

»Erzähl mir von meinem Jungen«, sagte Billy. »Von eurem ersten Mal.«

»Vom ersten Mal?«, fragte sie benommen. Sie kam sich vor wie ein Idiot. Welches *erste Mal* meinte er?

Billy lächelte, und Connie entspannte sich für eine Sekunde, ehe ihr bewusst wurde, dass Billys Lächeln ein Werkzeug seines heruntergekommenen Menschseins war, ein Mittel, um seine Beute in Sicherheit zu wiegen.

»Spiel nicht mit mir, Kleine. Ich habe dich bis jetzt human behandelt, aber das kann sich sehr schnell ändern. Dein erstes Mal. Mit Jasper. Erzähl mir, wie es war.«

»Wir haben es noch nicht getan!«, platzte Connie heraus. »Bis jetzt.«

Billys Miene und Haltung änderten sich kein bisschen. Aber Connie wusste augenblicklich, dass sie das Falsche gesagt hatte.

»Ich ...«, fing sie an, aber Billy brachte sie mit einem Blick zum Schweigen.

Er hob das Messer vor seine Augen, dann drehte er es langsam, bis er es aus jedem Winkel gesehen hatte. »Is this a dagger which I see before me«, rezitierte er Macbeth mit einem überraschend korrekten britischen Akzent.

Connie blinzelte, sie wusste nicht, was sie darauf sagen oder tun sollte, und dann schoss Billy vor, und die Klinge war an ihrem Augenwinkel. Sie zuckte reflexartig zurück, aber Billy klatschte ihr die freie Hand seitlich an den Kopf und zwang sie, direkt in die Klinge zu sehen.

»Ist das der gottverdammte Dolch?«, sagte Billy in seinem üblichen Südstaatenslang. »Bin ich nicht mehr ganz dicht, oder ist das ein Messer, was ich da in der Hand habe?«

Connie wimmerte.

»Antworte!«, schrie Billy, und seine Spucke landete auf ihrer Wange.

»Es ist ein Messer!«, wimmerte sie. »Sie haben das Messer!«

»Und glaubst du, dass ich dich aufschlitzen und ausnehmen werde, wenn du mich anlügst? Glaubst du es?«

»Ich weiß, dass Sie es tun«, schrie sie. »Aber ich sage die Wahrheit.«

»Ich will es wissen«, brüllte Billy. »Erzähl mir vom ersten Mal mit meinem Jungen! Erzähl es mir, oder ich schneide dich in kleine Stücke und lasse dich zusehen, wie du stirbst.«

»Wir haben noch nicht …«, stieß Connie flehend aus. »Wir haben noch nicht miteinander geschlafen. Ich schwöre es bei Gott!«

Billy brauste noch mehr auf. Er stieß ein wütendes Bellen aus, ließ die freie Hand an ihren Hinterkopf gleiten, packte eine Handvoll ihrer Zöpfchen und riss ihr den Kopf in den Nacken. Dann setzte er sich rittlings auf ihre Knie, führte das Messer an ihre nackte, verletzliche Kehle und drückte die Klinge an ihre Haut.

Sie fühlte Druck, aber keinen Schmerz.

Noch nicht.

»Bei Gott? Du schwörst bei Gott? Glaubst du, Gott hat es interessiert, als ich dieses dumme, verrückte Mädchen an die Decke dieser Kirche in Pennsylvania genagelt habe? Glaubst du, Gott hat aufgepasst, als ich mein Messer in sie gleiten ließ und alle ihre finsteren und blutigen Geheimnisse fand? Denkst du, Gott hat sich einen Deut darum geschert, als ich ihr die Augäpfel aus den Höhlen drückte und an die streunenden Köter in der Gasse verfütterte? Glaubst du das? Hm?« Er leckte sich über die Lippen. »Wenn du also auf etwas schwörst, meine Kleine, wenn du Dear Old Dad zu überzeugen versuchst, dann schwör lieber auf etwas, das zählt.«

Connie schluckte. Was trocken gewesen war, wurde nun feucht. Sie konnte nicht anders. Sie schluckte noch einmal. Diesmal wurde das Blut von Schmerz begleitet.

»Ich schwöre bei Ihnen!«, flüsterte sie und versuchte, ihre Kehle beim Sprechen möglichst wenig zu bewegen. Sie war jetzt wund dort und offen und sich in aller Deutlichkeit bewusst, wie dünn die Haut zwischen der Messerklinge und ihrer Luftröhre war, zwischen der Klinge und der Halsschlagader. »Ich schwöre es, Billy!« Tränen liefen ihr über die Wangen, über den Kiefer und mischten sich mit dem Blut.

Tränen. Ihr ganzes Leben lang hatten Tränen irgendetwas bewirkt. Tränen brachten das Gespräch zum Erliegen. Tränen gaben Anlass zu einer Entschuldigung. Manchmal verärgerten Tränen die andere Person nur, und er oder sie stapfte aus dem Raum.

Dass sie gar nichts bewirkten, war neu.

»Das soll ich dir glauben?«, fragte er. »Ein hübsches Mädchen wie du? Ein Charmeur wie mein Jasper? Ich soll glauben, dass ihr warten könnt? Der Junge könnte dich im Handumdrehen herumkriegen, und am Ende würdest du denken, es war die ganze Zeit deine Idee.«

Es liegt nicht an mir, es liegt an ihm, hätte sie gern gesagt. Aber würde er das glauben? Konnte Billy Dent die Wahrheit glauben?

Billy fing an, mit dem Messer hin und her zu sägen, zärtlich beinahe.

Connie spürte, wie ihre Haut aufplatzte. »Bitte«, sagte sie.

Sie wollte es nicht sagen. Sie kämpfte mit sich, befahl sich, den Mund zu halten, aber ohne Erfolg.

Connie wollte nicht um ihr Leben betteln. Sie wollte es nicht. Aber sie würde es tun. Sie wusste es. Sie spürte es ihre Kehle heraufkriechen wie etwas, das noch nicht ganz tot gewesen war, als sie es gegessen hatte. Sie würde wimmern. Und weinen. Sie würde Rotz und Wasser heulen. Und es würde sinnlos sein, denn das waren Dinge, die man tat, um an jemandes Mitleid zu appellieren, aber Billy Dent kannte kein Mitleid. Er war ohne Mitleid zur Welt gekommen, so wie andere Leute mit angewachsenen Ohrläppchen zur Welt kamen oder ohne die Fähigkeit, die Zunge einzurollen. Ihre Tränen und ihr Flehen würden nichts bei ihm bewirken, und sie wusste es, aber sie würde nicht anders können. Sie würde betteln und winseln und schwören und ihn bedrängen, und am Ende würde er trotzdem schreckliche, schreckliche Dinge mit ihr tun.

Plötzlich hörte er auf mit dem Messer und sah staunend über ihren Kopf hinweg.

Connie wurde bewusst, dass er sie mit der messerlosen Hand noch immer an den Zöpfen festhielt, die er jetzt in die Höhe zog und beinahe ehrfürchtig betrachtete.

»Ich habe noch nie das Haar eines farbigen Mädchens berührt«, sagte er mit einer Freundlichkeit, die sie überraschte und erschreckte zugleich.

Berühr mein Haar, so viel du willst. Es ist mir egal. Nur lass mich am Leben.

Mit einer geschmeidigen Bewegung nahm er die Klinge von ihrer Kehle und schnitt einen der dünnen Zöpfe fast an der Kopfhaut ab. Es war ein weiterer Beweis für die Schärfe des Messers, wie mühelos die Klinge durch das verknotete Haar glitt.

Er trat einen Schritt zurück und klemmte sich den Messergriff zwischen die Zähne, während er den abgeschnittenen Zopf geschickt um sein rechtes Handgelenk band.

O Gott. Eine Trophäe. Seine Trophäe. Bitte, lieber Gott, ich weiß nicht, was ich falsch gemacht habe. Es war dumm hierherzukommen, aber Dummheit ist keine Sünde. Ich weiß nicht, was ich getan habe, um hier zu landen, aber ich verspreche, ich tue es nie wieder. Bitte hol mich hier raus, und ich werde nie wieder etwas Böses tun, solange ich lebe. Ich werde für den Rest meines Lebens ein braves Mädchen sein.

Billy nahm das Messer aus dem Mund und betrachtete die rot gefärbte Schneide einen Moment lang.

Connie schluckte wieder, diesmal erzeugte es ein Brennen an ihrem Hals, wo die offene Wunde war. Ihr Verstand schaltete ab. Sie hatte nichts in sich. Nichts zu sagen. Nichts zu denken. Nichts zu beten.

Und dann wurde sie vom Telefon gerettet.

Es ist bizarr, dachte Connie, zu beobachten, wie Billy Dent ans Telefon geht.

In ihrer Vorstellung war er der Schwarze Mann, der Gottseibeiuns, das Böse schlechthin. Aber als das aufklappbare Handy auf dem Tisch neben ihm läutete, zog er die Augenbrauen kurz hoch wie jeder andere Mensch auch, griff nach dem Gerät und sagte höflich: »Hallo?«

Wie ein richtiger Mensch.

Bizarr.

»Nein, du kannst nicht mit Ugly J. sprechen.« Pause. »Das ist mir mehr oder weniger egal. Sag es mir.«

Billy lauschte einen Moment. Er behielt seinen starren, nicht zu deutenden Gesichtsausdruck bei, als er sagte: »Und du hast ihn dortgelassen?«, und doch kam es Connie vor, als wäre die Temperatur im Raum um mehrere Grad gesunken. Sie bildete sich ein, ihren Atem sehen zu können.

Es gab keinen Grund, sich wegen dieser Gnadenfrist zu viel Hoffnung zu machen. Noch immer lief Blut an ihrem Hals hinab und sammelte sich in der Senke über ihrem Schlüsselbein. Sie besaß nicht Jazz' intimes Verständnis von der Zerbrechlichkeit des menschlichen Körpers. Wie schlimm war der Schnitt? Wie viel Blut hatte sie verloren? Wie viel würde sie noch verlieren?

Beruhige dich, Connie. Du bist nicht Howie. Wenn er deine Halsschlagader durchtrennt hätte, wärst du jetzt wahrscheinlich schon tot oder bewusstlos.

Andererseits, vielleicht sprach hier das Rohypnol aus ihr. Sie wusste, dass es nur langsam vom Körper abgebaut wurde.

»Du hast ihn dortgelassen?«, wiederholte Billy, wieder in ruhigem Ton, aber dann drehte er das Messer herum – an dem immer noch ein feuchter Überzug von Connies Blut glänzte – und stieß es in den Tisch, wo es mit einem dumpfen Laut und leicht vibrierend stecken blieb. So würde es sich anhören, wenn es auf ihre Knochen traf, dachte Connie.

»Du gehst nirgendwohin«, sagte Billy jetzt. »Bleib, wo du bist, und denk nicht einmal daran, noch jemanden zu töten, bis ich es dir erlaube.« Eine Pause. »Wenn du eine Krähe sein willst, solltest du noch einmal überlegen, ob es gut ist, mit mir zu streiten.« Eine neue Pause. »Das denke ich auch.«

Billy klappte das Handy zu und starrte es an. Das Gerät lag klein, schwarz und tot in seiner Hand.

»Blödes Arschloch«, sagte er ruhig, dann ließ er das Telefon auf den Tisch fallen, zog das Messer heraus und fing an, methodisch und mit ausdrucksloser Miene auf das Gerät einzustechen, bis das Plastikgehäuse aufbrach und auseinanderfiel und bis die Messerspitze schließlich knirschend wieder in den Tisch eindrang.

Connies Blut wurde von dem Messer auf das Gerippe des Handys gestreift; es sah aus, als hätte Billy das Telefon erstochen.

Ich werde sterben. So werde ich sterben, und ich werde hier sterben. Weil ich die ganzen dummen Fehler gemacht habe, für die man in dummen Filmen die Dummköpfe anschreit, die sie machen.

»So«, sagte Billy. »Jetzt zu dir.« Er sah sie an, als wäre ihm eben wieder eingefallen, dass sie da war. Mit zwei Schritten war er bei ihr und drückte seine Finger auf den Schnitt an ihrem Hals.

Connie zischte vor Schmerz und zog den Kopf zurück.

Billy schlug ihr mit der Faust auf den Scheitel. »Halt still.« Er fuhr mit dem Zeigefinger an dem Schnitt entlang.

Connie schniefte.

»Lass das«, sagte er kühl. »Das ist nichts. Du stirbst nicht.« Er betrachtete kurz seine blutigen Fingerspitzen, dann schleckte er an einer. Connie würgte.

»Dachte, es würde anders schmecken«, sagte er wie zu sich selbst. Er wischte sich an Connies T-Shirt die Hände sauber, ohne an ihren Brüsten zu verweilen, als wäre sie nichts weiter als ein Handtuch für ihn. »Ich bin noch nicht mit dir fertig«, sagte er. »Du schuldest mir immer noch dieses Geheimnis. Diese Erinnerung an meinen Jungen. Und ich will es immer noch wissen. Aber erst muss ich etwas Wichtiges erledigen. Deshalb wirst du hier für mich still sitzen müssen.« Ohne weitere Vorrede holte Billy ein Taschentuch hervor und stopfte es Connie in den Mund, ehe sie sich wehren oder protestieren konnte. Dann packte er ihre Stuhllehne und kippte den Stuhl auf die Hinterbeine. Connie wurde schwindlig von der plötzlichen Bewegung. Mit einer Hand zog Billy sie über den Fußboden, die Stuhlbeine ratterten und kratzten über die Holzbohlen. Er öffnete eine Tür und zog sie zwei, drei Meter in einen Raum hinein, ehe er den Stuhl wieder aufstellte und sich anschickte hinauszugehen.

Connie sah sich rasch um. Ein kleiner Raum. An die Wände war ein gummiartiges Zeug getackert, das wie Eierschalenkarton aussah. Das einzige Möbelstück war ein Bett mit einem unordentlichen Berg Decken darauf.

Billy stand in der Tür – nur von dort kam Licht – und fixierte sie mit einem durchdringenden Blick. »So, ich habe ein paar Sachen zu erledigen. Ich möchte, dass du über zwei Dinge nachdenkst, während ich fort bin, und nur über diese zwei: Erstens über das, was ich wissen will – wie du meinen Jungen zum ersten Mal glücklich gemacht hast. Und zweitens überlegst du dir, wie ich dich notfalls wohl dazu überreden werde, es mir zu sagen. Verstanden?«

Connie nickte heftig.

Billy reckte das Handgelenk mit Connies abgetrenntem Zopf in die Höhe. »Ich trage dich bei mir, Kleine. Ich bin bald wieder da.« Dann schloss er die Tür. Es wurde augenblicklich stockfinster in dem Raum. Ein Schlüssel drehte sich im Schloss. Es war ein niederschmetterndes Geräusch.

Sie hörte Billys Schritte im anderen Raum. Dann die Wohnungstür. Dann nichts mehr.

Connie wartete, bis sich ihre Augen an die Dunkelheit gewöhnt hatten. Billy hatte das Licht im anderen Raum draußen ausgemacht, als er ging, deshalb gab es lediglich ein wenig undeutliches Grau um den Türrahmen herum, das nur im Vergleich zu der kohlschwarzen Finsternis um sie herum als Licht wahrnehmbar war. Sie senkte den Blick und konnte kaum ihre eigenen Ärmel erkennen. Das war es dann also.

Denk nach, Connie. Du hast ein wenig Zeit. Vielleicht fünf Minuten, vielleicht fünf Stunden, wer weiß. Nutze sie. Sofort.

Sie überlegte, ob sie mit dem Stuhl irgendwie zu dem Bett hüpfen konnte, das sie gesehen hatte. Vielleicht gab es eine raue Kante, eine hervorstehende Schraube, mit der sie ihre Stricke durchsägen konnte. Soweit sie feststellen konnte, hatte Billy sie mit einem groben, dicken Strick an Knöcheln und Handgelenken an den Stuhl gefesselt. Das Material scheuerte an den Handgelenken. Die Fesseln waren eng. Sie konnte ihre Füße ein wenig bewegen und mit den Fingern wackeln, das war alles. Zumindest zirkulierte das Blut noch einigermaßen.

Okay, Connie, genug mit der medizinischen Einschätzung. Er kann jeden Moment zurück sein. Tu etwas.

Sie holte tief Luft durch die Nase – Gott sei Dank war das Taschentuch wenigstens sauber, es roch nur nach frischer Baumwolle –, drückte mit aller Kraft gegen den Boden und warf ihr Gewicht nach hinten, auf das Bett zu.

Sie schwankte einen Moment lang, dann kippte sie nach hinten um, und der Aufprall erschütterte ihren ganzen Körper. Ihr Kopf krachte auf den Boden, alle Luft wich aus ihrer Lunge, und ein Schrei erstickte in dem Taschentuch. Sie versuchte einzuatmen und konnte es nicht, geriet in Panik und saugte einen entsetzlichen Moment lang an dem Taschentuch, bevor sie reflexartig und gierig durch die Nase einzuatmen begann und die Luft geräuschvoll wieder ausstieß.

Oh, Scheiße. Jetzt bin ich wirklich im Arsch. Verdammt, verdammt.

Ihr Schädel pochte und hämmerte. An ihrer Wange lief es nass hinunter, es musste von ihrem immer noch blutenden Hals stammen.

Auf, Connie! Auf! Los! Bevor er zurückkommt. Du schaffst es!

Sie zwang sich, von ihrer Panik abzulassen, indem sie sich diese als einen Felsbrocken vorstellte, der in ihren Weg gefallen war. Nur gut, dass sie all diese geführten Fantasiereisen und Meditationsübungen machte. *Yoga rettet Leben,* dachte sie.

Sie entfernte sich von ihrer Furcht, begann, die Atmung zu beruhigen und die Herzfrequenz auf ein normales Maß zu bringen. Sie wusste, dass alle möglichen Endorphine und Angsthormone sie im Augenblick durchfluteten. Dagegen konnte sie nichts machen. Sie würde tun müssen, was sie für das Beste hielt, und hoffen, dass sie sich nicht irrte.

Der erste Tagesordnungspunkt musste sein, zum Bett zu gelangen. Es war der einzige Gegenstand im Raum. Das einzige Werkzeug, das ihr zur Verfügung stand.

Sie mühte sich eine Weile damit ab, wieder in eine sitzende Position zu gelangen, aber es war sinnlos. Andererseits … wozu? Konnte sie vielleicht irgendwie über den Boden vorwärtskommen und es zum Bett schaffen? Wenn sie sich auf die richtige Weise hin und her warf?

Sie holte wieder tief Luft. Das würde nicht einfach werden. Sie konnte sich nicht auf ihre Arme und Beine stützen. Sie würde ihren Rumpf einsetzen müssen. Die einzige Yogalehrerin in Lobo's Nod taugte nicht allzu viel, aber in den wenigen Stunden, die Connie sie besucht hatte, war es viel um das »Boot« gegangen. Was plötzlich sehr gut für Connie war.

Genau in diesem Moment bewegte sich etwas in dem Raum.

Connie erstarrte. Ihr Atmen klang auf einmal ungeheuer laut. Unmöglich laut.

Ein weiteres Geräusch. Arme und Beine, die sich unter Stoff bewegten.

Diese Erhebung auf dem Bett.

Das waren nicht nur Decken.

O Gott. Sie war nicht allein.

4

Howie hatte viel auf dem Herzen, als er aufwachte, und er hätte gern alles gesagt. Doch er brachte nichts heraus außer: »Gah.«

»Er ist wach!«, rief ein Mann.

»Bleib ruhig, Junge«, sagte jemand anderes. Es war eine Frau. Unter normalen Umständen wäre Howie geneigt gewesen zuzuhören, doch sein Kopf brannte, und alles tat ihm weh, deshalb versuchte er, seine Arme zu heben, aber eine starke Kraft hielt sie zurück.

Trotz des Feuers in seinem Kopf war er sich der blauen Flecken bewusst, die ihm gerade zugefügt worden waren. Er stöhnte vor Schmerz und schloss die Augen wieder.

»Was ist das denn?«, sagte der Mann. Definitiv ein Mann. Oder eine Frau mit einem Frosch im Hals.

»Himmel!«, schrie die Frau auf. »Du hast ihn kaum angerührt ...«

»Bist du Bluter, Junge?«, fragte der Mann.

Ja, du Genie, dachte Howie, und dann wurde ihm bewusst, dass er es tatsächlich laut gesagt hatte.

Die Frau fluchte, als hätte sie sich gerade eine Kettensäge auf den Fuß fallen lassen.

Howie konnte nicht anders: Er lachte. Und dann verlor er wieder das Bewusstsein.

»Du musst anfangen, dein Notfallarmband zu tragen«, ertönte eine vertraute Stimme.

Howie blinzelte sich den Schlaf aus den Augen, aber seine Ohren verrieten ihm alles, lange bevor seine Augen ins Spiel kamen – er war im Krankenhaus. Wieder einmal. Das gleichmäßige Piepen seines Herzmonitors und das Quietschen eines fahrbaren Infusionsständers auf Linoleum irgendwo in der Ferne waren unverkennbar.

Er dachte kurz, wie traurig es war, dass er ein Krankenhaus sogar mit geschlossenen Augen erkannte, weil er so oft in einem gewesen war. Doch dann beschloss er, dass es in Wahrheit wahrscheinlich eine unaufdringliche Superpower war: Er war Ear-Man.

»Ich bin absolut Ear-Man«, sagte er. Seine Stimme klang belegt und fremd. Er räusperte sich mit einem widerlichen Krächzen.

»Natürlich bist du hier, Mann«, sagte Dr. Mogelof, die an seinem Bett stand und ihn offensichtlich missverstanden hatte.

»Hey, meine Lieblingsnotärztin!« Howie klatschte in die Hände, wurde aber schnell zu müde.

»Wir müssen aufhören, uns auf diese Weise zu treffen, Howie. Sonst fangen die Leute noch an zu reden.« Dr. Mogelof tippte auf ihrem iPad und nickte dann scheinbar zufrieden. »Schlaf noch ein bisschen. Deine Eltern sind auf dem Weg.«

Na wunderbar.

Das Letzte, woran er sich erinnerte, war, wie Jazz' Tante Samantha ihn zu Boden geschlagen und ihm die Flinte aus den Händen gerissen hatte. Der Verband an seiner rechten Hand verriet es – dort war er nicht zu knapp genäht worden. Und es war außerdem die Hand, die er zum Wichsen benutzte. Verdammt.

War er vom Schmerz ohnmächtig geworden? Vom Blutverlust? Er wusste es nicht.

Halt. Es war doch nicht das Letzte, woran er sich erinnerte. Er rief Dr. Mogelof nach, die gerade das Zimmer verlassen wollte. »Hey, bevor Sie gehen – wie geht es Gramma?«

»Was?«

»Die alte Dame. Die mit mir in dem Haus war. Wie geht es ihr?«

»Junge, du solltest dir im Moment nur über dich selbst den Kopf zerbrechen.«

»Kommen Sie schon. Ich muss es wissen.«

»Ich darf dir nichts über andere Patienten erzählen. Abgesehen davon kümmert sich jemand anderes um sie. Ich hatte Glück – ich habe wieder dich bekommen.«

»Mit Schmeichelei erreichen Sie nichts bei mir, Doktor. Aber im Ernst jetzt …« Er stieß sich in eine aufrechtere Position und biss vor Schmerz die Zähne zusammen. Er hatte am ganzen Körper Blutergüsse von seinem Sturz, und jetzt, da er gänzlich wach war, nahm er den empfindungslosen Bereich auf seiner Stirn wahr, wo Dr. Mogelof ihm ein Lokalanästhetikum gespritzt hatte, bevor sie ihn wieder zusammenflickte. Ja, er hatte das Bewusstsein verloren, richtig. Das Letzte, woran er sich erinnerte, war, wie Sam mit der Flinte über ihm stand. Er hatte sich wahrscheinlich den Schädel kräftig angeschlagen, als er umkippte. Würde eine weitere Narbe zurückbleiben? – Wahrscheinlich.

»Jedenfalls, die andere Person, die eingeliefert wurde, das ist Jazz' Großmutter. Ich glaube, sie hatte einen Herzinfarkt. Und Sammy J. war bei uns, und wo zum Teufel ist die eigentlich jetzt, und hat jemand für mich angerufen, weil Connie nämlich im Flugzeug nach New York ist und, oh Mann, wie spät ist es überhaupt, und war G. William schon da und …?«

»Hey, mach mal langsam!« Dr. Mogelof schielte nervös zu Howies Herzmonitor. »Zwing mich nicht, dich zu deinem eigenen Besten ruhigzustellen.«

»Ehrlich, Doc, da passiert gerade eine Menge Scheiße, und ich muss mich wieder einklinken.« Wenn Howie das Pochen in seiner Brust nicht bemerkt hätte, hätte es ihm der Monitor verraten. So wie die Dinge lagen, war das synkopische Zusammenspiel der beiden wie der schlechteste Hip-Hop-Beat aller Zeiten. »Ich muss telefonieren und mich nach Leuten erkundigen und ...«

»Langsam. Am besten, du fängst von vorn an.«

Howie überlegte. Wo fing es eigentlich an? Man konnte im Grunde bis zum Alter von zehn Jahren zurückgehen, bis zu dem Tag, als Jazz die fiesen Typen verprügelt hatte, die Howie Blutergüsse am Arm zufügten. Aber das kam ihm sehr anstrengend vor, und er wurde schon wieder müde.

»Ich glaube, ich habe mich in die Tante meines besten Freunds verliebt«, platzte er heraus.

»Ah, wie ... nett.«

»Ich glaube außerdem, dass sie vielleicht eine Serienmörderin ist.«

Dr. Mogelof sah ihn an. »Für die hast du ein sicheres Gespür, was?«

»Ich habe irgendwie kein Glück in der Liebe«, räumte Howie ein. Es gelang ihm endlich, sich aufzusetzen. »Wie bald kann ich hier raus, Doc?«

»Wahrscheinlich morgen früh. Es ist nicht annähernd so schlimm wie letztes Mal bei dem Messerstich.«

»Es war kein Stich«, belehrte Howie sie. »Es war ein Hieb mit dem Messer. Das ist ein Unterschied.«

»Den kenne ich, verlass dich drauf. Ich war nämlich diejenige, die dich wieder zusammengenäht hat. Ist sonst noch etwas? Ich muss gehen.«

»Gramma. Die alte Frau. Ich muss wissen, was mit ihr ist. Möglicherweise war eine jüngere Frau bei ihr. Das ist Sammy J.« *Die Schwester von Billy Dent, aber das verrate ich nicht, denn wer weiß, ob Sie nicht die Medien verständigen.* »Ich muss es wissen, wirklich.«

»Hör zu, es gibt nichts, was ich dir erzählen könnte. Wir haben dich nach einem Notruf vom Haus der Dents abgeholt.« Sie stockte kurz, ehe sie den Namen *Dent* aussprach. Wie es so ziemlich jeder in Lobo's Nod tat. »Du bist bald wieder gesund. Versuch, dich nicht mehr mit Messern stechen oder niederschlagen zu lassen.«

»Kann ich wenigstens mein Handy haben?«

Dr. Mogelof verdrehte die Augen und deutete, und als Howie ihrem ausgestreckten Finger folgte, sah er das Gerät in der Schale an seinem Bett liegen.

»Ah, okay. Danke.«

Kaum war sie aus der Tür, griff er nach dem Handy. Er hatte eine SMS von Connie, die keinen Sinn ergab. Es war eine Adresse in New York, gefolgt von den Worten *Bell, Gun, Elliot Ness. Sagt dir das was?*

Äh, nein.

Als Erstes simste er Connie zurück.

was läuft? alles ok?

Dann holte er tief Luft und tippte JAZZ in seiner Kontaktliste an.

bin im krankenhaus. wieder mal. aber okay.

Er fing an, auf seiner Unterlippe zu kauen, bis ihm klar wurde, dass er jetzt obendrein noch einen Bluterguss an der Lippe haben würde.

ruf mich an, schrieb er noch als Schluss.

Er brachte es nicht über sich, seinem besten Freund eine SMS zu schicken, die lautete: *deine Gramma ist vielleicht tot.*

Er seufzte. Das hätte eigentlich alles kein Problem sein dürfen. Ein Auge auf Gramma haben. Das andere auf Samantha werfen. Dass er am Ende in einem Krankenhausbett landen würde, war nicht geplant.

Am besten, er erledigte so viel wie möglich, bevor seine Eltern eintrafen. Er rief im Sheriffbüro von Lobo's Nod an, wobei er deprimiert zur Kenntnis nahm, dass außer ihm wahrscheinlich nur wenige Einwohner der Stadt die Nummer gespeichert hatten.

»Hallo«, sagte er, als Lana sich meldete, die das Büro des Sheriffs managte. »Kann ich G. William sprechen?«

»Aber sicher doch«, ertönte eine Stimme in der Nähe, und als Howie aufblickte, sah er G. William Tanner, den Sheriff von Lobo's Nod, in der Tür stehen.

Na super, dachte Howie. *Jetzt geht's los.*

5

Connie erstarrte und hoffte gegen alle Vernunft, die andere Person im Raum würde sie nicht entdecken können, solange sie sich nicht bewegte. Aber es war ein kleiner Raum. Und man konnte sich nirgendwo verstecken. Selbst im Dunkeln war sie mühelos zu finden.

»Wer ist da?«, ertönte eine Stimme.

In ihrer Panik hörte Connie das Blut in den Ohren rauschen. Die Stimme klang für sie, als käme sie aus einer Muschel. Connie blieb stumm, aber ihr eigener Atem, durch die Nase eingesogen, erschien ihr laut wie ein Sturmwind.

»Wer ist da?«, vernahm sie die Stimme wieder, und diesmal glaubte Connie, ein Zittern in ihr zu entdecken. Konnte es sein …

Konnte es sein, dass sie nicht Billys einzige Gefangene war?

Sie hörte weitere Bewegung auf dem Bett, und dann – ja! – das lieblichste Geräusch, das sie sich wünschen konnte.

Metall auf Metall.

Handschellen. Sie war sich dessen sicher. Zumindest war es definitiv das Klirren einer Art Kette.

Connie ächzte und kämpfte erfolglos mit ihren Fesseln. Der Sturz hatte sie ein wenig gelockert, aber bei Weitem nicht genügend. Sie hatte ohnehin nicht erwartet, sich aus ihnen winden zu können.

Sie versuchte jetzt etwas anderes, öffnete die Kiefer so weit es nur ging und stieß mit der Zunge gegen das Taschentuch. Es war ohne Zweifel das Lächerlichste, was sie je in ihrem

Leben getan hatte, aber es war in diesem Moment auch das Ernsteste. Sie musste das Taschentuch herausbekommen. Sie musste reden können.

»Ich bin nicht vollkommen hilflos«, ertönte die Stimme erneut, und Connies Panik hatte inzwischen so weit nachgelassen, dass ihr Gehör wieder normal funktionierte. Sie erkannte die Stimme jetzt eindeutig als die einer Frau. Das leichte Beben in ihr konnte eine Lüge verraten oder eine von Adrenalin befeuerte Wahrheit. Wenn die Kette lang genug war, könnte eine Person auf dem Bett immer noch Connie den Schädel eintreten, während sie auf dem Boden lag.

Connie gab ein ersticktes Stöhnen und Ächzen von sich und bemühte sich, möglichst fügsam zu klingen, solange sie an dem Taschentuch arbeitete.

Billy hatte es ihr letzten Endes doch nicht fest genug in den Mund gestopft. Mit einem Würgen, das an Erbrechen grenzte, gelang es Connie schließlich, den Knebel auszuspucken und einen tiefen Atemzug durch den Mund zu machen.

»Kommen Sie mir nicht zu nahe!«, kreischte die Frau auf dem Bett.

»Ich tue Ihnen nichts!« Connie ließ den Kopf sinken, bis er den Boden berührte. Sie war immer noch ein wenig benommen von dem Darkene. »Ich tue Ihnen nichts, ich schwöre es.«

»Bist du auf dem Boden?«, fragte die Frau.

»Ja. Ich werde hier gefangen gehalten.« Sie wartete einen Moment. »Wie du.«

Die Frau sagte nichts, sehr lange, wie es Connie schien. Sie konnte ihren langsamen, gleichmäßigen Atem hören. Dann klirrte die Kette wieder.

»Woher weiß ich das?«, fragte die Frau leise. Ängstlich.

»Weil ich an einen Stuhl gefesselt bin und ziemlich hilflos auf dem Boden liege. Ich heiße Connie.« *Personifiziere dich.*

Ein guter Rat im Umgang mit Serienmördern, aber auch mit ihren Gefangenen, stellte sie sich vor.

Ihre Mitgefangene blieb wieder eine Weile stumm. Dann endlich sagte sie: »Es gibt einen Lichtschalter, Connie. Vielleicht können wir ihn irgendwie erreichen, wenn wir zusammenarbeiten.«

Auch wenn sie gefesselt und hilflos war, fühlte Connie Erleichterung durch jede Zelle ihres Körpers strömen.

6

Jazz begriff erst, dass er wieder das Bewusstsein verloren hatte, als er ruckartig und von Panik erfasst aufwachte, weil etwas über sein Bein kroch. Ohne nachzudenken schlug er mit der Handfläche kräftig darauf – genau auf den behelfsmäßigen Verband über seiner Einschusswunde. Im ersten Moment war der Schmerz so gewaltig und allumfassend, dass er mit offenem Mund reglos erstarrte, absolut still, unfähig, in seinem Schock auch nur die Lippen zu bewegen.

Doch im nächsten Augenblick schrie er – einmal und kurz. Mehr hatte er nicht in sich. Kein Kraftstoff für ein weiteres Schmerzgeheul. Stattdessen wimmerte er und hielt das Bein mit beiden Händen. Der Bereich um die Wunde fühlte sich geschwollen und eitrig an, der Verband kam ihm straffer vor als zuletzt. Tränen liefen ihm über die Wangen.

Kein Nager oder Insekt war auf seinem Bein, wie er befürchtet hatte. Es war Blut, sein eigenes Blut natürlich. Die Wunde blutete wieder. Vielleicht hatte sie auch nie aufgehört zu bluten. Er wusste es nicht.

Er klappte Hunds Handy auf und beleuchtete sein nacktes Bein damit. Ein Rinnsal seines Bluts lief zum Knie hinunter. Das war es, was er im Schlaf gespürt hatte.

Verdammt. Verdammt. Verdammt.

Er wusste nicht, was er noch tun sollte. Schon bei dem Gedanken, noch einmal nach der Kugel in der Wunde zu stochern, schwanden ihm die Sinne. Konnte er sie neu verbinden? Eine Aderpresse anlegen?

Wenn du eine Aderpresse anlegst, verlierst du am Ende dein Bein.

Ja, aber wenn du es nicht tust, verlierst du dein Leben.

Er zupfte am Rand des Klebebands, das er um seinen Oberschenkel gewickelt hatte. Als er es wegzog, zerrte es an den Haaren an seinen Beinen, aber dieser Schmerz war nichts im Vergleich mit dem, als er den improvisierten Verband – seinen Hemdärmel – von der Wunde selbst wegziehen musste. Er biss wieder auf dieselbe Schuhzunge, auf die er gebissen hatte, als er seine Hose auszog.

Es kam ihm vor, als wäre es Jahre her, dass er das getan hatte. Dabei waren vielleicht ein paar Stunden vergangen. Er machte sich nicht mehr die Mühe, auf einem der beiden Handys nach der Uhrzeit zu sehen. Sinnlos.

Tatsächlich sickerte frisches Blut aus der Wunde. Irgendwie hatte er sie weiter aufgezogen.

Irgendwie? So wie ich hier herumgestrampelt habe, ist es ein Wunder, dass nicht das ganze Bein abgefallen ist.

Er sah sich selbst, wie er sich irgendwo ohne dieses Bein auf Krücken einen Gehsteig entlangschleppte. Oder durch die Korridore der Highschool in Lobo's Nod, mehr denn je ein Freak. Wenigstens würden seine äußere Erscheinung und sein Inneres dann übereinstimmen.

Er musste die Blutung stoppen. Aber er wusste nicht, wie er es anders machen sollte, als durch eine Aderpresse hoch oben an seinem Bein. Direkt an der Leiste, im Grunde. Er würde das ganze Bein von vielleicht fünf Zentimeter unterhalb der Hüfte abwärts verlieren.

War das wirklich etwas, worüber man sich den Kopf zerbrechen musste? Zählte am Leben zu bleiben nicht mehr als alles andere?

Er tastete im Dunkeln nach seiner Hose. Seine Finger glitten an etwas Schmalem und Scharfem entlang. Das Fleischermesser. Das Messer, das Hund in seiner Laptop-Tasche gehabt hatte. Jazz hatte vergessen, dass er es sich geschnappt und in Reichweite behalten hatte. Nur für den Fall, dass Hut zurückkam. Er lachte über sich selbst. Die bloße Vorstellung ... Was würde er tun, wenn diese Tür aufging und Duncan Hershey hereinspazierte? Bedrohlich vom Boden heraufuchteln, ehe der Mann ihm eine Kugel zwischen die Augen schoss?

Und du hast den Cops gesagt, Hershey war es nicht. Sooo selbstbewusst, nicht wahr? Er ist es nicht, hast du gesagt. Das ist nicht der Mann. Idiot. Wie denkst du jetzt darüber?

Er tastete über das Messer hinweg weiter im Dunkeln herum, bis er seine Hose gefunden hatte. Er zog sie zu sich, legte sich auf den Rücken und begann, den Gürtel aus den Schlaufen zu ziehen. Der würde als Aderpresse genügen.

Warte, warte. Muss ich das wirklich tun? Blödmann ...

Es gelang ihm, sich auf den Ellbogen und seinem gesunden Bein quer durch den Container zu schleppen, bis er gegen die Leiche von Oliver Belsamo stieß, der toten Hälfte des Hut-und-Hund-Killers. Gut. Er hatte Belsamos Leiche in der Nähe von einer der Werkbänke gelassen.

Jazz biss die Zähne zusammen, hob das angeschossene Bein mit beiden Händen so hoch es ging und lehnte es vorsichtig an die Werkbank. Es ragte fast im Neunzig-Grad-Winkel in die Höhe. Der Bequemlichkeit halber blieb ihm nichts übrig, als sich zurückzulehnen und seinen Kopf auf Hunds Leiche zu betten.

Er hatte das Bein zuvor schon auf Belsamo selbst hochgelegt. Vielleicht konnte er den Blutverlust ausreichend stoppen, wenn er es diesmal höher lagerte, und brauchte keine Aderpresse. Er würde es zumindest versuchen. Eine Weile ausprobieren und schauen, was dabei herauskam.

Er atmete tief durch. Es kam ihm vor wie der erste richtige Atemzug, seit er angeschossen wurde.

Er legte den Kopf zurück auf Belsamo. Bis die Leichenstarre einsetzte, würde er ein halbwegs brauchbares Kissen abgeben.

Und so fand ihn Billy.

Jazz wehrte sich dagegen, einzuschlafen oder das Bewusstsein zu verlieren, und so war er wach und hörte, wie der Schlüssel im Vorhängeschloss von Einheit 83F umgedreht wurde.

Hut. Hut war zurückgekommen. Um es zu Ende zu bringen.

Jazz rollte halb auf die rechte Seite und bemühte sich, das Bein dabei erhöht zu lassen. Durch die Bewegung wurde das Bein leicht verdreht, und neuer Schmerz bohrte sich durch diese Körperseite, aber es war nicht mehr so schlimm, wie es gewesen war, als er es über den Boden geschleift hatte. Die erhöhte Position ließ das Bein bereits taub werden.

Er hörte ein leises Ächzen, dann ging das Rolltor zum Container nach oben auf. Jazz musste die Augen zusammenkneifen gegen das helle Licht und schirmte sie mit einer Hand ab. Er überlegte fieberhaft. Wenn Hut ihn nicht auf der Stelle erschoss, konnte es ihm vielleicht gelingen, den Killer durch Reden näher zu sich zu locken … Er tastete blind nach dem Fleischermesser. Wenn ihm Hut nahe genug kam, würde er dem Hurensohn das Messer mitten ins Herz stoßen.

Hast du denn gar nichts gelernt bei mir, Jasper, flüsterte Billys Stimme. *Das Herz wird durch den Brustkorb geschützt. Gerade in deinem geschwächten Zustand ist es besser, auf die Halsschlagader loszugehen. Oder auf die Oberschenkelarterie, wenn du die Halsschlagader nicht erreichst.*

Richtig. Natürlich. Noch mehr väterliche Weisheiten von Dear Old Dad.

»Dieses dämliche, selbstverliebte Arschloch hat sich nicht einmal die Mühe gemacht, die Leiche in den Container zu ziehen!«, sagte die Gestalt, die als Silhouette im Eingang sichtbar wurde, und Jazz blinzelte ein paar Mal rasch und vergaß die Suche nach dem Messer. Es erstaunte ihn, dass er Billys Stimme nicht mehr nur in seinem Kopf hörte – jetzt bildete er sich schon ein, dass sich Hut ebenfalls wie sein Vater anhörte.

Er schüttelte den Kopf, und seine Augen gewöhnten sich endlich an das Licht, und *oh mein Gott, ich habe es mir gar nicht eingebildet.*

»Ts, ts«, machte Billy und trat lustlos gegen Jennifer Morales' Leiche. Ein Flüstern entrang sich ihr, und jemand anderer als Billy oder Jazz hätte vielleicht gedacht, oh Wunder, sie lebte noch, aber die beiden Dents wussten, dass manchmal Gase, die sich in Leichen bilden, entweichen, wenn der Körper bewegt wird. Nichts anderes war Morales' Seufzer. Vielleicht ihr letzter Atemzug, der bis jetzt nicht ausgeatmet worden war.

Mit raschem, sicherem Schritt durchmaß Billy den Container bis zu der Stelle, wo Jazz mit hochgelagertem Bein lag. Billy hatte sich getarnt – neue Haarfarbe und -länge, Gesichtsbehaarung, solche Dinge –, aber Jazz hätte seinen Vater in jeder Maskierung erkannt. Selbst wenn er die Stimme nicht gehört hätte, hätte er ihn an seiner Art zu gehen identifiziert, an der Art, wie sich die Lippen bewegten, an diesen kalten, toten blauen Augen.

Sein Vater atmete tief ein und lachte. »Ah, ich rieche es! Konservierungsmittel und Totenstarre. Meine beiden Lieblingsdüfte.«

Billy hatte einen Lederbeutel in einer Hand, den er nun auf die Werkbank legte. »Ach, Jasper«, sagte er mit erstickter Stimme. »Was hast du getan? Was hast du dir von ihm antun lassen?«

»Ich hatte keine Wahl«, flüsterte Jazz. Seine Stimme war

so heiser vom Schreien, dass er kaum noch etwas herausbrachte.

»Es gibt immer eine Wahl«, belehrte ihn Billy. »Wir sind die Herren unseres Schicksals.« Er kauerte sich neben Jazz, sein kühler Blick wanderte an Jazz' Körper auf und ab. Jazz schauderte. Er war Billy seit Jahren nicht mehr so nahe gewesen. Im Gefängnis waren sie durch einen Tisch getrennt. Nun lagen nur Zentimeter zwischen ihnen. Und es gab keine Fesseln. Keine Wächter.

Billy inspizierte die Wunde aus der Nähe. »Du hast an dir selbst herumgeschnippelt, Junge. Hast du denn nicht zugehört, wenn Dear Old Dad etwas erklärt hat?«

»Ich …« Jazz hielt inne. Er war erschöpft. Zu müde, um zu sprechen, geschweige denn, sich in das psychologische Fechtduell einer Unterhaltung mit Billy Dent zu stürzen.

Billy nahm sich einen Moment Zeit, um Morales in den Container zu schleifen – *Einheit 83F,* dachte Jazz in seinem Delirium, *Bevölkerung fünfzig zu fünfzig tot zu lebendig* –, dann schloss er die Tür wieder, und es wurde stockdunkel, bis Billy eine starke Lampe aus dem Lederbeutel holte und den Raum in grelles Licht tauchte. Jazz wurde wieder schwindlig, und er wandte den Blick ab.

»So ist es richtig. Lohnt sich nicht hinzusehen.« Billy schnalzte mit der Zunge und fasste Jazz' linken Knöchel so sanft, dass jeder außer Jazz überrascht gewesen wäre.

Gegen seinen Willen stieg eine Erinnerung in ihm auf, wie ihn Billy eines Abends ins Bett gebracht hatte.

Mit der zweiten Hand fasste Billy unterhalb von Jazz' Knie und führte das Bein nach unten, bis es auf Billys Oberschenkel zu liegen kam. »Wolltest du die Kugel aus der Wunde holen? War es das? Verdammt noch mal, Junge, Mumm hast du, das muss man dir lassen. Du hättest es schlimmer machen können.«

»Ich hab sie gesäubert«, flüsterte Jazz. »Mit Bleiche.«

Billy seufzte theatralisch. »Jetzt hattest du mich gerade so schön beeindruckt ... Bleiche hilft nicht gegen Entzündungen. Reine Zeitverschwendung.«

Billy pfiff melodielos vor sich hin, während er in der Ledertasche herumwühlte und Instrumente herauszulegen begann.

Jazz konnte nicht hinsehen.

»Diese Morales ...«, sinnierte Billy, als würde er bei Tee und Gebäck über das Wetter reden. »Sie wollte meinen Tod, nicht wahr? Hat mich damals durch halb Kansas und ein Stück durch Oklahoma verfolgt.«

»Als du ›Ein Herz und eine Seele‹ warst.«

»Ja. Sie kam mir auch durchaus nahe. Sehr nahe. Aber ich war näher. Bin in einem 7-Eleven in Wichita direkt an ihr vorbeigegangen, habe mir an den Hut getippt und ihr die Tür aufgehalten wie ein Gentleman.«

Das war ungemein nett von dir, dachte Jazz, brachte aber nicht die Energie auf, es zu sagen.

»Sie war ...« Billy schauderte freudig erregt. »Ich kann dir nicht sagen, wie viel Überwindung es mich gekostet hat, sie nicht zu nehmen, Jasper. Nur gut, dass ich so willens- und charakterstark bin.«

Die Instrumente klirrten. Billy ordnete alles und summte jetzt leise dazu.

Jazz befeuchtete die Lippen und holte tief Luft. »Wen hast du mich schneiden lassen?«, flüsterte er.

Billy beugte sich näher zu ihm. »Was? Ich kann dich nicht verstehen.«

Jazz leckte sich noch einmal die Lippen. »Wen – hast – du – mich – schneiden – lassen?«

Billy sah ihn ausdruckslos an.

»Komm mir nicht mit dieser Nummer«, sagte Jazz. »Als ich ein Kind war. Ich habe Erinnerungen daran. Wie du zu mir gesagt hast, ich soll jemanden schneiden. Und ich habe es getan, oder? Welches deiner Opfer war es? Welches?«

»Ich hab dich nie etwas tun lassen«, sagte Billy. »Oh, natürlich habe ich dich in der richtigen Technik unterwiesen, als du zu schneiden anfingst, sicher. Ich bin ein fürsorglicher Mensch. Aber ich habe es nie vorgeschlagen. Ich habe dir dieses Messer nie in die Hand gegeben.«

»Ich hätte es niemals getan, ohne …«

»Still jetzt, Junge. Dear Old Dad muss nachdenken.«

Unwillkürlich verstummte Jazz. Im Augenblick war Billy seine einzige Hoffnung, wenn er überleben wollte. Merkwürdigerweise – oder vielleicht auch nicht – fühlte sich Jazz sicher. Beschützt. Er wusste, Billy würde ihm nichts antun, er wusste, Billy würde alles tun, was in seiner Macht stand, um ihn am Leben zu erhalten.

Genau wie jeder andere Vater. Himmel, ist das absurd.

Billy untersuchte die Wunde mit einem nüchternen Gebaren, das den Schmerz, den seine Berührung verursachte, jedoch nicht dämpfte. Jazz versuchte, die Luft anzuhalten, aber schließlich musste er ausatmen. Dabei krochen feurige Fäden an seinem Bein hinauf.

Er reckte den Hals. »Verdammte Scheiße, Billy …«

Billy schlug ihm einmal mit der flachen Hand ins Gesicht. »Keine Kraftausdrücke, Junge!« Dann fuhr er mit seiner Untersuchung der Wunde fort und trennte die Ränder mit einer Gefäßklemme.

Jazz beobachtete fasziniert, wie sich sein Oberschenkel öffnete. Blut stieg auf.

»Ist nichts Größeres verletzt. Eine Menge kleine Blutungen allerdings da drin. Himmel.« Billy griff nach einem Plastikkrug mit Wasser und spritzte es auf Jazz' Bein. Das Blut wurde weggespült, und er erweiterte das Loch noch ein wenig. Wäre nicht Billys angestrengt konzentrierter Gesichtsausdruck gewesen, Jazz hätte denken können, sein Vater genoss das Ganze.

»Wie schlimm ist es?«, fragte er.

»Pst. Daddy denkt nach.«

Frisches Blut überschwemmte die Wunde.

»Unmöglich, an diese Kugel heranzukommen«, verkündete Billy. »Nicht mit dem, was uns hier zur Verfügung steht. Dazu bräuchte man richtig fließendes Wasser, viel mehr Klammern, als ich hier habe, und vielleicht noch ein, zwei Helfer.«

Na großartig.

»Ich muss es einfach zunähen. Damit die Blutung aufhört.«

»Und die Kugel drinnen lassen?«

»Nur keine Panik«, sagte Billy. »Ich nähe dich solide zusammen. Die Kugel richtet keinen weiteren Schaden an, nur weil sie da drinsteckt.« Er wühlte in seiner Tasche und brachte eine gebogene Nadel mit einem dünnen blauen Faden daran zum Vorschein, den er mithilfe von etwas festhielt, das wie eine Schere mit stumpfen Enden aussah. Er säuberte die Wunde wieder mit der Wasserflasche.

»Warum hast du mir *das* nicht beigebracht?«, fragte Jazz. »Etwas, das nützlich ist?«

»Ich kam nicht mehr dazu«, sagte Billy mit echtem Bedauern. »Ich hatte vor, bald mit diesem Zeug anzufangen, aber dann wurde ich dir weggenommen.« Er hielt kurz inne. »Das wird jetzt wahrscheinlich höllisch wehtun, nebenbei bemerkt.«

Und dann stieß er die gekrümmte Nadel ohne ein weiteres Wort in Jazz' Oberschenkel. Hatte sich Jazz den Schmerz vorhin als feurige Fäden vorgestellt, so sah er nun, wie armselig seine Fantasie gewesen war. Das hier war Feuer. Es waren weiß glühende Stränge schierer Qual, die sich aus der Wunde entrollten, an seinem Bein hinauf- und hinunterrasten und selbst seine Lunge mit Schmerz füllten.

Mit einem Ruck des Handgelenks fädelte Billy den Haken unter der Haut ein und ließ ihn auf der anderen Seite des Risses wieder herauskommen.

Jazz schrie.

Fast ohne den Blick von seiner Näharbeit zu nehmen, griff Billy mit der freien Hand nach Jazz' Gürtel und drückte ihn dem Jungen an die Brust.

Jazz packte ihn, steckte ihn sich zwischen die Zähne und biss in seiner Qual darauf. Gegen seinen Willen setzte er sich halb auf und schlug aus, um dem schrecklichen Biss von Billys Nadel zu entkommen, aber sein Vater setzte sich einfach auf Jazz' Unterschenkel und hielt ihn fest.

»Leg verdammt noch mal deinen Kopf auf den Boden«, fuhr Billy ihn an. »Ich will nicht, dass du dir auch noch den Schädel aufschlägst, wenn du ohnmächtig wirst. Dafür bin ich nicht ausgerüstet.«

Trotz der nicht enden wollenden Stiche in seinen Schenkel verstand Jazz und brachte es fertig, sich auf den Rücken zu legen.

»Es ist nur zu deinem Besten«, sagte Billy mit beiläufiger Freundlichkeit, während er rasch und ohne Rücksicht auf den Schmerz arbeitete. Er machte sechs einzelne Stiche, die er jeweils sauber und exakt verknotete. Die Knoten zog er zur Seite. »Auf diese Weise reizen sie die Wunde nicht«, erklärte er.

Als es vorbei war, lag Jazz erschöpft auf dem Boden, seine Stirn glänzte vor Schweiß, sein Körper war schweißgebadet. Er war vollkommen geschafft und leer gepumpt, in seinem Kopf war nicht ein Gedanke.

»Das wird den Blutverlust gering halten«, sagte Billy. »Ich habe eine schlichte, unterbrochene Naht gemacht. Die Wunde wird sich entzünden, und so können sie einfach ein Stück Naht öffnen und den Eiter abfließen lassen. Sobald ich weit genug weg von hier und irgendwo in Sicherheit bin, rufe ich einen Krankenwagen für dich, Junge.«

»Du willst wohl unbedingt Vater des Jahres werden, was?«, flüsterte Jazz.

Billy kicherte. »Weißt du, was die meisten Eltern nicht kapieren, Jasper?«

»Klär mich auf.«

»Die meisten Eltern sind – wie sagt man – Narzissten. Ist das das richtige Wort? Ich glaube, ja. Eltern sind ganz auf sich selbst fokussiert, und dann sehen sie, wie ihre Babys zu laufen und zu reden anfangen, und da die Kleinen irgendwie wie sie selber aussehen und klingen, fangen sie an, diese Babys als eine Verlängerung von sich selbst zu begreifen. Und deshalb tun sie alles für sie, Jasper. Alles.« Billy schaukelte nachdenklich auf den Fersen. »Und dann passiert etwas Komisches. Diese Babys wachsen zu Teenagern, Jugendlichen und eigenständigen Erwachsenen heran. Und sie hören auf, kleine Verlängerungen ihrer Eltern zu sein, aber die Eltern können nicht loslassen. Sie können nicht damit umgehen, weil es ist, als würde ein Körperteil von ihnen, ein Arm oder ein Bein, einfach hergehen und sich selbstständig machen. Deshalb ist alles, was die Kids tun, wirklich alles, Verrat. Ein Zeichen der Undankbarkeit, Jasper. So sehen das diese Eltern.«

Billy begann, einen sauberen Verband um Jazz' Bein zu wickeln.

»Aber nicht Dear Old Dad, Jasper. Nie und nimmer. Ich bin nicht so. Vater des Jahres? Vielleicht nicht. Aber ein ganzes Stück besser als die meisten.«

»Du bist noch verrückter, als die Psychiater behaupten, wenn du diesen Mist glaubst«, brachte Jazz heraus. »Du hast mein ganzes Leben lang versucht, eine Version von dir aus mir zu machen.«

Billy schürzte die Lippen und betrachtete Jazz mit dem

Blick eines verletzten Welpen. Jazz nahm es ihm nicht ab; Soziopathen haben keine echten Gefühle.

Trotzdem. Wenn jemand Billy kränken konnte, dann wohl sein Sohn, oder?

»Das schmerzt aber wirklich, Jasper. Es schmerzt wie, nun ja, wie eine Kugel. Ehrlich. Ich habe dich nie als etwas anderes als dich selbst behandelt. Habe dich nie gezwungen, etwas zu tun, was du nicht tun wolltest. Habe dich deinen eigenen Weg finden lassen. Habe dir nicht vorgeschrieben, wen du töten sollst oder wie, warum oder wann du es tun sollst. Ich habe es dir überlassen. Selbst jetzt. Nutze ich deine Lage etwa aus, um dich dazu zu bringen, etwas zu tun, was du nicht tun willst?« Er zuckte mit den Achseln. »Ich will nur, dass du ehrlich zu dir selbst bist, Junge. Sei der, zu dem du bestimmt bist.«

»Ich weiß, dass Mom lebt«, sagte Jazz und mühte sich in eine sitzende Position. Wahrscheinlich war es reine Psychologie, aber seit die Wunde vernäht und die Blutung gestillt war, fühlte er sich ein wenig kräftiger.

Billy nickte geistesabwesend, während er den Verband anlegte. Jedes Mal, wenn er Jazz' Bein anhob, um darunter zu fassen, schoss ein Schmerz Jazz' linke Körperhälfte hinauf.

»Hast du nichts dazu zu sagen?«, fragte er.

»Was gibt es da zu sagen?«

»Was wirst du mit ihr machen? Jetzt, da du sie gefunden hast?«

Billy zuckte mit den Achseln. »Ich schätze, das hängt von ihr ab.«

Jazz legte sich wieder auf den Boden. Billy würde mit Vergnügen den ganzen Tag reden, ohne tatsächlich etwas zu sagen. Er versuchte es auf eine andere Tour: »Was hat es mit den Krähen auf sich, Billy?«

»Mit den Krähen? Dasselbe wie immer, nehme ich an.«

»Verkauf mich nicht für dumm. Da ist etwas, oder? Ich wusste immer, dass du Fans da draußen hast, aber ich hätte nicht gedacht, dass sie tatsächlich für dich töten würden. Nennen sich deine idiotischen Anhänger so? Krähen? Wegen dieses Märchens, das du mir als Kind erzählt hast?«

Billy runzelte die Stirn. »Das war kein Märchen, Jasper. Das war eine Allegorie, verstehst du? Und die Krähen folgen nicht mir, sie folgen einem Traum. Sie streben nach ihm, könnte man sagen. Ich sage dir was: Wenn wir uns das nächste Mal unter vier Augen sehen so wie jetzt, und wenn ich mir keine Sorgen machen muss, dass jeden Moment ein Scheißbulle daherspaziert kommen könnte, dann setzen wir uns hin, und ich erzähle dir alles über die Krähen. Abgemacht?«

»Nichts weniger erwarte ich vom Krähenkönig.«

Billy gluckste. »Der Krähenkönig? Ich?«

»Neuer Name für dich, richtig? Green Jack, ein Herz und eine Seele, The Artist, Teufelsauge. Und jetzt der Krähenkönig.«

Billy lächelte weniger, als dass er eine Art Lippenkrampf zu erleiden schien. Die Freude huschte so rasch über sein Gesicht, dass sie in dem Moment, in dem Jazz sie entdeckte, schon wieder verschwunden war.

»Du schmeichelst mir, Junge.«

»Gibst du mir eine ehrliche Antwort? Einmal im Leben?«

Billy seufzte und setzte sich wieder, die Augen zur Decke gerichtet, als würde er denken: *Herr, gib mir Kraft.* Es war eine Pose und ein Gesichtsausdruck, den alle Eltern von Teenagern gut kennen, und sie auf Billys Gesicht zu sehen, war eine Erinnerung daran, wie gut es Billy gelang, unter normalen Menschen nicht aufzufallen.

»Ich habe nicht allzu viel Zeit, Jasper. Ich kann sie wirklich nicht damit vertun, über deine Mom, die Krähen und was dir sonst gerade in den Sinn kommt zu plaudern.«

»Willst du mir einreden, du bist nicht der Krähenkönig?«

»Ich will dir gar nichts einreden. Ich bin nicht der Krähenkönig, und das ist die schlichte Wahrheit. Ob du es glaubst oder nicht, ist deine Sache.« Er fing an, seine Tasche zu packen.

»Ich …«

»Die Sache ist die, Jasper.« Billy beugte sich vor, seine Augen glänzten. »Die Sache ist die: Früher einmal waren wir alle Könige. Verstehst du? Früher waren die Bürgerlichen für uns da, für unser Vergnügen.«

»Ich verstehe nicht.«

»Ich werde es dir gern erklären, wenn die Zeit gekommen ist. Wenn die … Umstände weniger zwingend sind. In der Zwischenzeit denk an, sagen wir, Caligula. Denk an Gilles de Rais. Du weißt mehr, als du glaubst. Du hast den Anfang von allem, Junge. Ich habe es dir damals in Wammaket mehr oder weniger gesagt. Ich habe dir erzählt, wo es anfing. Die Genesis des Ganzen. ›Dann ging Kain vom Herrn weg‹.«

In Jazz' Kopf drehte sich alles. Billy hatte in Wammaket überhaupt nichts über die Krähen gesagt. Ehe er jedoch etwas erwidern konnte, hatte Billy zu Ende gepackt. Die Lampe ließ er zurück.

»Hier. Nimm die.« Er hielt Jazz zwei Pillen hin, eine rosa, eine weiße.

»Wofür sind die?«

»Eine kleine Schmerztablette und etwas, um das Fieber zu senken, das du bekommen wirst. Nichts zu Starkes. Ich will, dass du wach genug bist, um den Sanitätern zu erzählen, was passiert ist, wenn sie hier sind.«

Widerwillig nahm Jazz die Pillen aus Billys Hand. Dabei bemerkte er etwas am Handgelenk seines Vaters. Fast wie ein Armband, aber verknotet, wie einer dieser geflochtenen …

Moment mal.

Da war eine Perle am Ende. Eine glänzende rote Perle. Genau so eine, wie sie …

»Das ist Connies«, flüsterte er und starrte darauf. Er wusste es. Er kannte diesen Zopf.

Angst und Wut stiegen in ihm auf, und er unterdrückte das Bedürfnis, sich zu übergeben.

»Der ist von Connie«, sagte er schließlich und riss sich vom Anblick des Zopfs los, um seinem Vater ins Gesicht zu sehen.

Billys Augen funkelten fröhlich im Schein der Lampe. »Ich hab mich schon gefragt, wann du es endlich bemerken würdest.«

Von Connie. Es war von Connie. Es war ihr Haar. Billy war ihr auf Messerentfernung nahe gewesen, und … Oh mein Gott!

Mit einem erstickten Schrei drehte sich Jazz auf die Seite, ohne auf den brennenden Schmerz in seinem Bein zu achten, und ging Billy mit beiden Händen an die Kehle. Billy wich behände gerade so weit zurück, dass er außer Reichweite von Jazz war.

»Was hast du getan?«, fragte Jazz. »Sag mir, was du getan hast.«

»Kommt jetzt der Teil, wo du mir drohst? Wo du sagst, wehe, ich krümme ihr auch nur ein Haar?« Er hielt das Handgelenk in die Höhe, um das Connies Zopf lose gebunden war. »Hoppla.«

»Ich bringe dich um«, stieß Jazz zwischen den Zähnen hervor. Er krallte die Finger in den Boden, als wollte er Stücke aus dem Beton reißen. »Wenn du ihr etwas getan hast, bringe ich dich um.«

»Na ja, wie ich bei unserem letzten Zusammentreffen schon sagte: Nur zu.«

Billy hob seine Tasche auf und nahm dann ein Messer von

Hunds Werkbank. Er warf es neben Jazz auf den Boden, der es sofort aufhob und auf das Bein seines Vaters losging.

Billy lachte und machte einen Schritt rückwärts, dann noch einen, er ließ Jazz ein wenig näher kommen und wich dann mühelos aus, als Jazz nach ihm hieb. Sie spielten dieses Katz-und-Maus-Spiel zwischen Vater und Sohn, bis Billy an der Tür des Containers war.

Jazz blieb erschöpft und verschwitzt auf dem Boden zurück, als Billy die Tür hochzog und in den Gang hinaustrat.

»Was ich noch immer nicht weiß«, sagte Billy nachdenklich, »ist, ob ich sie selbst töte oder zuschaue, wie du sie tötest. Ich kann mich einfach nicht entscheiden.«

»Du bist ein toter Mann!« Jazz drosch hilflos und wütend auf dem Boden umher. »Ich werde dich alles, alles spüren lassen, was du ihr antust! Ich reiße dich in Stücke und verfüttere dich an die Ratten! Hast du verstanden?«

»Natürlich«, sagte Billy ruhig und ließ das Rolltor herunter.

»Ich! Werde! Dich! Töten!«, tobte Jazz mit letzter Energie, bevor er zusammenbrach.

7

Connie wandte die Augen sofort ab, nachdem sie das Licht angeknipst hatte, aber die Besorgnis war unnötig. Das Licht an der Decke war schwach, vierzig Watt höchstens, und selbst ihre an die Dunkelheit gewöhnten Augen kamen damit klar.

Es war ihr gelungen, sich zum Bett zu schlängeln, wo ihre Mitgefangene nach vielen erfolglosen Versuchen eine Hand von ihr freibekommen hatte. Dann hatte sie sich mithilfe des freien Arms und unter Anleitung der anderen Gefangenen zur Wand geschleppt, hatte sich aufgerichtet, so gut es ging, und den Lichtschalter gefunden, der in einem ausgesparten Rechteck in dem Dämmmaterial saß.

Auch hier hatte es viele, sehr viele Fehlversuche gegeben. Connies ganzer Körper schmerzte von der Anstrengung. Aber wenigstens hatten sie jetzt Licht.

Sie fragte sich, ob das Licht vom anderen Raum aus unter der Tür zu sehen war, und versuchte, nicht daran zu denken, was Billy tun würde, wenn er in diesem Moment hereinspaziert käme, aber ihre Fantasie nahm keine Befehle entgegen. Das grausige Tableau spulte sich ein ums andere Mal in ihrem Kopf ab, bis sie sich zwang, stattdessen den Raum zu untersuchen.

Viel gab es nicht zu entdecken. Der Raum war genau so, wie sie ihn von ihrem ersten kurzen Blick in Erinnerung hatte: klein, schallgedämmt, mit gummiartigen Eierkartons an den Wänden.

Und da war natürlich das Bett. Die Decken waren weggestrampelt worden, und Connie sah endlich ihre Mitgefangene, die mit dem rechten Handgelenk mittels Handschellen an den Bettpfosten gefesselt war. Ansonsten war sie nicht gebunden, aber diese eine Kette genügte, um sie gefangen zu halten. Mit etwas Mühe gelang es der Frau, sich am Bettrand aufzusetzen. Sie strich sich das braune, mit Grau durchsetzte Haar aus dem Gesicht. Sie wirkte jünger, als das Grau dies vermuten ließ, mit einer glatten Stirn und nur einigen feinen Falten an den Augenwinkeln. Ihre Augen mit diesem Haselnussbraun kamen Connie bekannt vor.

Das ganze Gesicht kam ihr bekannt vor.

»Oh mein Gott«, hauchte Connie und dachte für den Moment nicht an Billys bevorstehende Rückkehr. »Sie sind Jazz' Mutter!«

Die Frau auf dem Bett blinzelte sie an. »Wer ist Jazz?«, fragte sie.

»Ihr Sohn. Jasper. Wir nennen ihn Jazz.«

Jazz' Mutter sah sie lange, lange an. Dann quoll eine Träne aus ihrem Auge und lief ihr an der Wange hinab. »Du kennst Jasper?«, flüsterte sie ungläubig. Sie beanspruchte die gesamte Reichweite ihrer Kette und warf sich mit einer Wildheit auf Connie, wie Connie sie noch nie erlebt hatte. Es war durch und durch der Instinkt einer Mutter, die sich für ihr Kind in Richtung Freiheit stürzte. Connie dachte, dass sie noch nie etwas so Mitleiderregendes und zugleich so Mächtiges gesehen hatte. »Du kennst ihn? Geht es ihm gut?« Ihre Stimme gewann an Kraft und wurde immer drängender. »Wo ist er? Weiß er, dass ich lebe? Ist er …«

Connie musste mit der freien Hand fuchteln, um das Trommelfeuer der Fragen zu stoppen; sie brauchte Zeit zum Nachdenken. Sie war in einem Raum mit Jazz' Mutter. Der Mutter, die sie vor ihrer Abreise nach New York in Abwesenheit beerdigt hatten. Sie lebte und war gesund und …

… und sie wurde von Billy Dent gefangen gehalten.

»Jazz geht es gut«, sagte Connie. »Er ist hier in New York, bei der Polizei.«

»Bei der Polizei?« Jazz' Mutter erstarrte vor Angst. »Hat er etwas angestellt?«

»Das ist wirklich eine sehr, sehr lange Geschichte, Mrs. Dent.« Connie zuckte zusammen, als sie es sagte, aber sie konnte nicht verhindern, dass ihr der Name herausrutschte.

Die andere Frau lächelte traurig. »Angesichts der Umstände denke ich, es ist okay, wenn du mich Jan nennst. Wie bist du hierhergekommen?«

»Ich habe einen Telefonanruf erhalten. Mehrere eigentlich. Bin ein paar Hinweisen gefolgt.«

»Und sie haben dich zu Billy geführt?«

Bei diesem Namen erstarrte Connie. Obwohl sie noch an den Stuhl gefesselt war, hatte sie schon fast nicht mehr an ihn gedacht. Aber Billy würde zurückkommen, so viel stand fest.

»Ja«, sagte sie und bemühte sich, die Bilder abzuwehren, die ihre Fantasie ihr hartnäckig zuspielte. Billy würde beim nächsten Mal mehr als einen Zopf abschneiden, davon war sie überzeugt. »Aber er hat gesagt, er sei nicht derjenige gewesen, der am Telefon mit mir sprach.«

»Und du hast ihm geglaubt?«

Connie seufzte. »Ich weiß nicht, was ich noch glauben kann. Ich bin hierhergekommen … Sicher, im Nachhinein betrachtet, war es irgendwie unüberlegt und dumm. Aber Sie müssen wissen, er hat mir ein Bild von Jazz geschickt. Ein aktuelles Bild. Eine Nahaufnahme. Er konnte mühelos an Jazz herankommen, wollte er damit ausdrücken, und wenn ich nicht tat, was er sagte, würde er ihm etwas antun. Oder wenn ich zur Polizei ging. Ich hatte keine Wahl. Ich musste hierherkommen. Und ehrlich gesagt, ich dachte wirklich, ich würde nur Hinweise sammeln. Informationen für die Polizei. Und sicher, das war dumm, aber ich dachte nicht, dass ich tatsächlich auf Billy Dent stoßen würde.« Sie schüttelte den Kopf. »Dinge, die von außen dumm aussehen … Möglicherweise sind sie tatsächlich dumm, aber sie kommen einem nicht so vor, wenn man glaubt, man beschützt jemanden, den man liebt.«

Connie kaute auf ihrer Unterlippe herum. Sie hatte diesen letzten Satz nicht sagen wollen. Sie wusste, dass sowohl Billy als auch Gramma Rassisten waren, und sie musste zumindest die Möglichkeit in Betracht ziehen, dass …«

»Das war nicht dumm, Connie. Du dachtest, du würdest helfen.«

»Nachdem wir den Impressionisten gefangen hatten, dachte ich wohl, es sei in Ordnung, wir wüssten, was wir tun – ich wüsste, was ich tue –, und es würde keinen Schaden anrichten. Aber stattdessen bin ich hier gelandet.«

»Sei nicht so hart zu dir«, sagte Janice leise. »Ich war mit Billy verheiratet. Ich kannte ihn wie niemand sonst, und er hat es so viele Jahre später trotzdem geschafft, mich zu finden.«

Sie dachten einen Moment darüber nach.

Es gab so viel zu fragen. So viel zu erzählen. Aber Connie hatte keine Zeit. Sie beide hatten nicht die Zeit. Was würde das bei Jazz bewirken? Was würde es für ihre Beziehung bedeuten? Wie konnte sie …

Und schon schweifte sie wieder ab mit ihren Gedanken, während sie im Augenblick vor allem handeln musste.

»Wir haben keine Zeit für das«, sagte Connie, ihre Stimme war tief und ruhig. »Er könnte bald wieder hier sein.«

»Komm hier herüber«, sagte Janice. »Dann versuche ich, diesen anderen Knoten aufzubekommen.«

Im Dunkeln hatte Janice zu lange für den ersten Knoten gebraucht. Connie hoppelte hinüber. Sie stürzte ein paar Mal, aber schließlich hatte sie es geschafft. Die wenigen Meter bis zum Bett waren wie ein Hürdenlauf gewesen. Aber immer wenn es still wurde im Raum, glaubte sie, irgendwo eine Tür aufgehen zu hören, und das spornte sie noch mehr an. Als sie das Bett erreicht hatte, war sie außer Atem und schweißgebadet.

Janice begann, an dem Knoten zu arbeiten. »Er ist ein bisschen fester als der letzte«, sagte sie entschuldigend.

»Lassen Sie sich Zeit.«

Beide lachten kurz – ein ängstliches Lachen. Zeit war die eine Sache, die sie nicht hatten.

»Oder vielleicht doch nicht.«

»Ich mache so schnell ich kann. Du hast gesagt, ›wir‹ nennen ihn Jazz«, sagte Jan, während sie sich abmühte. »Wer ist ›wir‹?«

Connie war froh um die Ablenkung. Besser reden als denken. »Hauptsächlich Howie und ich. Howie ist sein bester Freund.«

»Es gab einen Jungen namens Howie Gersten in Lobo's Nod. Ich erinnere mich an ihn. Er war krank. Anämie oder so etwas.«

»Das ist er. Und er ist Bluter.«

»Richtig.« Janice seufzte. »Jasper hat einen Freund. Das ist gut.«

»Und, äh, eine Freundin.«

»Natürlich.« Jan lächelte. »Das ist gut. Das ist normal, nicht? Ich habe mir immer große Sorgen gemacht, dass er … na ja …« Sie schniefte und nickte. »Gut. Ich bin froh, Connie. Gut für dich. Und für ihn.«

Trotz ihrer Situation grinste Connie. Einen Moment später jaulte sie vor Schmerz auf.

»Tut mir leid!«, beeilte sich Janice zu sagen. »Es tut mir so leid. Das war mein Nagel. Ich habe unter den Strick gebohrt und dich gestochen.«

»Ist es schlimm? Es fühlte sich schlimm an.« Und das tat es wirklich. Schlimmer als nur ein kleiner Stich. »Blutet es?«

»Nur ein bisschen. Kein Problem. Nicht so schlimm wie …« Jans Blick ging nach oben.

Ach ja, richtig. Bei all der Aufregung hatte Connie den Schnitt an ihrem Hals vergessen. Sie tastete mit der freien Hand vorsichtig danach. Noch sickerte Blut heraus, aber es fing an, klebrig zu werden. Es war offenbar dabei zu gerinnen, und Connie beschloss, die Wunde in Ruhe zu lassen, statt daran herumzuzupfen.

»Okay, kein Problem. Wenn Sie mich einfach losbinden können, dann kann ich Sie aus diesen Dingern befreien und dann …«

»Immer eins nach dem andern, Connie«, brummte Janice und dröselte an Connies Stricken.

Eins nach dem andern. Das denkt Billy bestimmt auch, wenn er seine Opfer …

Keine gute Idee, in diese Richtung zu denken. Connie lenkte sich lieber ab und erzählte Janice von der Kiste, die sie in Billy Dents Garten ausgegraben hatte, von der computerbearbeiteten Stimme, die Billys gewesen sein konnte oder eben nicht und die sie nach New York gelockt hatte. Von der Gepäckaufbewahrung, wo sie die Spielzeugpistole und das Bild von Elliot Ness erhalten hatte, das sie schließlich hierhergeführt hatte.

»Die ganze Sache wirkt total verrückt«, fasste sie zusammen.

Sie wechselten einen wissenden Blick. »Findest du?«

»Ich meine nur …« Sie erinnerte sich an die Fahrt zum Flughafen mit Howie. *Sammy J.* Jazz' Tante. Sie hatten sich gefragt, ob Billys Schwester möglicherweise genauso verrückt war wie er.

»Kennen Sie Billys Schwester?«

»Samantha? Nicht gut. Sie hat sich nicht oft blicken lassen.«

»Sind die beiden in Kontakt geblieben?«

»Kann sein. Wie sich herausstellt, ist in meiner Zeit mit Billy vieles vor sich gegangen, von dem ich ... Ah!«

Der Knoten ging endlich auf. Connies Hand kribbelte, weil plötzlich so viel Blut in sie strömte. Sie beugte und streckte die Finger, dann beugte sie sich vor und stellte fest, dass sie das Seil um ihre Knöchel gerade so erreichen konnte.

»Da ist noch etwas«, sagte Connie, während sie an den Fesseln des linken Beins arbeitete. Janice nahm inzwischen das rechte in Angriff.

»Nämlich?«

»Ich habe in der Kassette verschiedene Dinge gefunden. Bilder von Jazz, als er ein Baby war. Eine Spielzeugkrähe.«

»Und?«

»Jazz' Geburtsurkunde.«

Janice hörte auf, an dem Knoten zu zerren, sah aber nicht auf und sagte nichts.

»Jan?«

Immer noch nichts.

»Jan, das Feld für den Vater war ...«

»Ich bin noch nicht bereit, darüber zu sprechen.«

»Aber es könnte bedeuten ...«

»Ich sagte«, fauchte Janice und riss gewaltsam an dem Strick, »dass ich noch nicht bereit bin, darüber zu sprechen!«

Connie zählte im Kopf bis fünf. War das wirklich die Zeit und der Ort für dieses Gespräch? Wahrscheinlich nicht. Andererseits würden sie so bald auch nicht hier wegkommen. »Ich dachte nur, es ist wichtig«, sagte sie. »Wenn Jazz nicht ...«

»Hör auf, ihn so zu nennen!«, brauste Janice auf. »›Jazz‹. Das ist lächerlich. Das ist der Spitzname für ein Mädchen. Er heißt *Jasper.*«

»Bei allem Respekt, aber Sie wissen nicht allzu viel über ihn, was die letzten Jahre angeht.«

Janice hörte auf, sich mit Connies Knöchel zu beschäftigen, und zog sich aufs Bett zurück. Connie fühlte sich schrecklich. Wer wusste, wie lange diese arme Frau schon Billys Gefangene war. Und was hatte sie davor in ihrer Ehe mit angesehen und erduldet? Wie musste es am Anfang ihrer Flucht für sie gewesen sein, als sie Billy in ihrer Angst sicherlich hinter jeder Ecke und in jedem Aufzug lauern sah?

Aber dann erinnerte sich Connie daran, dass Janice einen achtjährigen Jungen allein mit Billy Dent zurückgelassen hatte, und ihr Mitgefühl schwand.

»Ich schätze, ich habe es nicht besser verdient«, sagte Janice.

»Sie haben ihn verlassen«, sagte Connie kühler, als sie sich selbst zugetraut hätte.

»Du weißt nicht, wie es war. Du verstehst nicht.«

»Ich verstehe, dass Sie seine Mutter waren.«

Janice nickte. Connie hatte ihren linken Fuß befreit und fing an, am rechten zu arbeiten.

»Bist du gut für ihn, Connie?«

»Für Jazz?« Sie dachte an ihr Hotelzimmer hier in New York. An die Nacht, als Jazz aus einem Traum erwacht war und sich an sie geklammert hatte, nur um aus dem Bett zu fallen und sie dann anzufauchen. Sie dachte an ihr Verlangen nach ihm, an alles, was sie zusammen durchgemacht hatten.

»Ich denke, ich bin sehr gut für ihn.«

»Davon bin ich überzeugt.«

Die letzte Schlaufe ging auf, und Connie war frei. Sie rieb sich die Füße, um Gefühl darin zu bekommen, dann riskierte sie es, aufzustehen. Die Welt um sie herum schwankte ein wenig, aber sie atmete ruhig und kontrolliert, bis das Gefühl vorbei war.

Janice sah vom Bett zu ihr hinauf.

»So«, sagte Connie und verzog das Gesicht beim Blick auf die Handschellen. »Jetzt machen wir bei Ihnen weiter.«

8

Howie versuchte es mit seinem strahlendsten Lächeln, aber der Sheriff wollte nichts davon wissen. Er pflanzte sich schwerfällig auf einen Stuhl neben Howies Bett und blickte so Furcht einflößend drein, dass Howie den Witz bleiben ließ, den er gerade reißen wollte.

»Wenn Jasper wie ein Idiot in Gottes Schöpfung herumstolpert, ist das eine Sache, aber dich wird es eines Tages umbringen, Howie.«

»Wahrscheinlich, wenn meine Eltern eintreffen.«

G. William schnaubte wenig erheitert durch seine unförmige Nase. »Du denkst, du musst dir wegen deiner Eltern Sorgen machen? Dein größtes Problem sitzt genau vor dir.«

»Was soll das heißen? Ich habe nichts getan.«

»Nichts getan, nennst du das? Seit ich dich das letzte Mal gesehen habe, warst du eine Person besuchen, die deiner Behauptung nach ein Serienkiller sein könnte. Du hast eine betagte Mitbürgerin ins Krankenhaus gebracht. Ach ja, und du hast Connie gewarnt, dass ich ihr auf der Spur bin. Ganz recht, Howie, ich habe mir deine Telefondaten, einschließlich deiner SMS besorgt, kaum dass du mein Büro verlassen hast. *Verdrück dich, Süße.* Das ist ja wohl kaum misszuverstehen, oder?«

Oh, Mann. G. William hatte es auf sie abgesehen. »Damit haben Sie ziemlich sicher mein Recht auf Privatsphäre oder irgendwas verletzt«, sagte er, jedoch ohne rechte Überzeugung.

»Benimm dich nicht so dumm, wie du aussiehst, Howie. Das steht dir nicht.« G. William beugte sich vor. »Und jetzt ist Connie verschwunden – wegen dir. Wir können sie nicht finden. Sie hat deinen Rat beherzigt und sich dünngemacht.«

Howie stöhnte und drehte sich von G. William weg. »Ich weiß nicht, wovon Sie reden.«

»Wo ist sie, Howie? Das ist kein Spiel hier. Sie könnte in großen Schwierigkeiten stecken. Wenn ihr etwas zustößt, bist du schuld.«

Na großartig, das hat mir noch gefehlt. Nachdem ich Gramma schon auf dem Gewissen habe, kommt jetzt auch noch Connie dazu?

»Ich weiß nichts«, sagte er ruhig und tat, als würde ihn das stete Tröpfeln in seinem Infusionsschlauch fesseln. »Ich weiß nicht mehr, als dass sie nach New York geflogen ist.«

»Schau mir in die Augen, Howie.«

Widerwillig wandte sich Howie wieder dem Sheriff zu. »Ich weiß es wirklich nicht, G. William. Alles, was ich weiß, ist, dass der Typ am Telefon sie angewiesen hat, zu Terminal vier auf dem JFK-Airport zu gehen. Wir wissen nicht, warum.«

G. William nickte nachdenklich und fummelte dann auf seinem Smartphone herum, um eine SMS zu schreiben. »Das ist schon ein bisschen mehr, als wir vorher wussten. Ich gebe dem NYPD und dem Sicherheitsdienst am Flughafen Bescheid.«

»Was ist mit Gramma?«, fragte Howie. »Und mit Sam. Wo ist sie?«

»Jaspers Großmutter ist auf der Intensivstation. Sie ist in sehr schlechter Verfassung, Howie, ich will dich nicht anlügen. Der Schreck war bei ihrem schwachen Herzen schon schlimm genug, aber der Schlag auf den Kopf …« Er zuckte mit den Achseln. »Sie tun, was sie können. Sie glauben, dass sie durchkommen wird, aber wenn jemand so alt und gebrechlich ist, können auch die besten Ärzte nicht sicher sein.«

»Was ist mit Sam?«, fragte Howie leise, während er die Neuigkeit über Gramma verdaute.

»Die Frau, die du für Billys Kumpanin hältst? Von der niemand von uns auch nur das Geringste weiß? Meinst du die?«

»Raus hier. Sofort.«

Die neue Stimme war Howie nur allzu vertraut. Er stöhnte, als er seine Mutter hörte, die spröde und stark zugleich klang.

»Mrs. Gersten«, sagte G. William höflich, erhob sich und tippte sich an den Hut. »Tut mir leid, dass wir uns wieder unter diesen Umständen treffen müssen.«

»Ich sagte, raus, Sheriff. Howie ist minderjährig.«

»Sie dürfen ihn nur in unserer Anwesenheit befragen«, sagte Howies Vater. »Und dem stimmen wir nicht zu.«

»Ihr Sohn ist ein unentbehrlicher Zeuge in einem …«

»Verschwinden Sie!«, kreischte Mrs. Gersten aus Leibeskräften, und Howie zuckte zusammen.

»Mom, bleib cool!«

»Ich will nicht ›cool‹ bleiben. Und wenn du diesem Dent-Jungen noch einmal nahe kommst, dann werde ich …«

»Ich bin fast achtzehn. Du kannst mich nicht …«

»Darüber sprechen wir nicht vor dem Sheriff«, unterbrach Dad und wandte sich dann an G. William. »Wenn Sie weitere Fragen haben, können Sie warten, bis ich einen Anwalt geholt habe.«

G. William schlurfte zur Tür, während Howies Eltern an ihm vorbei ans Bett traten. »Ich denke, für den Moment habe ich genug. Danke für deine Hilfe, Howie.« In der Tür hielt er noch einmal inne und drehte sich um. »Übrigens, Howie, diese Person, nach der du gefragt hast …«

Howie nickte.

»Tja, sie ist verschwunden«, sagte G. William. »Sie war nicht beim Haus, als der Rettungsdienst eintraf. Hat sich einfach in Luft aufgelöst.«

Howie lief es kalt über den Rücken, als die Tür sich schloss und er allein mit seinen Eltern zurückblieb.

9

Duncan Hershey rechnete nicht damit, irgendein Vergnügen zu empfinden, wenn er seine Frau und seine Kinder tötete. Es war einfach etwas, das er tun musste. Jetzt, da er das Spiel gewonnen und an dem erbärmlichen Hund vorbei in die Reihen der Krähen aufgestiegen war, war der Hut-Killer für den nächsten Schritt bereit.

Es würde einen neuen Namen geben. Eine neue Stadt. Frische Frauen, die er nehmen, besitzen, auf ein Nichts reduzieren konnte.

Doch erst musste er sein altes Leben auslöschen. So sah sein Plan aus. Seine Frau und seine Kinder hatten eine Weile ihren Zweck erfüllt. Sie hatten ihn menschlich wirken lassen und daher weniger verdächtig. Aber jetzt hingen sie an ihm wie ein Fallschirm, den der Wind erfasst hat. Sie bremsten ihn.

Je früher es erledigt war, desto besser. Während er sich danach sehnte, sich Zeit zu lassen und bei allen eine persönliche Note anzubringen, wusste er, dass eine auf schreckliche Weise ermordete Ehefrau samt Kindern nur den Verdacht auf den überlebenden und verschwundenen Vater lenkte. So war es immer. Die Welt gab immer den Männern die Schuld, während in Wahrheit die Frauen schuldig waren. Die Frauen, die sich zurück- und heraushielten, die Frauen, die lockten und verhöhnten.

Und so plante Hershey eine ausgeklügelte Tragödie mit dem Gasherd in der Wohnung. Es konnte sein, dass auch

Leute in der darunter liegenden Wohnung ihr Ende fanden – er wusste nicht, wie stark genau die Explosion ausfallen würde –, aber der Kollateralschaden würde den Unfall nur umso glaubwürdiger erscheinen lassen.

Und wie traurig für den Vater, der im Augenblick der Explosion zufällig nicht zu Hause war. Ach, die Medien würden ihn für seine stoische Haltung anschließend preisen. Und wenn er sich entschloss, die Stadt zu verlassen, nun … Wer wollte es ihm verübeln? *Armer Mann. Seine Familie auf diese Weise zu verlieren … Ich würde ebenfalls wegziehen.*

Hershey würde verschwinden. Um wie die besten Zauberer dort wieder aufzutauchen, wo man ihn am wenigsten erwartete.

Und dann das Töten. Das süße, süße Töten!

Der Plan war perfekt. Hersheys neues Leben als Krähe würde perfekt sein. Nur eins stand ihm im Weg.

Billy Dent.

Hershey saß an seinem Küchentisch und starrte auf die Knöpfe am Herd, die nicht aufgedrehten Knöpfe. Er hatte seinen Plan vor Monaten ersonnen, und es brauchte nicht viel, ihn in die Tat umzusetzen. Aber er hatte Befehl, es nicht zu tun. Er hatte Befehl, gar nichts zu tun, niemanden zu töten.

Befehl von Billy Dent.

Es war nach Mitternacht. Am Ende des Flurs schlief seine Frau. Seine Kinder schliefen. Schlaf und Tod waren Vettern, hieß es, und es ärgerte den Hut-Killer, dass seine Familie heute Nacht behaglich in dem einen lag und nicht im anderen. Wer war Billy Dent, ihm zu befehlen, nicht zu töten? Billy Dent war verspätet zum Spiel gestoßen, das schon vorigen Sommer angefangen hatte, geleitet von Ugly J. Der Hut-Killer hatte Ugly J. natürlich nicht gemocht. Ugly J. war zu lasch. Und das Schwungvolle, Lachende in Ugly J.s Stimme hatte

Hershey verachtet. Es weckte das Bedürfnis in ihm, Ugly J. durch das Telefon zu sich zu ziehen und mit einem scharfen Messer zu bearbeiten, das Fleisch von den Knochen zu schaben, die süßen Schreie des Folteropfers zu hören.

Aber wenigstens hatte Ugly J. vernünftige Regeln ausgegeben. Eine Zahl würfeln, den Beweis erbringen, dann weiter. Vernünftig. Regeln.

Dann hatte urplötzlich Billy Dent gewürfelt und die Zahlen durchgegeben. Arrogant und im Befehlston. Fordernd. Und auf Spielen bestehend, die nebenbei liefen.

WILLKOMMEN IM SPIEL, JASPER.

Er hatte diesen Satz auf Billy Dents Befehl auf der Frau in der S-Linie hinterlassen, ihn mit Lippenstift über ihre toten, schlaffen Brüste geschrieben. *Geschrieben.* Eine Handschriftenprobe für die Polizei hinterlassen. Ein heimtückischer und dummer Befehl, aber Hut hatte ihn befolgt, er hatte das Spiel bis zum Schluss mitgespielt.

Es war nicht seine Schuld, dass Dents Sohn mit der FBI-Agentin aufgetaucht war.

Ein Nebel hatte sich in dem Mietlager auf Hut gesenkt. Er hatte nach Jasper Dents Tod gelechzt. Sich nach ihm gesehnt.

Es interessierte ihn nicht, Männer zu töten. Männer bedeuteten ihm nichts. Sie waren wertlos, da sie sich von Frauen beherrschen ließen.

Aber Jasper Dent …

Den Sohn von Billy Dent zu töten. Das Kind des Mannes zu töten, der das Spiel an sich gerissen und Huts Sieg riskanter und schwieriger gemacht hatte …

Wäre Ugly J. noch sein üblicher Kontakt gewesen, er hätte den Dent-Jungen getötet, ohne lange zu überlegen. Aber Billy Dent war nicht zu trauen. Er war unberechenbar.

Und so hatte er getan, was er für das Beste hielt – er hatte den jungen Dent am Leben gelassen, aber an einem Ort, wo er die Polizei nicht verständigen konnte. Dann hatte er mit Billy Kontakt aufgenommen, und Billy hatte …

Hut knirschte mit den Zähnen und blickte nach unten. Er bemerkte, dass er inzwischen nicht mehr am Tisch saß, sondern vor dem Herd stand, die rechte Hand bereits auf einem der Knöpfe.

Billy hatte ihm befohlen, niemanden zu töten.

Niemanden zu töten!

Wusste Billy nicht, wie unmöglich das war? Ebenso gut konnte man dem Löwen befehlen, die Gazelle nicht zu fressen. Der Venusfliegenfalle, das Insekt in Ruhe zu lassen.

Hershey war verärgert. Eine Krähe sollte der anderen nicht befehlen, nicht zu töten! Und Hershey war jetzt eine Krähe. Er hatte das Spiel gewonnen. Er war aufgestiegen. Billy Dent war nicht der Krähenkönig, und selbst der Krähenkönig sollte nicht …

Es klopfte an der Tür.

Billy grinste, als die Tür aufging und er zum ersten Mal Duncan Hershey, eine Hälfte des Hut-und-Hund-Killers, erblickte. »'n Abend, Duncan«, sagte er.

Hershey schaute finster, als er Billy in die Wohnung schob. »Theoretisch ist es Morgen«, sagte er mit einem Ausdruck genervten Diensteifers. »Es ist nach Mitternacht. Lange nach Mitternacht.« Eine Pause. Dann, geflüstert: »Sie sollten bereits tot sein.«

Sie befanden sich in einer kurzen, engen Diele. Kein Platz zum Manövrieren. Hut blockierte den Weg in die Wohnung, was Billy ganz recht war.

Er legte eine Hand auf Huts Schulter. »Ich verstehe dein Dilemma. Aber ich bin hier, um es für dich zu lösen.«

»Ich brauche deine Hilfe nicht. Ich habe einen Plan.«

»Sicher hast du den. Aber dann hast du meinen Sohn angeschossen und ihn blutend an einem Ort liegen lassen, wo ihm niemand helfen konnte. Deshalb geht mein Plan vor deinen, verstehst du?«

»Ugly J. sagte …«

»Tja, du hast es hier aber mit mir zu tun.«

»Ich habe keine Angst vor dir.«

»Natürlich nicht. Du bist nicht intelligent genug, um Angst vor mir zu haben.«

Und dann tat Hut genau das, was Billy erwartet hatte. Er zog ein großes Küchenmesser hinter dem Rücken hervor und stürzte sich auf ihn.

Es war ein lachhafter Versuch. Billy hatte es mindestens zehn Sekunden, bevor es geschah, kommen sehen. Huts Hände waren beide sichtbar gewesen, als er zur Tür kam, sobald er also mit einer Hand hinter sich griff, wusste Billy, was ihm bevorstand. Es musste natürlich ein Messer sein, denn eine Schusswaffe wäre zu laut gewesen.

Messer waren einfach. Bei der Enge in der Diele konnte Hut nicht ausholen, deshalb blieb ihm nichts übrig, als einen Stich in Richtung von Billys Körpermitte zu führen.

Billy war bereit.

Er versuchte nicht einmal auszuweichen. Er ließ einfach die Handkante mit knochenbrechender Wucht auf Huts Messerhand hinuntersausen. Hut schrie vor Schmerz auf. Billy, der vorbereitet war, blieb stumm.

Das Messer streifte Billys Bauch und blieb am Gürtel hängen, ehe Huts Hand von dem Schlag so taub wurde, dass er es fallen ließ. Billy hatte einen Kratzer am Bauch, aber es war keine große Sache.

Das Messer fiel klappernd zu Boden. Billys Hand wurde ebenfalls taub von dem Hieb, aber er brauchte diese Hand nicht. Zumindest nicht im Augenblick.

Ehe Hut reagieren konnte, riss Billy den Unterarm hoch,

drückte ihn gegen die Kehle des Mannes und stieß ihn einen Schritt zurück gegen die Wand. Gleichzeitig rammte er ihm das Knie in die Leiste.

Die eine Hand konnte Hershey nicht mehr gebrauchen, die andere presste Billy mit seiner gesunden Hand an die Wand und drückte mit seinem ganzen Gewicht gegen den Mann. Hut war vollkommen bewegungsunfähig.

»Also wirklich, Duncan, das ist alles, was du zustande bringst? Oder willst du vielleicht noch einen Versuch bei dem guten alten Billy?«

Hershey wehrte sich. Billy stieß sein Knie nun gegen seine Eier. Hersheys Gesicht verfärbte sich purpurn.

»Ich töte nur aus unverfälschten Gründen. Ich töte diejenigen, die nicht zählen, die nach mir rufen mit ihrem Bedürfnis zu sterben. Ich töte nicht aus kleinlichen Gründen. Ich töte nicht aus Hass. Oder Rache. Nichts dergleichen. Hast du verstanden, Duncan?«

Hershey sagte nichts. In seinen Augen stand jetzt panische Angst. Seine Lippen bewegten sich lautlos, während Billy kräftiger gegen seine Luftröhre drückte.

»Was ich dir erklären will, Duncan, ist, dass mir das hier keine Freude macht. Das ist, wie wenn ein Footballspieler sprintet, um eine U-Bahn zu erwischen, verstehst du? Jemand tut etwas, das er gut kann, aus einem wirklich trivialen Grund. Einem *beleidigenden* Grund.«

Hut begann, die Augen zu verdrehen. Seine Nasenlöcher bebten vor akutem Luftmangel.

»Und vermutlich würde ich deine Frau und die Kinder als Nächste erledigen, wenn ich glauben würde, dass sie dir etwas bedeuten. Aber ich weiß, darauf hast du dich gefreut, deshalb verrate ich dir etwas, du großmächtiger Killer, du großmächtige Krähe: Ich werde sie am Leben lassen. Nur um dich zu ärgern. Sie werden dich überleben. Wie gefällt dir das?«

Hut scharrte mit den Füßen, er versuchte, einen Ansatzpunkt zu finden, um Billy zurückzustoßen. Aber er fand ihn nicht. Und er hatte keine Kraft mehr, da seine Zellen und Muskeln um mehr Sauerstoff flehten.

Billy wackelte mit einem Finger. »Ha, sieh an! Ich bekomme wieder ein Gefühl in die Hand. Nun gut. Dann wird das hier ja doch noch ganz lustig.«

10

Es war drei Uhr morgens, als das Handy auf Detective Louis Hughes' Nachttisch ihn mit einem alten Song von Eric B. & Rakim aus einem gesunden Schlaf weckte. Er schlug benommen um sich, ehe es ihm schließlich gelang, das Handy auszuschalten. Das Display zeigte an, dass der Anruf von der Zentrale des 76. Reviers gekommen war.

»Hughes«, sagte er. »Ich habe heute Nacht nicht Bereitschaft, also was zum Teufel …«

»Captain Montgomery sagte, ich soll Sie anrufen«, entschuldigte sich der Beamte von der Zentrale. »Wir haben einen Anruf wegen Duncan Hershey bekommen, und Montgomery meinte, Sie seien der Mann, an den wir uns wenden müssten.«

Duncan Hershey. Es dauerte einen Moment, bis der Name durch den Nebel von Hughes' Schläfrigkeit drang. Hershey. Einer der Männer, die sie wegen der Hut-und-Hund-Morde vernommen hatten.

Ach, Jasper, du kranker Hurensohn. Hattest du recht? Waren es tatsächlich zwei?

»Was hat er getan?«, fragte Hughes, sprang aus dem Bett und schlüpfte in seine Hose.

»Er hat gar nichts getan«, antwortete der Beamte und sprach dann immer weiter, während Hughes sich anzog und mit einer Mischung aus Faszination und Entsetzen zuhörte.

Kaum zwanzig Minuten später stand Hughes in der Diele von Hersheys Wohnung. In der Wohnung selbst und im Flur wimmelte es von Polizisten und Spurensicherungsleuten.

Hughes stand vor der Leiche und gab Acht, dass seine Schuhe nicht in die Blutlache gerieten.

Wer hätte gedacht, dass der Alte so viel Blut in sich hat?

Shakespeare, oder? Nicht ganz hundert Prozent, aber gut genug für einen Job im Staatsdienst.

Hughes' Verstand spielte ihm diesen Streich manchmal an wirklich üblen Tatorten. Er fing dann an, zufällige Zitate aus seiner Collegezeit auszugraben ... Vielleicht versuchte das Gehirn auf diese Weise, mit dem Horror fertigzuwerden.

In der Wohnung hörte er ein Kind schreien, eine endlose Klage. Und eine Frau – Hersheys Ehefrau, zweifellos – schluchzte, während sie mit einem uniformierten Beamten sprach. »... dachte ich, ich hätte den Lärm vielleicht nur geträumt, aber Duncan war nicht im Bett, deshalb bin ich nachsehen gegangen, und da habe ich ihn dann ...«

Duncan Hershey – nach Jaspers Theorie der »Hut« im Hut-und-Hund-Killer-Duo – würde niemanden mehr töten. Er war nicht einfach tot. Er war *gründlich* tot. Er war einer der totesten Menschen, die Hughes je gesehen hatte, und er hatte so einige gesehen.

Die Augenhöhlen waren Tümpel aus Blut und glitzernder Gallerte. Ein Ohr lag abgetrennt an der Sockelleiste, als wäre es dorthin geworfen oder – Hughes' Magen hob sich – ausgespuckt worden. Die Nase war aufgeschlitzt, und das Blut daraus bedeckte die untere Hälfte des Gesichts wie eine Halbmaske.

Der Hals war auf einer Seite wie mit Krallen aufgerissen. Enorme Blutmengen dort.

Der Bauch zerfetzt. Noch mehr Blut. Überall war Blut. Es

war an die Wände gespritzt und lief in Bächen zwischen den Bodenbrettern entlang.

In Hersheys Leiste glaubte er Stichwunden zu sehen, und er freute sich nicht auf den Moment, da man dem Toten die Hose auszog. Hughes hatte als Detective eines New Yorker Morddezernats eine Menge gesehen und erlebt und war im Lauf der Jahre gegen das meiste unempfindlich geworden, aber vor Genitalverletzungen ekelte er sich immer noch.

Aber wer hätte gedacht, dass der alte Mann noch so viel Blut in sich hätte. Das war es. Macbeth, oder?

»Dieses ›Aber wer hätte gedacht, dass der alte Mann‹ und so weiter – das ist aus Macbeth, oder?«, fragte er eine Fotografin der Spurensicherung, die neben der Leiche kauerte.

Ihrem Gesichtsausdruck nach dachte die Fotografin eindeutig, Hughes sei an einem Tatort zu viel gewesen. »Woher zum Teufel soll ich das wissen?«, fragte sie.

»Umfassende Bildung?«, schlug Hughes vor.

Vielleicht lag dem Ganzen ein Zerwürfnis zugrunde. Wenn die Theorie des Dent-Jungen stimmte, dann hatte Hershey im Verein mit Oliver Belsamo gearbeitet. Vielleicht hatten sie sich wegen etwas gestritten. Vielleicht hatte Hund beschlossen, Hut aus dem Spiel zu nehmen.

Aber hier? In der Wohnung des Mannes? Mit Zeugen am Ende des Flurs?

Hughes dachte daran, was Jasper gesagt hatte. *Es ist wahrscheinlich das Einzige auf der Welt, was einen Sinn für ihn ergibt.*

»Fertig«, sagte die Fotografin. »Sie können einen Blick auf ihn werfen.«

Hughes ging in die Hocke, vorsichtig, damit sein Mantel nicht ins Blut getaucht wurde.

Weiter hinten weinte die Witwe noch immer. Der Junge

schrie sich weiter die Seele aus dem Leib. Und jetzt stimmte eine dritte Stimme – noch ein Kind – in den Chor ein.

Es ist besser für euch drei, dachte Hughes. *Ihr habt keinen blassen Schimmer.*

Er konzentrierte sich auf zwei Spielwürfel neben der Leiche, die ihm sofort beim Betreten der Wohnung aufgefallen waren. Sie waren leuchtend rot mit weißen Punkten. Nichts Ungewöhnliches an ihnen. Sie zeigten eine Doppelsechs.

Aber jetzt, da er näher war, entdeckte er, dass sie ein Stück Papier festhielten, das bereits teilweise mit Hersheys Blut getränkt war.

»Haben Sie davon ein Bild gemacht?«, rief er der Fotografin nach, die schon halb aus der Tür war. Sie wandte sich um, sah, worauf er zeigte, und verdrehte die Augen.

»Ja, Detective. Ich habe die Kamera auf das Papier gerichtet und so Klickgeräusche mit dem Auslöser gemacht.«

Hughes hasste die ganze Welt.

Er zog das inzwischen klebrige Papier mit einer Pinzette unter den Würfeln hervor.

Es stand etwas darauf geschrieben:

GERN GESCHEHEN – Wm. C. Dent

»Verdammte Scheiße«, flüsterte Hughes. Hinter seinem linken Auge bildete sich ein Kopfschmerz, der so heftig war, dass das Augenlid zu zucken begann.

»Sperrt den Block ab!«, schrie er. »Errichtet Straßensperren in einem Radius von fünf Blocks! Sofort!«, brüllte er, als der Uniformierte neben ihm nur überrascht blinzelte. Auf sein Gebrüll hin rannte der Mann in den Flur hinaus und rief Befehle in sein Schultermikro.

»Ich brauche alle verfügbaren Kräfte in dieser Gegend, und zwar vor zehn Minuten!«, fuhr Hughes fort. »Wir durchsuchen persönlich jede Wohnung in jedem Gebäude hier im Viertel. Es ist mir egal, wie lange es dauert. Billy Dent war vor weniger als einer halben Stunde hier – setzt euch in Bewegung!«

Er sah, wie das Chaos um ihn herum eine Art Ordnung annahm. Er zweifelte jetzt nicht mehr daran, dass er hier eine Hälfte des Hut-und-Hund-Killers vor sich hatte, genau wie es Jasper vermutete. Dann kam ihm beim Blick auf die Leiche noch ein Gedanke. »Und holt Jennifer Morales her. Sofort!«

11

Howies Handy zeigte weit nach drei Uhr morgens an, als er beschloss, aus dem Bett zu kriechen und auf Erkundung zu gehen. Es war ruhig im Krankenhaus, seine Eltern waren längst wieder fort, nachdem die üblichen Lügen und Halbwahrheiten sie einigermaßen besänftigt hatten. Howie hatte dank des Mittels, das Dr. Mogelof ihm gespritzt hatte, den größten Teil des Abends geschlafen, und so war er jetzt hellwach.

Die ideale Zeit zum Spionieren.

»Ich bin der beste Sidekick in der Geschichte der Sidekicks«, murmelte er vor sich hin, als er die Beine aus dem Bett schwang. »Demnächst werde ich zu einem echten Actionhelden befördert werden. So viel ist sicher.«

Sie hatten seine Monitore abgeschaltet, nachdem sich Puls und Blutdruck stabilisiert hatten, er musste also nicht befürchten, dass ein Alarm losging. Sein Infusionsständer – Wunder über Wunder! – war gut geölt und quietschte nicht, als er ihn über den Boden schob. Er legte einen kurzen Boxenstopp im Bad ein und betrachtete sich im Spiegel. Igitt. Es sah ziemlich übel aus. Er verstand, warum Mom so ausgetickert war. Um seine Stirn war ein mächtiger Verband gewickelt, und sein Gesicht war geschwollen und mehr blau und schwarz verfärbt als teigig blass wie sonst. Er sah aus, als hätte er mehrere Runden mit einem Schwergewichtschampion im Ring gestanden, und er beschloss sofort, das würde die Geschichte sein, die er in der Schule erzählte. »Ihr solltet erst mal den andern sehen!«

Dass »der andere« eine Frau mittleren Alters war, würde er zu erwähnen vergessen.

Der Gedanke an Samantha brachte ihn zu seinem aktuellen Problem zurück. Er musste herausfinden, was aus ihr geworden war. Und das ging am einfachsten, wenn er Jazz' Großmutter fand. Sam würde ohne Frage bei ihr sein, und Howie beschloss, ihr zu verzeihen, dass sie sich auf die Seite ihrer Mutter statt auf seine geschlagen hatte – solange sie sich nicht tatsächlich als Serienmörderin herausstellte. G. William behauptete, sie sei verschwunden, aber das bedeutete vielleicht nur, dass sie irgendwo in einem Starbucks saß. Wenn sie Howie einen Latte mitbrachte, würde er ihr viel verzeihen.

Das einzige Problem, dem er sich unmittelbar gegenübersah, war in Wirklichkeit genau hinter ihm: sein dürrer Hintern hing aus dem Krankenhausnachthemd. Er suchte in der Kommode und im Kleiderschrank des Zimmers und fand nichts, dann entdeckte er eine Plastiktüte unter dem Bett. Sie enthielt seine Kleidung, abzüglich des Hemds, das vermutlich blutgetränkt gewesen war.

Auf diese Weise verliere ich öfter mal ein Hemd …

Er schlüpfte in seine Jeans und ließ das Nachthemd an, dann öffnete er verstohlen die Tür seines Zimmers, sehr langsam und geduldig. Er durfte nicht erwischt werden. Die Sache war zu wichtig. Zu groß.

Nachdem er die Tür gerade so weit aufgezogen hatte, dass er durchpasste, schlüpfte er in den Flur hinaus.

»Na, machen wir einen kleinen Spaziergang?«, fragte eine Schwester, die in diesem Moment vorbeisauste. »Sehr gut! Pass nur auf, dass du mit deinem Infusionsschlauch nicht an einem Türgriff hängen bleibst!«

Howie sah ihr hinterher, als sie im Flur verschwand. *Das habe ich absolut kommen sehen. Absolut.*

Er marschierte zur Schwesternstation, wo eine müde dreinblickende Frau in den Fünfzigern – oder Neunzigern, wenn die Leute erst mal über vierzig waren, unterschieden sie sich nicht mehr für Howie – kaum den Blick zu ihm hob. Er musste sich mehrmals räuspern, bis sie schließlich von ihrem Handy aufsah, auf dem sie wie wild eine SMS tippte.

»Ich suche nach einer Patientin«, sagte Howie.

»Ich darf keine Auskünfte über Patienten …«

»Sie können mir sagen, ob jemand hier ist, oder? Ich bitte ja nicht um ihre Diagnose oder eine Kopie ihrer Röntgenbilder.«

Howie sah der Schwester an, dass sie etwas sagen wollte wie: *Ich bin zu beschäftigt,* aber sie verkniff es sich, als sie begriff, dass ihr jetzt zirpendes Handy sie Lügen strafen würde.

»Name der Patientin?«, fragte sie resigniert.

Howie wurde in diesem Moment mit Schrecken bewusst, dass er den Vornamen von Mrs. Dent nicht kannte. Fast wäre ihm »Gramma« herausgerutscht.

»Äh, sie wurde heute aufgenommen. Alte, weiße Dame.« Die Schwester war selbst mehr oder weniger eine alte, weiße Dame. Er hoffte, sie würde nicht gekränkt sein. »Nachname Dent.« Zur Sicherheit buchstabierte er es noch.

Sie hielt beim Tippen in ihren Computer inne. »Vorname?«

»Ach, kommen Sie. Wie viele Dents gibt es in dieser Stadt?«

»Zu viele«, murmelte die Schwester leise. »Sie wurde gestern spätabends aufgenommen und liegt in Zimmer 2007. Sie ist nicht mehr auf der Intensivstation, darf aber keinen Besuch empfangen.«

»Das ist schon in Ordnung. Ich will nur Blumen schicken«, sagte Howie und entfernte sich mit seinem charmantesten Lächeln. Die Frau verzog nur das Gesicht. Musste an den blauen Flecken liegen.

Zimmer 2007 lag ein Stockwerk höher. Howie nahm den

Aufzug und benutzte die kurze Fahrt nach oben dazu, seine Verführungsmasche an einer süßen Ärztin mit wenig süßen Tränensäcken unter den Augen zu üben. Als er ausstieg, fuhr sie weiter und sagte: »Zur Psychiatrie geht es zwei Stockwerke *abwärts.*« Wahrscheinlich wollte sie nur irgendwie behilflich sein.

Howie hätte Grammas Zimmer auch mühelos gefunden, wenn er die Nummer nicht gekannt hätte. Denn er war sich ziemlich sicher, dass nur vor dem Zimmer von Billy Dents Mutter ein uniformierter Deputy von Lobo's Nod geparkt war.

Und, ach, was für ein Glückstag! Es war Howies Lieblings-Deputy: Erickson. Howies Handgelenke schmerzten immer noch, weil Erickson ihn letztes Jahr im Oktober wegen einer kleinen Sünde mit Handschellen an eine Bank im Sheriffbüro gefesselt hatte: Nur weil er mit Jazz ins Leichenschauhaus eingebrochen war. Und weil sie ein Mordopfer untersucht hatten. Und einen vertraulichen gerichtsmedizinischen Bericht kopiert.

»Hallo, Erickson«, sagte Howie und schniefte.

Der Deputy saß auf einem Klappstuhl und scrollte durch irgendetwas auf seinem Handy. »Howie. Freut mich, dich gesund und munter zu sehen.«

»Das glaube ich Ihnen aufs Wort.«

»Ach, komm, Howie. Du wirst doch nicht nachtragend sein wollen.«

»Ich bin nicht wegen Ihnen hier, Erickson. Ich bin hier, um Jazz' Großmutter zu besuchen.«

Erickson ließ sein Telefon in die Tasche gleiten, stand auf und verschränkte die Arme vor der Brust. Howie überragte den Deputy locker um zehn Zentimeter, aber was Erickson an Howies Länge fehlte, machte er durch schiere Muskelmasse mehr als wett. Und dadurch, dass er kein Bluter war.

»Ich darf dich nicht hineinlassen«, sagte er. »Keine Besucher. G. William befürchtet, die Presse könnte auf Bilder von Billy Dents Mutter im Krankenhaus aus sein.«

»Ich bin nicht von der Presse.«

»Er befürchtet außerdem, Angehörige von Opfern könnten ein wenig auf Rache sinnen.«

»Ich bin auch kein ...«

»Komm schon, Howie! Keine Besucher bedeutet: keine Besucher. Ich meine es ernst. Geh wieder in dein Zimmer und schlaf. Du siehst furchtbar aus.«

»Ich wollte nur sehen, wie es ihr geht.«

»Sie schläft. So. Jetzt weißt du es.«

»Und ich muss mit Sam reden.«

»Sam wer?«

Howie seufzte. »Mann, ich habe heute eine Menge Blut verloren. Ich bin nicht in der Stimmung für so was. Samantha, Jazz' Tante. Sie ist da drin, oder?« Er wies mit einem Nicken auf Zimmer 2007.

Erickson wirkte aufrichtig verdutzt. »Außer der alten Dame ist da niemand drin.«

Das konnte nicht sein. Sam war immer extrem fürsorglich in Bezug auf Gramma gewesen, wenn Howie die beiden zusammen gesehen hatte. Er konnte sich nicht vorstellen, dass sie ihre Mutter einfach so im Stich ließ, auch wenn G. William sagte, sie sei verschwunden. *Verschwunden* musste nichts Düsteres sein – es konnte schlicht nur bedeuten, auf dem Krankenhausklo zu sein, wenn die Polizei im Zimmer deiner Mutter nach dir suchte.

»Sie spielen mit mir. Sam *war* da, oder? Wann ist sie gegangen? Wohin ist sie gegangen?«

Der Deputy schüttelte den Kopf. »Ich habe keine Ahnung, wovon du redest. Außer den Ärzten und Schwestern ist niemand da hineingegangen. Niemand.«

Aber Sam würde bei ihrer Mutter bleiben. Sich zumindest nach ihr erkundigen, oder? Es sei denn …

»Laut G. William kam der Notruf vom Festnetzanschluss im Haus der Dents. Als der Rettungswagen eintraf, fanden sie nur dich, blutend auf dem Boden, und die alte Frau nicht weit entfernt. Das ist alles. Sonst niemand.«

Es sei denn, Sam hat doch mehr mit ihrem Bruder gemeinsam als nur die Haarfarbe. Verdammt.

»Wenn das stimmt, dann ist es sehr wahrscheinlich, dass Samantha mit Billy gemeinsame Sache macht. Sie müssen mich Gramma sehen lassen. Es könnte irgendwelche Hinweise geben …«

»Keine Besucher, Howie.«

»Hören Sie«, bettelte Howie. »Lassen Sie mich nur kurz hineingehen und …«

»Nein. Absolut nein.« Erickson verschränkte wieder die Arme vor der Brust, als würde das irgendetwas beweisen.

»Gut.« Howie machte kehrt und schlurfte den Flur entlang. Dann drehte er sich noch einmal um.

»Ich bin mir immer noch sicher, dass Sie irgendwie ein Serienmörder sind, Erickson.« Eine bessere Beleidigung fiel ihm im Augenblick nicht ein.

»Dein ganzes Hirn ist voll Serienmörder, Howie. Du siehst überall welche.«

Howie schnaubte höhnisch. »Aber nur, weil sie überall *sind.*«

12

Mit nichts, was Connie versuchte, konnte sie die Handschellen um Janices Gelenk und um den eisernen Bettpfosten aufbekommen. Sie war sich in aller Schärfe der Tatsache bewusst, dass Billy jeden Augenblick zurückkommen konnte. Mit jeder Sekunde, die verging, schien das Adrenalin in ihr lebendiger zu werden, als lebte ein zweites Wesen in ihr, das durch alle Zellen rannte und aus Leibeskräften ständig ein Wort schrie:

FLIEH.

Das Erste, was Connie getan hatte, war, zur Tür zu gehen, weil sie dachte, in den anderen Räumen würde sie vielleicht einen Schlüssel finden oder wenigstens etwas, womit sie versuchen konnte, das Schloss zu knacken. Und wenn das nicht, würde ihr Handy vielleicht noch da draußen sein, und sie konnte zumindest die Polizei verständigen.

Aber die Tür gab keinen Millimeter nach, auch nicht, als sich Connie mit ihrem ganzen Gewicht dagegenwarf. Zu robust für eine bloße Tür. Vielleicht hatte Billy einen massiven Querriegel auf der anderen Seite angebracht. Wie auch immer, die Tür konnte sie vergessen.

Connie erinnerte sich an einen alten Film, den sie einmal gesehen hatte, wo ein Typ, der mit Handschellen an ein Bett gefesselt war, das Schloss mithilfe einer Matratzenfeder geknackt hatte. Mit Janices Unterstützung gelang es ihr, die Matratze an einem Rand aufzureißen und eine der Spiralfedern herauszuzupfen, wobei sie sich die Finger aufschürfte, bis sie bluteten.

Doch egal, wie viel sie mit ihrem kleinen, selbst gebastelten Dietrich in dem Schloss der Handschellen herumstocherte, sie gingen nicht auf. Es war viel schwerer, als es in den Filmen aussah.

»Ich weiß nicht, was ich tun soll«, sagte sie und versuchte, dieses FLIEH abzuschütteln, das immer noch laut in ihr hallte. Ihre Hände zitterten, und die Handschellen waren verschmiert von ihrem Blut. »Können wir das Bett nicht auseinandernehmen? Den Pfosten, an den Sie gefesselt sind, herausdrehen?«

Janice schüttelte den Kopf. »Das Gelenk ist verschweißt. Billy ist kein Amateur.«

Connie stand auf und lief hin und her, zittrig wie nach einer Überdosis Koffein. Sie fasste sich unwillkürlich immer wieder an den Hals und fuhr den Schnitt nach, den ihr Billy dort beigebracht hatte. Das frische Blut von ihren Fingern legte sich als glatte Schicht auf das halbgeronnene Blut der alten Wunde.

»Was tun wir?«, fragte sie. Ein rationaler Teil von ihr begriff, dass sie absoluter Panik nahe war und dass es nicht mehr lange dauern würde, bis sie zu schreien anfing, sich das Haar raufte und gegen die gottverdammten schalldichten Wände lief.

Aber mit jeder Sekunde, die verstrich, dachte sie weniger rational.

»Was tun wir, Jan?«, fragte sie wieder. Es war idiotisch, aber irgendwie hatte sie das Gefühl, als müsste Jan alle Antworten kennen. Jan war erwachsen, nicht wahr? Sie war mit Billy verheiratet gewesen, Herrgott noch mal. Sie musste doch *irgendetwas* wissen, oder?

Connie bemühte sich, ihre Atmung zu verlangsamen, und stellte – zum ersten Mal, seit sie im Alter von zwölf Jahren mit Yoga angefangen hatte – fest, dass sie es nicht konnte. Was sie nur noch hektischer atmen ließ.

Ich werde hyperventilieren, bis ich bewusstlos umkippe, und Billy wird zurückkommen und mich auf dem Boden finden und dann …

»Connie«, sagte Janice leise.

»Was?«

Janice legte den Zeigefinger an die Lippen.

Connie hielt den Atem an.

Eine Tür.

Eine Tür, die sich schloss.

Ganz nahe.

Die Blicke der beiden Frauen trafen sich. Connie stellte entsetzt fest, dass in Janices Augen keine Panik war.

Nur Resignation.

Sie sprachen es nicht aus. Das brauchten sie nicht.

Billy war wieder da.

Connie drehte sich im Kreis, als könnte sie durch Zauberei einen weiteren Raum, eine Waffe oder was immer aus dem Nichts entstehen lassen, wenn sie nur angestrengt genug danach Ausschau hielt. Ihr Blick fiel auf den Stuhl. Das war alles, was sie hatte. In ihrem Kopf begann sich ein Plan zu formen.

Sie würde hören, wenn er die Sperre auf der anderen Seite der Tür entriegelte. Sie würde mit dem hoch erhobenen Stuhl neben der Tür stehen. Die Tür ging nach außen auf, deshalb konnte sie sich nicht dahinter verstecken, aber sobald er hereinkam, würde sie ihm den Stuhl über den Schädel schlagen und …

Und er würde sich von dem Schlag erholen und sie töten, denn er war stärker als sie.

Connie drehte sich wieder. Der Raum bestand aus vier Wänden mit Schalldämmung und der Tür. Sonst nichts. In blinder Panik begann Connie, an die Wände zu hämmern. Ihre Schläge wurden gedämpft wie der Schmerz, obwohl dahinter massive Wand war.

Bis sie an die Wand gegenüber der Tür schlug und es irgendwie anders klang. Sie versuchte es noch einmal.

Es klang eindeutig anders.

»Was tust du?«, flüsterte Janice.

Ohne zu überlegen, begann Connie, an dem Dämmmaterial zu kratzen. Ihre blutigen Finger fanden eine Naht, und sie bohrte mit den Nägeln hinein, bis sie einen Ansatzpunkt hatte und an dem Material reißen konnte.

Eine Tackerklammer flog aus der Wand, und die Ecke einer Dämmplatte löste sich. Connie sah den Rand eines Fensters, tiefer als sie es gewohnt war, etwa auf Hüfthöhe.

»Billy ist wieder zu Hause, meine Damen!«, dröhnte Billys Stimme aus dem Raum nebenan. Er klang fröhlich, und das erschreckte Connie. »Ich muss mich nur noch waschen und einen Anruf machen, dann bin ich sofort bei euch!« Es war der joviale Billy, mit dem die Stadt Lobo's Nod jahrelang gelebt hatte, der beliebte Billy, jedermanns Freund. Wenn man nicht wusste, wer Billy Dent war, wäre diese Stimme ein Zeichen dafür gewesen, dass eine angenehme Zeit bevorstand.

Aber Connie wusste es, und sie hörte für einen Moment auf, an der Schalldämmung zu reißen, und drehte sich zu Janice um, die auf dem Bett saß und die Knie an die Brust gezogen hatte.

»Was ist mit Ihnen?«, flüsterte sie. »Ich kann nicht ohne Sie gehen.«

»Er wird uns beide töten, wenn du nicht fliehst.«

»Ich kann Sie doch nicht …«

Schritte. In der Nähe.

»Ich bin die Erwachsene, Connie. Die Mutter. Ich tue für dich, was ich für Jasper hätte tun sollen – ich beschütze dich. Jetzt geh!«

Connie wandte sich wieder der Schalldämmung zu, zupfte

eine Ecke los und löste dann ein großes Stück davon ab. Da war tatsächlich ein Fenster. Sie fummelte am Fenstergriff. Er ließ sich nicht bewegen.

Er hat es zugeschweißt. Zugeschweißt!

Panik erfasste sie. Sie riss den Rest des Dämmmaterials herunter. Gleichzeitig hörte sie, wie auf der anderen Seite der Tür der Sperrbalken fiel.

»Beeil dich!«, schrie Janice beinahe.

Connie hob den Stuhl auf und schlug ihn in dem Moment, in dem die Tür aufging, mit all ihrer Kraft gegen das Fenster. Das Fenster bebte und bekam einen Sprung. Der Stuhl war stabil und hielt den Schlag aus.

Ein Blick über die Schulter zeigte Connie, dass Billy wie erstarrt in der Tür stand. War das ein freudiges Lächeln, was um seine Mundwinkel spielte? Ja, es schien so.

Sie schmetterte den Stuhl erneut gegen das Fenster. Diesmal zerbrach das Glas in Dutzende von Scherben, und eine scharfkantige Öffnung entstand.

»Du kleine Hexe«, sagte Billy erstaunt, und ein Teil von Connie fand es erheiternd, dass er keins der derberen Schimpfwörter fallen ließ.

Doch dann röhrte Billy Dent wie ein brunftiger Elch und stürzte mit ausgestreckten Armen quer durch den Raum auf sie zu. Connie kreischte in abgrundtiefer Angst und schwang den Stuhl mit aller Kraft, die sie noch in sich hatte, in die Gegenrichtung. Er traf Billy, der die Arme hob, um sich zu schützen. Es klang, als hätte jemand einen Armvoll Brennholz fallen gelassen, und in das Geräusch hinein mischte sich Billys überraschter Schmerzensschrei.

Connies Arme waren taub von der Anstrengung, aber irgendwie fand sie die Kraft, noch einmal mit dem Stuhl auszuholen. Diesmal war der Schlag jedoch zu schwach geführt, und Billy fing den Stuhl ab und entriss ihn ihr. Er schleuderte ihn durch den Raum. Sein vor Wut schäumendes Gesicht kam unangenehm nahe, seine Nase blutete, und er hatte einen Kratzer auf der Wange, wo der Stuhl ihn getroffen hatte.

Er packte Connie und zog sie an sich.

»Du kannst nicht …«, fing er an.

Und Connie wusste nicht, woher es kam, aber sie rammte das Knie mit Wucht nach oben und mitten in seinen Schritt, genau wie sie es ihr im Selbstverteidigungskurs beigebracht hatten. *Augen und Eier. Geht auf eins von den beiden los, wenn irgendwie möglich.*

Billy heulte auf, aber er ließ sie nicht los. Doch sein Griff wurde schwächer, und Connie konnte ihren Arm befreien.

»Lauf!«, schrie Janice, ihre Stimme war hoch und am Rande panischen Gelächters. Connie kam zu Bewusstsein, dass sie die ganze Zeit geschrien hatte. Das Adrenalin hatte bis jetzt alle Geräusche ausgelöscht. »Lauf, Connie!«

Billy bewies eindrucksvolle Tapferkeit für einen Mann, der gerade ein Knie in die Eier bekommen hatte – er rang nach Atem, griff aber unbeirrbar weiter nach ihr. Connie fuhr wieder zum Fenster herum. Die Öffnung lockte sie ungeachtet ihrer scharfen Glaszähne.

Keine Wahl. Keine Zeit. Sie durfte nicht nachdenken, nicht einmal innehalten.

Sie bedeckte das Gesicht mit den Armen und warf sich mit dem Kopf voran durch das Fenster. Die Scherben kratzten und rissen an ihr, zerfetzten ihre Kleidung, schnitten Furchen in ihre Arme und brachen ab, wenn sie hängen blieben. Aber sie war durch, sie war durch das Fenster, vor ihr eine Feuerleiter und …

… und Billys Hand schloss sich um ihren Knöchel.

Connie hing halb außerhalb des Fensters, an Rumpf und Armen mit Glas gesprenkelt. Als sie den Oberkörper verdrehte, um zu Billy zu sehen, drangen Scherben tiefer in sie. Sie bemerkte es kaum. Sie nahm nur Billy und das Leuchten in seinen Augen wahr, und dieses Leuchten, das er auszustrahlen schien, erfüllte alle ihre Sinne, sie glaubte es sogar zu schmecken.

Sie schlug mit dem freien Fuß aus. Ein Stück Glas schnitt ihr die Wade auf, aber sie kümmerte sich nicht darum, denn es war ihr gelungen, einen Schlag gegen Billy zu landen, der ihn dazu brachte, sie loszulassen. Mit einem Ruck warf sie sich auf das Gitter des Notausstiegs und sah den schmutzigen Boden der Gasse ein Stockwerk unter sich.

Kaum zu einer Bewegung fähig und zitternd vor Adrenalin, zog sie sich auf die Leiter. Billy schlug die restlichen Glaszacken aus dem Fensterrahmen und machte Anstalten durchzusteigen.

Die Feuerleiter war hochgezogen, sie endete unmittelbar unter ihr auf Höhe des ersten Stocks, und Connie wusste nicht, wie man sie bis zum Boden ausfuhr, deshalb hängte sie sich ohne nachzudenken an ihr Ende …

Es ist nur ein Stockwerk, ein Stockwerk, kaum mehr als drei Meter oder so, das ist alles, das ist alles …

… und ließ sich fallen.

Ein schwindelerregender Moment des Fallens. Ein Schrei von Billy über ihr.

Sie landete auf dem linken Fuß, eine halbe Sekunde, bevor der rechte auftraf. Eine Art elektrischer Schlag schoss in ihrem linken Bein nach oben, ein Kribbeln und Brennen in jedem einzelnen Muskel. Die Luft wurde ihr aus der Lunge gedrückt, und sie taumelte vorwärts, aber es gelang ihr, auf den Beinen zu bleiben.

Lauf lauf lauf lauf …

Wenn ihr linker Fuß auf den Boden traf, spürte sie diese sengende Elektrizität wieder, und sie schrie fast vor Schmerz, aber sie brauchte ihre Luft zum Laufen. Sie zischte in ihrer Qual und zwang sich weiterzuhumpeln, so schnell sie konnte, ohne darauf zu achten, in welche Richtung sie ging oder wo sie war, nur weg, immer weiter, trotz des irren Schmerzes bei jedem Schritt.

Denn jeder Schritt brachte sie weiter fort von Billy Dent.

13

Hughes koordinierte seine Bemühungen zur Ergreifung von Billy Dent nur ungern aus der Küche des Hut-Killers, aber im Augenblick hatte er keine andere Wahl. Pausenlos kamen uniformierte Beamte mit dem neuesten Stand zu ihm gerannt, und er würde sich unter diesen Umständen sicher nicht die Zeit nehmen, ins Revier zurückzufahren. Hersheys Familie hatte er vor rund einer Stunde für den Rest der Nacht in ein Hotel bringen lassen und sich am Esstisch niedergelassen, wo der Mörder jeden Abend gespeist hatte, wie ihm nur zu deutlich bewusst war.

Im Augenblick telefonierte er mit seinem Captain Niles Montgomery und versuchte, dem Mann begreiflich zu machen, dass sie Brooklyn komplett abriegeln mussten.

»Ich rede von Bussen, U-Bahnen, Tunneln«, sagte Hughes. »Sperren Sie die Brücken ...«

»Lou, ich mache nicht das ganze Borough dicht, nur weil Sie ...«

»Hören Sie, Captain – wir waren Billy Dent nie näher als in diesem Augenblick. Er war hier. Genau hier. Wenn wir das Borough nicht abriegeln, entwischt er uns ...«

»Sie wissen nicht einmal, ob er es war«, sagte Montgomery.

»Er hat eine Signatur hinter...«

»Genauso gut kann es ein Zerwürfnis zwischen Hut und Hund gewesen sein, und Belsamo will uns auf eine falsche Spur locken. Fragen Sie weiter von Haus zu Haus und berichten Sie mir. Ich informiere die Medien, und wir schauen, ob wir Glück haben. Aber ich werde dem Bürgermeister und dem Polizeipräsidenten nicht erklären, dass wir das Kriegsrecht über Brooklyn verhängen müssen, weil Sie glauben, Billy Dent könnte dort sein!«

Hughes legte auf und verzog das Gesicht. Er hatte einen Stadtplan auf dem Tisch vor sich ausgebreitet und darauf markiert, wo seine Beamten keine Spur von Dent entdeckt hatten. Bisher hatten sie gerade einmal drei Gebäude in der unmittelbaren Nachbarschaft in Angriff genommen. Es war nach vier Uhr morgens, und es hatte allein schon einige Zeit gekostet, zu dieser Stunde überhaupt Leute zu mobilisieren, ganz zu schweigen davon, an alle diese Türen zu klopfen und den verschlafenen und erbosten Bewohnern zu erklären, was los war.

Ein Beamter in Zivilkleidung näherte sich Hughes. Er war wie die meisten zu Hause aufgescheucht worden und hatte keine Zeit gehabt, in seine Uniform zu wechseln.

»Detective Hughes?«

»Ja?«

»Ich wollte nur Bescheid geben, dass Special Agent Morales weiterhin nicht auf ihrem Handy oder in ihrem Hotel erreichbar ist. Soll ich eine Streife hinschicken?«

Hughes kaute auf seinem Stift. Er wollte seine Kräfte nicht dafür vergeuden. »Versuchen Sie es weiter.«

Der Beamte blieb stehen.

»Noch etwas?«, fragte Hughes.

»Äh, ja. Die Notrufzentrale hat gerade einen Anruf registriert, in dem es um Jasper Dent geht.«

Hughes stöhnte und zog einen Kreis um eine aufgegebene Bäckerei ein Stück weiter die Straße entlang. Wäre kein schlechtes Versteck für Billy Dent. »In was ist er jetzt wieder geraten?«

»Weiß ich nicht genau. Es war ein anonymer Anrufer. Er

sagt, dass er … dass er angeschossen in einem Mietlager irgendwo in …«

Hughes horchte auf. Ein Mietlager. Er erinnerte sich an die Information, die er von Jasper bekommen hatte, an das gestohlene Schreiben aus Oliver Belsamos Wohnung.

»Ein U-STORE-IT-ALL?«, fragte Hughes.

Der Cop sah ihn an, als hätte er gerade Wasser in Wein verwandelt. »Woher wissen Sie das?«

»Spielt keine Rolle. Was hat der Anrufer sonst noch gesagt?«

»Nur dass der Junge verletzt ist. Die Notrufzentrale hat einen Rettungswagen hingeschickt, aber als er eintraf, war der Wachmann des Lagers tot. Streifenwagen sind unterwegs.«

Ein Gefühl wie geschmolzener Stahl breitete sich in Hughes Eingeweiden aus. *Jasper, was hast du getan?*

Er gab dem Polizisten den Stift. »Grudzinski wird in zehn Minuten hier sein, sagen Sie ihm, er hat das Kommando, und bringen Sie ihn auf den neuesten Stand. Bis dahin sind Sie der Boss.«

»Ich?«

Aber Hughes war bereits zur Tür hinaus und rief nach einem Wagen.

Es hatte am Abend zuvor geregnet, aber dann aufgehört. Als Hughes vor dem U-STORE-IT-ALL hielt, begann es – natürlich – wieder zu regnen.

Ein Rettungswagen parkte beim Tor, außerdem mehrere Streifenwagen des NYPD. Eine uniformierte Beamtin in einem Polizeiponcho eilte zu Hughes, kaum dass dieser ausgestiegen war, und stellte sich vor.

»Finley. Natalie Finley. Die Ambulanz ist vor rund einer halben Stunde eingetroffen. Als die Sanitäter zum Wachhäuschen kamen, entdeckten sie den toten Wachmann und haben uns verständigt.« Officer Finley kaute auf ihrer Unterlippe. »Detective, ich weiß, da drinnen soll ein verletzter Junge sein, aber angesichts der Umstände habe ich die Sanitäter lieber nicht hineingehen lassen ... Ich weiß nicht ...«

»Sie haben richtig gehandelt, Finley. Zeigen Sie mir den Wachmann.«

Finley führte ihn zu dem verglasten Wachhäuschen.

Der Wachmann lag mit dem Kopf vor dem Sprechgitter in seinem Fenster. Seine Krawatte hing aus dem schmalen Schlitz, durch den Kunden Geld oder Schlüssel schieben konnten. Hughes konnte sich nach jahrelanger Arbeit im Morddezernat alles zusammenreimen: Jemand hatte den Wachmann dazu verleitet, sich vorzubeugen, bis dieser Jemand die Krawatte packen konnte ...

Und hat lange und kräftig genug gezogen, um die Sauerstoffversorgung des Gehirns zu unterbinden. Bis der Mann bewusstlos war. Und hat dann nicht aufgehört.

Er ging zum Tor und befahl den versammelten Streifenbeamten, die Einrichtung weitläufig abzusperren und alle anderen Ausgänge zu sichern.

»Öffnen Sie das Tor«, befahl er, und es ging ratternd auf.

Jasper, was hast du getan?

Ehe er hineingehen konnte, war Finley neben ihm. »Ich begleite Sie«, sagte sie.

Hughes zuckte mit den Achseln und zog seine Handfeuerwaffe. Nach kurzem Zögern tat es ihm Finley gleich, und sie betraten das Mietlager.

Gleich hinter dem Eingang hing ein Wegweiser zu den verschiedenen Einheiten, und sie hatten keine Mühe, 83F zu finden. Sie ließen sich jedoch Zeit und schlichen lautlos mit gezogenen Waffen durch die Korridore und gaben sich gegenseitig Schutz, wenn sie um Ecken bogen oder dunkle Bereiche durchquerten.

In dem Gang vor 83F entdeckte Hughes Blut auf dem Boden. Das Vorhängeschloss war aufgesperrt, aber eingehängt, sodass die Tür von innen nicht zu öffnen war.

Finley machte Zeichen, und Hughes nickte. Er stellte sich mit erhobener Waffe auf eine Seite des Eingangs. Finley griff nach dem Vorhängeschloss.

Hughes nickte wieder.

Finley zog das Schloss lautlos aus der Schlaufe und legte es auf den Boden. Dann ging sie in die Hocke und riss mit der freien Hand das Rolltor nach oben. Es ging ratternd und quietschend auf.

Über den Radau hinweg schrie Hughes: »NYPD! Polizei! Keine Bewegung!«

Das Mietlager wurde von einer Lampe beleuchtet. Ein Gestank schlug ihnen entgegen, und Finley – die an den Geruch des Todes nicht so gewöhnt war – würgte, hielt ihre Waffe aber, wie Hughes bemerkte, unbeirrt weiter gerade.

»Großer Gott!«, rief Hughes aus. Der kleine Raum war ein einziges Blutbad. Drei Körper, soweit er sah, und blutige Schleifspuren in alle Richtungen.

Mit geübtem Auge erfasste der langjährige Mordermittler alles sofort. Da war Oliver Belsamo, er lehnte tot an der Werkbank, sein Gesicht eine blutige Masse.

Und da – o Gott. Die arme Jennifer Morales. Kein Wunder, dass sie nicht ans Telefon gegangen war. Verdammt. So tot wie sie nur sein konnte, ausgelöscht in einem beschissenen, dreckigen Mietlager.

Unter Finleys wachsamem Blick ging Hughes langsam und vorsichtig in den Container. Der dritte Körper.

Jasper Dent.

Hughes sah ihn lange an, und dann flatterten Dents Augen.

Wut durchströmte jede Zelle in Hughes' Körper. Er hatte es Dent gesagt! Er hatte ihn davor gewarnt, das Gesetz selbst in die Hand zu nehmen. Er hatte ihn verdammt noch mal unmissverständlich gewarnt, und hier lag der Junge mit einem toten Serienmörder und einer toten FBI-Agentin vor ihm.

»Wir machen es, wie Sie es für richtig halten«, sagte Finley leise.

Hughes zielte mit der Waffe zwischen Jasper Dents Augen. Dessen Augen huschten zur Leiche von Morales und dann zurück zum Lauf der Waffe.

»Nenn mir einen guten Grund, warum ich dich nicht erschießen sollte«, sagte Hughes.

Jasper sagte nichts. Er leckte sich die Lippen.

Als er sprach, war seine Stimme ein lebloses Krächzen aus tiefer Kehle. »Ich weiß keinen«, sagte er.

Sie starrten einander über die Waffe hinweg an. Der Rest der Welt existierte nicht mehr. Nur sie beide. Und die Waffe.

Schließlich ließ Hughes die Waffe sinken. »Das war verdammt noch mal das Einzige, was dir das Leben retten konnte.«

TEIL ZWEI
Fluchtwege

14

Jazz öffnete die Augen in einem Krankenzimmer. Er schluckte, und es fühlte sich an, als würde Schotter seine Kehle hinunterrinnen.

Im Kino und Fernsehen stand praktischerweise immer ein Arzt oder eine Schwester in der Nähe, wenn ein Patient aufwachte, aber Jazz war allein. Er überlegte, aufzustehen, aber allein der Gedanke erschöpfte ihn. Sonnenlicht strömte zum Fenster herein. Der Regen war vorbei. Jazz fragte sich, welcher Tag war. Wie lange hatte er geschlafen? Hatten sie ihn betäubt?

Sein Bein tat nicht mehr weh. Er hob das Laken, das ihn bedeckte, und spähte darunter. Billys Naht war weg, sie war durch eine ähnliche Reihe von Stichen ersetzt worden, allerdings ordentliche. Ein Schlauch ragte aus dem Bein, zweifellos ein Abfluss für eine Infektion. Jazz bemerkte außerdem, dass er nicht an einem Infusionsbeutel hing, sondern an zwei. Kochsalz und Antibiotika, nahm er an.

Wie lange würde er außer Gefecht sein? Connie war in Billys Hand. Mom war irgendwo da draußen. Er konnte seine Zeit nicht in einem Krankenhausbett verschwenden.

»Er ist wach!«

Jazz hatte nicht einmal gehört, wie die Tür aufging. Ein jugendlich wirkender Mann im weißen Labormantel, der aussah, als könnte er zwei, drei Nächte Schlaf gebrauchen, kam ans Bett geschlendert, in ein iPad vertieft. »Wie geht es dir?«

»Wie lange war ich weg?«, krächzte Jazz, überrascht von seiner heiseren Stimme.

»Da hat aber jemand einen ganzen Froschteich im Hals«, rief der Doktor aus. Dr. Meskowitsch, dem Namenszug am Revers nach. Jazz hatte das Gefühl, er würde Dr. Meskowitsch nicht mögen.

Meskowitsch goss Jazz ein Glas Wasser aus dem Krug auf dem Rollwagen neben seinem Bett ein. Jazz schüttete es hinunter und versuchte es noch einmal.

»Wie lange war ich weg. Hat die Polizei Billy erwischt? Ist …«

»Langsam, müder Krieger.« Meskowitsch grinste auf eine absolut nervige Weise, wie Jazz fand. »Du hast eine höllische Nacht hinter dir. Nette Stiche, allerdings. Warst du das selbst? Wenn ja, Respekt. Aber du hast eine massive Infektion, deshalb pumpen wir dich mit Antibiotika voll, und du bekommst weiter welche verschrieben, wenn du das Krankenhaus verlässt. Bist du gegen irgendetwas allergisch? Penicillin, vielleicht? Wir hatten nämlich keinerlei Informationen, deshalb sind wir auf Nummer sicher gegangen und haben keins verwendet, aber ich würde dir lieber …«

Eine höllische Nacht. Also vielleicht zehn oder zwölf Stunden, seit Hughes ihn gerettet hatte. Jazz hatte den Eindruck, der Doktor würde noch eine Weile weiterplappern, und blendete ihn einfach aus. Er versuchte, sein linkes Bein zu beugen, und es schien zu funktionieren. Natürlich, er war vermutlich mit Betäubungsmittel vollgepumpt. Wenn er erst seit letzter Nacht weg gewesen war, dann war Connie erst ein paar Stunden in Billys Gewalt. Was nichts bedeutete – in ein paar Stunden konnte Billy Dinge mit Connie tun, die nicht mehr zu reparieren waren. Und wie hatte er sie überhaupt in die Hände bekommen? Als Jazz das letzte Mal mit ihr gesprochen hatte, war sie in Lobo's Nod gewesen. Und wo war seine Mutter? Billy hatte ein Bild von ihr, also wusste er sehr wohl, wo sie war. O Gott – alle beide in Billys Hand. Die Dinge, die Billy ihnen in zehn oder zwölf Stunden antun konnte …

»… nur für rund eine Stunde im OP. Zum Glück für dich hat die Kugel die Oberschenkelarterie und die anderen großen Blutgefäße verfehlt, deshalb war es letzten Endes einfacher, sie drinnen zu lassen …«

Das weckte Jazz' Aufmerksamkeit. »Moment mal. Sagten Sie, Sie haben die Kugel drinnen gelassen? Sie ist immer noch da?«

Dr. Meskowitsch nickte. »Sicher. Sie richtet keinen Schaden an. Der Körper bildet eine schützende Zyste um sie herum. Du bist ein junger Bursche – es wird eine Weile wehtun, aber das kriegen wir hin. Du wirst ein bisschen hinken, aber auch das wird nach einiger Zeit vergehen.«

Jazz konnte es nicht glauben. »Sie nehmen sie überhaupt nie raus?«

»Glaub mir, die Gefahr, dass wir einen Schaden anrichten, wenn wir nach ihr herumstochern, ist größer, als wenn wir sie drinlassen. Du wirst nichts von ihr merken. Du hast keine Ahnung, wie viele Kugeln ich schon in Leuten gelassen habe, und alle laufen noch munter herum. Sorgt immer für eine lustige Geschichte bei der Sicherheitskontrolle am Flughafen.«

Es war jetzt offiziell: Jazz *hasste* Dr. Meskowitsch.

»Wie lange werde ich hier sein?«, fragte Jazz. »Es gibt ein paar Dinge, die ich tun muss.«

»Ich hoffe, einen Marathon laufen ist nicht dabei.«

Jazz stöhnte, als er sich in eine sitzende Position zwang. »Hören Sie, bestimmt wissen die meisten Ihrer Patienten diese ganze Ironisch-aber-brutal-ehrlich-Klugscheißer-Nummer zu schätzen, aber ich habe keine Zeit dafür. Ich muss mit der Polizei sprechen. Ich muss ein paar Anrufe machen. Und ich muss wissen, wie schnell ich hier rauskann, weil es buchstäblich um Leben und Tod geht.«

Dr. Meskowitsch schürzte die Lippen und kniff die müden Augen zusammen. Jazz hatte sich verrechnet. Er hatte gedacht, seine unverblümte Art würde den Doktor einschüchtern, aber stattdessen zog er sich nur in sein Ego zurück. Leute mit Schlafmangel waren schwer zu manipulieren. Man konnte sich nie auf ihre Reaktion verlassen. »Wir müssen dich eine Weile unter Beobachtung halten. Wahrscheinlich kannst du morgen gehen, aber ich rate davon ab.«

»Morgen ist zu spät. Vor ungefähr zehn Minuten wäre besser.«

»Nein.« Als würde Jazz das Wort nicht verstehen, schüttelte der Arzt dazu nachdrücklich den Kopf. »Ausgeschlossen. Du brauchst weitere Infusionen, und wir sind mit der Dränage des Beins noch nicht fertig. Morgen. Keine Sekunde früher.«

»Dann lassen Sie mich wenigstens mit der Polizei reden. Mit dem Beamten, der mich gebracht hat – Hughes.«

Meskowitsch schnaubte höhnisch und klemmte sich das iPad unter den Arm. »Ich bin nicht dein Butler. Ich bin dein Arzt, und ich habe vor ein paar Stunden dein Bein gerettet. Du musst mit Leuten reden? Dann benutz das verdammte Telefon.« Er machte auf dem Absatz kehrt und marschierte hinaus, ohne sich noch einmal umzusehen.

Sehr gut, Jazz. Du hast es dir mit dem Typ verdorben, der hier für deine Entlassung zuständig ist.

Es gelang ihm, den Schwenkarm seines Nachttischs über seine Körpermitte zu drehen. Neben dem Wasserkrug lag ein Plastikbeutel mit seinem Handy, seiner Brieftasche und seinen Schlüsseln. Er fummelte den Beutel auf und schaltete das Handy ein. Ein wenig hoffte er, eine Nachricht von Connie vorzufinden, obwohl er wusste, das konnte nicht sein.

Bleib ruhig, Jazz. Du hilfst ihr nicht, wenn du dich aufregst und etwas übersiehst.

Es stimmte. Aber tief in seinem Innern wusste er um eine dunklere Wahrheit: Dass es wahrscheinlich nicht in seiner Macht stand, Connie zu helfen. Es gab nur einen Hoffnungsschimmer in dieser Dunkelheit: Billy hatte noch nie eine schwarzhäutige Frau getötet. Während sein Smartphone hochfuhr, betete Jazz lautlos, dass es eine Art Fetisch für Billy war, keine schwarzen Frauen zu ermorden. Dass er es nicht *konnte*. Dem stand jedoch eine gleichermaßen wahrscheinliche Möglichkeit gegenüber: Sein Vater hatte sich seine erste Afroamerikanerin einfach für jemand wahrhaft Besonderen aufgehoben.

Das Display des Handys leuchtete auf. Der Akku war so gut wie leer. Eine einzelne SMS erschien auf dem Schirm.

Howie.

bin im Krankenhaus. wieder mal. aber okay. ruf mich an.

Was zum Teufel war los? Connie war irgendwo in New York, und Howie war wieder im Krankenhaus? Jazz hatte gedacht, er würde die beiden schützen, indem er sie in Lobo's Nod zurückließ, von Hershey, Belsamo und Billy fernhalten. Aber er war gescheitert.

Er hatte alle enttäuscht.

Sie hatten alle recht, alle, die gesagt hatten, ich sei nur ein Junge und sollte nicht solche Sachen machen. Hughes hat mich gewarnt. G. William hat mich gewarnt. Und ich habe nicht auf sie gehört. Ich habe nicht auf sie gehört, und jetzt ist Howie im Krankenhaus, und Connie ist wahrscheinlich …

Er erlaubte sich nicht, es zu Ende zu denken. Er durfte es nicht.

Er schrieb Howie zurück.

Krankenhaus? Bist du noch dort? Was ist los?

Und dann versuchte er, Connie anzurufen, obwohl er wusste, dass es sinnlos war. Keine SMS für sie. Er musste ihre Stimme hören, selbst wenn es nur die Ansage auf ihrer Mailbox war.

Doch ehe es auch nur läutete, hörte er ein Geräusch vor der Tür. Er brach den Anruf ab und verstaute das Telefon unter der Decke.

Die Tür ging auf. Louis Hughes kam hereinmarschiert, sein Mund wie ein harter Strich. Jazz dachte daran, wie Hughes die Waffe auf ihn gerichtet hatte. An die mörderische Seelenpein in den Augen des Detective.

Ich habe Morales nicht getötet, aber ich hätte es genauso gut tun können. Ich muss Hughes wieder auf meine Seite bringen. Ich brauche seine Ressourcen, um Connie zu retten. Und Mom. Und wenn ich die beiden finde, finde ich auch Billy.

Doch während Jazz noch überlegte, riss Hughes die Tüte mit Jazz' Habseligkeiten vom Nachttisch. Und ehe Jazz protestieren konnte, beugte er sich vor, ließ eine Handschelle um das Handgelenk des Jungen zuschnappen und die andere um das Geländer des Betts.

»He, was soll das!«, rief Jazz aus.

»Du bist verhaftet«, sagte Hughes und verzog das Gesicht zu einem freudlosen Lächeln.

Connie öffnete die Augen und erblickte – sie konnte es nicht glauben – ihren Vater, der zusammengesunken in einem Sessel saß. Er sah aus, als hätte man ihm so oft in die Magengrube geboxt, dass an ein Aufstehen gar nicht zu denken war. Er war unrasiert, seine Augen waren blutunterlaufen und tief eingesunken. Doch als sie die Augen öffnete, stöhnte er und richtete sich auf.

»Gott sei Dank.« Er beugte sich zu ihr und nahm ihre Hand, die zwischen seinen beiden riesigen Pranken verschwand. »Gott sei Dank, Gott sei Dank.« Er war den Tränen nahe und unterdrückte sie nur mühsam mit der Energie, die ihm von seinem Dank an Gott noch übrig blieb.

Connies Stimme klang für sie selbst wie ein rauer Wind über einem felsigen Strand. »Du siehst furchtbar aus«, sagte sie.

Er sah sie mit offenem Mund an. »*Ich* sehe furchtbar aus?« Er biss sich auf die Unterlippe, kaum dass er es gesagt hatte. Dann strich er ihr unendlich langsam und zärtlich über die Stirn. Die Wange. Vorsichtig, als wollte er bestimmte Stellen nicht berühren.

Oh, oh. Sie erinnerte sich jetzt.

Billy Dent. Der ihr den Zopf abgeschnitten hatte. Janice. Der Sprung durch das Fenster. Glas. Blut. Der Sturz. Wie sie gerannt war.

»Du bist im Krankenhaus, Baby. In New York.« Wieder drohten Tränen. Sie hatte ihren Vater noch nie so aufgewühlt gesehen. »Ich bin sofort hierhergekommen, als der Sheriff sagte, du seist nach der Landung des Flugzeugs verschwunden. Deine Mutter ist außer sich, und Whiz …«

»Dad, du brichst mir die Hand.«

Er lockerte seinen Griff, ließ sie aber nicht los. »Ach, Kind. Wir hatten solche Angst. Ich war ein einziges Nervenbündel auf dem Flug. Und nach der Landung habe ich dann erfahren, dass sie dich gefunden hatten. Die Ärzte sagen, du wirst wieder gesund. Dein Fuß und dein Bein werden heilen, und nach einiger Zeit wird man die Narben nicht einmal mehr sehen.«

Connie entzog ihm ihre Hand und fuhr sich mit den Fingerspitzen über Gesicht und Hals. Sie fühlte Watte, Verbände, mehrere sich überschneidende Reihen Schmetterlingsverbände.

Ich bin hässlich. Wie soll ich Schauspielerin werden, wenn mein Gesicht zerfetzt ist?

»Die Narben vergehen«, sagte ihr Vater, der ihre Gedanken gelesen haben musste. Sie fühlte sich ihm plötzlich unglaublich nahe, brauchte ihn plötzlich mehr, als sie ihn in den letzten Jahren je gebraucht hatte. Alle ihre Auseinandersetzungen – über ihre Kleidung, die Musik, die sie hörte, den weißen Jungen, mit dem sie ging – waren mit einem Mal bedeutungslos. Ihr Vater war hier. Das war alles, was zählte.

»Was ist passiert?«, fragte sie.

»Das ist genau das, was wir uns alle fragen. Man hat dich an einem Ort namens Clinton Hill gefunden. Du warst zerschnitten, hast geschrien und bist gelaufen. Jemand hat dich gesehen und die Polizei gerufen, aber als sie eintraf, warst du bereits bewusstlos.« Er schauderte. Es wirkte beinahe furchterregend bei einem so großen Mann. »Lass mich die Ärztin holen. Sie kann dir mehr erklären.«

Er ließ sie los und ging hinaus. Connie tastete noch ein wenig in ihrem Gesicht herum und versuchte, den Schaden zu ermessen, den sie mit ihrem Sprung durch das Fenster angerichtet hatte. Und sie erinnerte sich daran, dass sie Glück hatte, am Leben zu sein und noch alle Glieder zu besitzen.

Dennoch, unwillkürlich fuhr sie immer wieder über die Verbände. Es gab nicht viel Nachfrage für entstellte Schauspielerinnen in Hollywood und am Broadway. Es war für ein schwarzes Mädchen schon schwer genug.

Er hat gesagt, es wird heilen. Und vielleicht hat er nicht nur gelogen, um deine Gefühle zu schonen.

Sie wäre gern aufgestanden, um sich im Badezimmerspiegel zu betrachten, aber sie konnte sich nicht bewegen. Sie stellte fest, dass ihr linkes Bein ein Stück über dem Bett aufgehängt war. Mehrere Schläuche führten in ihren Körper, und sie war außerdem mit einem Monitor verbunden. Sie würde so schnell nirgendwohin gehen, nicht einmal aufs Klo, und sie fragte sich, wie sie sich eigentlich erleichtern sollte. Im nächsten Moment entdeckte sie, dass man ihr einen Katheter gelegt hatte. Aus irgendeinem Grund erfüllte sie das zuerst mit heißer Scham, doch dann empfand sie sofort Erleichterung.

In diesem Augenblick kam Dad mit einer gespenstisch großen Frau in einem weißen Mantel wieder. Wie bei allen hochgewachsenen Frauen sah Connie sofort nach unten auf ihre Absätze, aber die Frau trug flache Schuhe. Sie war unheimlich groß.

»Das ist Dr. Cullins«, sagte Dad. »Sie kümmert sich um dich.«

»Hallo, Conscience.« Die Worte bohrten sich wie ein Dorn in Connies Herz, und alle Blicke wanderten zu dem Monitor, wo die Linie, von Piepsen begleitet, einen Satz machte, ehe sie sich wieder beruhigte.

Hallo, Conscience. Die Worte, die auf die Tür zu Billy Dents Unheilswohnung gesprüht gewesen waren.

»Connie, bitte«, flüsterte sie.

»Natürlich. Tut mir leid. Dein Dad sagt, du hast Fragen? Sorgen?« Cullins war durch und durch geschäftsmäßig. Sie hatte einen leichten Akzent, den Connie nicht identifizieren konnte, und aus irgendeinem Grund machte sie das wahnsinnig.

»Die Narben ...«, sagte Dad.

»Ja, gut ...« Cullins klang, als wäre es ihr lästig, über so Triviales wie Connies Gesicht sprechen zu müssen. »Die Schnittverletzungen im Gesicht und am Hals sind markant und zahlreich, aber größtenteils oberflächlich. Wir haben Schmetterlingsverbände verwendet, anstatt sie zu nähen, und ich denke, in einigen Monaten wird von den Narben nichts mehr zu sehen sein. Alls, was dann noch da ist, lässt sich leicht mit Make-up verdecken.«

Connie fühlte sich plötzlich enorm oberflächlich und enorm erleichtert zugleich.

»Was ist mit meinem Bein?«

Cullins nickte beifällig, als freute sie sich, dass sie endlich auf ein ernsthaftes Problem zu sprechen kamen. »Da hast du weiß Gott einigen Schaden angerichtet.« Sie konsultierte ihr Clipboard.

»Ich bin von einer Feuerleiter gesprungen.«

Dad hielt entsetzt den Atem an. Cullins zuckte mit den Achseln, als wollte sie sagen: *Könnte hinkommen.* »Du hast Bänder und Muskeln im rechten Bein gezerrt. Das wird eine Weile wehtun, aber es wird bald wieder in Ordnung sein. Das linke Bein allerdings ... Du hast einen gebrochenen Oberschenkelknochen, und du hast dir den linken Fuß an sechs verschiedenen Stellen gebrochen, darunter« – man hörte förmlich einen Tusch – »die absolut schlimmste Stelle, an der man sich einen Fuß brechen kann. Es scheint, als wärst du nach dem Schaden sogar noch weitergelaufen.«

»Ich bin vor einem Serienmörder geflohen«, sagte Connie kühl. Wer war diese Frau, über sie zu urteilen?

»Conscience!« Ihr Vater war verärgert und erschrocken zugleich.

»Ich erzähle dir später alles«, versprach sie.

»Nun«, fuhr Cullins fort, »wir haben alles stabilisiert und ein paar Nägel in deinem Fuß verankert. Einen der Mittelfußknochen mussten wir noch einmal brechen, aber das ist das Schlimmste, was wir tun mussten. Du wirst ein paar Monate mit Krücken gehen, dann Physiotherapie.«

Connie verdaute die Informationen. Okay, es war nicht ganz so schlimm, wie sie gedacht hatte. Falls Cullins nicht log, um die Gefühle ihrer Eltern zu schonen, würde sie das durchstehen. Es würde Zeit erfordern, aber Connie würde sagen können, sie habe Billy Dent ins Auge geblickt und überlebt.

Cullins räusperte sich. »Da ist noch etwas ... Wir haben

dich auf Drogen untersucht und Rohypnol in deinem Blutkreislauf gefunden.« Sie sah Connies Dad an, der reglos und passiv dasaß.

»Darkene«, erinnerte sich Connie an den Namen. »Er hat es mir gespritzt.«

»Ich dachte, du würdest gern wissen, dass wir angesichts deines Zustands und wegen des Rohypnols geschaut haben, ob du vergewaltigt wurdest. Wir konnten nichts feststellen ...« Die Ärztin zögerte. »Das heißt aber nicht ... Was ich sagen will ...« Sie sah wieder zu Connies Vater, ehe sie weitersprach. »Wäre es dir lieber, wir würden unter vier Augen darüber sprechen?«

»Ich wurde nicht vergewaltigt«, sagte Connie. »Er hat mich nicht vergewaltigt.«

Die Ärztin atmete auf. »Okay. Tut mir leid, dass ich danach fragen musste, aber du warst so voller Blutergüsse und Schnittwunden, dass die Möglichkeit nicht ...«

»Es ist nicht Sexuelles vorgefallen. Ich würde es Ihnen sagen, wenn es so wäre. Ehrlich.«

»Gut. Freut mich, das zu hören. Schlaf jetzt, Connie. Das ist im Moment das Beste für dich.« Cullins nickte knapp und ging.

Connie sank ins Kissen zurück. Sie vermisste ihre Schlafhaube, und ihr Haar sah wahrscheinlich genauso schlimm aus wie ihr Gesicht und ihr Bein, aber sie brachte nicht die Energie auf, sich dafür zu interessieren. Jazz dominierte ihre Gedanken. Wo war er? Hatte ihn die Polizei nicht davon unterrichtet, dass man sie gefunden hatte? Zu vieles geschah gerade, und es überwältigte sie. Und nun, da die Ärztin mit ihren trockenen medizinischen Fakten weg war, durchlebte sie alle Ereignisse noch einmal, sprang dann zu dem Rätsel von Jazz' Verbleib und wieder zurück zu ihrer Begegnung mit Billy, eine endlose Schleife aus Erinnerungen und Sorgen.

Ihr Vater ergriff ihre Hand. »Was ist passiert, Connie?«, fragte er freundlich. Er wisse bereits von der computerbearbeiteten Stimme, sagte er, und von der Kassette mit der Geburtsurkunde, die sie beim Haus der Dents ausgegraben hatten. »Das hat mir Sheriff Tanner alles erzählt, aber was ist hier passiert?«

Als Connie berichtete, brachen Angst und Hilflosigkeit wieder über sie herein. Es war, als befände sie sich noch in dem bedrückend engen Zimmer mit Jazz' Mutter, gefesselt und geschnürt wie für die Schlachtbank. Sie war jetzt außer Gefahr, ihr Vater war bei ihr, und sie stritten zwar oft und sie war weit über das Alter hinaus, da seine bloße Anwesenheit Sicherheit bot, aber das zählte in diesem Moment nicht. Ihr Vater war da, und sie erzählte ihm alles, alles, was Billy gesagt und was er getan hatte. Sie erzählte von Janice und den Handschellen, dem Stuhl, dem Fenster und ihrem Sprung von der Feuerleiter. Ihr Vater sagte kein Wort, sondern drückte in bestimmten Augenblicken nur kräftiger ihre Hand. Als sie zu Ende berichtet hatte, murmelte er etwas mit dem Mund auf ihrer Stirn, und sie verstand es nicht, aber auch das spielte keine Rolle.

Die Schmerzmittel waren noch in ihrem Blut. Sie schlief in seinen Armen ein.

Als sie später aufwachte, saß ihr Vater immer noch an ihrem Bett und schrieb eine SMS. Zweifellos an Mom. Als er sah, dass sie wach war, lächelte er freundlich. »Bist du hungrig? Du hast eine Weile nichts gegessen.«

Wie lange hatte sie geschlafen? Wie viel Zeit war vergangen, seit sie durch dieses Fenster gesprungen war? Seit sie auf dem Flug nach New York diesen Snack gegessen hatte? Sie wusste es nicht und wollte es nicht wissen. Ihr Magen zog sich beim Gedanken an Essen zusammen.

»Ich weiß nicht, ob ich was runterkriege.«

»Die Ärztin sagte, du darfst etwas essen, wenn du willst, aber wenn dir nicht danach ist …«

»Ich weiß einfach nicht …«

Die Tür ging auf, und Detective Hughes kam ins Zimmer. Er sah abgezehrt und erschöpft aus, noch mehr als ihr Vater, mehr als Connie sich selbst in diesem Moment fühlte.

»Miss Hall«, sagte er, erkennbar um Beherrschung bemüht. Als Connie ihn das letzte Mal gesehen hatte, war er freundlich gewesen. Jetzt wirkte er, als wäre er kurz davor, in die Luft zu gehen, und Connie hatte den Eindruck, dass sie daran nicht ganz unschuldig war. Er warf einen Blick zu ihrem Vater. »Mr. Hall, nehme ich an?«

»Sie sind …?«

Connie erklärte rasch, wer Hughes war; ihr Vater nickte die ganze Zeit dazu und sah den Detective argwöhnisch an.

»Sie haben uns etwas zu sagen, stelle ich mir vor«, unterbrach Hughes sie schließlich. Er holte ein Notizbuch und einen Stift hervor. »Sie wurden gefunden, als Sie wie eine Verrückte durch Clinton Hill rannten … Sie hätten eigentlich gar nicht in New York sein sollen, richtig?«

Connie fing mit der computerbearbeiteten Stimme in Lobo's Nod an und brachte ihn möglichst schnell auf den aktuellen Stand. Es schien eine Ewigkeit zu dauern, vor allem da Hughes' Gesichtsausdruck im Lauf ihres Berichts von erschöpft und verärgert zu aggressiv und angewidert wechselte.

»Ness Paper?«, fragte er an einer Stelle.

»Schräg gegenüber, ja.«

Hughes verließ kurz den Raum. Connie hörte ihn in ein Handy oder ein Funkgerät Befehle bellen. »An alle Einheiten«, hörte sie ihn sagen und: »Sperrt einen Radius von vier Straßen ab.«

»Bekomme ich Schwierigkeiten?«, fragte Connie ihren Vater.

»Ich glaube nicht, dass du etwas Verbotenes getan hast«, sagte er. »Dumm war es, das ja.«

»Ich weiß, ich …«

»Du wolltest Jazz helfen. Du hast nicht begriffen, dass du mitten in eine Falle gelockt wurdest. Ich weiß.«

»Aber es war trotzdem dumm«, gab Connie zu.

Ihr Vater nickte bedächtig. »Wir machen alle Dummheiten, Conscience. Wenn sie uns nicht umbringen, waren sie wohl nicht dumm genug.«

Hughes kam wieder, er zitterte praktisch vor Wut. Connie hatte den Eindruck, wenn ihr Vater nicht da gewesen wäre, hätte er vielleicht zu brüllen angefangen. »Mal sehen, ob ich alles richtig verstanden habe«, sagte er mit bebender Stimme. »Sie sind in die Höhle des schlimmsten Serienmörders der Welt spaziert. Um das zu tun, haben Sie die Sicherheitskontrolle am Flughafen umgangen. Sie sind eigens dafür nach New York geflogen. Und Sie haben sich nicht die Mühe gemacht, irgendwem zu erzählen, was Sie vorhaben. Ist das so weit richtig?«

»Ich habe es Howie gesagt«, bemerkte Connie.

»Wer zum Teufel ist Howie? Egal, ich will es gar nicht wissen. Sie …«

»Detective«, sagte Dad, »ich muss Sie bitten, Ihren Tonfall zu mäßigen. Meine Tochter hat die Hölle durchgemacht.«

Und wessen Schuld ist das?, wollte Hughes erkennbar erwidern, aber er tat es nicht. »Sie sind bis jetzt eben nicht auf die Idee gekommen, jemandem zu erzählen, dass Sie letzte Nacht bei Billy Dent waren?«

»Ich war bewusstlos, ich bin erst …«

»Sie hat viel durchge…«

»Tut mir leid, Sir, aber ich rede mit Ihrer Tochter, weil ich mit Ihrer Tochter reden *muss*. Ich habe es mit zwei toten Verdächtigen einer Serienmörderermittlung und einer toten FBI-

Agentin zu tun. Und Billy Dent läuft frei in meiner Stadt herum, und Ihre Tochter ist die letzte Person, die ihn gesehen hat. Deshalb werde ich jetzt, da sie wach und bei Verstand ist, mit ihr sprechen.«

Dad schürzte die Lippen. Er und Hughes starrten einander feindselig an, aber dann wandte Dad den Kopf zu Connie und nickte.

»Ich wusste nicht, dass die Hinweise zu Billy führen würden«, erklärte Connie. »Die Stimme am Telefon behauptete, nicht Billy zu sein.« Sie hatte Hughes gemocht, als sie das erste Mal nach New York gekommen war, aber jetzt hielt sie ihn nicht aus. »Wissen Sie, das alles ist *Ihre* Schuld. Sie waren derjenige, der Jazz überhaupt hierhergeholt hat.«

Sie hatte erwartet, das würde ihn zum Schweigen bringen, aber damit hatte sie kein Glück. »Ich habe ihn als Berater geholt. Damit er sich in ein Zimmer setzt und ein paar Akten durchsieht. Sich ein paar Tatorte anschaut. Nicht, damit er losmarschiert und den Tod von Leuten herbeiführt.«

»Wer ist wegen ihm tot?«

Hughes' Handy läutete. Er meldete sich und hörte eine Weile zu, dann fluchte er mit Ausdrücken, für die Connie bis zum Ende ihrer Schulzeit mit Hausarrest bestraft worden wäre. »Sie waren in Billys Wohnung«, sagte er, als er aufgelegt hatte. »Es war niemand da. Nur das Bett und das Zimmer, wie Sie es beschrieben haben. Ach ja, und sie haben Ihr Handy gefunden, damit ist dann wohl alles in Ordnung, hm?« Kaum noch in der Lage, sich zu beherrschen, wandte er sich zum Gehen.

»Wer ist tot?«, fragte Connie. »Sie sagten, Jazz habe den Tod von jemandem herbeigeführt. Wie haben Sie das gemeint? Wo ist Jazz?«

Sie dachte im ersten Moment, er würde einfach weitergehen, aber dann blieb er mit der Hand am Türgriff stehen. Er drehte sich nicht zu ihr um, als er sprach. »Wir haben ihn in einem Mietlager gefunden. Wir glauben, dass er mit dem Tod eines Verdächtigen im Fall der Hut-und-Hund-Morde zu tun hat. Und eine tote FBI-Agentin lag außerdem am Schauplatz.«

Das konnte nicht stimmen. Es musste eine Erklärung dafür geben. »Jazz würde nie jemanden töten« sagte sie.

Jetzt drehte sich Hughes doch um. Sein Gesicht schien zu klein für die Wut zu sein, die es ausdrückte. »Freut mich, dass Sie das glauben. Aber da waren zwei Leichen ... und Ihr Freund. Das macht ihn zu einem Verdächtigen. Und offenbar ist sein Vater praktischerweise zufällig vorbeigekommen, um seine Schusswunde zu nähen.«

»Schusswunde?« Connie hörte ihren Herzmonitor einen Warnton ausstoßen und achtete nicht darauf. »Er wurde angeschossen?«

Dad legte ihr beruhigend die Hand auf den Arm. »Detective, vielleicht könnten Sie uns einfach genau erzählen, was los ist, statt sich alles aus der Nase ziehen zu lassen.«

Hughes lachte freudlos. »Na sicher. Ich bin gern behilflich und beschwichtige Ihre Ängste. Nachdem Sie vollkommen sorglos durch meine Stadt getrampelt sind. Sie wünschen ein Update? Bitte sehr: Der Hut-und-Hund-Killer stellte sich als zwei Killer heraus, und sie sind beide tot, zusammen mit einer FBI-Agentin. Und Billy Dent läuft irgendwo frei herum ... Und wenn Sie denken, ich lasse Ihren Freund irgendwohin gehen, sind Sie nicht ganz bei Trost.«

»Wessen wird er genau beschuldigt?«, fragte Dad sehr, sehr ruhig.

»Er wird beschuldigt, eine FBI-Agentin getötet zu haben«, sagte Hughes. »Und ich bin mir sicher, es kommt noch etwas dazu. So oder so will ich vorläufig nicht, dass er die Stadt verlässt.«

Connie machte Anstalten, etwas zu sagen, aber ihr Vater verstärkte den Griff an ihrem Arm und brachte sie zum Schweigen. »Detective«, sagte er. »Wo genau ist Jasper Dent jetzt?«

»Ein Stockwerk über uns.«

Connie richtete sich abrupt im Bett auf und wimmerte sofort, weil ihr Bein schmerzte. »Ich muss ihn sehen!«, sagte sie. »Ich muss …«

»Niemand darf zu ihm.«

»Außer seinem Anwalt, meinen Sie«, sagte Dad.

Hughes zuckte mit den Achseln. »Bestimmt wird ihm Legal Aid irgendwann einen Anwalt schicken.«

Connie sah den Zwiespalt im Gesicht ihres Vaters. Dann stand er auf und räusperte sich. »Nun, *ich* bin sein Anwalt, Detective. Jerome Hall, stehe zu Diensten.«

Hughes machte ein langes Gesicht. Connie musste unwillkürlich grinsen, auch wenn es wehtat.

Nachdem Hughes gegangen war, machte sich Connies Vater in dem kleinen Bad, das zu Connies Zimmer gehörte, ein wenig frisch. In seinen Jeans und dem Polohemd sah er kein bisschen wie ein Anwalt aus, sondern mehr wie ein gelangweilter, müder Mittelschichtvater auf dem Weg zu einer Grillparty.

»Ich beeile mich«, versprach er. »Ich sehe nur kurz nach ihm und dann bin ich sofort wieder da.«

»Kein Problem, Dad«, sagte sie. »Ich gehe bestimmt nirgendwohin.« Sie zögerte, ehe sie ihre Frage stellte, weil sie befürchtete, sie könnte ihn dazu veranlassen, es sich anders zu überlegen. Doch zuletzt siegte ihre Neugier. »Warum tust du das? Du magst Jazz doch gar nicht.«

Ihr Vater zuckte mit den Achseln. »Mögen hat damit nichts zu tun. Wenn man Anwalt wird, schwört man einen Eid, das

Recht hochzuhalten. Und es spielt keine Rolle, für wen man es tut.«

»Du klingst ja fast wie Superman«, sagte Connie.

Ihr Vater lachte, und es schien Connie sehr lange her zu sein, seit sie ihn zuletzt lachen sah. »Ich bin Superman!«, sagte er und nahm kurz die klassische Pose mit den Fäusten in den Hüften ein, ehe er ihr einen weichen Kuss auf die Stirn drückte und hinausging.

Howie öffnete die Augen mit der nackten Erkenntnis, dass er G. William versehentlich belogen hatte.

»Oh, Mann«, murmelte er für sich. »Ich bin so ein Blödmann …« Er griff nach seinem Handy. Es gab eine SMS von Jazz – halleluja! – aber er übersprang sie fürs Erste, um im Sheriffbüro anzurufen.

»Hey, G. Dub!«, sagte er so fröhlich wie möglich. »Ich habe total vergessen, Ihnen etwas zu sagen, als Sie hier waren. Sie haben meine SMS ausspioniert, als ich aus Ihrem Büro raus war, aber Connie hat mir Stunden später noch eine geschickt. Eine Adresse in New York und die Worte *bell, gun, Elliot Ness.*«

Er hielt das Telefon vom Ohr weg, während G. William schrie und fluchte.

»Ich verstehe Sie absolut, Sheriff, aber Sie haben mich die ganze Zeit angeschrien, und dann kamen meine Eltern und …«

Für einen übergewichtigen Mann konnte G. William sehr lange schreien, ohne Luft holen zu müssen.

»Wie auch immer, ich hoffe, es hilft. Bis später!« Er legte auf, hielt das Telefon auf Armeslänge von sich gestreckt und wartete darauf, dass die Büronummer des Sheriffs auf dem Schirm aufleuchten würde. Als das nicht geschah, beruhigte er sich schließlich und las Jazz' SMS.

Krankenhaus? Bist du noch dort? Was ist los?

Was los ist? Ha! Alle SMS dieser Welt könnten das nicht erklären. Er beschloss, es einfach zu machen.

Ja, bin noch im Krankenhaus, aber gehe bald. Wo bist du?

Einen Moment später: *Ob du es glaubst oder nicht, auch im Krankenhaus.*

Howie glotzte auf sein Handy. Wusste Jazz nicht, dass er, Howie, derjenige war, der immer im Krankenhaus landete? Er wollte ihm wohl Konkurrenz machen, das war nicht cool.

Scherzhaft schrieb er zurück: *Was ist los, bist du angeschossen worden oder was?*

Ja. Von einer FBI-Agentin. Ist eine lange Geschichte.

Was zum Henker ...?

Geht's dir gut?

Theoretisch ja. Sie behaupten, ich werde wieder. Aber ich bin außerdem unter Arrest, und sie wissen wahrscheinlich nicht, dass ich mein Handy noch habe, deshalb weiß ich nicht, wie lange wir noch reden können.

Howie starrte auf sein Display. Immer wenn er glaubte, sein Leben könnte nicht mehr verrückter, gefährlicher oder komplizierter werden, brachte Jazz garantiert noch irgendwas wie Pistolenkugeln oder Bettpfannen ins Spiel.

Alter, du schuldest mir jetzt schon sehr, sehr viele Tätowierungen ...

15

Alter, du schuldest mir jetzt schon sehr, sehr viele Tätowierungen ...

Jazz versteckte sein Handy hastig unter der Bettdecke, als die Tür zu seinem Zimmer aufging.

Connies Vater.

Connies *Vater.*

Was zum Teufel tat der in New York?

O Gott. Wenn sie Connies Leiche gefunden hatten, würden sie ihn natürlich verständigt haben. Deshalb ...

»Was tun Sie hier? Was ist passiert? Ist Connie ...« Jazz setzte sich zu abrupt auf. Die Handschellen zogen ihn zurück und schnitten in sein Handgelenk und in seinen Satz.

Die Tür fiel zu, und Mr. Hall blieb mit verschränkten Armen weit vor dem Bett stehen. »Ich werde so tun, als hätte ich das Telefon nicht gesehen«, sagte er, »aber wenn mich die Polizei fragt, ob du eins hast, werde ich es ihnen sagen müssen, auch wenn ich dein Anwalt bin.«

»Mein Anwalt?« Jazz wusste immer noch nicht, warum Mr. Hall hier war, aber da er sich nicht sofort auf ihn gestürzt hatte, folgerte Jazz, dass Connies Vater nicht nach New York gekommen war, um ihre Leiche zu identifizieren. Er wusste nicht, was schlimmer gewesen wäre – wenn man Connie tot aufgefunden hätte oder wenn sie immer noch in Billys Klauen wäre. Im ersten Fall wären ihre Qualen vorbei. Im zweiten Fall konnte sie vielleicht noch gerettet werden.

»Du steckst in großen Schwierigkeiten«, sagte Mr. Hall.

»Das NYPD glaubt, du hast eine FBI-Agentin und einen als Serienmörder verdächtigten Mann getötet.«

»Das wird nach dem Bericht der Spurensicherung vom Tisch sein, verlassen Sie sich darauf. Meine Fingerabdrücke sind auf keiner Tatwaffe. Und ich wurde selbst angeschossen.«

»Was auch passiert sein könnte, als du jemanden zu töten versucht hast. Und das Fehlen von Spuren wird sogar gegen dich verwendet werden – man wird darauf hinweisen, dass dein Vater dir beigebracht hat, die Polizei in die Irre zu führen. Alles, was eine Jury sehen wird, ist ein Junge, der von einem Ungeheuer großgezogen wurde und schließlich durchgedreht ist.«

Gutes Argument. War das nicht genau der Grund, warum Jazz damals in Lobo's Nod nach dem Impressionisten gesucht hatte? Um zu beweisen, dass er selbst es nicht gewesen war? Und man muss es nur beweisen, wenn die Leute es von vornherein annehmen. Für den Sohn von Billy Dent galt eher das Gegenteil einer Unschuldsvermutung. Es gab keine Zeugen, die für ihn sprachen – nur schwer verständliche forensische Beweise, die eine aus Trotteln bestehende Jury geflissentlich übersehen würde, um gegen den Apfel zu treten, der nicht weit vom Stamm gefallen war. Er hatte außerdem nicht viel Geld, auf keinen Fall genug, um die Sorte Anwalt zu bezahlen, die er brauchen würde. Er würde mit einem überarbeiteten Pflichtverteidiger vorliebnehmen müssen.

»Was tun wir?«, fragte er ruhig. »Muss ich Sie nicht bezahlen, wenn Sie mein Anwalt sind?«

»Ich will dich nicht anlügen – ich führe normalerweise keine Prozesse. Und ich bin nicht für New York zugelassen, es gibt also nicht viel, was ich im Moment tun kann. Aber ich kann die Polizei davon abhalten, dich zu belästigen, bis wir dir einen New Yorker Anwalt besorgt haben. Sprich nicht mit ihnen, okay?«

Kein Problem. Eine Sache, die man als Sohn von Billy Dent auf jeden Fall lernte, war, nicht mit der Polizei zu sprechen.

»Ich bin ein Stockwerk tiefer bei Connie«, sagte Mr. Hall. »Aber ich schaue nach dir, so oft ich kann.«

Jazz richtete sich abrupt auf, Handschellen hin oder her. »Was sagen Sie da? Connie ist hier? Geht es ihr gut? Ich muss sie sehen. Ich muss sie auf der Stelle sehen.«

Mr. Hall räusperte sich und schüttelte den Kopf. »Jasper, verlass dich darauf: Du wirst meine Tochter nie mehr wiedersehen.«

Schließlich döste Jazz weg. Als die Dämmerung einsetzte und die Erleichterung darüber, dass Connie lebte, ihre Wirkung tat, als er allein und gelangweilt im Zimmer lag, wurde er schläfrig …

Berühr mich …

Diesmal war es der Sextraum.

… seine Hand gleitet nach oben …

Der Messertraum nahm eine Auszeit. Er brauchte ihn nicht mehr. Er wusste jetzt, dass es kein bloßer Traum war – es war eine Erinnerung. Er hatte als Kind mit einem Messer in das Fleisch eines anderen Menschen geschnitten. Die Empfindung bei dem Versuch, sich die Kugel aus dem Bein zu schneiden, hatte es bestätigt.

Oh ja, du weißt …

Was bedeutete der sexuelle Traum dann? Wenn sich der Traum vom Schneiden als real herausgestellt hatte, was bedeutete der Sextraum dann, und wer hatte …

Das Vibrieren seines Handys riss ihn aus seinem Schlummer. Er wachte mit einem Ruck auf und zerrte einmal mehr an den Handschellen, mit denen er ans Bett gefesselt war. Der Schmerz pflanzte sich durch seinen ganzen Arm fort.

Es war fast acht Uhr abends. Das Display wies Howie als Anrufer aus.

»Bist du allein?«, fragte Howie mit leiser Stimme.

»Ja. Und du?«

»Auch. Meine Eltern werden bald hier sein, um mich mit nach Hause zu nehmen, deshalb dachte ich, wir telefonieren lieber gleich noch, denn wenn ich erst einmal im Haus bin, werden sie an mir kleben wie die fünfzig Tätowierungen, die du mir noch schuldest.«

»Fünfzig ist ein bisschen viel.« Jazz warf einen Blick zur Tür. Bestimmt war ein Polizist davor postiert. Hughes würde nicht so dumm sein, keinen Bewacher für ihn abzukommandieren. Er senkte die Stimme zu einem Flüstern und drehte sich zur Wand, so gut es die Handschellen erlaubten.

»Ich hätte gern ein Tattoo, das einfach ›Tattoo‹ lautet«, fuhr Howie fort. »Das ist eine Meta-Geschichte. Sehr postmodern. Avantgardistisch. Ich erwarte nicht, dass du es verstehst. Wie auch immer, warte mal eine Sekunde.« Jazz hörte ein Klicken. Einen Moment später: »Bist du noch da, Jazz?«

»Ja.«

»Wir sind alle drei zur gleichen Zeit im Krankenhaus. Wie hoch ist die Wahrscheinlichkeit dafür? Okay, ich mache eine Konferenzschaltung …«

»Jazz!«

Es war Connies Stimme. Es war das Schönste, was Jazz in seinem Leben gehört hatte. Bis zu diesem Moment hatte er sich Connie auf einer Intensivstation oder einem OP-Tisch vorgestellt, wo sie nach den Verwüstungen, die Billy an ihr verübt hatte, um ihr Leben kämpfte. Tränen traten ihm in die Augen, die er sich mit dem Betttuch wegwischte.

Er hätte am liebsten geschrien. Er sehnte sich danach, seine Freude über ihre Stimme hinauszuschreien, bis sie in jeden Winkel des Krankenhauses gedrungen war.

Stattdessen zwang er sich zu flüstern. »Geht es dir gut? Was hat er mit dir getan?«

»Nichts. Na ja, nicht ganz nichts, aber ich bin ihm entkommen.«

»Du bist Billy entkommen?« Er wollte nicht ungläubig klingen, aber er konnte es tatsächlich nicht glauben. Er konnte nicht glauben, dass Billy Connie hatte gehen lassen, egal um welchen Preis.

»Ich habe Mist gebaut, Jazz.« Connie fing an zu weinen. »Ich war dumm. Ich habe versucht, dir zu helfen, und bin nach New York gekommen und ...«

»Hey, passt mal auf, Leute«, unterbrach Howie. »Connies Dad kann jeden Moment zurückkommen. Wir haben nicht viel Zeit. Wir sollten klären, was passiert ist, und wir sollten es schnell tun.«

Sie versuchten es, aber es erwies sich als unmöglich. Zu vieles war geschehen, seit sie das letzte Mal miteinander gesprochen hatten.

Jazz erzählte ihnen von dem Hut-und-Hund-Mörder und dem Monopoly-Spiel der Serienmörder. Davon, wie er Belsamo in dem Mietlager aufgespürt hatte, und alles, was dort geschehen war.

Dass seine Mutter noch lebte.

»Ich weiß«, sagte Connie. »Ich habe sie kennengelernt.«

Jazz hätte nicht überraschter sein können, wenn sie ihm erzählt hätte, dass sie von Howie schwanger war.

»Ich kann es einfach nicht glauben«, sagte Jazz. »Howie? Bist du noch da?«

»Ja, tut mir leid. Ich habe gerade überlegt, wie hoch tatsächlich die Wahrscheinlichkeit ist, dass wir alle zur gleichen Zeit im Krankenhaus sind.«

»Howie!«

»Was? Es ist irre!«

»Was tut sich daheim in Lobo's Nod? Mit Gramma und Tante Sam.«

»Ja, also das ... Deiner Großmutter geht es gut im Krankenhaus. Sam ist verschwunden.«

»Verschwunden?«

Er hörte sich Howies Bericht von seiner Nacht in Grammas Haus an. Dann erzählte Connie mit ein wenig Hilfe von Howie, was sie in Lobo's Nod getrieben hatte und von ihrer Reise nach New York. Bei Jazz wechselte sich Erleichterung darüber, dass sie in Sicherheit war, mit Entsetzen darüber ab, was sie in Billys Händen erduldet hatte, und zwischendurch machte er seiner Empörung Luft, weil sie sich so unbekümmert in so eine Gefahr begeben hatte.

»Es war so dumm«, sagte sie, »und ich weiß es. Aber da war dieses Bild von dir, Jazz. Und ich habe die Vorstellung nicht ertragen, dass er dir etwas antut. Das verstehst du, oder?« In ihrer Stimme lag so viel Sorge, Liebe und Selbstvorwurf, und nicht zum ersten Mal wurde Jazz bewusst, wie viel Glück er hatte. »Nach der Sache mit dem Impressionisten und nachdem wir in New York geholfen hatten, dachte ich einfach ... Ich weiß nicht. Ich dachte, ich könnte etwas beitragen, und es war wegen dir und ...« Ihre Stimme verlor sich, und die drei sprachen eine Weile nichts.

»Ich bin so froh, dass du wieder gesund wirst«, flüsterte Jazz schließlich.

»Erzähl ihm den Rest«, sagte Howie. »Was du beim Graben in seinem früheren Garten gefunden hast.«

»Ach ja, richtig. Was war in der Kassette?«, fragte Jazz.

Und Connie erzählte es ihm. Die Kindheitsfotos. Das Plastikspielzeug.

Die Geburtsurkunde.

Jazz bekam im ersten Moment keine Luft. Er machte den Mund auf und zu wie ein Fisch auf dem Trocknen. »Es stimmt nicht«, brachte er schließlich hervor. »Es ist eine Fälschung.«

»Howie kann es dir als SMS schicken. Sie sieht echt aus, Jazz.«

»Es ist nicht wichtig«, sagte Jazz, und in dem Moment, in dem die Worte über seine Lippen kamen, wusste er, dass sie stimmten. Er war von Billy aufgezogen worden. Unterrichtet. Beeinflusst.

Aber was, wenn es nicht in meiner DNA ist? Was, wenn ich nicht durch mein Blut verdammt bin?

Ja, was dann? Das bedeutet dann nur, dass Billy die Natur besiegt hat. Er hat meinen Kopf geöffnet und seine Verrücktheit hineingeladen. Ich weiß nicht, was schlimmer ist – dazu geboren zu werden oder es zu lernen.

»Es macht keinen Unterschied«, sagte er wieder. »Wir reden nicht mehr darüber. Es spielt keine Rolle.«

Connie und Howie warteten einen Moment.

»Jazz …«, fing Connie dann an.

»Im Ernst. Vergessen wir es. Erzähl mir von dieser Glocke und dem Zeug, das du am Flughafen in New York gefunden hast.« Er sah Connie vor sich, wie sie eine Schnute zog und frustriert nickte über seine Halsstarrigkeit.

»Es war eine Art Code«, sagte sie und erzählte, was sie gefunden hatte.

Jazz verschluckte sich fast.

»Alles okay, Alter?«, fragte Howie besorgt.

»Bist du dir sicher?«, fragte Jazz an Connie gewandt. »*Bell, Gun, Ness* waren die Lösungsworte?«

»Ja, aber was …«

Jazz legte sich ins Kissen zurück. Das war genau die Art kranker Witz, wie ihn sich Billy ausdachte. »Bell, Gun, Ness«, wiederholte er.

»Richtig«, sagte Connie. »Bedeutet es etwas?«

»Es ist ein Name. Nicht *bell* und *gun* und *Ness,* sondern ein Name. Belle Gunness.«

»Kapier ich nicht«, sagte Howie. »War sie eine Freundin von deinem Dad oder …«

»Sie war eine Serienmörderin«, sagte Jazz. »Eine der seltenen weiblichen Serienmörder. Vor mehr als hundert Jahren.«

Wieder Schweigen. Jazz wollte das Offensichtliche nicht aussprechen.

»Das bedeutet dann, dass deine Tante Samantha …«

»Es gibt einen Grund, warum sie verschwunden ist.« Er wollte es immer noch nicht aussprechen, weil es dadurch Wirklichkeit wurde. Aber er hatte keine Wahl. »Tante Sam ist Ugly J.«

Die Antibiotikainfusion war fast leer, der Kochsalzbeutel dagegen war erst kürzlich ausgetauscht worden.

Jazz zog die Antibiotikanadel zuerst heraus, vorsichtig und langsam ließ er sie aus seinem Arm gleiten. Die wenigen Millimeter kamen ihm wie Meter vor, aber nachdem Billy sein Bein genäht hatte, konnte ihn nichts mehr schrecken.

Vor ein paar Stunden war eine Schwester gekommen, um die Dränage aus seinem Bein zu entfernen. Er konnte es beugen, und es schmerzte sehr viel weniger als befürchtet. Er würde wohl hinken, aber alles, was im Augenblick zählte, war, dass das Bein funktionierte.

Er musste hier raus, Handschellen hin oder her.

Hughes glaubte, dass er Morales getötet hatte. Oder zumindest irgendwie daran beteiligt gewesen war. Und wer konnte es ihm verdenken? Hughes kannte Jazz ganze vier Tage lang, und in dieser Zeit war Jazz mal eben so in eine Wohnung eingebrochen, hatte Privateigentum gestohlen und jede Menge Bitten der Polizei missachtet. Dazu die Leichen in dem Mietlager, und *selbstverständlich* würde Hughes glauben, dass er für den Tod von Morales verantwortlich war.

Und dann war da noch die störende Tatsache, dass Jazz tatsächlich für Morales' Tod verantwortlich war.

Du wirst der Tod dieser FBI-Agentin sein, Jasper. Das verspreche ich dir.

Genau wie es Billy vorausgesagt hatte.

Du wirst sie sterben sehen.

Hughes hatte Jazz befohlen, seine Hut-und-Hund-Theorie nicht weiter zu verfolgen. Er hatte ihm ausdrücklich befohlen, nichts zu unternehmen, ihn praktisch auf sein Hotelzimmer geschickt, während er selbst sehen wollte, was er mit den illegal von Jazz beschafften Hinweisen anfangen konnte. Aber Jazz hatte diesen Befehl missachtet; er war zu der FBI-Agentin gegangen und hatte sie überredet, ihn auf einer Spritztour zu Einheit 83F zu begleiten.

Überredet war vielleicht ein zu starkes Wort. Es war nicht schwer gewesen, Morales zum Mitkommen zu bewegen. Wie bei vielen jener Polizisten, die Billy verfolgt hatten, floss viel Rachelust und Wut durch ihre Adern. Billy hatte sie gedemütigt, sie auf eine fröhliche Hatz durch Kansas und Oklahoma geführt, mit falschen Beweisen und Spuren gelockt, die ins Nichts führten. Jazz wusste, es war nicht persönlich gemeint gewesen. Billy interessierte sich nicht für einzelne seiner Verfolger. Sie waren ungeachtet ihres Rangs oder ihrer Behörde alle zusammen nur »Scheißbullen« für ihn. Morales dagegen hatte es sehr persönlich genommen. Sie hatte ihre Ehe für die Verfolgung von Billy Dent geopfert, ein Klischee über Polizisten, wenn es je eins gab, aber das dürfte Morales und ihren Exmann kaum getröstet haben.

Charlie. Sie nannte ihn Charlie, und sie hat ein gerahmtes Bild von ihm eingepackt, wenn sie auf Dienstreise ging.

Ja, die Zeit, da ihn die Polizei unterstützte, war vorbei.

Hughes würde wahrscheinlich persönlich den Schalter betätigen wollen, falls Jazz die Todesstrafe bekam. Niemand würde ihm helfen.

Er konnte nur auf sich selbst bauen.

Und genau so soll es sein, hörte er Billy in seinem Kopf sagen.

Er hasste es, wenn sein Vater die Wahrheit sagte.

Tante Sam war Ugly J. Es passte. Die Verwendung des Namens Belle Gunness war der letzte Beweis, den Jazz gebraucht hatte.

Ein Geschwisterpaar als Serienmörder. Und ich habe ihr am Küchentisch gegenübergesessen, und sie hat mich nach Strich und Faden verarscht. Nicht zu fassen, dass ich darauf hereingefallen bin.

Billy war auf der Flucht. Sam war aus Lobo's Nod verschwunden. Sie vereinten sich wieder, davon war Jazz überzeugt.

Sie hatten seine Mutter.

Es ergab einen perversen Sinn. Jazz erinnerte sich daran, wie er zu Hughes gesagt hatte, die Verbrechen des Hut-und-Hund-Mörders würden für diesen selbst absolut einen Sinn ergeben. Dasselbe galt für Billy und Sam. Billy war besessen von der Idee, dass Jazz die nächste Killergeneration sein würde.

Wo ich mich nicht entscheiden kann, hatte Billy beim Verlassen von 83F gesagt, *ist, ob ich sie selbst töte oder zuschaue, wie du sie tötest.*

Damals hatte er Connie gemeint. Connies Tod – ob durch seine eigene Hand oder vor seinen Augen – würde Jazz über die Klippe ins Reich von Billy befördern.

Der Infusionsschlauch für das Antibiotikum war draußen. Jazz holte tief Luft und griff nach der Nadel für die Kochsalzlösung. Diese saß ein wenig tiefer.

Nachdem Connie nun außer Reichweite war, würde Billy jedoch zum nächstbesten Ziel weitergehen: Mom. Jazz war überzeugt, Billy würde sie fürs Erste am Leben lassen. Bis er sie vor seinen Augen ermorden konnte.

Ich wette, das war der ursprüngliche Plan gewesen. Deshalb war er nach New York gekommen. Sam war die ganze Zeit hier gewesen und hatte nach ihr gesucht. Und sie hatte Hut und Hund eingesetzt, mit ihnen gespielt. Dann kam Billy in die Stadt, und wir haben in unserer Dummheit Sam zu Hilfe gerufen. Sie müssen sich schiefgelacht haben über uns. Ich habe sie persönlich ins Haus gebracht. Ich habe sie mit Howie alleingelassen, dem zerbrechlichsten Menschen, den ich kenne.

Tränen verschleierten seinen Blick. Er wischte sie hastig fort und konzentrierte sich darauf, die Nadel herauszuziehen, ohne ein Blutgefäß zu verletzen.

Verlier nicht den Kopf, Jazz. Nicht jetzt. Howie ist in Sicherheit. Connie ist in Sicherheit. Gramma ist in Sicherheit. Du musst Mom finden. Du musst sie retten, und das kannst du nicht von einem Krankenbett aus tun.

Beim Namen Belle Gunness war ihm mehr eingefallen, als dass sie eine Serienmörderin war. Er hatte sich auch daran erinnert, was Billy über Gilles de Rais und über Caligula gesagt hatte. Darüber, »wo es anfing«.

Die Nadel war draußen. Er war jetzt frei.

Bis auf die Handschellen.

Du hast den Anfang von allem, Junge. Ich habe es dir damals in Wammaket mehr oder weniger gesagt. Ich habe dir erzählt, wo es anfing.

Ja. Er verstand jetzt. Wo alles anfing. Es würde ihn zu Billy führen, davon war er überzeugt.

Vorsichtig, damit er sich nicht in einen Finger stach, bog er eine der Infusionsnadeln um neunzig Grad, sodass am

Ende ein Haken entstand. Den führte er in das Schlüsselloch der Handschellen ein und bog sie mithilfe des Lochrands als Hebel noch einmal.

Die Nadel brach.

Verdammt.

Umso besser, dass er zwei Nadeln hatte.

Mit der zweiten Nadel war er noch vorsichtiger und bekam die zweite Biegung hin. Dann atmete er tief durch und wackelte behutsam mit seinem Haken hin und her, bis er das Schloss klicken hörte.

16

Hughes saß zusammengesunken an einem Tisch in der Cafeteria des Krankenhauses und nuckelte an seinem dritten Red Bull des Tages. Er fragte sich, wie viele Dosen von dem ungesunden Gesöff er genau trinken musste, ehe sein Herz explodierte. Im Augenblick erschien es ihm als ein lohnendes Experiment. Keine vierundzwanzig Stunden nachdem ihn der Anruf wegen Duncan Hershey aus einem tiefen Schlaf geweckt hatte, ging in seinem Leben alles in einer Weise drunter und drüber, wie er sich das niemals hätte vorstellen können, bis hin zu der Tatsache, dass Jennifer Morales bereits das Leichenschauhaus verließ, um nach … nach … woher sie eben stammte, geflogen zu werden. Da Grudzinski vorläufig die Jagd auf Billy Dent organisierte, hätte Hughes theoretisch nach Hause fahren und sich ein wenig aufs Ohr legen können.

Aber wenn er ehrlich war, wollte er das nicht. Er wusste, was er sehen würde, wenn er die Augen schloss – das Gemetzel in Einheit 83F. Und träumte man eigentlich Gerüche? Er wusste es nicht, aber er war sich sicher, dass er auch den widerlichen Menschengestank mit dem Unterton von Bleiche und Konservierungsmittel darin riechen würde.

Hughes rieb sich mit beiden Händen das Gesicht. Verdammt. Er wusste nicht einmal, woher Morales stammte. Wusste nicht, ob sie Familie hatte. Wusste nicht das Geringste über sie, obwohl sie weiß der Himmel wie viele Monate zusammen an dem Hut-und-Hund-Fall gearbeitet hatten.

Und dann kommt Jasper Dent daher und bringt die Ameisenkolonie mit einer Granate um.

Meine Schuld, dachte Hughes. *Verdammt noch mal meine Schuld.*

Er hatte Befehle missachtet und war nach Lobo's Nod gefahren, um den jungen Dent nach Brooklyn zu locken, und er hatte es aus reiner Verzweiflung und nichts weiter getan.

Obwohl – da war doch noch etwas. Selbstüberhebung.

Hochmut ging voraus, Ehrgeiz folgt ihm. Noch mehr Shakespeare, eins der Heinrich-Dramen, glaubte er. Okay, Karten auf den Tisch: Es war Hochmut und es war Ehrgeiz. Aber sie waren monatelang nicht vom Fleck gekommen! Die Leute waren vollkommen verängstigt. Hughes hatte seit den Tagen nach dem 11. September keine solche Angst mehr in dieser Stadt gesehen, als die Straßen fast leer und die U-Bahn-Stationen hohl hallende Röhren gewesen waren. Die wenigen Menschen, die sich damals ins Freie wagten, hatten den gehetzten Kriegsneurosenblick von Soldaten gehabt, die in die Schlacht zogen. In Brooklyn hatte in diesen letzten Monaten eine ähnliche Atmosphäre geherrscht. Es musste etwas geschehen, sie waren nur noch Tage von Bürgerwehren und Straßenunruhen entfernt.

Und so hatte Hughes in seinem verzweifelten Bemühen, Normalität im Bezirk wiederherzustellen, auf Jasper Dent zurückgegriffen.

Es war ja nicht so, als hätte ich die Ermittlung in seine Hände gelegt. Ich habe ihm nur die Fakten gezeigt und ihn gebeten, Schlüsse zu ziehen.

Er trank noch einen Schluck Red Bull. Es brannte in seiner Kehle. Wem wollte er etwas vormachen? Er hatte Mist gebaut. Gewaltig. Den jungen Dent nach New York zu bringen, war gewesen, als schüttete man Napalm über eine Ölpest.

Hätte ich damals nur gewusst, was ich heute weiß …

Sein Telefon läutete. Eine unbekannte Nummer. Er meldete sich und hörte eine laute Stimme mit Südstaaten-Akzent.

»Ist dort Detective Louis Hughes? Hier spricht G. William Tanner, Sheriff von Lobo's Nod.«

Hughes stellte die Lautstärke an seinem Gerät leiser. »Sheriff Tanner? Was kann ich für Sie tun?«

»Ich habe ein paar Nachforschungen hier an meinem Ende der ganzen Geschichte angestellt. Meines Wissens liegen ein paar Kids aus meiner Stadt bei Ihnen im Krankenhaus.«

Hughes wog ab, was er aus Gesprächen mit Dent und aus den Medien über Tanner wusste. »Das ist richtig, Sheriff. Und ich muss Ihnen sagen, der junge Dent steht aktuell wegen einer ganzen Latte von Vergehen unter Arrest.«

Er konnte die Zahnrädchen im Kopf des Sheriffs beinahe arbeiten hören, ehe sich dessen dröhnende Stimme wieder vernehmen ließ. »Sie haben sicherlich getan, was Sie für richtig hielten, Detective, und ich werde nicht versuchen, Ihnen etwas anderes einzureden. Aber hören Sie – ich habe mit einem Jungen namens Howie Gersten hier bei uns gesprochen, und ich wollte Sie darüber informieren, was er mir erzählt hat.«

Aha, der geheimnisvolle Howie erhob sein Haupt. Es blieb wirklich Dent vorbehalten, an zwei Orten gleichzeitig Ärger zu machen. »Schießen Sie los!«

Tanner sprach ein paar Minuten lang, das meiste, was er erzählte, interessierte Hughes nicht. In Gärten vergrabene Kassetten, Spielzeugvögel und Babybilder. Heimliche Flüge nach New York. Dents rassistische Großmutter und etwas über eine verschwundene Tante. Bla, bla, bla.

Das Einzige, was ihn interessierte, war die Geburtsurkunde. Hughes hatte jede Menge Verbrecher vernommen, und er wusste, eine Möglichkeit, sie zu knacken, bestand darin, ihnen einen fundamentalen Stützpfeiler wegzuziehen. Ihre ganze Welt in eine Schieflage zu bringen und sie zu zwingen, alles aus einer neuen Perspektive zu sehen. Das rüttelte manchmal etwas auf.

Hughes war überzeugt, dass der junge Dent mehr wusste, als er zugab. Er konnte nicht glauben, dass Billy Dent in dem Mietlager aufgetaucht war, um das Bein seines Sohns zusammenzuflicken, und dabei nichts an Information fallen gelassen hatte. Jasper rückte nur nicht damit heraus.

»Danke, dass Sie mich informiert haben, Sheriff«, sagte Hughes und trank den letzten Rest Red Bull. Der Tag war noch nicht vorbei. »Hey, ich hätte eine Frage an Sie.«

»Nur zu.«

»Darf ich Sie fragen, wofür das G steht?«

»Sie dürfen, sicher. Nur, ich sage es Ihnen nicht.«

Hughes lachte und legte auf. Dann knüllte er die Brausedose zusammen und überraschte sich selbst mit einem perfekten Wurf in den Papierkorb. Eine Schwester, die in der Nähe war, applaudierte.

Hughes hatte Finley als Wache vor Jasper Dents Krankenzimmer postiert. Sie schien eine gute Polizistin zu sein. Als er in dem Mietlager einen Moment lang überlegt hatte, Jasper zu erschießen, hatte sie nichts gesagt. Hätte ihn wahrscheinlich gedeckt. Das war Hughes' Maßstab für einen guten Polizisten – jemand, der einen deckt, wenn man eine Dummheit macht. Es war natürlich an ihm, die Dummheit erst gar nicht zu machen. Aber es war nett zu wissen, dass man notfalls Unterstützung bekam.

»Ist irgendwas passiert, seit der Anwalt da war?«, fragte er Finley, die strammgestanden hatte, als er sich näherte.

»Nichts. Ein paar Schwestern. Ein Arzt hat vorbeigeschaut. Sie haben die Dränage aus dem Bein entfernt. Sie sagen, er braucht bald auch keine Infusionen mehr.«

Hughes brummte etwas. Dents Gesundheitszustand interessierte ihn nur insofern, als er keine Leiche anklagen konnte.

»Wie lange sind Sie schon hier?«

Finley zuckte mit den Achseln. Hughes wusste, dass sie seit rund zehn Stunden vor Dents Zimmer saß.

»Gehen Sie sich die Beine vertreten. Trinken Sie einen Kaffee. Rauchen Sie eine Zigarette.«

»Ich rauche nicht.«

»Sie rauchen eine.«

Finley machte ein paar Schritte auf den Aufzug zu und zögerte dann. »Wie lange soll ich ...«

»Ich gehe nicht weg, bis Sie wieder da sind, Finley. Lassen Sie sich Zeit.«

Mit der Hand auf dem Türgriff holte er tief Luft. Wie ging er am besten vor? Dent hatte sich einen Anwalt besorgt, und der Junge war nicht dumm – er würde sich weigern, mit Hughes zu reden, es sei denn, er konnte ihm einen kleinen Anstoß geben. Dabei würde er vorsichtig zu Werke gehen müssen. Alles, was Dent an diesem Punkt sagte, würde vor Gericht nicht verwertbar sein – es sei denn, Hughes brachte ihn dazu, auf sein Recht auf juristischen Beistand zu verzichten. Er hatte es schon öfter geschafft. Es gab Mittel, einen Verdächtigen zu überzeugen, Hughes bezeichnete es für sich als die Große Lüge: *Es wird später leichter für Sie sein, wenn Sie jetzt mit mir sprechen.* Schon viele Idioten waren darauf hereingefallen.

Jasper Dent war kein Idiot. Aber er war auch kein Übermensch. Er konnte gebrochen und in eine neue Form gebracht werden, wie alle anderen auch.

Hughes klopfte einmal und trat ein. Das Deckenlicht war aus, ebenso der Fernseher. Das einzige Licht kam von der schwachen Leselampe am Bett. Dent hatte die Decke bis über die Brust gezogen. So geschwächt im Bett liegend, sah er aus wie jeder andere Jugendliche, und Hughes musste einen Anfall von Mitleid unterdrücken. Sohn eines Serienmörders. Der Scheißkerl hatte nie eine Chance.

»Guten Abend, Jasper.« Hughes zog seinen Mantel aus und hängte ihn an einen Haken. Es war eine beiläufige Handlung, die vermitteln sollte, wie ungezwungen er sich fühlte. Und dass er vorhatte, eine Weile zu bleiben. Er blieb an der Tür stehen. Dent reagierte nicht und starrte nur geradeaus.

»Ich sagte, guten Abend«, wiederholte Hughes etwas lauter. Diesmal drehte Dent den Kopf zu ihm, es sah aus, als wäre sein Hals eingerostet. Die schweren Lider waren halb geschlossen.

Drogen. Das Schmerzmittel, oder was immer die Ärzte ihm gegeben hatten.

Heikle Sache, juristisch gesehen. Dents Anwalt konnte später behaupten, er habe unter dem Einfluss von Drogen gestanden, als er mit der Polizei sprach, und sei nicht in einer angemessenen Verfassung gewesen, um auf seine Rechte zu verzichten.

Scheiß drauf. Eine FBI-Agentin war tot, der Junge war der Sohn eines Serienkillers, und Hughes war mit einer absurden Menge Koffein vollgepumpt. Er würde sein Glück versuchen.

»Ich habe mit Sheriff Tanner in Lobo's Nod gesprochen.«

Dent sah ihn aus trüben Augen an.

Hughes stöhnte. Wenn der Junge so weggetreten war, dass er nicht sprechen konnte, dann war es sinnlos. Er ging näher zum Bett. »Der Sheriff«, sagte er laut und langsam. »Von Lobo's Nod. Du kennst ihn, oder?«

Dent lallte etwas, das Hughes als »G. William« auffasste.

»Richtig. Genau der. Hey …«, versuchte er, eine Reaktion aus dem Jungen herauszubekommen, »weißt du, wofür das G steht?«

Jasper stierte weiter vor sich hin.

»Ob du es glaubst oder nicht, ich versuche, dir zu helfen.« Eine Verbindung zu dem Verdächtigen herzustellen, war von entscheidender Bedeutung. »Ich habe Informationen, die dich möglicherweise entlasten. Oder zumindest eine Jury die Dinge in einem anderen Licht sehen lassen. Vielleicht erzähle ich dir etwas, und du erzählst mir im Gegenzug ebenfalls etwas. So läuft das normalerweise.«

Jasper räusperte sich. Es dauerte ewig. Speichel tropfte aus seinem Mundwinkel aufs Kissen.

»Ich weiß, ich war vorhin ziemlich sauer, aber du musst mich verstehen. Du musst es durch meine Augen sehen. Verstehst du mich?«

Jazz nickte kraftlos und flüsterte etwas. Genervt zog sich Hughes einen Stuhl heran und setzte sich neben das Bett. »Was war das? Was hast du gesagt?«

»Es tut mir leid«, brachte Jasper heraus.

Hughes' großer Zeh begann auf den Boden zu tippen, aber es gelang ihm, eine teilnahmslose und nachdenkliche Miene zu bewahren. *Es tut mir leid,* hörte sich sehr nach dem Anfang eines Geständnisses an. Zeit nachzusetzen, den Jungen zum Reden zu bringen, bis zu dem Punkt, wo er nicht mehr aufhören konnte, dann der Rückzieher. *Ich kann jetzt nicht weiter mit dir reden, es sei denn, du verzichtest auf dein Recht zu schweigen …*

»Was tut dir leid?«, fragte Hughes.

»Das«, sagte Jasper Dent, und ehe Hughes wusste, wie ihm geschah, ging ihm der Junge an die Kehle.

Bei einem guten Würgegriff, hatte ihm Dear Old Dad einmal erklärt, *geht es nur um Geometrie.*

Jazz war damals vielleicht zehn Jahre alt gewesen. Geometrie kam in seinen Schulbüchern noch nicht vor, aber sie gehörte zu der speziellen väterlichen Nachhilfe, die es im Haus der Dents täglich gab. Geometrie half einem, den Blickwinkel von Überwachungskameras zu bestimmen. Geometrie verriet einem, wo und in welchem Schatten man stehen musste. Wie man das Messer oder die Säge ansetzen musste.

Geometrie garantierte auch, dass der Würgegriff die Blutgefäße auf beiden Seiten des Halses abschnürte, und das war entscheidend, wenn das Opfer bewusstlos werden sollte und nicht nur stinksauer um sich schlagen.

Stell dir vor, dein Ellbogen ist ein Punkt, sagte Billy, *und ihr Kinn* – denn es war immer eine Sie bei Billy – *ist ein zweiter Punkt. Du musst eine Linie zwischen ihnen ziehen können. Eine gerade Linie.*

Jazz hatte Hughes als Erstes in die Kehle geboxt. Nicht so stark, dass es die Luftröhre zerstörte, nur stark genug, dass er still und überrumpelt war. Dann hatte er sich zu Hughes' Entsetzen aus dem Bett gewälzt, und zwar so, dass er hinter Hughes zu stehen kam und die Armbeuge seines rechten, vermeintlich ans Bett gefesselten Arms in einer Linie mit dem Adamsapfel des Detective war.

Er beugte den Arm. Sein Unterarm schnürte eine Halsseite ab, sein Bizeps die andere. Sein Ellbogen und Hughes Kinn ergaben eine so gerade Linie, dass Landvermesser sie hätten benutzen können.

Jazz' linkes Bein pochte schmerzhaft, aber er achtete nicht darauf. Kaum hatte er die Handschellen geknackt gehabt, war er im Zimmer hin und her gelaufen, um das Bein zu testen. Wie Dr. Meskowitsch es versprochen hatte, konnte er laufen. Er hinkte, und es tat weh, aber er konnte gehen und stehen, obwohl die Kugel immer noch in einem Muskel steckte.

Er verstärkte seinen Griff. Hughes würgte, schlug um sich und gab Geräusche von sich, die bei fast allen Menschen Mitleid ausgelöst hätten. Aber Jazz wusste sein Mitleid zu unterdrücken. Er wusste, wie man es in eine Kiste ohne Luftlöcher steckte und ersticken ließ.

Egal, was in seiner Geburtsurkunde stand oder nicht stand, er war Billy Dents Sohn.

Ein Rauschen erfüllte seine Ohren. Der Ozean. Sein eigenes Blut. Vielleicht das Gebrüll von Hughes' Wut und Überraschung, auf übersinnlichem Weg übermittelt. Oder die Geister von Billys Opfern, die über ihren Verrat heulten.

Hughes sank bewusstlos auf seinem Stuhl zusammen. Jazz hielt ihn noch ein paar Sekunden fest, nur für den Fall, dass sich der Cop tot stellte.

Sobald Jazz Hughes losließ, kehrte sein Gehör in den Normalzustand zurück, und der Schmerz in seinem Bein nahm zu. Er holte tief Luft und versagte sich die Schwäche, das Vergnügen, sich über sein Bein Gedanken zu machen.

Manchmal, sagte Billy, *wirst du verletzt. Und dann musst du eine Entscheidung treffen: Ist es ein großer Schmerz, die Art Schmerz, die dich tötet. Wenn ja, kümmere dich darum. Wenn nicht, schließ ihn weg. Sperr ihn in den Schrank. Stopf ihn in eine Tasche und wirf ihn in den Fluss, denn wenn er dich nicht umbringen wird, brauchst du ihn nicht.*

Meskowitsch hatte zu Jazz gesagt, das Bein würde irgendwann wieder in Ordnung sein. Also fesselte und knebelte er den Schmerz, rollte ihn in einen mentalen Kofferraum und schlug den Deckel zu.

Fesseln. Knebeln. Richtig … Zurück an die Arbeit.

Hughes würde nicht lange bewusstlos sein. Jazz war auf diesen Moment vorbereitet gewesen, auch wenn er gedacht hatte, er würde eine Schwester oder einen Arzt würgen, und nicht Hughes. Unter seinem Kissen hatte er ein paar Dinge versteckt, die er brauchte. Zum Beispiel Streifen von Bettlaken, die er Hughes in den Mund stopfte, den er dann mit

Pflastern verklebte, die er in einer Schublade gefunden hatte. Nicht so gut wie Isolierband, aber er durfte nicht wählerisch sein.

Gerade als sich Hughes zu regen begann, ließ Jazz die Handschellen um seine Gelenke zuschnappen, nachdem er die Kette zuerst durch das Bettgeländer gefädelt hatte. Hughes war hilflos, und er wusste es. Seine Geräusche durch den Knebel waren mitleiderregend.

»Ich will Ihnen nichts vormachen«, sagte Jazz. »Das wird eine beschissene Sache für Sie. Es wird Sie für ein, zwei Jahrhunderte zum Gespött des ganzen Reviers machen.« Er konnte mit seinem Bein nicht richtig in die Hocke gehen, aber er konnte sich in der Hüfte vorbeugen und Hughes direkt in die Augen schauen. »Ich möchte, dass Sie sich an etwas erinnern, Detective. Ich mag Sie tatsächlich irgendwie. Vermutlich habe ich eine Schwäche für Leute, die sich nicht an die Vorschriften halten. Sie sollen sich daran erinnern, dass ich Sie absolut problemlos hätte töten können, aber ich habe es nicht getan. Falls es zu einem Prozess gegen mich kommt – falls ich so lange lebe –, sollten Sie das der Jury besser sagen.«

Er zog Hughes den Stuhl weg und zwang ihn so in die unbequeme und maximal hilflose Position, dass er halb über das Bettgeländer hing und halb auf dem Boden kauerte. Dann filzte er ihn rasch und förderte Brieftasche, Dienstmarke, Handy und Waffe zutage. Die Waffe lockte ihn. Sie schien telepathisch mit ihm zu kommunizieren. *Nimm mich mit, Jazz,* sagte sie, und sie tat es aus irgendeinem Grund mit einer sexy weiblichen Stimme. *Du willst es. Du hast Angst, dass du mich benutzen wirst, aber genau das macht mich so attraktiv, Jazz. All die Möglichkeiten.*

Er begnügte sich damit, das Magazin herauszunehmen und die Kugeln in die Toilette zu werfen. Die Waffe selbst ließ er auf dem Bett liegen. Alles andere würde er mitnehmen.

»Keine Sorge.« Er warf noch einen Blick auf Hughes, der um sich zu schlagen und möglichst laut zu sein versuchte, aber die Art, wie er über das Bettgeländer gebeugt war, sorgte dafür, dass er bei jeder heftigen Bewegung einen Schlag in die Magengrube erhielt.

Gut gemacht, sagte Billy, und zum ersten Mal in seinem Leben störte es Jazz nicht. Er glaubte, etwas wie Stolz zu empfinden.

»Nicht lange, dann wird jemand vorbeikommen«, sagte Jazz. »Das Ganze wird in erster Linie Ihrem Ruf schaden.«

Er nahm Hughes' Mantel vom Haken. Seine eigenen Sachen waren nicht mehr da, wahrscheinlich in eine Asservatenkammer des NYPD verschwunden. Außer den Krankenhaus-Nachthemden hatte er nichts anzuziehen. Der Mantel war besser als nichts. Er steckte sein eigenes Handy in die Tasche, dazu Telefon, Brieftasche und Dienstmarke des Detective. Ein Blick auf seine nackten Füße würde jedem verraten, dass etwas nicht stimmte, deshalb nahm er sich einen Moment Zeit, um auch noch Hughes' Schuhe zu stehlen. Sie waren zu groß, aber nachdem er Verbandszeug hineingestopft hatte, ging es.

Er holte tief Luft und öffnete die Tür einen Spalt. Der ursprüngliche Plan hatte vorgesehen, die nächste Schwester oder den nächsten Arzt, die in sein Zimmer kamen, außer Gefecht zu setzen und anschließend einen Tumult im Zimmer vorzutäuschen, um die Wache vor seiner Tür hereinzulocken. Dann diese ebenfalls zu überwältigen und zu entkommen. Als er jedoch gehört hatte, wie Hughes die Polizistin draußen fortschickte, war ihm klar gewesen, dass das sogar noch besser war.

Er schlüpfte in den Flur hinaus und sah rasch nach links und rechts. Rechts herrschte ein wenig Betrieb, aber links von ihm waren nur der leere Gang und die Fahrstuhlschächte. Perfekt.

Er zwang sich, ruhig zu gehen, als er sich auf den Weg zu den Aufzügen machte. Solange er vorsichtige, überlegte Schritte machte, behinderte ihn sein linkes Bein nicht so sehr, und es fiel kaum auf, dass er hinkte. Widerwillig musste er einräumen, dass das medizinische Gespann Billy Dent und Dr. Meskowitsch gute Arbeit geleistet hatte.

Am Ende des Flurs blieb er stehen. Aufzug oder Treppe? Der Aufzug war schneller, aber es gab sicher eine Kamera darin, und wenn etwas schiefging, saß er fest. Über die Treppe dauerte es länger, aber sie war wahrscheinlich menschenleer und nicht überwacht, und er konnte sie notfalls auf jedem Stockwerk verlassen.

Schicksal oder Zufall nahmen ihm die Entscheidung ab. Mit einem BING!, das Jazz unnötig laut vorkam, ging die Fahrstuhltür auf, und vor Jazz stand Officer Natalie Finley.

17

Finley hatte einen Becher Kaffee in der einen Hand und eine Tüte mit Essen in der anderen. Sie war allein im Aufzug, und als sie Jazz dort stehen sah, dauerte es eine Sekunde, bis sie begriff, bis ihre Augen groß wurden und ihr Mund sich öffnete.

Eine Sekunde zu lang.

Sie trug eine kugelsichere Weste, er sah es ihr an. Die meisten von ihnen trugen heutzutage welche. Er nahm deshalb den Kaffeebecher ins Visier und schlug von unten dagegen, und so gut ihre Ausbildung auch sein mochte, für einen Moment konzentrierte sie sich auf den heißen Kaffee, der ihr entgegenschwappte. Sie ließ die Essenstüte fallen, aber sie hätte auch den Kaffee fallen lassen müssen. Jazz griff in den Aufzug, packte sie am Kragen und zerrte sie auf den Gang heraus.

Sie schrie überrascht auf und ließ nun endlich den Kaffee fallen. Heiße Tropfen spritzten auf Jazz' Hals und Wangen, aber er achtete nicht darauf und konzentrierte sich nur auf die Frau vor ihm.

Die Aufzüge befanden sich in der Mitte einer Kreuzung, wo sich zwei Korridore in einem T trafen. Jazz behielt seinen Schwung bei und wirbelte Finley um seine Achse, das Gewicht immer auf dem rechten Bein. Sie tastete benommen nach ihrem Halfter, aber im letzten Moment ließ Jazz los, und sie taumelte rückwärts und fiel gegen einen Wagen mit elektronischer Ausrüstung, was sie endgültig aus dem

Gleichgewicht brachte. Von einem lauten Aufschrei begleitet, stürzte sie und schlug mit dem Kopf erst an den Wagen und dann auf den Boden auf, wo sie reglos und sehr still liegen blieb.

Niemand schien etwas gehört oder gesehen zu haben. Bei den Aufzügen war niemand, und vom längeren Teil des Ts waren sie nicht zu sehen, da sie sich in einem der Seitengänge befanden. Jazz kontrollierte Finleys Puls und Atmung. Sie schien okay zu sein. Nur bewusstlos.

Das würde sie nicht lange bleiben.

Ein Klingeln in seinen Ohren machte ihn halb taub. Sein Herz raste. Er war erst wenige Meter weit gekommen und hatte schon gegen zwei bewaffnete Polizisten kämpfen müssen. Nicht zuletzt eine gesunde Portion reiner Dusel war dafür verantwortlich, dass er sich weiter in Freiheit befand. Das Glück jedoch, so hatte es Billy viele Male gesagt, war wie der Blitz – es traf Sünder und Heilige gleichermaßen, und es folgte dabei nicht deinem Zeitplan. Irgendwann würde jemand schneller ziehen als er.

Ich muss hier raus. Ich muss mich auf den Weg machen. Mom braucht mich.

Und Billy. Wo Mom war, würde auch Billy sein.

Wenn du mich das nächste Mal siehst, fackelst du nicht lange und tötest mich.

Das war der Plan. Für Connie. Für Mom. Für die einhundertdreiundzwanzig plus.

Und Sam, was ist mit ihr?

Er schüttelte den Gedanken ab. Finley würde nicht ewig bewusstlos bleiben, und er konnte nicht einfach mitten im Flur hier vor ihrer leblosen Gestalt herumstehen. Er raffte ihre Handschellen zusammen und warf ihren Dienstrevolver in einen Abfalleimer. Eine Waffe weniger, die später hinter ihm her war.

Nach kurzem Nachdenken begann sich ein Plan zu formen, und er nahm ihr das Schultermikrofon und das Funkgerät ab. An der Wand gegenüber von den Aufzügen hing ein Grundrissplan des Krankenhauses. Jazz studierte ihn kurz. Ja. Ja, das konnte funktionieren.

Es war verrückt, andererseits war Billy das auch. Und man brauchte sich nur anzusehen, wie lange er der Polizei immer einen Schritt voraus geblieben war.

Jazz verschwand ins Treppenhaus. Dort war es eiskalt. Das Heizungssystem des Krankenhauses drang nicht in den Betonschacht, der die Stockwerke verband. Er zitterte, zumal er unter dem Mantel so gut wie nackt war.

Die Treppe hinaufzusteigen, erwies sich als schwierig mit seinem Bein. Auf einer Ebene zu gehen, war eine Sache, aber das Bein abzubiegen und es zu belasten, war eine ganz andere. Bis er es ein Stockwerk nach oben geschafft hatte, war er schweißgebadet. Aber er verstand auch, warum die Leute in Horrorfilmen immer nach oben rannten, obwohl das gesamte Publikum ihnen zuschrie, nach unten zu laufen.

Weil alle erwarten, dass man abwärts geht. Sie rechnen damit, dass man das Gebäude verlassen will, deshalb erwarten sie einen unten. Nach oben zu gehen, verschafft einem Raum zum Atmen.

Er ging nur ein Stockwerk nach oben. Das war zum Glück alles, was er brauchte, denn er glaubte nicht, dass er es mit seinem Bein ein weiteres Stockwerk schaffen würde. An die Wand im Treppenhaus gedrückt, riskierte er einen Blick auf die Aufzugstüren in diesem Stock. Ein paar Ärzte und Schwestern liefen hin und her. Keine Polizei oder Wachpersonal, soweit er feststellen konnte.

Soll ich das wirklich tun?

Ja doch. Was bleibt dir sonst? Willst du Geiseln nehmen? Das funktioniert nie.

Er schaltete Finleys Funkgerät ein und hob das Mikrofon zum Mund. Dann drückte er auf Senden.

»Achtung, an alle Einheiten«, verkündete er. »Achtung! Achtung! Wir haben den Verdächtigen Billy Dent gesichtet! Er bewegt sich in Richtung Hinterausgang des Krankenhauses! Ich wiederhole: Hinterausgang des Krankenhauses! Alle Einheiten bitte Folge leisten!«

Sofort brach in dem Funkgerät ein Tohuwabohu von Anrufen und Gegenanrufen los. Eine Stimme fragte wiederholt: »Wer spricht da? Bitte identifizieren Sie sich«, aber sie ging rasch im aufgeregten Hin und Her einer Vielzahl von Beamten unter. Es gab Vorschriften und Verfahrensregeln, aber Jazz wusste, das NYPD war im Augenblick hochnervös. Morales war tot. Hut und Hund waren unter mysteriösen Umständen gestorben. Niemand dachte vernünftig. Alle waren übervorsichtig.

Und in all das hatte er Billy wie eine Granate geworfen.

Er verließ das Treppenhaus und zog ruhig und ohne Eile Hughes' Dienstmarke hervor. »NYPD!«, rief er in seinem gebieterischsten Tonfall und hielt die Marke in die Höhe. »Alle Leute begeben sich bitte in den nächstgelegenen Raum! Schließen Sie die Türen und öffnen Sie erst wieder auf Anweisung eines Polizeibeamten!«

Er marschierte mitten in das Gedränge von Schwestern und Ärzten, die Dienstmarke wie eine Fackel vor sich gestreckt. Sein linkes Bein pochte schmerzhaft, aber sein langsamer, selbstbewusster Gang milderte den Schmerz ab.

»Was ist los?«, fragte ein Arzt.

Jazz wurde nicht schneller und er wurde nicht langsamer. Er wusste, er sah kaum alt genug aus, um als Erwachsener durchzugehen, und wollte nicht, dass jemand Zeit genug hatte, ihn anzusehen, um stutzig zu werden. »Sir«, beschied er kurz angebunden und halb im Vorbeigehen, »bitte gehen Sie in ein Zimmer und schließen Sie die Tür. Billy Dent ist nicht weit von hier gesehen worden.«

Wumm! Noch eine Dear-Old-Dad-Granate. Ärzte und Schwestern zerstreuten sich gehorsam. Jazz ging weiter mit der Dienstmarke als Standarte den Flur entlang und bellte Befehle.

Siehst du, wie sie laufen?, flüsterte Billy. *Wie sie gehorchen? Das ist, weil sie nicht echt sind, Jasper. Sie machen dir den Weg frei, sie hören auf dich, denn du gehörst zu den einzigen Dingen auf der Welt, die zählen.*

Menschen sind echt, sagte sich Jazz. *Menschen zählen.*

Nein, sind sie nicht. Und sie zählen nicht.

»Zurück ins Zimmer!«, brüllte Jazz eine Schwester an, die gerade aus einer Tür kam. »Sofort!« Sie huschte auf eine komische Art zurück in den Raum, und Jazz hätte gelacht, wäre es nicht zu auffällig gewesen.

Er ging weiter zur anderen Seite des Krankenhauses. Aus seinem Funkgerät krächzte und plärrte weiter das reine Chaos. Er stellte sich die Panik im ganzen Krankenhaus vor, auf den Straßen draußen, als Polizisten einander befahlen, zurückzubleiben oder Position zu beziehen oder was auch immer. Gelegentlich mischte er sich mit einem verstümmelten oder abgeschnittenen Beitrag ein, der auf zehn verschiedene Arten interpretiert werden konnte. Selbst eine gut ausgebildete Polizeitruppe wie das NYPD ließ sich in Unordnung bringen. Wer würde schließlich damit rechnen, dass Jazz so etwas tat?

Vom Lageplan des Krankenhauses hatte er einen Seitenausgang am entgegengesetzten Ende in Erinnerung. Auch dort gab es einen Aufzugschacht, aber er verzichtete zugunsten des Treppenhauses darauf, nachdem er mit panischer Stimme ins Funkgerät gerufen hatte: »Verdammt! Sprengstofffalle auf der Nordtreppe! Wiederhole: Sprengstofffalle auf der Nordtreppe! Haltet euch von den Treppenhäusern fern! Dieser Hurensohn spielt mit uns!«

Jemand funkte zurück. »Bombenentschärfungskommando ist unterwegs. Rühr dich nicht vom Fleck.« Jazz schüttelte den Kopf und lachte. Zum ersten Mal in seinem Leben arbeitete Billys Ruf als übermenschliche Mordmaschine für ihn und nicht gegen ihn.

Die Treppe hinunterzugehen, war leichter als hinauf. Er konnte sich auf das Geländer stützen und den größten Teil seines Gewichts von dem verletzten Bein nehmen. Er hoppelte gefährlich schnell nach unten, aber er durfte nicht bummeln. Früher oder später würde jemandem klar werden, dass es keinen Billy Dent und keine Sprengfallen gab. Oder man würde Hughes oder Finley finden. Er musste so schnell wie möglich aus dem Krankenhaus verschwinden. Im Großstadtdschungel New Yorks untertauchen. Er hatte New York wegen seiner Menschenmengen, der unglaublich überfüllten Straßen und der verlockend entbehrlichen Bevölkerung vom ersten Moment an gehasst, aber jetzt konnte er die Stadt zu seinem Vorteil verwenden und in der Masse der Menschen unsichtbar werden. Sich sammeln. Billys nächsten Schritt ausrechnen.

Er hat die Stadt wahrscheinlich bereits verlassen. Nach Connies Flucht wird er kaum geblieben sein. Er wird gewusst haben, dass es hier eng für ihn wird, und gemacht haben, dass er verschwindet.

Die Polizei glaubte wahrscheinlich, sie konnte Billy mit Straßensperren und dergleichen am Verlassen der Stadt hindern. Was sie nicht verstanden, war, dass Billy immer eine Exit-Strategie hatte. Meist mehr als eine.

Du gehst nie an einen Ort, Jasper, hatte er oft gesagt, *ohne zu wissen, wie du wieder wegkommst. Und du gehst nie davon aus, dass du auf demselben Weg rauskommst, auf dem du hineingekommen bist. Wenn du das nicht beherzigst, endest du damit, dass du in irgendeinem Provinzknast aus dem Arsch blutest.*

Billy selbst war in Wammaket gelandet, und sein Arsch war heil geblieben. Billy überlebte immer. Wie eine Kakerlake.

Die gerissenste, gemeinste, verrückteste Kakerlake der Welt.

Er wird davonhuschen. Aber diesmal ist er nicht allein. Er wird Mom mitnehmen. Sie ist entkommen, und er wird sie dafür bestrafen wollen. Und mich.

Er hielt an der Tür zum Treppenhaus. Er war jetzt im Erdgeschoss. Wenn er den Plan richtig im Kopf hatte, gab es keine zehn Meter von hier einen Nebenausgang. Zehn Meter, und er wäre draußen, während die halbe Polizei der Stadt am Hinterausgang nach Billy suchte.

Ich komme, Mom. So schnell ich kann.

Ehe er die Tür öffnen konnte, ging sie von allein auf. Ein Wachmann des Krankenhauses – jung, rundlich, irgendwie nahöstlich – gaffte ihn einen Moment an, ehe er nach seinem Funkgerät fummelte. Es war keine Zeit für Finesse, es hieß entweder der Wachmann oder Mom, und diese besondere Münze würde jedes Mal zugunsten von Mom fallen, sooft Jazz sie auch warf.

Er versetzte dem Wachmann einen Fausthieb ins Gesicht. Ziemlich sicher war nichts gebrochen, aber der Mann taumelte mit blutender Nase rückwärts. Jazz packte ihn am Revers und riss ihn ins Treppenhaus. Keine Schusswaffe, aber eine Elektroschockpistole an der Hüfte des Burschen, also riss Jazz sie los und verpasste ihm eine Ladung an den Hals. Ein Zischen und Knistern, der Mann zappelte einen Moment lang wie ein Harlekin, dann brach er zusammen.

Jazz entriss ihm das Funkgerät und steckte es mit der Elektroschockpistole in die Tasche. Draußen im Flur entdeckte er zwei Cops – richtige Polizei, kein Sicherheitsdienst. Sie standen vor dem Ausgang, den er brauchte.

Er verschwand wieder im Treppenhaus. Verdammt! Er hatte gedacht, bei seinem Plan könne nichts schiefgehen. Die Polizei auf eine Seite locken, dann auf die andere raus. Einfach, oder? Aber so einfach ließ sich das NYPD dann doch nicht überlisten. Auch wenn sie sich wahrscheinlich auf Billys vermeintlichen Aufenthaltsort konzentrierten, deckten sie mit einem Teil ihrer Kräfte für alle Fälle die übrigen Ausgänge ab.

Die Scheißbullen sind nicht übermäßig schlau, sagte Billy, *aber sie sind schlau genug, verstehst du? Und für die Zeit, in der ihr Verstand nicht arbeitet, haben sie jede Menge Vorschriften, Verfahrensregeln und Richtlinien, die das Denken ersetzen. Damit bleiben sie gefährlich.*

Aber berechenbar, wurde Jazz klar. Und egal wie gut ausgebildet, egal wie klug sie waren, sie blieben Menschen. Menschen mit Gefühlen.

Und damit anfällig.

Jazz hob das gestohlene Mikro an den Mund. Er sammelte sich kurz, dann drückte er auf Senden und schrie in das Mikrofon: »Officer am Boden! Officer am Boden! Nordseite! Großer Gott!«

Dann hob er die Stimme um eine Oktave an und rief in das Funkgerät des Wachmanns. »Verstanden! Verstanden! Officer am Boden. Wiederhole: Officer am Boden!«

Unwillkürlich musste er über seine List grinsen. Sowohl Billy als auch Connie wären auf seine Vorstellung stolz gewesen.

Wie erwartet, rannten die beiden Beamten an der Tür mit gezückten Waffen den Flur entlang und schrien in ihre Schultermikros. Jazz wartete, bis sie um die Ecke gebogen waren, dann schlüpfte er in die kühle Nachtluft Brooklyns hinaus.

In Connies Krankenzimmer war Billy Dents Gesicht auf allen Kanälen. Sie schaltete zwischen CNN und einem Lokalsender hin und her. Beide berichteten mit atemloser Aufregung von Billys Anwesenheit in New York. Sie konnte fast die Einschaltquoten in den Augen der Reporter reflektiert sehen.

In einer Ecke des Bildschirms wurde beständig ein Foto von Billy aus seiner Zeit in Wammaket gezeigt. Daneben war ein Phantombild mit seinem jetzigen Aussehen. Das NYPD hatte einen Zeichner zu ihr ans Krankenbett geschickt. Die Worte BEWAFFNET & EXTREM GEFÄHRLICH liefen pausenlos über den Schirm.

»Wenn Sie diesen Mann sehen«, sagte die Reporterin, »versuchen Sie nicht, ihn zu stellen oder sich ihm zu nähern. Informieren Sie unverzüglich die Polizei ...«

Die Zeichnung spielte keine Rolle. Inzwischen hatte Billy sein Aussehen sicherlich wieder verändert. Wahrscheinlich sofort, nachdem sie entkommen war. Er war nicht dumm. Man brachte nicht mehr als hundert Menschen über einen Zeitraum von zwanzig Jahren um, wenn man dumm war. Billy Dent wusste genau, was er tat. Er hatte sich vermutlich alle Einzelheiten einer neuen Verkleidung zurechtgelegt, ehe Connie überhaupt nach New York gekommen war. Sobald es notwendig wurde, konnte er dann einfach in seine neue Haut schlüpfen.

»... eben erfahren, dass sich Dent möglicherweise in der Nähe des Maimonides Medical Center in Brooklyn aufhält«, sagte die Reporterin mit einer Hand am Ohr. »Gerüchten zufolge befindet sich Dents Sohn Jasper als Patient dort, und es wird spekuliert, Dent könnte versuchen, seinen Sohn herauszuholen. Das Krankenhaus wurde abgeriegelt, Patienten müssen in ihren Zimmern bleiben, das medizinische Personal ...«

Connie schnürte es die Kehle zu, als hätte sich eine eiserne

Kralle darum gelegt. Sie konnte nicht schlucken. Sie bekam kaum Luft.

Billy Dent. Billy Dent war hierher unterwegs. Und möglicherweise kam er wegen Jazz, aber würde er auch nur daran denken, das Krankenhaus wieder zu verlassen, ohne die Rechnung mit dem Mädchen zu begleichen, das ihm entwischt war?

Vorübergehend entwischt. Niemand entkam Billy wirklich. Nicht sein Sohn. Nicht seine Frau. Und ganz gewiss nicht Connie.

Er kommt zurück. Und diesmal kriegt er mich.

Ihr Vater war nach unten in die Cafeteria gegangen, um etwas zu essen zu holen. Sie saß allein hier fest. Hilflos. Mit einem zertrümmerten Fuß. Einem gebrochenen Bein. Sie sah sich nach einer Waffe um, nach irgendetwas, womit sie sich verteidigen konnte, wenn Billy durch diese Tür kam. Da war nichts. Selbst das Tablett für das Essen war aus billigem Plastik, das Geschirr und Besteck hatte ein Pfleger weggeräumt.

Ihr Handy läutete. Das NYPD hatte es ihr in einem Plastikbeutel zurückgegeben, eingestaubt wegen der Fingerabdrücke. Ein uniformierter Beamter hatte es ihr achselzuckend überreicht und dazu gemurmelt: »Nichts drauf.« Sie hatte es auf dem Nachttisch liegen lassen und völlig vergessen, als sie eingeschlafen war.

Jetzt ließ sie es aus dem Beutel gleiten und wischte den Schirm mit einem Zipfel ihres Kissenbezugs sauber. Es war eine SMS von ihrem Dad.

Sitze in der Cafeteria fest. Sie bringen mich mit Polizeieskorte nach oben. Harre aus.

Eine Polizeieskorte. Sie war ein Ziel.

Sie fragte sich, ob noch ein Polizist vor ihrem Zimmer stand. Als sie aufgewacht war, hatte es eine Wache vor der

Tür gegeben, aber das war fast einen Tag her. Wie lange würden sie ein Auge auf sie haben?

Trotzdem, wenn sie Dad mit Polizeibegleitung heraufschickten, nahmen sie doch offenbar an, dass sie in Gefahr war. Wie schnell konnten sie hier sein? Was, wenn Billy schneller war?

Das Zimmertelefon läutete. Connie starrte es an, als hätte es Fangarme bekommen.

Es läutete noch einmal.

Halb erwartete sie, die computerbearbeitete Stimme von Samantha Dent alias Ugly J. zu hören, und brach vor Erleichterung fast in Tränen aus, als sie Jazz' Stimme erkannte.

»Woher ...« Connie hielt inne und sah sich um, obwohl sie allein im Zimmer war. Sie senkte die Stimme zu einem heiseren Flüstern. »Woher weißt du diese Nummer?«

»Ich habe einfach in der Telefonzentrale des Krankenhauses nach dir gefragt. Kein Problem. Ich dachte, dein Handy überwachen sie wahrscheinlich, deshalb habe ich es über Festnetz versucht.«

»Jazz, dein Vater ist hier. Er ...«

»Nein, ist er nicht.«

Connie sah zu dem Fernsehgerät. Sie hatte es auf stumm gestellt, und jetzt zeigten sie offenbar eine Außenansicht des Krankenhauses, wo es vor Sondereinsatzbeamten des NYPD in voller Montur nur so wimmelte. Dicke Schneeflocken wehten ins Bild; in einem warmen Krankenzimmer konnte man leicht vergessen, dass draußen neben Billy Dent auch die Januarkälte lauerte.

»Die Polizei hat das Krankenhaus vollständig umstellt. Sie sind wahrscheinlich auf dem Weg zu deinem Zimmer, um dich zu beschützen«, sagte sie.

»Das ist nett von ihnen, aber ich bin nicht mehr dort.«

»Wohin haben sie dich gebracht?«

»Sagen wir einfach, ich habe mich selbst entlassen.«

Connie hätte schwören können, dass sie so etwas wie einen Müllwagen oder einen Stadtbus durch das Telefon hörte. »Bist du im Freien? Hast du das Krankenhaus verlassen?«

»Beide Male ja.«

Als Jazz seine Geschichte erzählte, beginnend damit, wie er Hughes bewusstlos würgte, begann sich der Raum um Connie zu drehen, als hätte man sie auf einen Drehtisch geschnallt. Es fing langsam an, aber als Jazz' Bericht voranschritt und immer schrecklicher wurde, nahm die Geschwindigkeit zu, und sie musste die Augen schließen. Selbst dann war ihr schwindlig und übel.

»Jazz, du musst dich stellen.«

»Tja, das wird nicht passieren. Erst wenn ich fertig bin.«

»Du denkst nicht vernünftig.« Jetzt, da sie nicht mehr starr vor Angst war, Billy Dent könnte mit einem Grinsen im Gesicht und einem Messer in der Hand in ihr Zimmer schlüpfen, konnte sie ihre Gedanken wieder in eine Art Ordnung bringen. Jazz' Weigerung drohte das Zimmer erneut in Rotation zu versetzen. Wenn sie nicht beide wahnsinnig werden wollten, musste sie es ihm ausreden.

»Du hast eine höllische Zeit durchgemacht«, sagte sie. »Komm zurück. Du musst dich um dich selbst kümmern. Du bist angeschossen worden!«

»Es ist nicht so schlimm. Na gut, es ist eigentlich schon ziemlich schlimm. Aber ich kann mich ganz gut bewegen.«

»Wo bist du?«

»Das weiß ich nicht. Irgendwo in Brooklyn.« Er lachte über sich selbst, und sie sah ihn vor sich, wie er den Mund verzog, wie seine Augen funkelten, wenn er lachte. Sie liebte und sie hasste ihn in diesem Augenblick.

»Ich wollte dich nur anrufen, weil … weil wahrscheinlich einige Zeit vergehen wird, bis wir uns wieder sprechen. Ich benutze Hughes' Handy, aber das werde ich bald wegwerfen müssen. Sie können es verfolgen. Meines ebenfalls, wenn ich es mir recht überlege. Aber der Akku ist sowieso fast leer.«

Er klang, als würde er frieren. Sie blickte wieder zum Fernseher. Die Schneeflocken waren nicht dichter als zuvor, aber auch nicht weniger dicht.

»Was hast du an?«, fragte sie. »Bist du warm genug angezogen?«

»Ein bisschen könnte es noch geladen sein«, fuhr er fort, ohne auf sie einzugehen. »Aber ich traue ihm nicht. Ich muss es entsorgen. Ich kann nicht zulassen, dass sie mir folgen.«

»Wieso? Wohin willst du?« Sie wusste es, bevor er antwortete.

»Ich jage Billy.«

»Das ist nicht dein Ernst.«

»Ich muss es tun.«

»Lass die Polizei ...«

»Die Polizei wird nicht mit ihm fertig. Sie hat es bewiesen. Sie hatten ihn in einem Hochsicherheitsgefängnis und konnten seine Flucht nicht verhindern.«

»Du wirst selbst zu Schaden kommen ...«

»Schon passiert. Und es hat mich nicht aufgehalten. Ich jage ihn. Er hat meine Mom, Connie. Ich darf nicht zulassen, dass er ihr etwas antut.«

»Hör zu, ich verstehe es ja. Du hast Schmerzen. Verschiedene Arten Schmerzen. Und du hast ein paar Schocks zu verdauen: Die Geburtsurkunde. Dass deine Mom noch lebt. Aber es ist vorbei. Die Polizei weiß, wo er mich festgehalten hat, sie verfolgen ihn, und sie werden ihn kriegen. Sie werden deine Mom retten. Das hängt jetzt nicht mehr alles an dir. Wir können ausruhen. Lass sie tun, was sie ...«

»Connie! Hör mir zu!« Es war das erste Mal, soweit sie sich erinnerte, dass er die Stimme ihr gegenüber hob. Einmal, vor Monaten, als sie den Impressionisten gejagt hatten, hatte er versucht, sie mit seinen unheimlichen Billy-Fähigkeiten zu erschrecken. Mit dem, was sie insgeheim als seine »Möchtegern-Psychopathen-Persönlichkeit« bezeichnete. Aber das würde sie niemandem anvertrauen, nicht einmal ihrem Tagebuch. Er hatte natürlich gedacht, es sei nur zu ihrem Besten. Sie war damals nicht darauf hereingefallen, denn sie war immer auf der Hut vor diesen Mauern, die er von einem Moment auf den andern errichten konnte. Sie hatte in ihrem ersten gemeinsamen Jahr so viele wie möglich davon eingerissen und dann angefangen, die zu ersteigen, bei denen es ihr nicht gelang. Sie kannte ihn genau. Sie wusste, wann er Leute von sich stieß, damit er sie nicht verletzen konnte. Und sie wusste auch, dass er zu einem großen Teil nicht andere, sondern sich vor sich selbst beschützen wollte.

Aber das hier war nicht typisch für Jazz. Das war keine kalkulierte List, damit sie Angst bekam oder den Mund hielt. Er war tatsächlich außer Kontrolle. Seine Gefühle hatten diese Mauern endlich von innen zertrümmert.

»Die Polizei kann Billy nicht aufhalten«, schwadronierte er weiter. »Das FBI kann Billy nicht aufhalten. Sie hatten zwanzig Jahre Zeit, ihn zu jagen, Connie. Zwei Jahrzehnte, ist dir das klar? Das ist länger, als wir beide auf der Welt sind. Und er ist mordend und vergewaltigend durch Amerika gezogen. G. William hatte einfach Glück. Er wäre der Erste, der es zugibt. Er hatte Glück, und Billy hatte sich dumm verhalten, und beides ist gleichzeitig passiert, und nur deshalb ist Billy in Wammaket gelandet.«

»Jazz …«

»Warte, ich bin noch nicht fertig. Hör zu. Der einzige Mensch, der Billy aufhalten kann, ist Billy. Und ich komme ihm näher als irgendwas sonst. Er wollte mich mein ganzes Leben lang in Billy verwandeln. Jetzt kann ich das gegen ihn verwenden. Ich soll eine neue Version von ihm werden? Also gut.«

»Hör auf.« Connie schloss die Augen noch fester, um die Tränen zurückzuhalten, die gegen ihre Lider drückten. Mit der freien Hand hielt sie sich am Bettrand fest, weil sich alles um sie drehte, weil sie das Gefühl hatte, als könnte sie durch die schiere Wucht ihres Streits aus dem Bett geschleudert werden.

Aber er war gnadenlos. Wie sein Vater. Er konnte nicht aufhören.

»Und ich will dir etwas wegen dieser Geburtsurkunde sagen. Ich schulde dir und Howie Dank, weil ihr sie gefunden habt. Weil ihr sie mir gezeigt habt. Denn das hat mir ein paar Dinge sehr, sehr klargemacht.«

Welche Dinge, wunderte sich Connie, fragte ihn aber nicht danach, weil sie wusste, er würde nicht antworten. »Du hast recht – du schuldest mir etwas. Und ich treibe diese Schuld ein, und was ich als Gegenleistung will, ist, dass du zum ersten Polizeibeamten gehst, den du siehst, und dich stellst. Komm zurück zu mir.«

»Wenn ich mich stelle, werde ich dich nie wiedersehen. Das hat dein Dad mehr als deutlich gemacht. Und abgesehen davon habe ich zwei Polizisten attackiert und verletzt und eine ganze Heerschar von ihnen wie Idioten aussehen lassen. Ich könnte von Glück reden, lebend aus einem Polizeirevier zu kommen.«

»Die Polizei wird dir nichts tun.« Die Ironie, dass sie als Afroamerikanerin die Polizei verteidigte, entging Connie nicht; es schnitt ihr ins Herz. Aber sie musste glauben können, dass die Polizei ihn nicht zu sehr misshandeln würde, wenn sie ihn erwischte. Und sicherlich sehr viel weniger schlimm, wenn er freiwillig zu ihnen kam und sie ihn nicht jagen mussten. »Stell dich einfach! Such dir einen öffentlichen Ort, wenn du willst. Ich kann helfen, etwas mit der Presse zu arrangieren …«

»Das kommt nicht infrage, Connie. Ich bin der Einzige, der tun kann, was getan werden muss.«

Was getan werden muss. Vier schlichte Worte, die nichts Besonderes an sich hatten. Aber wenn Jazz sie aneinanderreihte, sah Connie grellfarbige Spritzer hinter ihren geschlossenen Lidern.

»Du darfst ihn nicht töten.« Sie hasste sich dafür, dass sie es sagte. Vor Tagen, bevor sie den Mann überhaupt kennengelernt hatte, hatte sie von Billy Dents Tod fantasiert. Und jetzt sehnte sie sich sogar noch mehr danach. Aber nicht auf Jazz' Kosten. Nicht auf die Gefahr hin, dass er den Rest seines Lebens im Gefängnis verbrachte. Es war egoistisch von ihr, aber sie wollte Jazz auch nicht dafür opfern, dass die Welt besser wurde. Sollte Hughes Billy eine Kugel in den Kopf jagen. Sollte Janice ausbrechen und ihm mit bloßen Händen die Kehle herausreißen. Es war das Mindeste, was sie für die Jahre der Freiheit tun konnte, die sie genossen hatte, während Jazz unter der Fuchtel und der Anleitung eines Verrückten lebte.

Irgendwer. Irgendwer, nur nicht Jazz.

»Er wird nicht aufhören«, sagte Jazz. »Er wird nie aufhören. Es sei denn, jemand stoppt ihn.«

Sie hatte nur noch einen Trumpf. Es war kein König und kein Ass – es war die gemeinste, am wenigsten vorhersehbare Karte im ganzen Spiel. Sie war todernst, als sie ihren Joker auf den Tisch warf.

»Ich versuche, es zu verstehen, Jazz. Ich versuche es wirklich. Aber ich brauche dich. Ich brauche dich in meinem Leben.«

»Ich brauche dich auch in meinem.«

»Mein Vater kann uns nicht ewig voneinander fernhalten.

Aber ich kann nicht mit einem Mörder leben. Das kann ich nicht. Wenn du es tust – wenn du ihn tötest –, ist es vorbei mit uns.«

Schweigen. Sie hätte es gern ausgedehnt, damit er gezwungen war zu antworten. Aber sie ertrug die Stille nicht.

»Weißt du noch, was ich einmal gesagt habe? Ich habe gesagt, wenn du ihn tötest, gewinnt er.«

»Und ich habe geantwortet, wenn ich ihn töte, ist er tot.«

Sie weinte jetzt offen, Wut kämpfte mit Trauer, sie war wütend über seine stoische Art, über seine Beherrschung. Sie standen unmittelbar am Abgrund. Sie waren so weit gekommen, hatten vier verschiedene Wahnsinnige überlebt, um an genau diesem Punkt anzukommen, und er konnte nicht nachgeben, er konnte nicht zu ihr zurückkommen, wo er festen Boden unter den Füßen hatte. Er sollte ebenfalls weinen, er sollte fix und fertig sein.

»Er will, dass du es tust.« Sie schniefte und fühlte Hitze in sich aufsteigen. Der Zorn. »Du benimmst dich dumm und egoistisch – und du bist blind. Er will, dass du dich selbst verlierst, indem du ihn tötest. Oder es versuchst.«

»Ich weiß.« Seine Stimme war gedämpft.

Sie stellte sich seinen Atem an ihrem Ohr vor.

»Ich weiß, Connie. Dasselbe habe ich mir wieder und wieder gesagt. Es ist das Einzige, was er von mir will. Und ich muss es ihm geben.«

Und dann war die Verbindung getrennt, und er war fort. Connie versuchte nicht einmal, ihn zurückzurufen.

18

Jazz brauchte Sachen zum Anziehen. Er hatte Glück, dass an diesem kalten Abend noch kein Passant seine nackten Knöchel unter Hughes' Mantel bemerkt hatte. Aber früher oder später würde ihn das Glück verlassen. Außerdem musste er seinem Bein eine Ruhepause gönnen. Kaum hatte er das Krankenhaus verlassen, war er einfach ein paar Blocks weit gelaufen, in schmale Gassen eingebogen, gelegentlich über einen Zaun oder eine niedrige Mauer geklettert. Wenn er kein Ziel hatte, so dachte er, waren seine Bewegungen für die Polizei nicht berechenbar. Eine verrückte Überlegung, das war ihm klar, aber er hatte sonst nichts.

Connie anzurufen, war genauso verrückt gewesen. Er hätte wissen müssen, dass sie ihn nicht verstehen würde. Sie kannte ihn besser als fast alle anderen, aber ein Leben als Billy Dents Sohn überforderte die dehnbarste Toleranz. Was nun geschehen würde, war keine Angelegenheit von Intellekt, Vernunft oder auch nur purer Emotion. Es war grundlegend wie Biologie. Es war Blut, Kraft und Gehirnmasse. Roh.

Er konnte sich nicht stellen. Er konnte die Verfolgung von Billy nicht aufgeben. Er konnte es ebenso wenig, wie Howie seine Bluterkrankheit wegzaubern konnte.

Er war aus dem Krankenhaus entkommen. Jetzt war seine oberste Priorität, der Kälte zu entkommen. Dann konnte er sich überlegen, wie er aus der Stadt entkam.

Zu dieser Abendstunde waren die meisten Läden geschlossen. Die verschiedensten Restaurants lockten mit Licht, Wärme und Heiterkeit, aber Restaurants waren zu gut beleuchtet. Und es würde ihn gefährlich verdächtig wirken lassen, wenn er den Mantel am Tisch anbehielt.

Und er brauchte etwas zum Anziehen.

Eine Kneipe war besser. Es gab eine am Ende des Blocks, dunkel und geräuschvoll. Perfekt für seine Zwecke.

Der Türsteher, ein Koloss in Menschengestalt, der in einen drei Nummern zu kleinen Rollkragenpullover gezwängt war, sah ihn höhnisch an. »Ausweis«, sagte er.

Jazz wusste, dass er älter aussah als siebzehn, aber er konnte kaum hoffen, alt genug auszusehen, um sich nicht ausweisen zu müssen. So oder so hatte die Polizei seinen Ausweis, und selbst ein Türsteher mit einem Hals, der so breit wie der Kopf war, würde es bemerken, wenn ihm Jazz stattdessen Hughes' Dienstausweis zeigte.

»Ich bin heute zum Fahrer bestimmt«, sagte Jazz und täuschte ein Gähnen vor, nur um zu zeigen, wie unbesorgt er war.

Der Türsteher wusste nicht, was er dazu sagen sollte. Er spähte umher.

»Die Arschlöcher verspäten sich immer«, beschwerte sich Jazz und zitterte ein wenig. Das musste er nicht einmal spielen. »Und ich musste hinten in der Hoyt Street parken.« Er zeigte mit dem Daumen in die Richtung. *Achte immer auf Straßennamen,* hatte Billy gesagt. *Wenn du die herunterrasseln kannst, wirkst du, als würdest du dazugehören.* Er stampfte mit den Beinen auf. »Komm schon, Mann, ich friere mir hier die Eier ab.«

Der Türsteher zuckte mit den Achseln und fuchtelte mit einem Stempel herum. »Ich muss dich aber abstempeln, damit der Barkeeper weiß, dass er dir nichts servieren darf.«

»Kein Problem.« Jazz hielt ihm die linke Hand hin – die Knöchel der rechten waren aufgeschürft von dem Fausthieb, den er dem Wachmann versetzt hatte.

Mit einem leuchtend blauen DD für »Designated Driver« auf der Hand betrat Jazz die Bar. Der Laden war gerammelt voll, was gut war. Machte es leichter zu verschwinden. Er kämpfte sich durch die Menge und fand einen freien Platz an der Theke. Er musste sich einen Moment setzen. Sein Bein ruhen lassen. Seine Gedanken sammeln.

»Nur Wasser«, sagte er zur Barkeeperin, als sie in seine Richtung schaute. Sie seufzte, dann bemerkte sie den Stempel und nickte.

Während er von seinem Wasser nippte, dachte er über seine Möglichkeiten nach. Ein Teil von ihm wäre gern Connies Rat gefolgt – die Bar verlassen und sich dem nächsten Polizeibeamten stellen, den er fand. Sollte die Polizei Mom retten, dafür war sie schließlich da, oder?

Aber er konnte sich nicht mehr auf die Polizei stützen. Die Beamten waren nicht mehr seine Verbündeten. Er machte Hughes nicht unbedingt einen Vorwurf, weil er ihm die Schuld an Morales' Tod gab. Hätte er seine Nase nicht in die Ermittlung gesteckt und Hughes alles nach seinem Tempo machen lassen, wäre Belsamo trotzdem gefasst worden. Und Morales würde noch leben.

Aber Belsamo hätte in der Zwischenzeit wahrscheinlich noch jemand anderen getötet. Und Hut wäre wahrscheinlich noch immer da draußen.

Dann kam ihm noch ein Gedanke und ließ ihn stärker frösteln, als es die kalte Januarluft je könnte: *Wäre ich in dem Mietlager nicht angeschossen worden, wäre Billy nicht gekommen, um mir zu helfen. Und Connie wäre nicht entkommen.*

Um die Polizei würde er sich ein andermal kümmern. Was im Augenblick zählte, war, Mom zu retten. Niemand sonst konnte es tun. Ob es ihm gefiel oder nicht, er war ein Flüchtiger. Er hatte Hund oder Morales nicht getötet, aber jetzt konnte er seinem künftigen Vorstrafenregister mehrere tätliche Angriffe – obendrein auf Polizeibeamte – hinzufügen. Die Polizei würde ihm nicht zuhören. Sie hatten ihr Schleppnetz, ihre Maßnahmen, ihren Regelkatalog, und sie würden Billy auf ihre Weise jagen.

Was sie nicht begreifen wollten, war, dass »ihre Weise« zwanzig Jahre lang spektakulär und grauenhaft gescheitert war, zwanzig Jahre, in denen Billy kreuz und quer durch Amerika gereist war und seinen Namen mit dem Blut von einhundertdreiundzwanzig Unschuldigen in die Geschichtsbücher geschrieben hatte. »Ihre Weise« würde nicht funktionieren. Jazz hätte darauf gewettet, dass Billy New York bereits verlassen hatte und auf dem Weg zu seinem nächsten sicheren Haus war.

Irgendwo würde eine Krähe bereit sein, ihm zu helfen. Denn dazu waren Krähen da, wie Jazz jetzt wusste. Sie waren die Billy-Fanatiker, die Dent-Verehrer, diejenigen, die gegen seine Inhaftierung protestierten, ihm Briefe schrieben – Leute wie der Impressionist. Sie sorgten für alles, was Billy brauchte, und ihn aus New York hinauszuschaffen, würde nur eine weitere Gefälligkeit sein.

Jazz überflog die Menschenmenge mit geübtem Auge. Billys Ratschläge waren meist in die Richtung gegangen, wie man die am leichtesten verwundbare Frau aus einer Gruppe auswählte, wirksam isolierte und schließlich erledigte. Eine Frau nützte Jazz im Augenblick nichts. Er brauchte etwas zum Anziehen und also einen Mann. Glücklicherweise ließen sich Billys Lektionen entsprechend abwandeln.

Wer ist allein in einer Menge? Wer gehört nicht richtig dazu? Wer geht von einer Gruppe zur anderen, von einer Person zur anderen? Bei so jemandem dauert es länger, bis er vermisst wird.

Ein veränderter Zustand ist ebenfalls gut. Such dir eine Betrunkene oder ein Girlie auf Ecstasy, dann kann nicht mehr viel schiefgehen.

Jemand, der abgelenkt ist. Und ablenkbar.

Am wichtigsten aber: Genau wie ein Zimmermann musst du zweimal messen und einmal schneiden. Du bekommst keinen neuen Versuch. Du kannst die Uhr nicht zurückdrehen und von vorn anfangen. Wenn du dich entschieden hast, bleibst du dabei. Du tust es. Also sieh verdammt noch mal zu, dass du die richtige Wahl getroffen hast. Geh in Gedanken immer wieder durch, wie du sie nimmst. Hab alle Aspekte im Auge, stell dir alle Eventualitäten vor. Geh es Schritt für Schritt genau durch, bis du weißt, du kannst es tun. Und dann spiele es für alle Fälle noch einmal durch.

Am Ende der Theke stand ein Betrunkener, der etwa die richtige Größe hatte, in einer Ansammlung von Leuten. Der Kerl mischte sich ständig gewaltsam in Unterhaltungen, war jedoch erkennbar immer eine Idee zu spät dran. Nachsichtiges Achselzucken und gelegentliches Augenverdrehen der Umstehenden zeigten an, dass er nicht zur Gruppe gehörte, aber niemand auf eine Konfrontation mit ihm aus war. Was bedeutete, dass ihn niemand vermissen würde. Perfekt.

Jazz harrte mit seinem Wasser an der Bar aus. Hier zu sitzen, entlastete sein Bein, und die Erleichterung war beinahe so greifbar wie der Schmerz.

Es würde ein Geduldsspiel werden. Jazz behielt den Typen im Auge, den er für sich inzwischen auf Ryan getauft hatte. Wieso ausgerechnet Ryan, wusste er nicht. Aber er wusste, er musste ihm einen Namen geben. Ihn sich als *der Betrunkene* zu denken, war nur einen Schritt davon entfernt, ihn sich als *Opfer #1* zu denken. Und von dort war es nur noch ein Schritt, ihn sich als etwas vorzustellen, das weniger war als ein Mensch.

Menschen zählen. Menschen sind echt. Selbst Ryan.

Er bestellte ein Cola, als die Barfrau ihn mit hochgezogenen Brauen ansah und es fertigbrachte, gleichzeitig auf sein fast leeres Wasserglas und die Gäste hinzuweisen, die alles für seinen Platz an der Bar tun würden. Was er jetzt überhaupt nicht gebrauchen konnte, war, vertrieben zu werden. Oder zu viel Aufmerksamkeit zu erregen. Besser er bestellte etwas. Zum Glück enthielt Hughes' Brieftasche ein Bündel Geldscheine. Als sie ihm sein Cola in einem frischen Glas hinstellte, gab er ihr ein größeres, aber noch nicht übertriebenes Trinkgeld. Er wollte nicht in Erinnerung bleiben.

Im nächsten Moment wurde er nachdrücklich in Erinnerung gerufen: Sein Bild erschien in dem Fernsehgerät über der Theke.

JASPER DENT AUF DER FLUCHT prangte zusammen mit einem riesigen Logo für SPECIAL REPORT auf dem Bildschirm. Sie hatten sein Führerscheinbild ausgegraben, das ihm leider extrem gerecht wurde. Er hatte Lana, die Bürokraft des Sheriffs, die auch die örtliche Zulassungsstelle betrieb, mit Schmeicheleien dazu überredet, so lange neue Bilder zu machen, bis er endlich eins hatte, auf dem er nicht aussah, als wäre er gerade aus einem schlechten Traum aufgewacht. Dafür hätte er sich jetzt am liebsten selbst in die Eier getreten. Das verdammte Foto war perfekt. Er spürte Blicke auf sich, sie krochen wie Spinnen über seinen Körper. Alle Leute in der Bar sahen ihn an.

Hör auf damit. Niemand sieht dich an. Niemand achtet im Geringsten auf den Fernseher. Der Ton ist ausgeschaltet, und kein Mensch hört die Trompeten, mit denen zur Jagd auf dich geblasen wird.

Niemand in der Bar hatte ihn angesehen, und so blieb er mit gesenktem Kopf sitzen und nuckelte an seinem Cola. Er musste nur warten, bis der Bericht zu Ende war. Vorher war ein Fußballspiel gelaufen, es war also kein Sender, der sich übertrieben lange mit einem lokalen Verbrechen aufhalten würde. Bald würden sie die Reportage zur Beruhigung ihres gesellschaftlichen Gewissens abschließen und sich wieder den

Männern in Kniestrümpfen widmen, die sich gegenseitig davon abzuhalten versuchten, ein Tor zu schießen.

Er riskierte einen Blick zum Fernseher, nur um festzustellen, dass die Barfrau ihn anstarrte.

Nicht reagieren. Das war das Wichtigste. Er durfte sie nicht wissen lassen, dass er bemerkt hatte, wie sie ihn ansah. Die Erkenntnis in ihren Augen kündigte einen unmittelbar bevorstehenden Ausruf an: *Um Himmels willen! Das ist der Kerl im Fernsehen!* Es gab nur eine Möglichkeit, dem zuvorzukommen, und er handelte sofort.

»Um Himmels willen!«, sagte er mit schuldbewusst lauter Stimme. »Der Kerl sieht ja genauso aus wie ich!« Und zeigte auf sich selbst im Fernseher.

Der Mann neben ihm, der die Nase tief im Bierglas hatte, glotzte erst ihn an und dann zum Fernseher. Die Barfrau blinzelte und drehte sich von Jazz zum Bildschirm und wieder zurück.

»Ist das nicht verrückt?« Jazz haute dem Mann neben ihm auf die Schulter und nahm einen Ton amüsierter Ungläubigkeit an. »Genau wie ich! Ist das zu fassen?«

Der Betrunkene zuckte mit den Achseln. »'ne Menge Leute sehn sich ähnlich«, murmelte er.

Die Barkeeperin kam auf ihn zu. »Du siehst wirklich aus wie er«, sagte sie.

»Wie er?« Jazz lachte höhnisch. »Der Kerl könnte mein Zwilling sein. Mann, ist das unheimlich!« Er schauderte, zutiefst angewidert von den Gräueltaten, die unter seinem Namen über den Schirm krochen. Sein New Yorker Akzent, den er sich großzügig von den Cops geborgt hatte, mit denen er in den letzten Tagen zusammen gewesen war, schien zu funktionieren. »Ich würde heute Nacht nicht dieser Kerl sein wollen, so viel steht fest. Besser ich rühr mich hier nicht weg, bis sie ihn gefasst haben, hm?«

Die Barfrau dachte nach und nickte dann. »Vielleicht keine schlechte Idee«, sagte sie und füllte Jazz' Cola mit ihrer Zapfpistole auf. Jazz nickte zum Dank und griff nach Hughes' Brieftasche, aber sie schüttelte den Kopf. »Geht aufs Haus. Mach ich für alle Flüchtlinge.« Sie grinste ihn an.

Jazz setzte sein gewinnendstes Lächeln auf. Sein Megawatt-Lächeln. Die Barfrau war der einzige Mensch im Raum. Die einzige Frau auf der Welt. Sie errötete tatsächlich, was bei der rötlichen Beleuchtung der Bar kaum zu sehen war.

»Um drei habe ich Feierabend«, bemerkte sie.

Jazz nickte. »Wie gesagt – ich gehe heute Abend nirgendwohin.«

Er sah ihr hinterher, als sie sich entfernte, und ein alternativer Plan nahm Gestalt an. Falls Ryan überhaupt nicht zur Toilette ging, würde er auf andere Weise an Kleidung herankommen und aus Brooklyn fliehen müssen. Vielleicht war es vernünftig, hierzubleiben und sich von der Barfrau – er beschloss, dass sie Doreen hieß – mit nach Hause nehmen zu lassen. Die Polizei würde bei einem Pärchen nicht zweimal hinsehen, da sie ja hinter dem verzweifelten Einzelgänger namens Jasper Francis Dent her war.

Das konnte funktionieren …

Doch genau in diesem Moment löste sich Ryan aus der Traube seiner Pseudofreunde und bewegte sich schwankend und unsicher in Richtung Toilette. Jazz glitt lässig von seinem Hocker und schob sich durch die Menge; er traf zeitgleich mit Ryan vor der Toilette ein. Ryan blieb mit der Hand auf dem Türgriff stehen, er spürte Jazz' Nähe. Mit der glupschäugigen, gummihalsigen Höflichkeit des schwer Betrunkenen vollführte er eine kleine Verbeugung, um Jazz den Vortritt zu lassen.

Jazz lehnte ab, und Ryan betrat achselzuckend das Klo.

Sobald du mit ihr allein bist, Jasper, hast du jede Menge

Möglichkeiten, sie gefügig zu machen. Schnell und leise ist am besten. Die meisten Frauen geben schnell auf, wenn du ihnen eine Waffe zeigst oder auch nur deine Absicht erkennen lässt. Sie wissen, dass sie schwächer sind. Man hat ihnen beigebracht: Gib ihnen, was sie haben wollen, dann bleibst du am Leben. Du lässt sie also glauben, du willst sie ausrauben oder so etwas, und bis sie dann merken, was ihnen wirklich bevorsteht, sind sie schon gefesselt und geknebelt.

Wenn sie natürlich aussieht, als würde sie kämpfen wollen, überwältigst du sie blitzschnell. Überlegene Kraft. Schockieren und Furcht einflößen.

Ryan war betrunken, aber er war so groß wie Jazz, und er war ein Mann. Jazz entschied sich für den Blitzangriff.

Ehe Ryan die Toilettentür hinter sich absperren konnte, stieß Jazz sie auf, ging hinein und zog sie rasch zu. Die Toilette war winzig, es reichte kaum für eine Kloschüssel und ein Waschbecken, das mit denselben roten Glühbirnen beleuchtet war wie die Theke. Ryan bewegte sich wie in Zeitlupe, seine halb geschlossenen Augen registrierten Jazz' Anwesenheit, die sein Verstand erkennbar erst verarbeiten musste. Sein Hosenschlitz war bereits offen.

»'schuldigung«, lallte er. »Ich dachte, das is das Männer…«

Weiter kam er nicht, denn Jazz stieß ihm die Elektroschockpistole in die Seite und hoffte, Ryan machte sich nicht in die Hose, wenn der Strom floss. Ryans ganzer Körper zuckte und verkrampfte, ehe er zu Boden sank.

Jazz sperrte die Tür ab und zog Hughes' Mantel und das Krankenhausnachthemd aus, dann stand er nackt über Ryan, der trotz seiner Benommenheit jetzt in Panik geriet und seine erstarrten Glieder zu bewegen versuchte.

»Keine Bange«, versprach Jazz, »ich raub dir nicht deine Unschuld oder so.«

Mit schnellen Bewegungen riss er das Nachthemd in Streifen und knebelte Ryan. Anschließend forderte er ihn auf, sich auszuziehen. Um den armen Kerl nicht vollends zu entwürdigen, ließ er ihm zumindest seine Unterhose. Ryan hatte sich Gott sei Dank nicht vollgepisst. Vielleicht hatte der Elektroschock seine Harnröhre verschlossen. Wie auch immer, Jazz war froh, dass er keine Urinflecken auf der Hose erklären musste, die er bereits als seine eigene ansah.

Dann fesselte er ihn mit Hughes' Handschellen an das Wasserrohr unter dem Waschbecken.

Ryans Sachen waren ein wenig zu groß, aber besser zu groß als zu klein. Jazz zog Socken, Schuhe, Hose und Hemd an, dann schlüpfte er wieder in Hughes' Mantel. Er fügte Ryans Handy zu seiner Sammlung hinzu und durchsuchte seine Brieftasche nach Bargeld. Er fand fast hundert Dollar und erfuhr außerdem, dass Ryan in Wirklichkeit Mark hieß.

»Tut mir leid, dass ich das tun muss«, sagte Jazz. »Ich würde es dir erklären, aber du bist zu betrunken. Früher oder später findet dich jemand hier, also halt einfach durch.«

Er wandte sich schon zum Gehen, als ihm eine Idee kam. Er kniete nieder und legte sein eignes Handy auf die angstvoll wogende Brust von Mark. »Ich lasse dir das hier, und eines Tages tausch ich es gegen deins zurück. Vorausgesetzt, ich komme lebend aus der Sache heraus. Wenn nicht, dann behalt es einfach als Entschädigung dafür, dass ich deins gestohlen habe.«

Da die Toilettentür nach innen aufging, warf Jazz mit einer Hand noch den Abfalleimer um, bevor er sie zuzog. Damit war es schwerer, die Tür von außen zu öffnen, und er hatte ein wenig mehr Zeit zu entkommen.

Er vergewisserte sich, dass die Barfrau nicht in seine Richtung schaute. Im Fernseher lief bereits wieder Fußball.

Dann zwängte er sich durch die Menge und schlüpfte auf die Straße hinaus.

19

Eine absurd heiße Blondine auf Fox News machte den Kongress und den Bürgermeister von New York für Billy Dents Terrorherrschaft verantwortlich. Exakt diese Worte – BILLY DENTS TERRORHERRSCHAFT – leuchteten während ihres Geschwafels migränerot unter ihr auf.

Aus dem Krankenhaus entlassen, aber vom heiligen elterlichen Zorn fürs Erste an das Bett gebunden, konnte Howie der Logik nicht ganz folgen. Trotzdem, die Blondine war scharf, und wenn er den Ton des Fernsehers ausmachte, konnte er sich leicht vorstellen, wie er ihr von den Lippen ablas: *Howie, du siehst so verwegen aus mit deinen ganzen Blutergüssen und Nähten. Ich spüre schon, wie mein Höschen ins Rutschen kommt.*

Andererseits, dachte Howie, sollte er sein Glück bei Frauen vielleicht besser erst gar nicht versuchen. Die letzte, der er sein Herz und – wichtiger noch – seine Lendenkraft schenken wollte, hatte sich als Serienmörderin herausgestellt.

Sie hätte mich töten können, als ich bewusstlos war. Ich hatte Glück. Vielleicht tötet sie keine Männer, nur Frauen. Ich weiß es nicht. Ich werde aus Serienmördern oder Frauen nicht schlau. Wenn beides zusammenkommt, ist es ganz aus.

Er blinzelte, als er wahrnahm, dass Jazz im Fernsehen war. Schnell machte er den Ton wieder an.

»… nachdem er mehrere Angehörige des NYPD angegriffen hatte. Der jüngere Dent soll bewaffnet und fast so gefährlich wie sein Vater sein …«

Während er zusah und langsam begriff, dass Jazz auf der Flucht war und wegen einer Reihe von Verbrechen gesucht wurde, entschied er, dass Ruhm ein zweischneidiges Schwert war und besser nicht von Blutern oder ihren besten Freunden geführt wurde.

»Und lassen Sie mich nur eins sagen«, fuhr die Kommentatorin fort. »Würde New York seinen Bürgern erlauben, Waffen zu tragen, wären die Dents bereits hinter Gittern oder – noch besser – tot.«

Howie stellte sich New York bis an die Zähne bewaffnet vor, verängstigte Nachbarn, die sich in ihrer Panik gegenseitig den Schädel wegpusteten. Es hörte sich nach der bescheuertsten Idee aller Zeiten an, und das kam immerhin von einem Typen, der eine Serienmörderin angebaggert hatte.

Er schaltete auf der Fernbedienung herum, bis er einen Sender gefunden hatte, auf dem kein Sprecher zu sehen war, dafür lief auf diesem eine Live-Einspielung von dem Krankenhaus, in das Jazz und Connie eingeliefert worden waren. Ein sehr verärgerter Polizeibeamter gab gerade eine improvisierte Pressekonferenz, wie es schien.

»... einschließlich tätlicher Angriff, Raub, Körperverletzung und Amtsanmaßung. Und das ist noch längst nicht ...«

Jazz war in massiven Schwierigkeiten, keine Frage. Und das konnte nur eins bedeuten.

Howie setzte sich auf und nahm sein Handy vom Nachttisch. Drei ... zwei ... eins ...

Es läutete. Auf dem Display erschien MARK CULPEPPER, aber Howie war nicht im Geringsten überrascht, als er Jazz sagen hörte: »Wir haben nicht viel Zeit, Howie.«

»Mark Culpepper? Netter Tarnname, Rambo.«

»Bin ich immer noch überall in den Nachrichten?«

»Könnte man sagen.«

»Haben sie die Stadt schon dichtgemacht?«

»Soweit ich feststellen kann, nicht. Sieht aus, als wäre vor allem Brooklyn in Alarmbereitschaft.« Wie auf Bestellung hieß es auf einem Ticker im Fernsehen unter anderem: DENT VERWUNDET, ZU FUSS UNTERWEGS und HÄLT SICH MUTMASSLICH NOCH IN BROOKLYN AUF.

»Okay, das ist gut. Ich hab mich inzwischen nach Manhattan durchgeschlagen. Sollen sie in Brooklyn suchen, so viel sie wollen.«

»Erkennst du den Unterschied überhaupt? Was, wenn du doch noch in Brooklyn bist?«

»Wir sind über eine Brücke gefahren. Ich habe sie wiedererkannt; als Hughes mich nach Manhattan gebracht hat, sind wir ebenfalls über sie gefahren.«

»Wer ist ›wir‹?« Howie begann jetzt, sich Sorgen zu machen ... War Jazz etwa mit Billy zusammen? War er aus irgendeinem Grund mit seinem Dad auf der Flucht?

»Gypsy Cab. Ich glaube, so heißen diese Taxis. War den ganzen Abend auf Schicht und hatte keine Nachrichten gesehen. Ich habe dem Kerl hundert Dollar gegeben, damit er mich unter einer Decke versteckt nach Manhattan bringt. Ich hab ihm erzählt, es handelt sich um einen Studentenstreich. Netter Kerl. Hab mit ihm geplaudert. Wir sind raus, bevor sie Straßensperren errichtet haben.«

»Und wie geht es jetzt weiter?«

»Kann ich dir nicht sagen.«

»Das verletzt mich.«

»Na ja, du bist schnell verletzt.«

»Das stimmt. Nun komm schon, gib mir einen Tipp. Lass mich helfen.«

»Nein. Die Polizei wird früher oder später zu dir kommen. Es ist besser, wenn du ihnen nichts erzählen kannst.«

»Ich würde dich nicht verpfeifen.«

Jazz wusste, dass Howie einen Schmollmund machte, auch wenn er ihn nicht sehen konnte.

»Oh doch, das würdest du.«

»Das würde ich, absolut«, räumte Howie ein. »Ich bin schwach. Es mangelt mir an Charakter, Jazz. Das ist mein Problem. Es war immer mein Problem. Ich gebe meiner Mutter die Schuld daran. Weil sie mich verhätschelt hat.« Er überlegte kurz. »Und wohl auch, weil sie Trägerin des Blutergens ist.«

»Heb dir das für deinen Psychologen auf. Du musst etwas für mich tun. Ich rufe dich später von einem anderen Handy an.«

»Ich gehöre also zum Plan?«

»Natürlich, du Idiot. Habe ich je etwas Verrücktes oder Verbotenes ohne dich getan?«

»Da fühle ich mich doch sofort viel besser.«

»Und Howie – was immer du tust, du darfst es Connie nicht erzählen. Verstanden?«

»Pfadfinderehrenwort.«

»Wehe, du hast deine Finger gekreuzt.«

Howie sah auf seine freie Hand hinunter. Er hatte tatsächlich die Finger über Kreuz.

»Nie im Leben«, versprach er.

Jetzt brauchte Jazz eine Frau.

Vorzugsweise eine, die alt genug war, damit sie selbst Kinder haben konnte. Das garantierte das Optimum an mütterlicher Anteilnahme.

Von seinem Posten in einem mit Graffiti verschmierten Eingang sah er mehrere vorbeigehen. Die meisten waren nicht viel älter als er, Studentinnen in Gruppen und paarweise. Klug und geschützt. Gut für sie. Er war nicht an ihnen interessiert, aber vielleicht jemand anderer. Jemand wie sein Vater. Schutz in der Gruppe war immer eine gute Idee.

Selbst zu dieser späten Stunde entdeckte er ein, zwei mit Kindern. Vielleicht auf dem Heimweg nach einem späten Abendessen mit der Familie. Sie nutzten ihm nichts. Er brauchte eine Frau, die alt genug war, um Kinder zu haben, aber sie durfte keine dabeihaben. In Anwesenheit ihrer Kinder waren Frauen die gefährlichsten Vertreter ihrer Art.

Er wusste, er würde sein Aussehen kompensieren müssen. Er war männlich – schlecht –, jung – noch schlechter – und groß und fit – am schlechtesten. Er musste möglichst hilflos und erbarmungswürdig aussehen.

Und hoffen, dass Leute, die um diese Zeit unterwegs waren, die Nachrichten noch nicht gesehen hatten.

Er entdeckte sie am Ende des Blocks, sie kam auf ihn zu. Mitte dreißig, wie es schien. Gut gekleidet. Eine berufstätige Frau auf dem späten Heimweg von der Arbeit. Perfekt.

Jazz holte tief Luft, ging seinen Plan im Kopf noch einmal durch – *zweimal Maß nehmen* – und stürzte dann wie panisch und sich ängstlich umsehend auf die Straße hinaus. Sein Hinken noch betonend, lief er auf die Frau zu und blickte sich dabei ständig um. Ein gutes Stück, bevor er sie erreicht hatte, stolperte er dann »versehentlich« und stürzte.

Er blieb einen Moment keuchend auf dem Gehsteig liegen, dann stieß er sich mit dem gesunden Knie und beiden Händen hoch und spähte hinter sich, ein Fuchs auf der verzweifelten Flucht vor den Hunden.

Er überlegte, ob er das Drama noch weiter verstärken musste, als er sie auch schon hörte.

»Alles in Ordnung?«, fragte sie. Sie stand ein gutes Stück entfernt, außerhalb seiner Reichweite. Gute Entscheidung von ihr. Eine Hand hatte sie bereits in der Handtasche. Handy? Vielleicht. Pfefferspray? Gut möglich. War Pfefferspray in New York erlaubt? Jazz wusste es nicht, aber er wusste, dass er bestimmt keine Ladung von dem Zeug ins Gesicht kriegen wollte. Der Tag war schon beschissen genug gewesen.

Unter demonstrativ zur Schau gestellten Schmerzen zog Jazz sein verwundetes Bein herum und lehnte sich an eine Mülltonne. Er fuhr sich mit den Händen über das Gesicht, als würde er Tränen fortwischen. »Ich brauche Hilfe«, sagte er so kläglich er konnte.

Noch immer kam die Frau nicht näher. Was in Ordnung war. Er brauchte sie im Grunde nicht in seiner Nähe.

»Ich rufe einen Krankenwagen …«

»Nein!«, sagte Jazz. Er hätte es gern gerufen, aber er befürchtete, es könnte sie verscheuchen, wenn er laut wurde. »Bitte. Keinen Krankenwagen. Keine Polizei. Ich muss nur weg von ihm.«

Ihm. Das Zauberwort. Jazz und die Frau waren jetzt in ihrer gemeinsamen Angst vor einer nicht greifbaren, nicht identifizierten, aber sehr realen männlichen Bedrohung vereint.

»Von wem?«, fragte sie.

»Meinem Vater.« Und das war das letzte wahre Wort, das Jazz zu der Frau sagte.

20

Nachdem in der Presse Gerüchte aufgetaucht waren, der Hut-und-Hund-Killer sei tot oder in Haft, wurden die ohnehin engen Straßen rund um das 76. Revier in Brooklyn von Fahrzeugen der Nachrichtensender, Reportern sowie Bürgern verstopft, die nur wissen wollten, was zum Teufel los war. Obwohl es fast Mitternacht war, als Hughes zum Revier zurückkehrte – nachdem man ihn im Krankenhaus wie ein Opfer befragt und untersucht hatte –, erwartete ihn noch eine beträchtliche Menschenmenge auf der Straße davor.

Ich verstehe euch, dachte Hughes, als er sich durch die Leute schob. *Ich würde auch gern wissen, was los ist.*

Hut und Hund waren tot, dessen war sich Hughes sicher, aber es würde wochenlange Arbeit erfordern, es zu beweisen. Zu wissen, dass Belsamo und Hershey gemeinsame Sache gemacht hatten und beide hinter den Morden steckten, war eins; es juristisch zufriedenstellend zu belegen, war eine andere Geschichte. *Weil Jasper Dent es sagt,* würde vor Gericht nicht als Beweis anerkannt werden.

Schließlich hatte er sich bis zum Eingang des Reviers durchgeboxt, wo ein uniformierter Beamter Wache stand, der ihm zunickte und ihn einließ. Das Getöse von der Straße war selbst im Revier noch zu hören. Er machte sich auf den Weg zum Büro des Captain.

Niles Montgomery war nicht der Typ, der schnell die Beherrschung verlor – sehr ruhig und ohne großes Gehabe erteilte er seinen Lieutenants Befehle: Patrouillen auf Brücken und in Tunneln verstärken, den Suchbereich für Billy Dent ausdehnen, wachsam bleiben. Hughes wartete, bis die Lieutenants das Büro verlassen hatten, ehe er sich räusperte.

»Sagen Sie nichts.« Montgomery sank in seinen Sessel und seufzte eine gefühlte Minute lang. »Ich will nur wissen: Können Sie verkünden, dass die Hut-und-Hund-Sache vorbei ist? Das würde ein wenig Druck von uns nehmen.«

»Ich bin noch nicht bereit, es zu verkünden.«

»Ach, kommen Sie!« Montgomery schlug mit der flachen Hand auf seine Schreibtischunterlage, das erste Zeichen für den Tribut, den die letzten Tage von ihm gefordert hatten. »Der Junge hat zwei Killer vorhergesagt, oder? Sie haben zwei tote Verdächtige, die beide Zugang zu dem Mietlager hatten. Klarer Fall.«

»Gut. Ich verkünde also, Hut und Hund seien tot, und dann taucht eine neue Leiche auf, und wir stehen da, als wären wir zu dämlich, ohne Karte aufs Scheißhaus zu finden.«

Montgomery lachte, aber es klang hohl und grimmig. »Lou, glauben Sie ernsthaft, der Hut-und-Hund-Killer ist noch am Leben und aktiv?«

Hughes musste zugeben, dass er es nicht glaubte.

»Dann verfassen Sie eine Erklärung und lassen Sie uns ein wenig Druck aus dem Kessel nehmen, okay? Wir haben jetzt mit den Dents genug am Hals.«

»Der Zug ist bereits abgefahren«, sagte Hughes mit allem Selbstbewusstsein, das er noch aufbrachte. »Verlassen Sie sich darauf. Ich sage Ihnen, Jasper hat Brooklyn bereits verlassen. Wir müssen die Tunnel und Brücken aus Manhattan hinaus …«

»Glauben Sie, er hat Zauberkräfte, oder was? Er ist verwundet. Ich habe den Jungen von Anfang an für einen Bauerntölpel gehalten. Würde mich nicht wundern, wenn er nicht einmal wüsste, wie man in die City kommt, geschweige denn wieder hinaus.«

»Er ist ein Bauerntölpel mit der Intelligenz seines Vaters. Wir müssen den Patriot Act anwenden, um uns Zugang zum Handy und den E-Mails des Jungen zu verschaffen, außerdem zu den Telefonen und E-Mails seiner Bekannten. Seiner Freundin. Der Leute daheim in Lobo's Nod. Vielleicht führt uns etwas zu einem sicheren Haus.«

»Lou, der Junge ist nicht Osama bin Laden. Er ist siebzehn, und er ist verwundet und allein.«

»Der Patriot Act ist für Terrorismus. Dieser Junge verbreitet Terror. Wir wissen nicht, ob er mit seinem Vater unter einer Decke steckt, aber es sieht mir sehr danach aus. Ich muss Sie wohl nicht daran erinnern, dass Morales tot ist. Wir haben es mit einer Vielzahl von Tatorten und allen möglichen Arten von Verrücktheit zu tun, und wir können die Guten nicht von den Bösen unterscheiden. Himmel, vielleicht waren Belsamo und Hershey unschuldig. Vielleicht haben die Dents sie hereingelegt.« Er hob die Hand, weil ihn Montgomery schon wieder unterbrechen wollte. »Ich glaube das nicht wirklich. Aber irgendwer wird es in die Welt setzen. Ich will nur Folgendes sagen: Wir wissen nicht genug, um uns sicher zu sein, dass der junge Dent unschuldig ist. Ich schlage ja nicht vor, dass wir ihn fertigmachen sollen, Captain. Ich sage, wir schnappen ihn uns, halten ihn fest und quetschen ihn aus. In der Zwischenzeit können die Spurensicherung und das Labor ihre Arbeit machen. Und wenn wir handfeste Informationen haben, können wir anfangen zu überlegen, wen wir vom Haken lassen. Alles andere ist unverantwortlich. Und gefährlich.«

Montgomery seufzte schwer, setzte die Ellbogen auf den Schreibtisch und legte die Fingerspitzen aneinander.

Hughes ließ nicht locker. »Fangen Sie wenigstens an, mein

Telefon abzuhören. Er hat es mitgenommen. Ich erlaube es Ihnen, Sie brauchen keinen richterlichen Beschluss und nichts.«

»Okay, ja, tun wir das.« Montgomery griff zum Telefon auf seinem Schreibtisch, aber im selben Moment kam ein uniformierter Beamter atemlos ins Büro gestürzt.

»Captain!«, rief er vollkommen unnötigerweise. »Wir haben eine Spur zu Dent!«

Die Spur betraf Jasper Dent, nicht Billy, aber Hughes würde ihr nachgehen.

Der Mann hieß Mark Culpepper, und man hatte ihn bewusstlos, gefesselt und geknebelt und nackt, wie Gott ihn schuf, plus Unterhose in der Toilette einer Bar in Boerum Hill gefunden. Jaspers Handy, dessen Akku fast leer war, wurde bei ihm entdeckt. Benommen und noch immer leicht betrunken, schlürfte Culpepper den scheußlichen Kaffee des Reviers in einem der Vernehmungszimmer. Hughes und Montgomery sahen durch den venezianischen Spiegel zu. Der Mann hatte wenig zu sagen, aber bei einer Befragung von Gästen und Personal des Lokals behauptete eine Barkeeperin, Dent gesehen zu haben.

Die Bar war ziemlich weit von dem Krankenhaus entfernt, aus dem Jasper entkommen war. Er war viel weiter zu Fuß gekommen, als irgendwer gedacht hätte.

»Nun?«, sagte Hughes.

Montgomery kniff die Augen zusammen. »Ich kann nicht sagen, wir müssen die ganze Stadt abriegeln, aber ich kann eins sagen: Es ist Zeit, dass wir anfangen, darüber nachzudenken.«

21

»Danke, Miranda«, sagte Jazz und stieg aus dem Taxi. Der Anblick des Busterminals Port Authority begeisterte und erschreckte ihn zugleich, aber es gelang ihm, weiter nervös und zögerlich zu klingen, wie auf der ganzen Fahrt von SoHo, wie Miranda die Gegend genannt hatte, bis hier herauf.

»Sei vorsichtig, Mark«, sagte sie. »Und überleg dir noch einmal, vielleicht doch zur Polizei zu gehen, okay?«

Er hatte ihr eine Lüge erzählt. Genau genommen mehrere, eine Lüge nach der anderen, um ein Maximum an Mitleid von ihr zu bekommen. Ein gewalttätiger Vater. Eine drogenabhängige Mutter. Das Fass, das zum Überlaufen gebracht wurde, als »Dad mir fast das Bein brach«. Ein Junge auf der Flucht, der die Stadt verlassen wollte, um bei einem Freund in New Jersey Unterschlupf zu finden.

Als Jazz so perfekt den geschlagenen, verängstigten Jugendlichen spielte, hatte er auf nicht mehr gehofft als eine Anleitung, wie er möglichst schnell aus New York kam. Die Stadt verwirrte ihn mit ihren Straßen, Gassen, U-Bahnen, Tunnel und Brücken ... Er hatte das Gefühl, er könnte hundert Jahre lang in ihr herumlaufen und dabei immer im Kreis gehen, ohne je hinauszufinden. Doch während die Polizei ihn in Brooklyn wähnte, hatte er es immerhin nach Manhattan geschafft. Bevor sie jetzt begriffen, wo er war, musste er New York ganz verlassen. Hatte er dessen endlose Straßenschluchten erst einmal hinter sich gelassen, konnte er in der relativen Wildnis verschwinden. Sie konnten Brücken sperren und

U-Bahnen anhalten, aber sie konnten nicht alle Landstraßen der Welt abriegeln.

Deshalb hatte er, an diese Mülltonne gelehnt, die Frau, die er bald als Miranda kennenlernen sollte, nach dem besten und billigsten Weg aus der Stadt gefragt, und sie hatte ihm geraten, einen Bus vom Port Authority Terminal zu nehmen. Und schließlich hatte sie angesichts seines mitleiderregenden Zustands angeboten, ihn im Taxi hinzubringen.

Es war mehr, als er erhoffen konnte. In einem Taxi würden sie nicht allein sein, die Frau fühlte sich also sicher, wenn sie ihn begleitete. Und ein Paar in einem Taxi würde von der Polizei, die nach einem einzelnen Mann suchte, nicht so genau unter die Lupe genommen werden.

Es gab einen kleinen Fernseher in dem Taxi, aber zum Glück liefen Sportergebnisse, als sie einstiegen. Jazz kam nicht dahinter, wie man ihn ganz ausschaltete, aber er stellte ihn auf stumm und positionierte sein »fast gebrochenes Bein« so, dass Miranda den Bildschirm nicht sehen konnte.

Und jetzt setzte sie ihn am Port Authority Bus Terminal ab. Er winkte ihr nach, als das Taxi davonfuhr. Auf der Fahrt von Downtown herauf hatte er überlegt, wie er sie dazu bewegen könnte, dass sie ihn in das Gebäude begleitete und zu seinem Bus brachte, aber ihm war nichts eingefallen, deshalb musste er es allein schaffen.

Er war noch nie in dem Busbahnhof gewesen, deshalb wusste er nicht, ob es hier immer so von Polizei wimmelte oder ob sie für die Suche nach Jasper Dent verstärkt worden war. So oder so musste er um jeden Preis vermeiden, dass sie ihn bemerkten.

Wenn du auf der Flucht bist, hast du zwei Möglichkeiten, hatte Billy gesagt. *Du kannst rennen, was das Zeug hält, und hoffen, dass du schneller bist als alles, was dich verfolgt, oder du kannst schön langsam und gemütlich machen, bis deine*

Verfolger sich fragen, ob du wirklich das bist, hinter was sie her sind. In der Wildnis funktioniert Letzteres nicht. Eine Gazelle kann einen Löwen nicht mit Psychologie austricksen. Aber bei Menschen klappt es prima, Jasper. Wirklich.

Zum Glück war Jazz' Hinken weit weniger ausgeprägt, wenn er sich langsam bewegte. Er schlenderte auf dem Gehsteig entlang und warf wiederholt einen Blick zum Eingang des Busbahnhofs, um die Präsenz der Polizei dort in Augenschein zu nehmen und nach Mustern in ihrem Patrouillieren Ausschau zu halten. An der Ecke gab es einen Essensstand, und obwohl Jazz nicht hungrig war, kaufte er ein Kebab. Flüchtige hielten nicht an Imbissbuden.

Seht ihr? Seht ihr, wie normal und ungefährlich und so was von nicht auf der Flucht ich bin?

Er ging die Stufen zu der Phalanx aus Glastüren hinauf und verdeckte sein Gesicht dabei mit dem Kebab. Er kaute an ungesund großen Bissen und verrenkte das Gesicht dabei zu allen möglichen Grimassen. Hauptsache, er sah ein klein wenig anders aus.

Niemand kam auf ihn zu, als er die Hand zum Türgriff ausstreckte, und einen Moment später war er im Gebäude, wenn auch nicht weniger besorgt. Eine Hürde genommen, aber es würden noch viele kommen.

Noch mehr Polizei hier. Wieder konnte er nicht sagen, ob das die übliche Besatzung war oder eine verstärkte Präsenz. Er musste immer vom schlimmsten Fall ausgehen.

Er riskierte es, eine Yankee-Mütze von einem Stand zu klauen. Er wollte nicht lange genug still stehen, um sie zu kaufen und dem Verkäufer einen ausgiebigen Blick auf sein Gesicht zu gewähren. Seine Fertigkeiten als Ladendieb waren ein wenig eingerostet, aber dafür reichten sie noch. Er zog sich die Mütze nicht tief ins Gesicht; ebenso gut hätte er gleich rufen können: *Hallo, Bullen, hier bin ich.* Stattdessen strich er sich das Haar zurück und ließ es unter der Mütze verschwinden, dann klappte er den Schirm nach oben. Sofort wirkte seine Stirn mehrere Zentimeter höher, was sein Gesicht geringfügig anders aussehen ließ.

Das Port Authority Bus Terminal war so verwirrend und komplex wie die Stadt selbst, New York im Kleinen. Jazz hatte sich etwas Ähnliches wie den Busbahnhof in Lobo's Nod vorgestellt, nur größer. Stattdessen befand er sich in einer Art Shopping Mall, in der es vor Polizei wimmelte, und weit und breit war kein Bus zu sehen.

An einem Informationsstand nahm er sich eine Handvoll Touristenbroschüren, einen Stadtplan und ein paar Busfahrpläne. Er verschmolz mit einer Traube von Kids im College-Alter, die miteinander in einer Weise lachten und kicherten, die Jazz immer fremd sein würde. Er versuchte nicht einmal, sie nachzuahmen, sondern blieb nur mit der Nase im Stadtplan in ihrem Schlepptau, der komische Außenseiter, der sich unbedingt den coolen Kids in New York anschließen musste.

Als seine »Freunde« an einer Herrentoilette vorbeigingen, löste sich Jazz von ihnen und schlüpfte hinein. Das Herz blieb ihm jedoch fast stehen, als er ein Schild über den Waschbecken sah:

TOILETTEN WERDEN VON POLIZEI IN ZIVIL KONTROLLIERT

An einem Waschbecken stand ein Mann. Zum ersten Mal seit seiner Flucht aus dem Krankenhaus erstarrte Jazz. Natürlich kontrollierte die Polizei die Toiletten. Das hier war eine Großstadt. Die Leute trieben alle möglichen scheußlichen Dinge auf Toiletten.

Vielleicht kann ich mir das zunutze machen, dachte er.

Auf dem Schild standen einige Telefonnummern, die man von den Münzapparaten oder Haustelefonen im Gebäude anrufen konnte. Ehe der Mann am Waschbecken sich umdrehen konnte, schloss sich Jazz in einer Kabine ein, die roch, als hätten Landstreicher einen Monat lang darin gehaust. Gut möglich, dass es genauso war. Er war jetzt in gewisser Weise einer von ihnen. Heimatlos, hilflos, ohne Freund.

Das stimmt nicht. Nichts davon. Hör auf, dir leidzutun.

Er kaute auf seiner Unterlippe, als er die Busfahrpläne durchsah, und ging mit Mark Culpeppers Smartphone ins Internet, um die Lücken in seinem Plan zu füllen.

Ja.

Ja, das würde funktionieren.

Ich komme, Mom. Absichtlich oder nicht hat mir Billy Hinweise gegeben, und ich folge ihnen. Halt durch, ich komme dich holen.

Er sah das Haustelefon in dem Moment, in dem er die Toilette verließ. In der Hoffnung, dass es niemand bemerkte, ging er schnurstracks darauf zu, nahm den Hörer ab und wählte die Nummer von dem Schild in der Toilette.

Als sich jemand meldete, berichtete er in seinem höchsten Falsett, ein »böser Mann« habe ihn auf dem Klo dort berührt, »wo Mommy sagt, dass mich niemand berühren darf«. Bevor sein Gegenüber Fragen stellen konnte, ließ er den Hörer fallen und entfernte sich ruhig.

Beim ersten Münztelefon, das er sah, wiederholte er das Ganze, diesmal mit leicht veränderter Stimme, und er berichtete, er habe mitbekommen, wie sich ein Mann in einer Kabine einen Schuss Heroin setzte.

Er wollte kein verdächtig wirkendes Maß an kriminellem Treiben auf den Toiletten erzeugen, sondern generell für Unordnung sorgen. Mit seinen Broschüren und dem Plan des Busterminals auf Culpeppers Handy machte er sich auf den Weg zum Ticketschalter, nicht ohne zwei weitere Anrufe einzustreuen. Die Polizisten auf dem Stockwerk fingen an, sich anders zu bewegen. Vielleicht hatten sie Argwohn geschöpft. Wahrscheinlich passten sie nur ihre Streifengänge an, während ein paar von ihnen die Herrentoiletten inspizierten. So oder so waren sie ein bisschen abgelenkt, und Jazz konnte jede kleinste Hilfe gebrauchen.

In den Brieftaschen von Hughes und Culpepper waren zusammen nur mehr dreißig Dollar. Bargeld war kostbar, er musste es ab jetzt horten. Er verwendete Hughes' Kreditkarte, um vier verschiedene Tickets zu vier verschiedenen Zielen zu kaufen. Drei davon warf er in den Müll. Falls die Cops Hughes' Karte überwachten, erfuhren sie nichts, außer dass er im Busterminal war.

Und dort würde er nicht sehr lange sein. Das verbliebene Ticket war für einen Bus nach Albany, der in fünf Minuten abfahren würde. Jazz stieg mit den letzten Passagieren zu und suchte sich einen Platz möglichst weit hinten. Jetzt zog er sich die Mütze tief ins Gesicht, schlug den Mantelkragen hoch und verschränkte die Arme vor der Brust; er gab vor, zu schlafen. Aber an Schlaf war nicht zu denken, sosehr er sich auch danach sehnte. Er hatte andere Dinge im Kopf.

Bleib stark, Mom. Bleib am Leben. Ich komme.

22

Sie durchsuchten Brooklyn und richteten ihr besonderes Augenmerk auf die Tunnel und Brücken, aber das spielte keine Rolle. Billy hatte eine Geheimwaffe, und mit dieser und seinem neuen Look – die verdammte Brille hatte er weggeworfen und einen Theaterbart und ein absichtlich schlechtes Toupet angelegt – fuhr er mit seinem Mietwagen schnurstracks durch einen Checkpoint. Lächelte einer NYPD-Beamtin in ihrer Winterausrüstung ins Gesicht. Sagte: »Gottes Segen, Officer«, in einem Ton, der beruhigend und leicht zu vergessen war, wie er aus Erfahrung wusste.

So wie er damals in Wichita »Gern geschehen« gesagt hatte, als die FBI-Agentin mit den schweren Titten durch die Tür spaziert war, die er ihr in einem 7-Eleven aufgehalten hatte. Sie hatte nicht mal »Danke« gesagt, die ichbezogene Kuh. Hätte sie es getan, hätte sie sich einen Moment Zeit genommen, um den Mann anzusehen, der ihr die Tür aufhielt, einen höflichen Mann, einen Gentleman, dann hätte diese aufgeklärte, feministische, an Frauenpower glaubende Polizistin vielleicht den Mann – den *Mann* – erkannt, den sie jagte und der genau vor ihr stand. Aber sie hatte es nicht getan, und so hatte sie ihn nicht erkannt. Und Billy hatte Wert darauf gelegt, »Gern geschehen« zu sagen. Sie an gute Manieren erinnert, auch wenn es nichts nützte.

Und jetzt war sie tot. Tot durch Huts Hand, und das ging für Billy in Ordnung. Sollte der Müll den Müll beseitigen. Es passte. Es hatte fast etwas Poetisches.

Die Scheißbullen dachten, sie könnten Billy fangen. Das war nichts Neues. Die Scheißbullen hatten immer gedacht, sie könnten den guten alten Billy fangen.

Aber sie hatten es nicht geschafft. Bis auf dieses fette Arschloch daheim in The Nod. G. William Tanner. Der alte Knabe hatte es hingekriegt. Aber das war keine gute Polizeiarbeit oder irgendeine Art von *Schlussfolgerung* gewesen. Nein, der Sheriff hatte einfach Glück gehabt, das war alles. Und sicher, Billy hatte ihm dabei geholfen. Diese beiden Mädchen aus dem Ort zu töten, war dumm gewesen. Dumm und töricht und einfach blöd. Billy wusste es. Er hatte es die ganze Zeit gewusst, und doch hatte er nicht anders gekonnt.

Er hatte eine *gebraucht*.

Als der Drang kam und die Fantasien und die Trophäen von früheren Morden nicht mehr reichten, da brauchte er eine, und Billy war nicht der Mann, der sich selbst verleugnete. Er hatte nicht so viele Jahre an seinem Handwerk gefeilt und gearbeitet, er war nicht zu den Krähen aufgestiegen, damit er mit einem Bier daheim vor dem Sportkanal sitzen konnte wie ein Opfer und davon träumen, was er mit der süßen kleinen Blondine in seiner Straße anstellen könnte.

Oh, nein. Nicht Billy Dent.

Billy Dent war kein launenhafter Mann. Er war ein leidenschaftlicher Mann. Ein Mann mit Überzeugungen. Er wusste, was er glaubte, und er wusste, was er verdient hatte. Wenn sich mit der süßen kleinen Blondine in seiner Straße etwas anstellen ließ, dann *ging Billy Dent verdammt noch mal hin und stellte es an.*

Denn niemand sonst würde es tun, und in dieser Welt konnte Billy nicht leben.

Es gab welche mit seinen Überzeugungen, die Schuldgefühle wegen ihrer Bedürfnisse, wegen ihrer Taten hatten. Diese traurigen Hurensöhne endeten ausnahmslos für den Rest ihres Lebens im Gefängnis. Oder starben durch ihre eigene Hand.

Billy wusste, dass er der wichtigste Mann auf der Welt war. Und seine Bedürfnisse waren deshalb die wichtigsten auf der Welt.

Alle Männer waren wie Billy, überlegte er. Na ja, bis auf die Schwuchteln, vielleicht. Billy trug keinen Hass im Herzen für Männer, die andere Männer begehrten – sie waren so, wie die Natur sie geschaffen hatte, so wie auch Billy so war, wie die Natur ihn geschaffen hatte. Trotzdem waren sie Schwuchteln, und es war lächerlich, sie irgendwie anders zu nennen.

»Alles hat seinen Namen«, sagte Billy laut.

Janice sagte nichts. Er hatte es auch nicht erwartet.

Alle Männer hatten den Drang. Alle wollten sie besitzen, dominieren. Ein Blick in einen Ausschnitt, den sie erhaschten, ein Stück nacktes Bein genügten als Auslöser. Sie träumten und schwelgten in Fantasien, aber sie handelten nie. Sie schauten heimlich Pornos, onanierten zu ihren Sehnsüchten und fühlten anschließend gleichermaßen Scham wie Erleichterung.

Nur echte Männer, Männer, die zählten, Männer, die wichtig waren – Männer wie Billy –, konnten sich über den Bodensatz der Moral erheben und das Kommando übernehmen. Sich die Opfer schnappen und tun, was in der Absicht der Natur lag.

Männer wie Billy waren ganz. Und lebten in einer Welt trauriger, unerfüllter Bruchstücke.

Billy fuhr durch die Nacht. Seine Frau war wieder bei ihm, nach so vielen Jahren. Wie es sein sollte. Mann und Frau sollten zusammen sein, nicht getrennt durch Entfernung und Täuschungen.

Alles war gut.

Bis auf eins.

Billy wusste, dass es Zeit war für die Abrechnung. Zeit, alle losen Enden zu verknüpfen. Jasper war fast ein Mann. Längst zu alt, um ihn wie ein Kind zu behandeln.

»Als ich ein Kind war, sprach ich wie ein Kind, verstand wie ein Kind, dachte wie ein Kind; doch als ich ein Mann wurde, legte ich alle kindlichen Dinge ab.«

Das war aus der Bibel. Billy glaubte nicht wirklich an Gott, aber die Bibel war ohne Frage eine nützliche Quelle der Weisheit. Gut geschrieben war gut geschrieben, egal woran man glaubte, wozu man betete oder zu was man sich einen runterholte.

Ja, es war Zeit, dass Jasper die kindlichen Dinge ablegte. Jasper würde den nächsten Schritt machen, um eine Krähe zu werden.

Oder die Konsequenzen tragen.

23

Und jetzt hatten sie einen Fahrer.

Hughes schätzte, dass er in den letzten achtundvierzig Stunden weniger als vier Stunden geschlafen hatte, aber das kümmerte ihn nicht. Er war schon länger ohne Schlaf ausgekommen, wenn er an einem Fall gearbeitet hatte, wenn er auf Verbrecherjagd gewesen war, und das hier war die größte, beste Jagd seiner Karriere. Noch ein paar Red Bull und eine Tasse von dem fürchterlichen Gesöff, das sie im 76er Kaffee zu nennen wagten, und er war wieder voll da, und sein Verstand schnurrte dahin, als wäre nichts schiefgegangen.

Die Schlinge lag um Jasper Dents Hals. Bald konnte er sie zuziehen.

Er war allein und beobachtete durch die Scheibe, wie Detective Miller den Fahrer des Gypsy-Taxis befragte, der sich gemeldet hatte, nachdem er die Nachrichten gesehen hatte. Der junge Dent hatte ihn auf der Straße angehalten, so jedenfalls behauptete es der Mann, ein gewisser Khosrow Abbasi. Hughes glaubte ihm kein Wort. Dent kannte sich nicht aus in der Stadt. Er hätte überhaupt nicht gewusst, dass er Abbasis nicht als Taxi gekennzeichneten schwarzen Lincoln aufhalten konnte, so wenig, wie er gewusst hätte, dass er in der Station Broadway-Lafayette auf die Linie 6 Richtung Norden wechseln musste, wenn er zur Grand Central wollte. Wahrscheinlich hatte Abbasi den Jungen an einer Ecke gesehen und gehalten, weil er dachte, er könnte sich rasch ein paar Dollar verdienen. Passierte ständig. Abbasi beteuerte vehement, nichts falsch gemacht zu haben, er war vermutlich mehr wegen der Taxibehörde besorgt als wegen der Tatsache, dass er einen gesuchten Flüchtigen über die Brücke nach Manhattan kutschiert hatte.

Hughes klopfte zweimal leicht ans Fenster – der Code des Reviers für: »Beeil dich, verdammt!« Die Zeit verrann. Sie brauchten, was Abbasi an Informationen zu bieten hatte, und sie brauchten es sofort.

New York City war kein Rennboot; es war ein Tanker. Es konnte nicht auf der Stelle wenden. Es erforderte Zeit – Stunden –, um die Stadt abzuriegeln, bestimmte Routen zu schließen, wenn man es richtig machen wollte. Und auf dem ganzen Weg gab es mehr als genug Gelegenheiten für einen Bösewicht, durch die Maschen zu schlüpfen. Tief in seinem Innern wusste Hughes, dass es so sein musste; man konnte eine Stadt von acht Millionen Einwohnern nicht aus einer Laune heraus dichtmachen. Ein katastrophales Chaos wäre die Folge. Aber ein Teil von ihm wünschte, dass es möglich wäre. Dass er auf einen Knopf drücken könnte, mit dem er von einem Moment auf den anderen die Brücken und Tunnel schloss, die U-Bahnen und Busse stoppte und die Flugzeuge an JFK und LaGuardia am Starten hinderte.

Träum weiter.

Bilder tauchten vor Hughes' Augen auf: Morales tot auf dem Boden der Storage-Einheit. Ihre Leiche, vom Team der Gerichtsmedizin auf eine Bahre geladen, wie ihr Kopf schlaff herabhing und ein Arm von der Bahre baumelte, als würde sie an einem warmen Sommertag auf einer Luftmatratze im Swimmingpool treiben …

Verdammt. Er kniff sich in den Nasenrücken. Das sah ihm nicht ähnlich. Opfer verfolgten ihn sonst nicht so. Sie waren

Fälle und keine Geister. In all den Jahren beim Morddezernat hatte er kaum je einen Albtraum gehabt. Zum Teil, weil er es verstand, den Mord als ein Rätsel anzusehen, das es zu lösen galt. Vor allem aber auch, weil er gut war in seinem Metier. Er klärte Fälle auf, Punkt. Das sprach ihn von schlaflosen Nächten frei.

Aber normalerweise hast du einen Zugriff auf den Fall. Und du hast das Opfer nicht gekannt.

Es klopfte leise an der Tür, und ein uniformierter Beamter trat ein.

»Ich soll Ihnen von Captain Montgomery sagen, die Überwachung Ihres Handys steht. Und wir haben einen Treffer bei einer Ihrer Kreditkarten: vier Fahrkarten, die am Busterminal Port Authority gekauft wurden.«

Das Bedürfnis nach Schlaf trat weit in den Hintergrund. »Fahrkarten wohin?«, fragte Hughes.

Der Uniformierte gab ihm einen Ausdruck. »Und die Handyüberwachung deutet darauf hin, dass er auf der 495 nach Norden unterwegs ist. Der Fortbewegungsgeschwindigkeit nach hat ihn jemand mit dem Auto mitgenommen.«

Hughes studierte den Ausdruck über den Fahrkartenkauf. »Oder er ist in einen Bus nach Albany gestiegen.«

»Wir haben den Busverkehr eingestellt.«

»Ja, aber er könnte vorher rausgekommen sein. Er ist uns schon die ganze Zeit einen Schritt voraus.« Hughes massierte sich die Schläfen. Der Kopfschmerz, der aufgeflackert war, als er Billy Dents Zettel neben Huts Leiche sah, war nie mehr ganz weggegangen – er nahm nur mit dem Koffeinspiegel in seinem Blut zu oder ab. »Bringen Sie mir eine Tasse Kaffee. Und sagen Sie Captain Montgomery, er soll alle Busse nach Norden stoppen und durchsuchen lassen. Ich rufe die Polizei des Bundesstaats selbst an und koordiniere es.«

Der uniformierte Beamte machte kehrt und ging hinaus.

Hughes seufzte und genoss für einen kurzen Augenblick die Ruhe in dem Beobachtungsraum. Dann verzog er das Gesicht zu einem breiten, zufriedenen Grinsen.

Jetzt hab ich dich.

TEIL DREI
Mörder jagen mich

24

Jazz öffnete die Augen, aber der Traum folgte ihm in den Wachzustand.

Berühr mich

Sagt die Stimme

So

Es geht weiter

Und er tut es.

Seine Finger gleiten über warmes, üppiges Fleisch.

So musst du mich berühren

Und seine Beine, die Reibung ...

Und so warm

So warm

So

Die Frau war im Halbdunkel, und die Hände auf ihr waren seine eigenen, seine eigenen kleinen, kindlichen Hände, die erst noch lernen mussten, wie man zerstückelte und erdrosselte. Unschuldige Hände hätten es sein müssen. Junge, weiche, kleine Hände, die über ihre endlosen Weiten streiften. »Ihre«, die geheimnisvolle *Sie,* die ihn seit Monaten in seinen Träumen verfolgte und die niemand anderer sein konnte, wie er in einem donnernden Erweckungserlebnis schlagartig begriff, als die Partnerin seines Vaters bei dessen Verbrechen, Billy Dents Geheimwaffe: Samantha Dent.

Tante Sam. Meine eigene Tante. Ich ...

O Gott.

Er setzte sich ruckartig auf in seinem Sitz und würgte.

»Nicht in den Lkw!«, schrie Marta. »Lass das Fenster runter!«

Jazz fummelte rechts von sich nach dem elektrischen Fensterheber. Ein kalter Luftzug traf ihn, als das Fenster nach unten glitt, der Schock verzögerte das Erbrechen für einen Moment. Dann beugte er sich aus dem Fenster und übergab sich hemmungslos, ein eindrucksvoller Strom, der an der ganzen Fahrzeugseite entlangtransportiert wurde und sich auf der Lackierung niederschlug, ehe er in der Dunkelheit verschwand.

Als er fertig war, lehnte er sich schwer keuchend in den abgenutzten Sitz.

»Alles okay?«, fragte Marta. »Zu deinen Füßen liegt eine Flasche Wasser.«

In Jazz' Gehirn rumorte es wie in seinem jetzt leeren Magen. Martas Stimme war vertraut, und die Gerüche um ihn herum erinnerten ihn an etwas, aber er kämpfte immer noch gegen den Traum an.

Tatsächlich lag eine halb volle Flasche Wasser zu seinen Füßen. Jazz hob sie auf, spülte sich den Mund aus und spuckte das eklige Nass aus dem Fenster.

Er erinnerte sich. Marta. Die Lastwagenfahrerin.

Er hatte gewusst, dass die Polizei mittels GPS das Handy verfolgen konnte, deshalb war er ein kalkuliertes Risiko eingegangen. *Polizisten sind wie kleine Kinder,* hatte Billy immer gesagt, *sie lieben ihre Spielzeuge so sehr, dass sie ständig mit ihnen spielen müssen, auch wenn es ihnen nicht guttut.*

Die Polizei würde nicht widerstehen können. Sie wussten, dass er Hughes' Handy hatte, deshalb würden sie versuchen, ihn damit aufzuspüren. Also hatte er es, zwischen Sitz und Wand eingeklemmt, in dem Bus nach Albany liegen lassen und war beim ersten Stopp ausgestiegen, eine unplanmäßige Pinkelpause an einer Raststätte in New Jersey. Der Busfahrer war rauchend und Kaffee schlürfend in der Nähe des Busses geblieben, während sich die meisten Fahrgäste in Richtung Getränkeautomaten aufgemacht hatten.

Jazz jedoch war sofort zu den Zapfsäulen gegangen, wo schwere Sattelschlepper zischten und rülpsten wie Drachen, die an einem Büfett aufgereiht waren. Er hatte die Lkws beobachtet. Er wusste, dass er in einer schlechten Verfassung war. Sein Bein pulsierte wie der Eibeutel eines Aliens in einem Horrorfilm. Er wusste nicht mehr, wann er zuletzt geschlafen hatte. Er musste weiterkommen, und er brauchte Sicherheit.

Deshalb schieden Männer einmal mehr aus. Er brauchte eine Lkw-Fahrerin, und er war angenehm überrascht, als es nicht lange dauerte, bis er eine gefunden hatte.

Auf der Kühlerhaube von Martas Sattelschlepper loderten blaue Flammen, zwischen denen ein schlitzäugiges grünes Mädchen nackt tanzte, die anstößigen Körperteile von züngelnden Flammen strategisch verhüllt. Über ihr stand in Kursivschrift *Truck it up*. Falls es ein Witz war, verstand ihn Jazz nicht. Die Fahrerin war zierlicher, als er erwartet hatte, in seiner Voreingenommenheit hatte er mit einem kräftig gebauten Mannweib gerechnet. Marta ähnelte zwar nicht dem verlockenden außerirdischen Wesen auf der Kühlerhaube ihres Gefährts, aber sie war auch keine Karikatur mit Bürstenhaarschnitt aus dem Albtraum eines Homophoben.

Er hatte sich ihr zögernd genähert, als sie von der Toilette zurückkam, und kaum mit seiner todtraurigen Tarngeschichte – wiederholte sexuelle Belästigung durch den Stiefvater, Mom ein zu nichts zu gebrauchender Junkie und eine Teilzeithure – begonnen, als Marta den Kopf schüttelte und ihn aufforderte einzusteigen. »Einzelheiten deprimieren mich nur. Sieh einfach zu, dass dir nicht schlecht wird vom Fahren, okay?«

Jetzt sah sie zu Jazz hinüber, der fertig damit war, sich den Mund auszuspülen. »Alles okay?«, fragte sie noch einmal.

»Glaub schon.«

»Beim nächsten Stopp spülst du die Sauerei mit einem Schlauch wieder runter«, sagte sie, jedoch keineswegs unfreundlich.

»Natürlich.«

Die Sonne lugte über die Hügel und Baumwipfel. Die New Yorker Polizei glaubte, dass er nach Norden unterwegs war, weil sie dem verlässlichen Signal von Hughes' GPS folgte. Doch Jazz fuhr dank Marta nach Süden. Südwesten. Martas Strecke brachte ihn nicht ganz an sein Ziel, aber einigermaßen in die Nähe. Wie würde er den Rest des Wegs zurücklegen?

Er würde improvisieren. Das hatte bis jetzt auch funktioniert.

Er wusste jedoch, wohin er wollte, und darauf kam es an.

Er war in der Stunde, die er im Bus verbracht hatte, darauf gekommen.

Wohin würde Billy gehen, nachdem er New York verlassen hatte? Seinem Vater stand die ganze Welt offen.

Ich werde es dir gern erklären, wenn die Zeit gekommen ist. Wenn die … Umstände weniger zwingend sind.

Das hatte Billy gesagt, ehe er Einheit 83F verließ. Er wollte Jazz also wiedersehen. Ihm etwas erklären. Das hieß, er würde Hinweise hinterlassen. Einen Plan, verfasst in einer Sprache, die nur Jazz verstand.

In der Zwischenzeit, denk an Caligula. Denk an Gilles de Rais.

Caligula und Gilles de Rais. Beides Mörder aus alter Zeit.

Du weißt mehr, als du denkst.

Schmeichelhaft, aber sinnlos. Die Verweise auf Caligula und Gilles de Rais ließen Jazz denken, dass sich Billy auf den

Beginn von etwas bezog. *Du hast die Anfänge, Junge.* Das bestätigte es. *Ich habe es dir in Wammaket mehr oder weniger gesagt. Ich habe dir erzählt, wo alles anfing. Die Genesis. ›Dann ging Kain vom Herrn weg.‹*

Und Jazz hatte es begriffen. Als der Bus kurz danach hielt, hatte er Hughes' Handy zurückgelassen und sich einen Lkw nach Süden gesucht.

Süden.

Nach Hause.

Dann ging Kain vom Herrn weg, erinnerte sich Jazz, *und ließ sich im Land Nod nieder, östlich von Eden.*

Im Land Nod.

Billy kehrte nach Lobo's Nod zurück.

25

Connie öffnete die Augen im Licht eines neuen Tages, das durch die offenen Vorhänge in ihrem Krankenzimmer fiel. Sie konnte den Tag allerdings nicht mit Hoffnung begrüßen, nicht einmal mit einem Lächeln. Sie hatte ihren Vater gebeten, sie zu wecken, wenn es während der Nacht Neuigkeiten von oder über Jazz gab; die Tatsache, dass sie acht Stunden geschlafen hatte, bedeutete also, Jazz blieb verschwunden.

Vielleicht ist das gut, dachte sie. *Vielleicht bedeutet es, dass er in Sicherheit ist.*

Doch selbst Connies angeborener Optimismus konnte ihre Ängste in Bezug auf Jazz nicht lindern. Er war verletzt und auf der Flucht, sämtliche Polizisten New Yorks suchten nach ihm. Wenn es keine Nachrichten gab, dann war er wahrscheinlich …

Nein. Nein. Nein.

Dad stand in der Ecke neben der Tür zu ihrem Zimmer und murmelte in sein Handy, erkennbar bemüht, sie nicht zu wecken. Connie lächelte, und das Lächeln tat weh und erinnerte sie an den langen Weg zur Genesung, der vor ihr lag.

»Dad?«

Ihr Vater sah zu ihr. »Sie ist jetzt wach … Ja, sag ich ihr … Ich liebe dich auch.« Er ließ das Telefon in seine Tasche gleiten, kam an ihr Bett und nahm ihre Hand. »Liebe Grüße von Mom.«

Ihre Mom kümmerte sich zu Hause um Whiz. Ihn aus der Schule zu nehmen und nach New York zu bringen, wäre ein Problem gewesen, das niemand von ihnen gebrauchen konnte. »Ich wette, du hast sie von jemandem fesseln lassen müssen, damit sie nicht den ersten Flieger hierher genommen hat.«

»So etwas Ähnliches. Wie geht es dir? Soll ich eine Schwester …?«

»Nein danke, es geht mir gut.« Sie zuckte zusammen, als sie sich in eine sitzende Position aufrichtete, und strafte ihre Worte auf diese Weise Lügen. Aber der Schmerz war nicht allzu schlimm. »Gibt es irgendwelche …«

Dads Stirnrunzeln verriet ihr alles, was sie wissen musste, aber sie drang dennoch weiter in ihn, und er erzählte, was er aus den Nachrichten wusste: Die Polizei nahm an, dass Billy Dent die Flucht aus der Stadt geglückt war. Das FBI hatte Billy erneut ganz oben auf ihre berühmte Liste der meistgesuchten Verbrecher gesetzt. Er galt als bewaffnet und gefährlich. Es gab eine landesweite kostenlose Telefonnummer für Informationen über ihn, und alle Medienbeiträge über ihn betonten, man solle auf keinen Fall etwas auf eigene Faust unternehmen, wenn man ihn sah.

Was Jazz betraf: Auch von ihm wurden Fotos veröffentlicht. Er galt als »möglicherweise bewaffnet und gefährlich«, aber auch als »verwundet und verängstigt«. Auch ihm sollte man sich nicht nähern, wenn man ihn sah.

Connie wünschte sich nichts mehr, als sich ihm zu nähern. Ihn in den Armen zu halten. Der Anker zu sein, der sie für ihn war, wie sie wusste. Sie ging ihre letzte Unterhaltung in Gedanken immer wieder durch. Sie hatte ihm ein Ultimatum gestellt, was in dieser Situation fahrlässig dumm von ihr gewesen war. Jazz dachte nicht vernünftig. Ihm mit dem Ende ihrer Beziehung zu drohen, sollte ihn durch den Schock in die Realität zurückholen, ihn erkennen lassen, wie gefährlich sein gegenwärtiger Kurs war. Stattdessen hatte er sich in das dunkle, einsame Schlupfloch verkrochen, in dem er gelebt hatte, als sie ihn kennenlernte. Er hatte sich vollständig zurückgezogen. War abgetaucht.

Er glaubte immer, alles am besten zu wissen. Er war sich dessen so sicher, dass er ein ums andere Mal sein Leben riskierte, und er war überzeugt, am Ende würde sich herausstellen, dass er recht gehabt hatte.

Sie wischte sich Tränen aus den Augen. Ihr Vater zog sich einen Stuhl heran und legte ihr die Hand sanft auf den Arm, auf eine Stelle, die nicht verletzt war. »Ist der Schmerz so schlimm? Ich kann die Schwester rufen und dir noch ein Schmerzmittel geben lassen.«

»Nein, nein. Das ist es nicht.« Wie sollte sie es ihrem Vater erklären? Es war nicht nur, dass er Jazz hasste und fürchtete. Selbst wenn es nicht Jazz gewesen wäre, sondern ein stiller, schüchterner, respektvoller schwarzer Junge, würde ihr Vater es nicht verstehen. Er würde sagen, kein Junge in ihrem Alter sei es wert, dass man wegen ihm weinte. Er würde sagen, wahre Liebe fing nicht in der Highschool an. *Als ich so alt war wie du*, sagte er oft, *hatte ich keine Ahnung, was ich wollte oder brauchte. Und weißt du, warum? Weil ich noch nicht einmal wusste, wer ich war. Wenn ich deine Mutter kennengelernt hätte, als ich siebzehn war, hätte ich nicht einmal mit ihr gesprochen.*

An dieser Stelle warf Mom dann meist ein: *Schmeichle dir nicht zu sehr, mein Lieber. Mit siebzehn hätte ich dich nicht mal wahrgenommen, wenn du in Flammen gestanden hättest.*

»Wann kann ich hier raus?«, fragte Connie. Ein starkes, alles verzehrendes Verlangen brodelte in ihr. Sie musste raus aus diesem Bett, aus dem Krankenhaus. Sie musste etwas tun. Der Rest der Welt jagte Billy und Jazz. Connie kannte Jazz besser als irgendwer sonst auf der Welt – sie sollte auch da draußen sein. Auf Krücken oder in einem Rollstuhl, wenn es sein musste, aber sie wusste, sie konnte einen Beitrag leisten. Ja, Billy hatte sie gequält und ihr schreckliche Angst gemacht, aber sie würde ihn jetzt jagen, wenn sie konnte. Wenn das letzten Endes Jazz' Qualen beenden würde, dann würde sie es tun. Billy machte ihr eine Heidenangst, aber für Jazz würde sie es gern wieder mit ihm aufnehmen.

Wenn ich ihn töte, ist er tot, hatte Jazz viel zu ruhig gesagt. *Ich muss etwas tun.*

»Ich will nach Hause«, sagte sie.

»Was?«

Sie bedachte ihren Vater mit dem durchdringendsten Blick, zu dem sie fähig war. Sie hatte ihn monatelang vor dem Spiegel geübt und sich beigebracht, einem Gegenüber minutenlang in die Augen zu sehen, ohne zu blinzeln. Es war in hohem Maß entnervend, wie sie wusste – Jazz hatte es früher bei ihr angewandt.

»Nach Hause«, sagte sie. »Ich will heim. Heute.« Der Entschluss war mit der Erkenntnis gekommen, dass Jazz auf dem Weg nach Lobo's Nod war. Es konnte nicht anders sein. Es war seine einzig mögliche Strategie. Dort kannte er sich aus, dort hatte er sein Versteck, die windschiefe alte Hütte im Wald, die seine Zuflucht war, wo er sich erholen und Pläne schmieden konnte. Er würde sich dort sicher fühlen. In diesem selbst gebauten Unterschlupf würde er sich überlegen, wie er eine Rettungsmission für seine Mutter auf die Beine stellen konnte.

Nur Connie wusste von dem Versteck. Nicht einmal Howie kannte es.

»Schatz ...« Ihr Vater hatte diesen Blick auf, wenn er im Begriff war, ihr zu erklären, wie »nicht machbar« oder »kapriziös« etwas sei. »Schatz, du brauchst noch etwas Zeit, bis du daran denken kannst, in ein Flugzeug zu steigen. Du ...«

»Ich bin nicht lebensbedrohlich verletzt, das hat Dr. Cullins gesagt. Ich habe ein paar gebrochene Knochen. Na und? Ständig reisen Leute mit gebrochenen Knochen. Ich kann Krücken benutzen. Ich komme schon zurecht.«

Er schüttelte den Kopf, und sie wusste, er würde eine neue Flut von Ausreden und Ablehnungsgründen vorbringen. Es war ein Spiel, mit dem sie nur zu vertraut war. Doch bevor er etwas sagen konnte, läutete ihr Handy.

NUMMER UNTERDRÜCKT erschien auf dem Schirm.

Jazz, dachte Connie und beeilte sich, das Gespräch anzunehmen.

»Hallo, Conscience«, sagte die computerbearbeitete Stimme.

Sie starrte ihren Vater an und begriff im ersten Moment nicht, warum er verwirrt und gereizt aussah und nicht schockiert, aber dann wurde ihr klar, dass er die Stimme ja nicht hören konnte. Er ärgerte sich über Connie, weil sie mitten in ihrer Unterhaltung ans Telefon gegangen war. Wenn er nur wüsste.

Er *musste* es wissen.

Ruf die Polizei, formte sie mit den Lippen.

»Conscience?«, sagte die Stimme.

Connie glaubte, eine Spur Verwirrung in ihr zu entdecken, aber das war schwer zu sagen.

»Bist du so kaputt, dass du nicht sprechen kannst?«

»Ich bin hier«, sagte sie, dann drückte sie die Stumm-Taste. »Dad, ruf die Polizei.« Als er die Augenbrauen hochzog und sich weiter nicht rührte, knurrte sie: »Los! Im Ernst, Dad!«

Er hielt noch einmal kurz inne, als glaubte er ihr nicht, dann sprang er auf und sauste zur Tür hinaus.

Die Stimme hatte die ganze Zeit geredet, aber Connie hatte nur Bruchstücke aufgeschnappt. *Ich muss sie am Reden halten, damit die Polizei das Telefon orten kann.* Sie stellte das Telefon wieder auf laut und redete einfach dazwischen. »Wozu die unkenntlich gemachte Stimme?«, fragte sie. »Ich weiß bereits, wer Sie sind. Sie sind entweder Billy oder Samantha.«

Einen Moment herrschte Schweigen. »Du bist ein sehr kluges Mädchen, Connie«, ertönte die Stimme dann wieder. »Und du hattest Glück, dass du deine jüngsten … Eskapaden überlebt hast. Als du von dieser Feuerleiter gesprungen bist, hast du dir da ausgerechnet, dass du überleben würdest, oder wolltest du so verzweifelt entkommen, dass es dir sogar wünschenswerter erschien, zu Tode zu stürzen?«

»Was macht das für einen Unterschied? Es hat geklappt.«

»Das macht einen gewaltigen Unterschied.« Trotz der tonlosen Artikulation der Computerstimme war eine Spur Missbilligung zu erkennen. »Im ersten Fall wärst du optimistisch gewesen. Im zweiten hättest du dich einfach in das Unvermeidliche gefügt.«

Halt das Gespräch in Gang. Dad, wo bleibst du?

»Wieso schalten Sie diesen blöden Zerhacker nicht aus? Ich will wissen, ob ich mit Billy oder Sam spreche. Haben Sie es gespürt, als ich Sie in die Eier getreten habe, oder hat Billy es Ihnen später nur erzählt?«

»Gespielter Tapferkeit fehlt eine gewisse Plausibilität, wenn sie von jemandem kommt, der vor Kurzem noch um sein Leben gebettelt hat.«

»Ich bin bereit für Runde zwei«, sagte Connie und war selbst überrascht von ihrem mutigen Auftreten. Der einzige Ort, wo sie Billy oder seine kaputte Schwester jemals wiedersehen wollte, war das Leichenschauhaus.

»Bestimmt bist du das, Connie, aber du hängst einen Schritt hinterher. Dieses Spiel ist zu Ende.«

»Wie schade. Gerade als ich den Dreh heraushatte.«

»Alle Spiele enden irgendwann, Connie. Hut und Hund haben ihre Angelegenheiten in New York abgeschlossen. Genau wie du. Genau wie Jasper. Es ist Zeit, dass alle nach Hause kommen, findest du nicht?«

»Damit Sie mich als Geisel benutzen können? Lieber nicht.«

Dieses blecherne, hohle Lachen. Es war ihr beim ersten Mal kalt über den Rücken gelaufen, und es ging ihr jetzt nicht besser. »Deine Tage als Geisel sind vorbei, Connie. Du hast deinen Zweck erfüllt. Du bist von keinem Nutzen mehr. Bauern werden immer vor dem Ende des Spiels geopfert. Wenn wir uns das nächste Mal sehen, wirst du deinen letzten Schrei ausstoßen und deine letzten Tränen weinen. Du wirst deinen letzten Atemzug machen.«

Connie schauderte und schloss die Augen. Sie drückte den Kopf ins Kissen. Für einen Augenblick war sie wieder in jener schrecklichen kleinen Wohnung, an diesen Stuhl gefesselt, und Billy Dent stand drohend vor ihr. Es waren keine leeren Drohungen, das wusste sie. Billy hatte ihr in den Hals geschnitten und hätte Schlimmeres getan, wenn er nicht losgegangen wäre, um Jazz zu retten. Sie war eine Messerbreite vom Tod entfernt gewesen und nur durch Glück gerettet worden.

»Wenn ich nicht mehr wichtig bin«, hörte sie sich sagen, »wieso rufen Sie mich dann überhaupt an?« So. Jetzt war es ausgesprochen.

»Weil ich dich interessant finde, Connie. Ich gebe zu, ich habe eine gewisse Schwäche für dich. Du faszinierst mich. Außenseiterin. Neu. Schwarzes Mädchen. Kämpfst dich in einer Stadt wie Lobo's Nod in die inneren Beliebtheitszirkel. Gehst mit dem lokalen Ausgestoßenen und behältst trotzdem deinen Cliquenstatus.«

»Brauchen Sie Nachhilfe in sozialer Interaktion?«

»Wenn du stirbst, Connie, wird es hässlich sein, das versprechе ich dir. Und ich verspreche dir außerdem, ich werde ein wenig traurig sein in diesem Moment. Aber nur ein wenig. Auf Wiedersehen, Conscience.«

Sie setzte sich abrupt im Bett auf und zischte dabei vor Schmerz. »Nein! Warten Sie!«

Aber die Leitung war bereits tot.

Und genau diesen Moment, diesen sinnlosen Moment, wählte ihr Vater, um mit Detective Hughes im Schlepptau atemlos zur Tür hereinzustürzen.

26

Howie öffnete die Augen zu dem vertrauten, prächtigen Anblick der köstlichen Uma Thurman, die von seiner Decke kess auf ihn hinunterblickte. Es war seine persönliche Collage von Miss Thurman aus Bildern, die er im Internet entdeckt hatte und die strategisch den größten Teil des Raums über ihm bedeckte.

Uma war hochgewachsen. Howie, selbst von basketballtauglicher Statur, betete große Frauen an. Vor allem große Frauen, von denen es jede Menge Bilder im Netz gab. Und ganz besonders große Frauen, die sich in Ausübung ihrer Kunst in rund einem halben Dutzend Filmen ausgezogen hatten.

Howie liebte Frauen, die ihrer Kunst nachgingen. Es war eine kleine Sache, sicher, aber es machte Howie glücklich.

Howies Schädel pochte, als er seine lachhaft langen Beine aus dem Bett schwang. Die Schmerzmittel ließen nach, genau wie die hübsche Dosis Lokalanästhetikum, die ihm Dr. Mogelof in die Kopfhaut gespritzt hatte. Er würde eine Narbe behalten, so viel stand fest. Vielleicht mehr als eine. Passend zur Narbe in seinem Rumpf, nachdem ihn der Impressionist vor ein paar Monaten aufgeschlitzt hatte.

Vielleicht hatte Mom recht. Vielleicht würde es ihn tatsächlich umbringen, sich mit »diesem Dent-Jungen« herumzutreiben.

Nun denn. Früher oder später musste jeder abtreten, oder?

Fürs Erste jedoch musste er Jazz einen weiteren Gefallen in einer endlosen Kette von Gefälligkeiten tun. Howie wickelte sich in einen übergroßen Morgenmantel und schlich in den Flur hinaus. Er rief nach einer Elterneinheit – nur für alle Fälle – und erhielt keine Antwort. Gut. Er war allein zu Hause.

Das Bett von Mom und Dad war nicht gemacht, als er sich in ihr Zimmer schlich. Zuerst versuchte er sein Glück im dazugehörenden Badezimmer. Arzneischrank. *Wo sonst schaut man nach Medikamenten, alter Schlaumeier?* Aber außer Moms Beruhigungsmittel – die extragroße Sparpackung – und Dads Blutdrucksenker fand er nichts. Also wühlte er im Schränkchen unter dem Waschbecken herum und bemühte sich, die Tamponschachteln und Binden zu übersehen, was ihm jedoch nicht gelang. *Bei Zeus, wie viel von dem Zeug braucht eine Frau? Sie hat ja ihre eigne Drogerieabteilung »Weibliche Hygiene« hier lagern.*

Er entdeckte ein paar alte Erkältungsmittel und eine halbe Flasche Hustensirup, aber nicht das, was Jazz brauchte.

Ich brauche ein paar Sachen, hatte Jazz am Abend zuvor gesagt.

Natürlich brauchst du die. Du brauchst immer irgendetwas.

Schmerzmittel wären nett …

Die hab ich. Massenhaft. Dr. Mogelof war sehr großzügig bei meinem Rezept. Sie unterschätzt meine männliche Fähigkeit, Schmerzen, die geringere Sterbliche umbringen würden, einfach abzuschütteln.

Aber was ich wirklich brauche, sind Antibiotika.

Und wie soll ich die beschaffen? Mein Straßendealer hat nur Crystal Meth und Crack.

Sei kein Idiot. Deine Mutter hortet Medikamente. Du weißt es, ich weiß es. Sie tut es seit unserer Kindheit. »Nur für alle Fälle.« Ich wette, sie hat irgendwo eine Packung Penicillin oder so versteckt. Und die werde ich brauchen, sonst schwillt mein Bein an wie ein Würstchen in der Mikrowelle.

Mit diesem unappetitlichen Bild vor Augen wühlte Howie tiefer in den hintersten, von Spinnweben durchzogenen Winkeln unter dem Waschbecken. Er fand eine alte Folie mit Allergiemittel und mehrere leere Papprollen von Klopapier, aber sonst nichts.

Na toll.

Jazz hatte allerdings recht. Wenn es darum ging, Leute zu lesen, sich an Dinge zu erinnern und Schlüsse aus diesen Informationen zu ziehen, war Jazz ziemlich unerreicht. Er wusste, wann in der Schule eine Ex fällig war, und zwar auf der Basis, wie müde ein Lehrer am Tag zuvor ausgesehen hatte. Er wusste, wie man es vermied, im Flur der Schule erwischt zu werden, weil er die Stundenpläne analysiert hatte. Und er wusste, dass Howies Mom zwanghaft besorgt war, ihren genetischen Freak von Sohn könnte jeden Moment ein medizinischer Notfall ereilen, weshalb sie Howies Ärzte oft überredete, hier und dort ein kleines Rezept zusätzlich auszustellen.

Aber wo bewahrte sie das Zeug auf?

So widerwärtig es war, Howie würde die dunklen und namenlosen Weiten der Nachttische seiner Eltern durchforsten müssen. »Wo Drachen sind«, murmelte er, als er ins Schlafzimmer zurückging. Dads Seite des Betts war näher, deshalb warf er rasch einen prüfenden Blick auf das Durcheinander auf dem Nachttisch – Krimi, *Sports Illustrated,* iPad, iPhone-Ladestation –, dann tauchte er in die Schubladen selbst.

Zu seinem erheblichen, unvergänglichen Kummer fand er eine nicht mehr ganz halb volle Tube Gleitmittel. Howie versuchte nicht, sich vorzustellen, wie viel elterlichen Sex das bedeutete. Er wühlte weiter herum und fand nur lose Visitenkarten, noch ein paar Taschenbuchromane und Dads Sammlung von Augentropfen. Der Mann hatte offenbar einen Horror vor trockenen Augen.

Moms Nachttisch war ordentlich und aufgeräumt, ein

Stapel Zeitschriften, exakt in einer Line mit den Rändern des Nachttischs, der Wecker genau im rechten Winkel zu diesen und im Zentrum des Lichtkegels, den ihre Schreibtischlampe warf.

Bei der Erforschung der Schubladen stöhnte er angesichts einer Packung Antibabypillen auf. *Also ehrlich,* klagte er in Gedanken das Universum an, *ich will nicht dauernd mit der Nase darauf gestoßen werden. Eltern sollten solche Dinge sein lassen. Insbesondere, da sie mir verwehrt bleiben.*

Noch eine Tube Gleitmittel, diese in leuchtendem Purpur, was es irgendwie noch schlimmer machte. Aber unter einem Heft von *Women's Running* fand er, was er suchte: eine – natürlich – penibel geordnete Schale mit verschiedenen verschreibungspflichtigen Medikamenten, alle auf Howies Namen ausgestellt. Howie grinste und machte sich daran, sie durchzusehen.

27

Erickson hatte vor Clara Dents Krankenzimmer regelmäßig Wache geschoben, seit die alte Dame eingeliefert worden war. Als er letzten Oktober nach Lobo's Nod gezogen war, hatte er nicht damit gerechnet, in irgendwelchen Unsinn der Familie Dent hineingezogen zu werden. »Das ist alles seit Jahren vorbei«, hatte er Angehörigen und Freunden versichert. Lobo's Nod sei zu seinem ursprünglichen Zustand zurückgekehrt, eine verschlafene Kleinstadt in einem kleinen County, mit dem Vorteil, dass man von einem fantastischen Sheriff etwas lernen konnte, einem Sheriff, der sich in ein paar Jahren zur Ruhe setzen würde. Der ideale Ort für einen Mann wie Erickson, wo er ein paar Jahr verbringen, vom Boss lernen und ihn zugleich beeindrucken konnte. Und wenn der große alte Mann dann in Ruhestand ging … Nun, wer weiß? Sheriff Erickson? Warum nicht? Sheriff einer verschlafenen Kleinstadt in einem verschlafenen kleinen County.

Ha! Nur wenige Tage nach seinem Dienstantritt in »The Nod«, wie es die Einheimischen nannten, hatte Erickson ein nacktes, totes Mädchen mit abgehackten Fingern in einer Wiese vor sich gehabt. Er hatte Jasper Dent dabei erwischt, wie er im Leichenschauhaus herumschlich, hatte dem Jungen zweimal Handschellen angelegt, war in den Verdacht geraten, ein Serienmörder zu sein, und mitten in die Jagd nach dem echten Mörder verstrickt gewesen. Wenn Lobo's Nod verschlafen war, dann war es der unruhige Schlaf eines von Koliken geplagten Kleinkinds.

Und jetzt bewachte er die Mutter des berüchtigtsten Serienmörders der Welt. Es kam immer weiter knüppelhageldick, wie Ericksons Mom gern sagte.

Der Wachdienst war nicht so übel, wenn er ehrlich war. Es war nur langweilig. Er löste die vorhergehende Wache ab, gab per Funk ans Büro durch, dass er vor Ort war, und hockte dann acht Stunden lang auf seinem Hintern und spielte mit seinem Handy. Essen wurde ihm gebracht, und wenn er aufs Klo musste, sprang ein Wachmann des Krankenhauses fünf Minuten lang für ihn ein.

Glaubte G. William tatsächlich, Billy Dent könnte versuchen, mit seiner Mutter Kontakt aufzunehmen? Erickson hatte enormen Respekt vor dem Mann, aber in diesem Fall fand er, der Sheriff war vielleicht doch auf dem Holzweg. Verrückt war verrückt, sicher, aber in der Stadt, wo jeder sein Gesicht kannte, in ein Krankenhaus zu spazieren, wäre einfach idiotisch.

Kurz nachdem er sich zu seiner Schicht niedergelassen hatte, kam eine Schwester vorbei, um wie üblich Puls und Blutdruck bei der alten Dame zu messen. Das taten sie alle paar Stunden. Soweit Erickson es verstand, befand sich Mrs. Dent aufgrund des doppelten Traumas von leichtem Herzinfarkt und schwerer Gehirnerschütterung in einem »leichten Koma«. Für sich genommen hätte jedes dieser Ereignisse sie nur eine Weile ans Bett gefesselt, aber die Kombination von beiden würde die alte Dame so schnell nicht aufwachen lassen. Die Ärzte waren aber ziemlich zuversichtlich, dass sie wieder genesen würde; sie konnten nur nicht sagen, wann genau.

Die Schwester lächelte Erickson an. Er tippte sich an den Hut und sagte: »'n Abend, Ma'am«, genau wie ein Cowboy im Film. Sie sprach darauf an und lächelte noch mehr. »Ich dachte, Sie seien ein Deputy«, neckte sie ihn, »aber Sie klingen eher wie ein Marshall.«

Sie war jung, Mitte zwanzig vielleicht, ein wenig jünger als Erickson, und hübsch, selbst in ihrem unförmigen Schwesternkittel. Glänzendes schwarzes Haar und hellgrüne Augen, die Erickson an grünen Apfel denken ließen. Er bewunderte zum wiederholten Mal den Schwung ihrer Hüften und das Wippen ihres Hinterns, als sie in Mrs. Dents Zimmer ging.

Wäre das Leben ein Film, dachte Erickson, dann wäre jetzt der Augenblick, in dem er sich wieder zum Flur umdrehen würde, und vor ihm – tremolierende Geigen – stünde Billy Dent, überlebensgroß und zehnmal verrückter.

Aber das Leben war kein Film, und der Gang war leer bis auf ein paar Ärzte.

Als die Schwester wieder herauskam, lächelte Erickson ihr zu. Er überlegte, ob er sich wieder an den Hut tippen sollte, aber das würde vielleicht bereits platt wirken. Stattdessen fragte er: »Wie geht es ihr?«

Die Schwester sah sich um. »Eigentlich darf ich Ihnen ja nichts sagen. Aber …« Sie biss sich hinreißend auf die Unterlippe. »Sie ist stabil. Blutdruck ist in Ordnung. Mehr ist nicht zu erwarten. Sie hat selbstständig geatmet, als sie eingeliefert wurde, von daher kein Problem. Und ich überwache sie ständig von der Schwesternstation. Sie ist ziemlich stabil. Die Ärzte werden später mehr wissen.«

»Sehr gut. Mehr ist wohl wirklich nicht zu erwarten.«

Die Schwester nickte und ging, aber nicht, ohne ihn noch einmal sehr gewinnend anzulächeln. Er sonnte sich mehrere Minuten lang im Glanz dieses Lächelns, rechnete sich seine Chancen aus und überlegte, was vernünftigerweise sein nächster Schritt sein sollte. Dann überkam ihn Neugier. Er bewachte diese Frau nun schon seit Tagen, und er hatte keine Ahnung, wie sie überhaupt aussah. Er stand auf und streckte sich. Niemand war in der Nähe, deshalb öffnete er die Tür und streckte den Kopf ins Zimmer. Ein kurzer Blick würde nicht schaden.

Von der Tür aus konnte er ihre Gestalt auf dem Bett kaum erkennen. Das Licht im Zimmer war aus, nur eine matte Leuchtröhre über der Frau brannte. Schläuche und Kabel liefen von ihr zu Geräten und Apparaten, und mehrere Infusionsständer waren um das Bett herum aufgereiht. Es sah aus wie bei einem Auto in der Werkstatt, das an alle möglichen Prüfgeräte angeschlossen war. Der Herzmonitor piepte gleichmäßig dahin, und ihre Brust hob und senkte sich in einem flachen, aber zuverlässigen Rhythmus.

Wenn ich je so alt werde und in einer solchen Verfassung bin, dachte Erickson, *soll jemand den Stecker ziehen.*

Etwa eine halbe Stunde später schaute eine zweite Schwester vorbei. Diese war älter, Mitte vierzig, sie hatte das Haar zu einem strengen Knoten zurückgebunden und trug eine leuchtend rote, klobige Brille, von der Erickson nicht die Augen nehmen konnte. Die Frau war durchaus nicht unattraktiv, aber Erickson interessierte sich nicht für reifere Damen. Dennoch hielt er sie an, bevor sie hineingehen konnte – nicht um zu plaudern, sondern nur um ihr zu sagen, dass eben vor einer halben Stunde schon jemand nach Mrs. Dent gesehen hatte.

»So ein junges, hübsches Ding?« Die Schwester verdrehte die Augen, als Erickson nickte. »Himmel, diese Mädchen frisch von der Schule … Sie hat die falsche Lösung verwendet.« Die Schwester hielt einen Infusionsbeutel in die Höhe. »Vielleicht lernt sie den Unterschied zwischen null Komma fünf Prozent und fünf Prozent eines Tages ja noch.«

Erickson hätte gern etwas zur Verteidigung der namenlosen jungen Schwester gesagt, aber er wusste nicht, was. Er zuckte mit den Achseln und ließ die Frau durch.

In dem Krankenzimmer blieb die Schwester einen Moment lang an der Tür stehen und wartete, ob der Deputy hereinschauen würde. Sie gab ihm nur ein paar Sekunden. Alles darüber hinaus wäre töricht gewesen.

Dann ließ sie den Infusionsbeutel in den Mülleimer fallen, trat ans Bett und sah auf die Patientin hinunter. Sie war immer verwelkt und schwach gewesen, aber in dem Krankenhausbett sah sie aus wie ein Kadaver, der nicht realisiert hatte, dass es Zeit war, mit dem Atmen aufzuhören.

»Hallo, Mom«, flüsterte die Schwester.

Sie erwartete keine Antwort und bekam auch keine.

»Lebwohl, Mom«, sagte sie und zog eine Spritze aus der Tasche. Deren Inhalt leerte sie in den Infusionsschlauch, warf die Spritze in den Entsorgungsbehälter und verließ das Zimmer, ohne den Deputy davor auch nur anzusehen.

28

Sie hielten irgendwo im südwestlichen Pennsylvania für Treibstoff, sowohl für den Sattelschlepper als auch für sich selbst. Jazz griff in Hughes' Brieftasche und lud Marta zum Lunch ein – es war das Mindeste, was er tun konnte, auch wenn es seine Barmittel auf die niederschmetternd geringe Summe von zweiundzwanzig Dollar reduzierte. Er konnte es nicht riskieren, Culpeppers oder Hughes' Kreditkarten zu verwenden. Sie wurden sicher überwacht und würden seinen Aufenthaltsort verraten. Er verfluchte sich, weil er in New York nicht die Höchstsumme am Geldautomaten abgehoben hatte. Es hatte einen in der Bar gegeben, in der er Culpepper getroffen hatte. Die Polizei hätte erst später von der Geschichte mit Culpepper erfahren, er wäre kein großes Risiko eingegangen. Dumm. Ein dummer, amateurhafter Fehler.

In dem kleinen Diner, in dem sie aßen, gab es keinen Fernseher. Kleine Wunder, die das Leben ein wenig leichter machten. Er hoffte, sein Glück würde anhalten.

Während Marta zur Toilette ging, spritzte er, wie versprochen, seine Kotze von dem Truck. Es war nicht die angenehmste Aufgabe, aber er musste zumindest nichts überlegen dabei und konnte seine Gedanken auf Wanderschaft gehen lassen.

Er kam immer wieder auf die Geburtsurkunde zurück.

Howie hatte sie ihm auf sein Smartphone geschickt, bevor er aus dem Krankenhaus ausgebrochen war, und er hatte sie mehrmals angesehen, ehe er sein Telefon bei Culpepper in der Kneipe zurückgelassen hatte. Sie kam ihm echt vor. Sie musste echt sein, oder? Warum sollte jemand eine gefälschte Geburtsurkunde in seinem Garten vergraben?

Jemand hieß natürlich Billy. Er war der Einzige, der es getan haben konnte. Nachdem Mom aus dem Dent-Haus geflohen war, hatte Billy sie sofort in einem schwarzen Loch verschwinden lassen. Er hatte das Haus nach allem durchforstet, was an sie erinnerte – Kleidung, Bücher, Zeitschriften, Fotos, die Packung Tampons unter dem Waschbecken, alles. Jazz war eines Tages von der Schule nach Hause gekommen, und Mom war einfach *fort* gewesen. Aus dem Hause Dent getilgt. Egal, was er Billy fragte oder wie er ihn fragte, wie er bettelte, flehte und ihn bedrängte, Billy sprach nicht von ihr, und bald hatte Jazz gelernt, genau wie Billy seinen täglichen Verrichtungen nachzugehen und so zu tun, als hätte Mom nie existiert. Wäre nicht das Foto im Brieftaschenformat von ihr gewesen, das er glücklicherweise an diesem Tag in seinem Rucksack gehabt hatte, wäre er möglicherweise zu der Überzeugung gelangt, dass sie tatsächlich nie existiert hatte, dass ihn keine Frau zur Welt gebracht hatte, sondern dass er voll ausgebildet aus Billys fiebriger Stirn entsprungen war wie eine vorpubertäre Pallas Athene.

Billy musste die Geburtsurkunde, die Spielzeugkrähe und die Fotos zur gleichen Zeit vergraben haben. Warum? Warum hatte er nicht alles vernichtet?

Die Geburtsurkunde hatte Jazz zunächst nicht losgelassen. Er war wie besessen gewesen von dem Gedanken, er könnte eventuell nicht Billys Sohn sein. Und wenn Billy nicht sein Vater war, wer war es dann? Eins von Billys Opfern? Ein Exfreund oder One-Night-Stand seiner Mom?

Je mehr er über die Geburtsurkunde nachdachte, desto mehr verstand er jedoch, dass sie zwar viele Möglichkeiten eröffnete, aber am Ende zählte nur eine. Er wusste genau, was die Geburtsurkunde bedeutete.

»Sieht gut aus«, sagte Marta, als sie hinter ihn trat. »Bist du fertig?«

Jazz drehte das Wasser ab und besah sein Werk. Martas Sattelschlepper glänzte, keine Spur Kotze war mehr zu sehen.

»Ja. Fahren wir.«

Von der Raststätte in New Jersey hätte man nach Jazz' Berechnungen in weniger als fünfzehn Stunden bis Lobo's Nod durchfahren können. Marta war offenbar süchtig nach einem bestimmten Energydrink, der in winzigen, schnapsglasgroßen Fläschchen verkauft wurde. Sie kippte ihn in einer Menge und mit einer Entschlossenheit hinunter, dass Jazz sich Sorgen um ihr Herz machte. Trotzdem würde nicht einmal sie die Strecke durchfahren.

Soweit er feststellen konnte, würde ihre Route sie in einem Abstand von wenigen Stunden Fahrzeit auf der I-40 an Lobo's Nod vorbeiführen. Er würde sie nicht bitten, ihn direkt in den Ort zu bringen, das ging nicht. Es war schon riskant genug, sie sein Gesicht sehen zu lassen. Er konnte nicht auch noch riskieren, dass sie sich namentlich an den einen Ort auf der Welt erinnerte, der unwiderruflich mit der Familie Dent verbunden war. Er konnte sich die Vernehmung schon vorstellen. *Der Junge, den ich als Anhalter mitgenommen habe? Ja, man kann sagen, er sah aus wie dieser Jasper Dent. Hab ihn in einem Ort namens Lobo's Nod abgesetzt.* Und peng! Polizei, FBI, Presse – sie alle würden augenblicklich wissen, was sie wissen mussten.

Unweit der Grenze zu Kentucky kam Marta schließlich an ihre eigene Grenze. Oder der Energydrink war ihr ausgegangen. Jedenfalls fuhr sie an den Straßenrand und verkündete, sie müsse ein kleines Nickerchen machen. Sie stieg in die Koje hinter dem Sitz und rollte sich zusammen, nicht jedoch, ohne Jazz die Pistole unter ihrem Kopfkissen zu zeigen. »Du scheinst mir ein netter Junge zu sein, und ich sage das nur ungern, aber falls du auf irgendwelche Dummheiten kommst, solltest du wissen, dass ich verdammt gut schieße.«

Jazz hatte nur genickt. Die Waffe machte ihm keine Angst. Einer schlafenden oder halb schlafenden Frau eine Waffe wegzunehmen, war ein Kinderspiel. Doch das war eine rein hypothetische Überlegung, da er ohnehin nicht beabsichtigte, Marta etwas anzutun. Er schmiegte sich in den Beifahrersitz und platzte fast vor Erwartung und Verdruss. Warum hatte sie vorhin bei ihrem Halt nicht neue Energydrinks kaufen können? Wieso mussten sie überhaupt anhalten? Er war ein Flüchtiger. Per definitionem war er auf der Flucht. »Auf der Flucht sein« beinhaltete nicht, am Rand des Highways zu parken und darauf zu warten, dass ein übereifriger Streifenpolizist aus Kentucky beschloss, mal einen Blick in das Führerhaus des großen Sattelschleppers zu werfen, der da auf dem Seitenstreifen stand. Durch das Fenster zu spähen und – hey, das ist doch der Junge aus dem Fernsehen!

Dann hätte Jasper keine andere Wahl, als wieder zu kämpfen. Und jetzt wusste er, dass Marta eine Waffe hatte. Es würde schwer sein, sich ihrer nicht zu bedienen, wenn er in die Enge getrieben wurde.

Ich werde es nicht so weit kommen lassen.

Es ist bereits so weit gekommen, sagte Billy. *Du hast Hughes gewürgt. Du hast diese Polizistin k.o. geschlagen. Du hast einen Betrunkenen in einer Toilette niedergeschlagen. Gewalt passt zu dir.*

Das waren Notlagen.

Das Leben ist eine Notlage, Jasper.

Halt den Mund.

Er musste unwillkürlich an etwas denken, das Billy in Wammaket zu ihm gesagt hatte: *Willst du den Unterschied zwischen gut und böse wissen, Jasper?* Und dann hatte er mit den Fingern geschnippt. *Das ist der ganze Unterschied, Junge. Du merkst erst, dass du die Grenze überschritten hast, wenn du sie weit hinter dir im Rückspiegel siehst.*

Du hast heute eine ganze Reihe von Grenzen überschritten, fuhr Billy nun fort. *Es hat eine gewisse Dynamik entwickelt. Viele Grenzen bleiben dir nicht mehr. Im Wesentlichen die eine große.*

Du hast recht, Billy, ich bin ein gewalttätiger Verbrechertyp. Bin es immer gewesen. Hab mich nur bis jetzt beherrscht. Aber du hast recht behalten. Du hast damals in Wammaket gesagt, ich sei ein Killer, der nur noch niemanden getötet hat. Das wird sich ändern, wenn ich dich treffe.

Ich freue mich darauf. Wer weiß? Vielleicht tötest du mich ja tatsächlich. Das wäre traurig für mich, aber auch gut. Denn dann ist die Bestie losgelassen. Der Gott in dir ist losgelassen. Und dein nächstes Opfer ist deine Mutter. Und dann deine Freundin. Und dann können Ugly J. und du zusammen über diese Welt schreiten. Krähen.

Er schlug sich ins Gesicht, um die Stimmen zum Schweigen zu bringen und um wach zu bleiben. Was auch geschah, er wollte nicht schlafen. Egal wie müde er war. Schlafen bedeutete träumen, und der Traum ... Sein Magen drehte sich um, als er an den Sextraum dachte. Jetzt, da er seine Tangopartnerin kannte, hatte er kein Verlangen, den Traum noch einmal zu durchleben. Er hatte Angst, weitere Einzelheiten zu träumen, und er wollte nicht wissen, wie weit er als Kind mit seiner Tante gegangen war.

Weibliche Serienmörder begingen selten Sexualmorde. Ihre Motive waren typischerweise Angst, Mitleid oder Gier. Schwarze Witwen und barmherzige Engel. Sie suchten sich ihre Opfer unter den Schwachen, unter Alten, Kindern.

Sie wurden lange nicht gefasst, weil niemand sie je verdächtigte. Jazz selbst wäre nie auch nur der Gedanke gekommen, Sammy J. und Bill könnten ein Team sein.

Fernandez und Beck ... Sie hatte sich als seine Schwester ausgegeben, um Frauen anzulocken, die er abschlachten konnte. Sie starben Seite an Seite auf dem elektrischen Stuhl und erklärten immer noch ihre Liebe füreinander. Hindley und Bradley ... Zwei Briten, die Nazis liebten. Und gern Kinder töteten.

Wie viele Menschen hatte Sam getötet? Wie hoch war die Endsumme, wenn man ihre Opfer zu Billys hinzuzählte?

Und vor allem: Wie viel davon hatte sie tun *wollen?* Jazz kannte die Kraft von Billys Charisma aus erster Hand. Hatte Sam bereitwillig bei den Morden mitgemacht?

Bei dem, was sie mit Jazz angestellt hatte?

Oder hatte Billy sie dazu gezwungen?

Notwendige Fragen. Vernünftige Fragen.

Er wollte den Antworten darauf nicht einmal nahe kommen.

Er wollte nur zwei Dinge: seine Mutter retten; die Hände um Billys Hals schließen.

Es waren tröstliche Gedanken. Und gegen seinen Willen schlief er ein.

29

Endlich ging es aufwärts, dachte Hughes.

Während Einheiten der Bundesstaatspolizei überall entlang der 495 Busse stoppten, war er ins Krankenhaus zurückgefahren, um das Mädchen nach weiteren Informationen auszuquetschen; er hatte damit gerechnet, dass ihm der Vater – verdammter Anwalt – das Leben wieder schwer machen würde, aber dann war ihm der Mann schon auf dem Flur über den Weg gelaufen und hatte etwas von seiner Tochter und einem Anruf gefaselt. Hughes wusste Bescheid über die Freundin und Telefonanrufe: Die Überwachung seines eigenen Handys hatte zutage gefördert, dass Jasper Dent sie am Vortag angerufen hatte, und sie hatte es niemandem erzählt.

Hughes freute sich nicht auf die Aussicht, einen geschundenen, zu Tode verängstigten Teenager im Krankenbett zu vernehmen, aber sie hatte ihm etwas verschwiegen, und er hatte Leute satt, die ihm etwas verschwiegen, ungeachtet ihres Alters, Geschlechts oder Gesundheitszustands. Er war bereit, jeden erlaubten Trick anzuwenden, um dem Mädchen seine Geheimnisse zu entreißen.

Doch nachdem der Vater ihn schließlich in das Zimmer geschleift hatte, war das Mädchen mehr als bereit gewesen, alles auszuspucken. Wundersamerweise hielt der Anwalt und Vater – eine wahrhaft Furcht einflößende Kombination – die Klappe und ließ die Tochter reden. Ihre Blutergüsse wurden besser, und ein großer Teil der Schwellungen in ihrem Gesicht war abgeklungen. Sie sah allmählich wieder wie das hübsche Mädchen aus, das ihn am JFK-Airport überrascht hatte.

Hughes zog sich einen Stuhl ans Bett und hörte zu, wie sie von der Unterhaltung mit einem der Dent-Geschwister berichtete. Es war an diesem Punkt unmöglich festzustellen, ob es Billy oder Samantha war, aber Connie vermutete – und sagte es bereitwillig –, es müsse Samantha gewesen sein.

»Sie hat Worte wie ›Plausibilität‹ benutzt, und ihre ganze Art zu sprechen war anders als die von Billy.«

Weitere Anträge nach dem Patriot Act lagen unmittelbar vor Hughes. Das Telefon, von dem aus Connie angerufen wurde, war vermutlich ein billiges Prepaidhandy gewesen und lag bereits zertrümmert irgendwo am Rand eines Highways. Aber er würde dennoch den Versuch unternehmen, es zu ermitteln. Vielleicht gelang es ihm, Informationen über den Standort zu erhalten.

Allerdings glaubte er gar nicht, dass er die brauchte. *Es ist Zeit, dass alle nach Hause kommen,* hatte die Stimme gesagt. Das konnte nur eins bedeuten: Billy Dent war auf dem Weg nach Lobo's Nod.

Es ist der letzte Ort auf der Welt, wo es jemandem einfallen würde, nach ihm zu suchen. Niemand glaubt, dass er so dumm sein könnte, dorthin zu gehen, wo man ihn am besten kennt. Also steuert er natürlich schnurstracks darauf zu, während wir den Rest des gottverdammten Planeten nach ihm absuchen.

Er merkte sich vor, einen Fahndungsaufruf für Samantha Dent herauszugeben und die üblichen polizeilichen Datenbanken nach ihr zu durchsuchen.

Aber erst brauchte er noch etwas von der Freundin.

»Connie, wir müssen über Jasper reden.«

Sie nickte zerknirscht.

»Er ist in großen Schwierigkeiten. Und ich weiß, du glaubst, ich will ihn fertigmachen, aber ich schwöre dir: Ich will ihn nur erwischen, bevor er noch jemanden verletzt. Ich will die Wahrheit aus ihm herausbringen, wie immer sie aussieht.«

»Normalerweise würde er niemandem etwas antun«, sagte sie. »Aber es geht um seine Mom. Er ist überzeugt, dass Billy sie töten wird.«

»So viel habe ich verstanden. Aber dafür bin ich da. Das FBI. Er muss uns das überlassen.«

Connie verzog das Gesicht. »Bei allem Respekt, aber beim letzten Mal hat es zwanzig Jahre gedauert, bis er gefasst war. Und dann waren es nicht Ihre Leute oder das FBI, sondern G. William.«

Hughes presste die Kiefer aufeinander. »Ja, gut, vor zwanzig Jahren war ich noch nicht beim Morddezernat, und Billy war noch nicht nach New York gekommen.« Er gab nur ungern zu, dass sie recht hatte – er hatte Billy zum Greifen nahe gehabt, mitten in seinem Revier, und dann war er verschwunden, ehe Hughes zupacken konnte. »Wir wissen, dass Jasper dich hier angerufen hat. Wir haben einen Anruf von meinem Handy hier ins Krankenhaus registriert, und die Telefonzentrale sagt, er wurde zu diesem Zimmer weitergeleitet. Worüber habt ihr gesprochen?«

Zu seiner Überraschung erzählte sie es ihm, und er hatte nicht den Eindruck, dass sie etwas ausließ.

»Du glaubst, er wird seinen Vater töten?«

Connie rang sichtlich mit sich, ehe sie mit den Schultern zuckte. »Ich weiß es nicht. Ich glaube, er will es tun. Ich glaube, er hält es für seine einzige Möglichkeit.« Sie wischte sich eine Träne aus dem Auge. Hughes wusste, sie war Schauspielerin, aber er glaubte nicht, dass sie schon derart gut war. »Können Sie ihm helfen? Irgendwie?«

»Erst einmal muss ich ihn finden.«

Beim Verlassen des Krankenhauses rief Hughes von seinem geborgten Handy im Revier an. Er erwischte Miller an dessen Schreibtisch.

»Ich habe eine gute und eine schlechte Nachricht«, sagte Miller auf eine Art, dass Hughes wusste, selbst die gute Nachricht war nicht wirklich gut. Er rieb sich die Schläfen.

»Sagen Sie schon.«

»Na ja, wir haben Ihr Handy wieder.«

Hughes stöhnte. »Er hat es weggeworfen?«

»Ja, das ist die schlechte Nachricht. Er hat es im Bus gelassen, ist an einer Raststätte ausgestiegen und nicht wieder ein.«

»Und darauf sind wir hereingefallen?«, brüllte Hughes. »Wir sind auf so einen Achtklässlertrick hereingefallen?«

»Hey, lassen Sie es nicht an mir aus. Ich bin hier nicht derjenige, der den Jungen hat entkommen lassen.«

Hughes gestattete sich für einen Moment die ergötzliche Fantasie, Miller mit Honig und Feuerameisen bedeckt vor sich zu sehen.

»Er hat uns nach Norden gelockt und ist in Wirklichkeit in Richtung Süden unterwegs.«

»Das ist eine gewagte Annahme«, sagte Miller. »Er könnte das Handy einfach entsorgt haben und weitergefahren sein.«

»Nein.« Wenn er, Hughes, dahintergekommen war, dass Billy nach Hause fuhr, dann konnte Jasper auch dahinterkommen. Vorausgesetzt, sie hatten nicht ohnehin die ganze Zeit gemeinsame Sache gemacht. »Daddy ist auf dem Weg nach Hause, und Junior ebenfalls. Das ist das, was er kennt. Das Einzige, was er versteht. Montgomery hatte recht. Ich habe ihn überschätzt. Er läuft nach Hause, wie es alle verängstigten Kinder tun.«

»Wie Sie meinen«, sagte Miller skeptisch. »Wir fragen an der Raststätte herum.«

»Vergessen Sie nicht, die Aufnahmen der Überwachungskameras und die Kreditkartenbelege zu überprüfen.«

»Herrje – wie gut, dass Sie mich daran erinnern.« Millers Stimme triefte vor Sarkasmus.

Hughes ignorierte ihn. Es war besser so für alle. »Und wenn Sie schon dabei sind, durchsuchen Sie sämtliche verfügbaren Datenbanken nach Samantha Dent.«

»Und was tun Sie, während diejenigen von uns, die noch eine Dienstmarke haben, Botengänge für Sie erledigen?«, ätzte Miller.

Hughes beachtete auch diesen Seitenhieb nicht. Teils weil er ranghöher war als Miller, teils weil es immer noch schmerzte. »Ich verreise. Ich kläre es mit Montgomery auf dem Weg zum Flughafen.«

»Verdammt gute Zeit für einen Urlaub, Lou. Schicken Sie mir den Papierkram, den ich für den Patriot Act brauche?«

»Erzählen Sie den Telekom- und Kreditkartenunternehmen einfach, dass es sich um eine laufende Ermittlung in einem Fall von Terrorismus handelt. Dent hat mehr als hundert Menschen getötet, und seine Schwester hat ihm wahrscheinlich dabei geholfen, es ist also nicht gelogen. Sie werden Ihnen ohne den Papierkram helfen. Ich schicke etwas per E-Mail, wenn ich lande.«

»Yessir.« Miller schaffte es, jede Menge Respektlosigkeit in die eigentlich respektvolle Erwiderung einfließen zu lassen, aber Hughes wusste, er würde die Sache trotzdem erledigen. Miller war als Detective so lala, aber als Bürohengst war er Weltklasse.

Im Taxi auf dem Weg zum Flughafen buchte er seinen Flug. Die Idee, nach Lobo's Nod zu fliegen, stand nicht auf seiner Top-Ten-Liste der Dinge, die er gern wiederholen wollte, aber selbst Montgomery stimmte zu, als er ihn anrief und sagte, einer oder mehrere Dents seien auf dem Weg dorthin,

»und jemand von unserer Seite muss vor Ort sein«. Das Letzte, was er brauchte, war, dass das FBI einschwebte und sich die Dents schnappte. Und wie alle guten Großstadtpolizisten trauten Hughes und Montgomery der Kompetenz ihrer Brüder auf dem Land nicht so ganz. Sicher, dieser Tanner hatte Billy einmal gefasst, aber mit reinem Dusel erwarb man sich auch nur ein gewisses Maß an Respekt.

Dennoch, überlegte Hughes, würde er sich im Revier des Sheriffs bewegen. Es war nur fair – und vorgeschrieben –, ihn zu informieren. Hughes handelte durchaus im Einklang mit seinen Rechten und Vollmachten, wenn er als Detective der Stadt New York die beiden Dents über Staatsgrenzen hinweg verfolgte, aber es war nur höflich, wenn er den Leuten in Dingsbums Nochwas Bescheid gab, dass er kam.

Er scrollte durch sein Handy, bis er die Nummer gefunden hatte, unter der Sheriff Tanner ihn angerufen hatte. Eine Frau meldete sich viel zu forsch mit: »Sheriffbüro Lobo's Nod! Hier ist Lana, was kann ich für Sie tun?«

»Ich würde gern mit Sheriff Tanner sprechen. Hier ist Detective Louis Hughes vom NYPD.«

Immerhin musste man der forschen Frau zugutehalten, dass sie Tanner fast sofort am Telefon hatte. Dem statischen Rauschen und dem Brummen im Hintergrund nach, hatte sie den Anruf zu Tanners Autotelefon durchgestellt.

Nachdem die beiden rasch ein paar Höflichkeiten ausgetauscht hatten, ließ Hughes die Bombe platzen. »Wir haben Grund zu der Annahme, dass Billy und seine Schwester und/oder Jasper auf dem Weg nach Lobo's Nod sein könnten. Deshalb fliege ich in etwa einer Stunde von New York ab und werde noch heute Abend in Ihrer Stadt ankommen.«

»Verstehe.« Tanners ruhiger, gleichmütiger Ton verbarg ohne Frage, wie empört er war. »Billy, das kapiere ich. Aber

Jasper … Sind Sie sich da sicher? Gilt er immer noch als verdächtig?«

»Mehr als das, Sheriff.«

»Sie haben einen Haftbefehl und alles?«

»Sicher. Einbruch, Raub, tätlicher Angriff, Körperverletzung, Angriff auf Polizeibeamte.« Er hielt inne, um die Wirkung seines nächsten Punkts zu erhöhen. »Und er soll in Zusammenhang mit der Ermordung einer FBI-Agentin vernommen werden.«

»Aber Sie glauben doch wohl nicht, dass Jasper *damit* etwas zu tun hatte, oder?«

»Das würde ich ihn gern selbst fragen.«

»Ich kenne den Jungen schon sehr lange, Detective …«

»Wollen Sie mir erzählen, Sie halten es für unmöglich, dass er das alles getan hat?«

Tanner antwortete nicht sofort. »Sagen wir, ich halte es für unwahrscheinlich.«

»Ich will keinen Streit zwischen uns, Sheriff. Aber das NYPD sucht den Sohn zusätzlich zum Vater. Wenn Sie sich dann besser fühlen: Ich bin auch nicht glücklich darüber.«

Tanner überging das Thema, ob er sich damit besser fühlte, und sagte: »Und ich nehme an, das FBI wird ebenfalls zu uns stoßen, oder?«

»Hängt davon ab, wie überzeugend sie die Aussage der Hall-Tochter finden. Aber eine FBI-Agentin ist tot, deshalb werden sie wohl nichts unversucht lassen.«

Tanner seufzte lange und von statischem Rauschen begleitet. »Himmel. Kaum habe ich diese Jungs aus meiner Stadt draußen, kommen sie schon wieder zurück.«

Hughes sah auf die Uhr und den Verkehr vor sich. »Sobald ich gelandet bin und mir einen Mietwagen besorgt habe, werde ich natürlich bei Ihnen im Büro vorbeischauen.«

»Machen Sie sich keine Mühe«, sagte Tanner. »Schicken

Sie mir eine SMS mit Ihren Flugdaten, ich hole Sie vom Flughafen ab.«

Nachdem Hughes gegangen war, schickte Connie ihren Vater um Süßigkeiten aus den Automaten im Krankenhaus. Sie behauptete, ein plötzliches Verlangen nach dunkler Schokolade zu haben. Als sie allein war, überlegte sie, ob die Träne vielleicht zu viel gewesen war. Ob sie es übertrieben hatte.

Doch sie überlegte nicht lange. Hughes war ihr größter Trumpf, wenn sie Jazz helfen wollte. Hughes war ihr einziges Werkzeug, um ihn einzufangen, ehe er Billy gefunden hatte.

Denn wenn Jazz auf Billy stieß, waren nur zwei Ausgänge denkbar: Entweder Billy würde seinen störrischen Sohn töten, weil er nicht in seine Fußstapfen treten wollte …

Oder Jazz würde Billy töten und so seine Verwandlung zum »Krähenkönig« zementieren.

Beides war nicht hinnehmbar. Besser, Jazz wurde von der Polizei gefasst. Selbst wenn er im Gefängnis landete. Wenigstens wäre er in Sicherheit.

Wenigstens bliebe er er selbst.

»Es tut mir so leid«, flüsterte sie vor sich hin, und diesmal war die Träne nicht gespielt. »Aber selbst, wenn du nie wieder mit mir sprichst, bleibst du zumindest am Leben, damit du mich hassen kannst.«

30

Als im Krankenhaus der Alarm losging, fummelte Erickson sein Handy in die Tasche und war im Nu auf den Beinen, eine Hand an der Waffe. Die Vorstellung, sie in einem Krankenhaus zu ziehen, wo er nur zu leicht Unschuldige treffen oder ein Loch in eine lebenserhaltende Apparatur ballern konnte, bereitete ihm Unbehagen. Aber er war bereit, es zu tun.

Billy Dent. Sie hatten recht. Er kommt.

In diesem Augenblick stürmten zwei Ärzte in weißen Mänteln und ein Schwesterntrio um die Ecke. Die junge, hübsche Schwester von vorhin war darunter, aber diesmal sah sie Erickson nicht einmal an.

»Aus dem Weg!«, rief einer der Ärzte. Erickson begriff, dass er die Tür zu Mrs. Dents Zimmer versperrte. Im selben Moment wurde ihm klar, dass das kein Sicherheitsalarm war.

Er trat zur Seite, und die Ärzte und Schwestern eilten hinein. Erickson – eine Hand weiter an der Waffe; man konnte nie wissen – spähte in das Zimmer. Mrs. Dents EKG zeichnete eine zittrige Sinuskurve, die zu einem flachen Strich auslief; das Todespfeifen des Apparats war über den Alarm von der Schwesternstation hinweg zu hören. »Schalten Sie das aus!«, fauchte einer der Ärzte, und Ericksons Lieblingsschwester betätigte einen Schalter. Für einen Moment war es dröhnend still im Raum.

»Was zum Teufel ist da los?«, sagte jemand. »Herzstillstand?«

»Eben war noch alles in Ordnung …«, beteuerte die junge Schwester.

»Wiederbelebungsversuche starten«, befahl ein Arzt. »Wir brauchen einen Notfallwagen hier und wir müssen sie intubieren.«

Erickson sah, wie sie der alten Dame einen Plastikschlauch in den Rachen schoben. Ein Arzt und eine Schwester starteten gemeinsam Wiederbelebungsversuche: Einer machte Herzdruckmassage, die andere beatmete Mrs. Dent mit einer Handpumpe. Sekunden dehnten sich zu Minuten, und Erickson stand erstarrt an der Tür, die Hand noch immer an der Waffe, als könnte er die Bedrohung für Mrs. Dent mit einem Schuss beseitigen.

»Haben wir sie?«, fragte eine Schwester.

»Ich weiß nicht«, sagte ein Arzt. »Sie atmet wieder, aber ich weiß nicht. Bringen wir sie auf die Intensivstation zurück.«

Die junge Schwester kam zur Tür.

Erickson packte sie am Arm. Er wollte nicht grob sein, aber er musste mit ihr sprechen. »Hören Sie«, sagte er leise. »Ich werde es ihnen sagen müssen.«

Sie sah ihn böse an und schüttelte seine Hand ab. »Ich habe jetzt keine Zeit für … Moment mal – *was* sagen?«

Er verzog das Gesicht. Er wollte das nicht tun müssen. Aber es wäre unmoralisch und wahrscheinlich illegal, wenn er nicht offenbarte, was er wusste. »Ich weiß, dass Sie bei der Infusion Mist gebaut haben. Die andere Schwester hat es mir gesagt.«

»Ich weiß nicht, wovon Sie reden.« Sie trat zur Seite, als die anderen Schwestern und die Ärzte Mrs. Dents Bett aus dem Zimmer schoben und sich dabei Kommandos zuriefen. Ehe Erickson noch etwas sagen konnte, waren sie alle fort, die süße Schwester eingeschlossen.

Erickson betrat das Zimmer. Als er vorhin hereingeschaut

hatte, war es still gewesen, aber irgendwie war es jetzt sogar noch stiller. Falls die alte Frau nicht starb, konnte er vielleicht den Mund halten. Es wäre ein Jammer, wenn eine Berufsanfängerin gleich in solche Schwierigkeiten geraten würde …

Bei Mrs. Dents eiligem Abtransport hatte irgendwer den Abfalleimer umgestoßen. Erickson bückte sich, um ihn wieder aufzurichten. Dabei fiel ihm etwas auf, was darin lag.

Es war ein Infusionsbeutel.

Er holte ihn aus dem Abfalleimer und wog ihn in der Hand. Er war voll.

Oh nein.

Doch – jemand würde in Schwierigkeiten geraten. Und es würde nicht die süße junge Schwester sein.

Erickson drückte auf sein Schultermikro. »Erickson an Zentrale. Lana, es gibt ein Problem im Krankenhaus …«

31

MSNBC war von der Billy-Dent-Geschichte bereits zu anderen Themen gewechselt. Sicher, im unteren Drittel des Schirms ließen sie einen Ticker mit gelegentlichen Updates mitlaufen, aber Doug Weathers hielt nicht viel von Tickern. Kein Kontext. Keine Möglichkeit, etwas zu *erläutern.*

CNN brachte einmal in der Stunde ein Update. Fox tat dasselbe, hatte außerdem aber ein eilig produziertes Special von einer Stunde Länge angekündigt mit dem schauerlichen Titel *Dent & Sohn: Die blutige Sage von Butcher Billy.*

Weathers hatte allen dreien sein Expertenwissen angeboten, aber sie hatten alle drei abgelehnt.

Scheiß auf sie, dachte er, während er mit einer Schale Cerealien im Schoß auf dem Sofa saß. Er war seit dem Aufwachen am Fernseher geklebt und nur gelegentlich in einer Werbepause in die Küche gegangen, um seine Müslischale aufzufüllen.

Weathers wusste, dass er es besser machen könnte als alle diese Presseschreiberlinge in New York. Oder diese sabbernden Idioten im Fernsehen. Er war ein *echter* Reporter. Vom alten Schlag. Er scheute sich nicht, sich die Hände bei der Verfolgung einer Story schmutzig zu machen, und es war ihm egal, wen er verärgerte. Als Billy Dent vor Jahren verhaftet wurde, hatte Weathers nicht gezögert, sich groß in Szene zu setzen. Und warum auch nicht? Er hatte von Beginn an über den Tod zweier Mädchen aus Lobo's Nod berichtet und Sheriff Tanner Feuer unter dem Hintern gemacht. Er wetterte von der Titelseite seiner Zeitung, und als sein Herausgeber behauptete, die Story habe sich »abgekühlt«, und weitere Beiträge zunächst auf die untere Hälfte der Titelseite und dann in das Innere des Blatts verbannte, hatte Weathers seinen alten Blog wiederbelebt und eine Reihe schneidender Angriffe auf die Polizei von Lobo's Nod gestartet. Er hatte – *endlich* – die Aufmerksamkeit landesweiter Medien gewonnen und war zu einem Liebling der großen Nachrichtensender geworden.

Aber als Billy gefasst worden war, hatte sich die gesamte Aufmerksamkeit auf Tanner gerichtet, der so zimperlich wie standhaft alle Angebote zu Interviews, Buchverträgen und dem ganzen übrigen Drumherum des Ruhms ablehnte. Plötzlich war der Mann, der die Geschichte am Leben und im Fokus der Öffentlichkeit gehalten hatte, fallen gelassen worden für den Mann, der endlich seinen fetten Arsch gehoben und auf Weathers' unablässiges Drängen hin seine Arbeit getan hatte.

Es war mehr als beleidigend. Es war mehr als empörend.

Es war *falsch*.

Und was er auch tat, es gelang ihm nicht, sich einen Weg zurück in die Geschichte zu bahnen.

Er schüttelte den Kopf. Er musste sich konzentrieren. Er hatte in den letzten Jahren alles versucht. Doch selbst Billy Dents Schwester hatte ihn abgeblockt und nur durch die geschlossene Tür im Haus der Mutter mit ihm geredet. Alles, was sie ihm erzählt hatte, war, dass sich ihr Neffe in New York befand.

Das stündliche Update auf CNN wurde gesendet. Bilder beider Dents, dann der verschiedenen Verkleidungen, die Billy möglicherweise benutzte. Weathers verzog das Gesicht. Sie brauchten jemanden, der Billy *kannte*. Er kannte eine Produzentin bei CNN – Dhuti, hieß sie. Oder Dharti. Er konnte es sich nie merken. Aber er erinnerte sich, dass ihr

Name mit *Dh* begann und dass sie einen kleinen Rubin in der Nase getragen und zu seiner Freude mit einem Südstaatenakzent gesprochen hatte. Reines Georgia, die Gute.

Würde sie ihn zurückrufen? Könnte sein. Sie war vor fünf Jahren Assistentin gewesen, und ihre Arbeit mit Weathers hatte sie auf der Karriereleiter zur Produzentin befördert. Sie schuldete ihm etwas.

Er fummelte an seinem Telefon herum, um ihre Nummer zu suchen, aber im selben Moment vibrierte es in seiner Hand.

UNTERDRÜCKT.

»Ja?« Er erwartete keine Anrufe. Er hätte welche *verdient*, aber er erwartete keine.

»Mr. Weathers? Mr. Douglas Weathers?«

Es war eine Frauenstimme. Unbewusst raffte er seinen Morgenmantel zusammen, um seine Nacktheit zu bedecken.

»Am Apparat.« Tief in seinem Innern wusste er, es würde Telefonwerbung sein. Oder vielleicht noch so ein aggressiver Wertpapierrückkäufer, den seine Exfrau angeheuert hatte.

Aber vielleicht auch nicht.

»Mr. Weathers, ich möchte Ihnen ein vorteilhaftes Angebot machen.«

»Ach ja?« Definitiv Telefonwerbung. Weathers konzentrierte sich bereits wieder auf den Fernseher, wo die katastrophale Pressekonferenz des NYPD wiederholt wurde.

»Wie würde es Ihnen gefallen, Exklusivinformationen über Billy Dent zu bekommen?«, fragte die Frau.

Doug Weathers starrte auf den Fernseher. Wie durch Zauberei hatte CNN in dem Moment, in dem die Frau seinen Namen aussprach, ein weiteres Foto von Billy gezeigt.

Weathers räusperte sich. »Was haben Sie gesagt?«

Doug Weathers zog den Gürtel seines Mantels straff zu und klappte den Kragen zum Schutz gegen die Kälte hoch. Er verweilte kurz bei seinem Wagen und sah die Einfahrt zu einem baufälligen viktorianischen Haus hinauf, dessen Rollläden geschlossen waren und dessen Tür mit Brettern vernagelt war. Schindeln hingen schief auf dem Dach, und Farbe blätterte von den Säulen des Vordachs. Man konnte nicht sagen, dass das Haus »am Stadtrand« lag – es befand sich tatsächlich bereits außerhalb der Stadtgrenze, auf theoretisch gemeindefreiem Gebiet. Es stand etwa eine Footballfeldlänge von der Hauptstraße zurückversetzt, teilweise verdeckt von dürren Zirbelkiefern und fast toten Buchen.

Der Briefkasten war zugerostet. Das Wort DAWES war gerade noch darauf erkennbar.

Die Frau am Telefon hatte ihm sehr genaue Anweisungen gegeben – er durfte niemandem von diesem Besuch erzählen. Er durfte einen Notizblock und einen Stift mitbringen, aber keinen Laptop und kein Aufnahmegerät. Ja, er durfte sein Handy mitnehmen, aber er würde es bei seiner Ankunft abgeben und wiederbekommen, wenn er ging.

»Wer *sind* Sie?«, hatte er gefragt. Logische Frage, auch wenn man kein Reporter war. Weathers hatte genug Erfahrung mit faulen Spuren, um ein gesundes Maß an Skepsis zu behalten, vor allem angesichts einer offenen Schatztruhe.

»Jemand, der Billy Dent sehr gut kennt«, antwortete die Frau. »Vielleicht zu gut. Sind Sie interessiert?«

Er hatte gezögert. Natürlich hatte er gezögert. Es gab Spinner und Verrückte zuhauf auf dieser Welt.

»Vielleicht brauchen Sie einen Beweis meiner ehrlichen Absichten?«, fragte die Frau. »Hier ist eine Exklusivmeldung für Sie: Billy Dents Mutter ist vor Kurzem im Krankenhaus von Lobo's Nod verschieden. Lassen Sie es von Ihren Quellen bestätigen, wenn Sie wollen. Ich rufe in zehn Minuten wieder an.«

Dann war die Leitung tot, und Weathers hörte fast eine

Stoppuhr ticken, als er mit jetzt schwitzenden Fingern in sein Handy tippte. Er hatte noch eine Quelle im Krankenhaus – die perfekte Quelle sogar. Dale Carbonaro, einer der Angestellten im Leichenschauhaus. Dale hatte Weathers seinerzeit Zugang zur Leiche eines der Opfer von Billy aus dem Ort verschafft, wodurch Weathers andere Nachrichtenquellen mit unerlaubten, von der Polizei nicht veröffentlichten Einzelheiten ausstechen konnte.

»Bist du im Dienst?«, fragte Weathers, sobald Dale sich meldete.

»Weathers? Bist du das?« Dale hustete und spuckte aus. »Du schuldest mir noch immer fünfzig Mäuse von letztem Jahr. Weil ich dir den Bericht über diese Myerson zugesteckt habe.«

Myerson. Ellen. Oder Helen. Er erinnerte sich nicht mehr. Eins der Opfer des Impressionisten. Das Geld, das er Dale schuldete, hatte er vollkommen vergessen.

»Tatsächlich? Ich hätte schwören können, ich habe dich bezahlt.«

»Du gehst mir seit Monaten aus dem Weg, du Arschloch. Du weißt, du schuldest mir etwas.«

»Ich brauche Informationen wegen einer neuen Leiche.«

»Leck mich, Weathers.«

»Dents Mutter!«, schrie Weathers ins Telefon.

Am anderen Ende blieb es so lange still, dass Weathers überprüfte, ob die Verbindung noch bestand. Sie tat es.

»Woher weißt du das?«, fragte Dale erstaunt. »Das Sheriffbüro hat uns strikte Schweigepflicht auferlegt, und wir …«

»Danke, Dale! Ich lad dich bald mal auf ein paar Drinks ein!« Er legte auf und ließ das Telefon mit dem Display nach oben in seiner Hand liegen.

Die folgenden dreieinhalb Minuten waren die langsamsten und qualvollsten in Doug Weathers' Leben, aber schließlich vibrierte das Handy wieder, und er musste sich zwingen, es nicht zu küssen, bevor er sich meldete.

»Glauben Sie mir jetzt?« Keine Einleitung.

»Ja.«

»Sind Sie bereit, mich zu treffen?«

»Auf jeden Fall.«

Und so hatte er den Namen Jack Dawes bekommen und die Anweisung, dorthin zu fahren, wohin ihn der Name führte. Er hatte um weitere Informationen gebeten, aber keine erhalten.

Eine rasche Recherche im Grundbuch des Countys hatte ihn hierhergeführt. Ein so unscheinbares und heruntergekommenes Haus, dass Weathers wahrscheinlich im letzten halben Jahr x-mal daran vorbeigefahren war, ohne es auch nur einmal zu bemerken. Das Grundstück gehörte seit mehr als zwanzig Jahren einem Mr. Jack Dawes, auch wenn es nicht den Anschein hatte, als weilte Mr. Dawes noch unter den lebenden Mitgliedern der Gemeinde.

Ehe Billy Dent als Green Jack, Teufelsauge, The Artist und andere enttarnt worden war, hatte er sich als solider Bürger getarnt. Das hier sah nach einem Ort aus, wo sich Billy Dent herumgetrieben hätte. Ein Bier. Ein Ballspiel. Und vielleicht, nur vielleicht, ein Plauderstündchen mit seinem guten Freund Jack Dawes, in dem sie Morde, Folter und Vergewaltigungen noch einmal aufleben ließen und dabei heulten wie Schuljungen, die Ameisen mit einem Brennglas abfackelten.

Hatte Dawes gewusst, wer Dent war? Vielleicht hatten sogar Serienkiller beste Freunde. Weathers wusste es nicht.

Er grinste.

Er wusste es nicht, sicher. Aber bald würde er es wissen. Das war seine Spezialität. Sein Talent.

Früher oder später erfuhr er alles.

Er klopfte seine Taschen nach Notizblock und Kugelschreiber ab. In einer Tasche war sein Handy, und er war bereit, es abzugeben. In der anderen Tasche war auch ein Kassettenrekorder. Er würde bis zum letzten Moment so tun, als hätte er ihn vergessen, und dann verlegen herausrücken – »Ein Reflex … ich nehme ihn überall mit hin« –, was Jack Dawes oder die geheimnisvolle Frau davon abhalten würde, nach dem zweiten Aufnahmegerät, dem winzigen digitalen zu suchen, das er im Hosenbund versteckt hatte.

Niemand schrieb Doug Weathers vor, wann er eine Information vertraulich zu behandeln hatte. *Vertraulich* war für Leute, die die Story im Grunde nicht haben wollten.

Die Stufen zur Veranda winselten mehr, als dass sie knarrten, als er sein Gewicht darauf verlagerte. Die Veranda selbst gab bedenklich knackende Geräusche von sich, als er darüberging. Eine Sturmtür hing lose in den Angeln und vibrierte leicht im kalten Januarwind. Er stemmte sie zur Seite und befürchtete dabei, sie könnte ganz abbrechen, dann klopfte er mit einem rostigen Ring an die Eingangstür.

Wartete.

Nichts.

Er klopfte noch einmal.

»Hallo!«, rief er.

Achselzuckend probierte er den Türknopf, und er ließ sich mühelos drehen, vielleicht müheloser, als er sollte, für so ein altes Haus.

»Miss Dawes?«, rief er und trat ein. »Miss Dawes? Hier ist Doug Weathers.« Er schloss die Tür hinter sich. Der Gang vor ihm wurde von einer Coleman-Lampe beleuchtet, die knapp zwei Meter vom Eingang entfernt auf dem Boden stand. Eine erstaunlich robuste Treppe führte rechts von ihm nach oben, ihr Ende lag im Dunkeln. Den Gang vor ihm füllten zitternde Schatten.

Alles in allem war das Haus innen ordentlich und sauber,

wenn auch leer. Nichts an den Wänden. Kein Krimskrams, keine Möbel im Flur. Eine von Fußabdrücken unterbrochene Staubschicht bedeckte den Boden, aber es gab keinen echten Schmutz.

Er machte einen Schritt vorwärts und erschrak fast zu Tode, als die Frau vor ihm auftauchte; sie war, wie er erleichtert erkannte, aus einer Seitentür links von ihm gekommen, unmittelbar hinter der Lampe.

»Mr. Weathers«, sagte sie.

Weathers war Ende dreißig und würde früher als ihm lieb war in die Vierziger stolpern, aber noch immer waren Frauen über vierzig – wie die, die nun vor ihm stand – »ältere« Frauen für ihn, und das nicht nur im relativen Sinn. Attraktiv allerdings. Für eine »ältere« Frau. Ein ungezwungenes Lächeln. Sie war entspannt und freute sich, ihn zu sehen, was ihn umso sicherer machte, dass es ihm gelingen würde, das Kassettenrekorder-Gambit erfolgreich durchzuziehen. Sie war nicht auf der Hut.

So liebte er die Frauen.

»Miss Dawes.« Er straffte die Schultern und streckte die Hand aus. »Doug Weathers. Freut mich, Sie kennenzulernen.«

Noch immer lächelnd, verweigerte sie den Handschlag. »Sie haben die Anweisungen befolgt?«

»Natürlich!« Er zog den Notizblock und den Kugelschreiber hervor, außerdem sein Handy, das sie entgegennahm. Es war ohnehin nicht sein richtiges Handy, nur ein Prepaid-Teil, das er gelegentlich benutzte. Sein richtiges Handy war im Wagen. Er hatte nicht die Absicht, so etwas einer Fremden zu überlassen.

»Ach, warten Sie!« Bedauern vortäuschend, fuhr er in die linke Tasche seiner Jeans und zog den alten Mikro-Kassettenrekorder hervor, den er nie mehr benutzte. »Tut mir leid, ich …«

Sie zuckte nachsichtig mit den Achseln und streckte die Hand nach dem Gerät aus. »Bestimmt haben Sie es eingesteckt, ohne nachzudenken. Das verstehe ich. Sie bekommen es zurück, wenn wir fertig sind.«

Weathers biss sich auf die Innenseite der Wange, damit er nicht grinste. Hinten, in seinem Kreuz, verrichtete der stimmaktivierte Digitalrekorder bereits seinen Dienst.

»Hier entlang«, sagte die Frau und deutete zu der Tür, aus der sie gekommen war. »Er kann es kaum erwarten, mit Ihnen zu sprechen.«

Weathers nickte ihr höflich zu und ging durch die Tür in einen Raum, der früher vielleicht einmal eine Art Salon gewesen war. Er war ebenso kahl wie der Flur, allerdings war der Staub auf dem Boden weggefegt worden. Im Schein der flackernden Lampe im Flur konnte er mit Mühe ein einziges Möbelstück ausmachen – einen Sessel, der in Halbdunkel getaucht war.

»Hallo«, sagte Weathers, und der Mann in dem Sessel beugte sich vor.

»Ich möchte, dass Sie eins wissen, Dougie«, sagte Billy Dent. »Das, was Ihnen hier jetzt gleich widerfahren wird – das ist nicht im Geringsten geschäftlich. Es ist rein persönlich.«

Weathers dachte nicht daran, aufzuschreien oder etwas zu stammeln. Er machte kehrt, um wegzulaufen, aber die Frau stand in der Tür. Sie lächelte noch immer, und Weathers begriff – zu seinem unaussprechlichen Entsetzen –, dass sie sich noch immer sehr freute, ihn zu sehen.

32

Unbestimmte Zeit später wachte Jazz auf und spürte, dass ihn jemand ansah. Benommen und mit schweren Lidern öffnete er die Augen und stellte fest, dass Marta ihn aus der Schlafkoje heraus anblickte. Sie hatte einen Laptop dort hinten, dessen Deckel offen war und aus dem eine kleine Antenne ragte. Es gab natürlich kein WLAN, aber sie musste ein Handymodem da drin haben.

Jazz stellte sich vor, dass man im Augenblick im Internet nur schwer an ihm vorbeikam.

Er hechtete einen Sekundenbruchteil vor ihr nach der Waffe, der Schock und die Erkenntnis hatten sie für diesen einen entscheidenden Moment gelähmt. Ein heftiger Schmerz fuhr ihm bei der plötzlichen Bewegung ins Bein, aber er achtete nicht darauf, er konzentrierte sich einzig darauf, die Waffe in seiner Hand zu spüren.

Das musste man Marta lassen: Es war kein so winziges Ding. Sie hatte eine schöne große Desert Eagle mit modifiziertem Griff. Jazz lag jenseits der Trennwand zwischen Vordersitz und Koje und richtete die Waffe demonstrativ an die Decke.

»Lass uns nichts Verrücktes tun«, sagte er. »Wir können beide schadlos aus der Sache herauskommen.«

Martas Blick ging zwischen Jazz' Bein, der Waffe und seinen Augen hin und her. Sie überlegte, ob sie ihn mit einem Schlag auf das Bein, mit dem Schmerz, den er auslöste, dazu bringen könnte, die Waffe loszulassen.

»Denk nach, Marta. Ist mein Bein wirklich verletzt? Oder habe ich das nur gesagt, um an dein Mitleid zu appellieren?«

Der Gedanke an sich war gar nicht so überzeugend, aber die Tatsache, dass er so offenkundig und mühelos ihre Absicht durchschaut hatte, ließ sie zögern. Sie zuckte mit den Achseln und sagte nichts, sondern sah ihn nur böse an.

»Was sagen sie über mich? Wenn sie die Wahrheit sagen, weißt du, dass ich niemanden getötet habe. Ja, ich habe Leute verletzt. Ich will ehrlich zu dir sein. Niemanden schwer oder auf Dauer. Ich habe getan, was ich tun musste. Mein Vater hat meine Mutter. Als Geisel. Ich bin der Einzige, der ihr helfen kann.«

»Die Polizei …«

»Die Polizei hat letztes Mal zwanzig Jahre gebraucht, bis sie Billy gefasst hat. So viel Zeit hat meine Mutter leider nicht.«

»Wohin willst du?«

Er konnte ihr die Wahrheit nicht sagen. Er ahmte ihr Achselzucken nach. »Nur noch ein Stück weiter die Straße entlang. Dann bist du mich los.«

Irgendwie mussten sie die Spannung lösen, sonst würden sie den ganzen Tag hier stehen. Jazz ließ das Magazin aus der Waffe springen und warf die eine Kugel in der Kammer aus. Magazin und Kugel steckte er in die Tasche, dann drehte er die Waffe ohne viel Trara um und reichte sie Marta mit dem Griff voran.

Sie nahm sie ohne zu zögern und mit offener Abscheu. »Nutzlos.«

»Jetzt kann sie keiner von uns benutzen.«

»Raus aus meinem Laster.«

Er schüttelte den Kopf. »Tut mir leid, das kann ich nicht tun. Du musst mich noch ein Stück mitnehmen. Ich verspreche, ich werde keine Tricks versuchen und dir nichts tun. Ehrlich.«

»Und das soll ich dir glauben?«

»Überleg doch. Ich habe nur Leute verletzt, die mir im Weg waren. Du bist mir nicht im Weg.«

Sie schnaubte.

Jazz zog sich wieder auf den Beifahrersitz, und sosehr sein Bein auch schmerzte, er ließ sich nichts anmerken.

Marta kroch von der Koje auf den Fahrersitz, die Waffe steckte in ihrem Hosenbund. Sie legte die Hände auf das Lenkrad und blickte geradeaus. »Du hast einen so netten Eindruck gemacht«, sagte sie schließlich.

»Ich bin nett. Normalerweise. Oder zumindest versuche ich es.«

Sie ließ den Motor an. »Wie lange?«

»Ein paar Stunden. Ich wähle eine Stelle zum Aussteigen aus.«

Lange Zeit fuhren sie schweigend. Wahrscheinlich waren sie beide gut dafür gerüstet, dachte Jazz. Marta musste an stundenlange Stille auf ihren Fahrten gewohnt sein, und Jazz war von Billy darauf trainiert worden, lange Zeit still zu sitzen und keinen Mucks zu machen. Einem Opfer nachzustellen, war im Großen und Ganzen eben eine geräuschlose Angelegenheit.

Irgendwann setzte sich ein Polizeiauto neben sie. Kein Blinklicht, keine Sirene. Es fuhr einfach nur gleich schnell.

Nicht unbedingt ein Problem. Konnte nur Zufall sein.

Doch als Marta den Streifenwagen bemerkte, wurden ihre Augen sichtbar größer, und Jazz konnte sich vorstellen, was in ihrem Kopf vor sich ging.

»Tu's nicht«, sagte er. »Fahr weiter und lass mich raus, wenn ich es sage, dann passiert dir nichts. Ich will dich nicht als Geisel nehmen müssen. Das geht nie gut aus.«

»Nicht so leicht, mich nur mit Kugeln als Geisel zu nehmen.«

»Denkst du, ich könnte dir diese Waffe nicht abnehmen?« In Wahrheit war er sich nicht hundertprozentig sicher, dass er es konnte. Sein Bein hatte in der letzten Stunde fürchterlich geschmerzt, und er musste seine ganze Konzentration aufwenden, es sich nicht anmerken zu lassen. Aber was er sagte, musste nicht stimmen. Es musste nur so klingen. Und in diesem Fall, je härter, desto besser.

»Vielleicht denkst du, du kannst mir zuvorkommen«, fuhr er fort. »Vielleicht willst du es drauf ankommen lassen. Ich verstehe das, wirklich. Aber die Sache ist die, Marta: Ich weiß dein Kennzeichen. Ich kenne die Zulassungsnummer deines Lkws bei der Transportbehörde. Bei unserem Tankstopp habe ich das Handschuhfach durchsucht und möglichst viel von diesem Zeug in Erfahrung gebracht. Ich bin gerade aus einer Stadt voller Polizisten entkommen, die alle nach mir gesucht haben. Wenn du mich jetzt an die Polizei verrätst, entkomme ich einfach wieder. Aber hör genau zu, Marta – wenn du das tust und wenn ich entkomme, dann verspreche ich dir eins: Ich werde dich nicht töten. Ich lasse dich am Leben. Du hast mein Wort. Aber alle Menschen, die du liebst, alle, die dir etwas bedeuten – die werde ich töten. Langsam und auf schreckliche Weise. Und ich werde ihre letzten Augenblicke aufzeichnen, wenn sie dich mit ihrem letzten Atemzug verfluchen, weil sie wissen, du bist der Grund, warum sie sterben. Also triff deine Entscheidung, Marta. Triff sie jetzt. Und sei dir sicher.«

Er meinte, was er sagte. Bis er es ausgesprochen hatte, war ihm nicht bewusst gewesen, wie weit er zu gehen bereit war, um seine Mutter zu retten. Aber der endlose Schmerz in seinem Bein und der Schlafmangel führten zu einem Zustand der Verzweiflung, in dem er nahe an Hysterie war. Es erforderte seine ganze Willenskraft, Marta nicht einfach anzubrüllen: *Fahr um Himmels willen einfach deinen gottverdammten*

Truck und bring mich nach Hause, damit ich meinen Vater töten kann! Ich will dich nicht töten! Ich will, dass er tot ist, aber wenn ich dich umbringen muss, um an ihn heranzukommen, werde ich es tun!

Doch solche Gefühlsausbrüche waren kontraproduktiv. *Wenn du schreist, fangen sie auch an zu schreien, ist nur natürlich. Bleib freundlich und ruhig, eisig, dann hören sie gut zu. Dann glauben sie dir.*

Marta biss die Zähne zusammen und ging leicht vom Gas. Der Lkw fiel ein wenig zurück, während der Streifenwagen sein Tempo beibehielt.

Jazz atmete langsam durch die Nase aus und sah starr geradeaus, um den Horror zu verschleiern, der in ihm loderte.

Denn diese letzte Stimme in seinem Kopf …

Das war nicht Billys Stimme gewesen.

Es war seine eigene.

33

Dr. Cullins war nicht erfreut gewesen über Connies Ankündigung, aus dem Krankenhaus auszuchecken, und hatte ihre Missbilligung in knapper, ernster Medizinersprache und ihrem nicht identifizierbaren Akzent zum Ausdruck gebracht. Connie hatte ihr Schauspieltalent eingesetzt, die Ärztin ruhig angesehen und so getan, als würde sie zuhören und jedes Wort aufnehmen.

»Danke, dass Sie sich Sorgen machen«, sagte sie, als Dr. Cullins innehielt, um Luft zu holen. »Aber ich muss wirklich nach Hause.«

»Wir werden uns zu Hause auf jeden Fall sofort an unseren Hausarzt wenden«, ergänzte Dad, woraufhin Cullins nur die Augen verdrehte.

Und jetzt war Dad unterwegs, um alles zu organisieren – was er ausgezeichnet beherrschte –, während Connie in ihrem Krankenzimmer herumstolperte und mit den neuen Krücken übte. Sie schaffte es ins Badezimmer, wo sie sich hinhockte und zum ersten Mal seit ihrer Einlieferung ins Krankenhaus wieder wie ein Mensch pinkelte. Der Katheter war entfernt worden – eine Empfindung, die sie garantiert nicht noch einmal erleben wollte –, und sie hatte das Gefühl, ein wenig von ihrer Würde wiedergewonnen zu haben. So eine einfache Sache. Andererseits hatte sie eine Zeit lang gedacht, sie würde selbst zu den einfachsten Dingen nie wieder fähig sein.

Sie dachte an Jazz' Mom, die sich immer noch in Billys Klauen befand. Jazz war überzeugt, sie musste noch am Leben sein, weil Billy sie in seinem kranken Wahn verschonte, damit seinem Sohn die finstere Ehre zuteilwurde, sie zu töten. Connie war sich dessen nicht so sicher. Sie bildete sich zwar nicht ein, dass sie Billy Dent besser kannte als Jazz, aber sie fand, sie konnte den Verrückten ganz gut einschätzen. Sicherlich besser als die meisten seiner Opfer, die ihre Beobachtungen allesamt nicht mehr berichten konnten, da sie tot waren.

Vielleicht lebte Janice noch. Connie hoffte es jedenfalls. Aber auch wenn Billy sie am Leben gelassen hatte, konnte ihr Leben die Hölle sein. Psychisch, emotional und körperlich konnte seine Folter sie um den Tod betteln lassen.

Das war vielleicht sogar Billys Plan. Sie schloss die Augen und sah eine zusammengeschlagene, blutende Frau, der einige Gliedmaßen amputiert worden waren, auf einem schmutzigen Boden irgendwo in einem verfallenen, namenlosen Gebäude: Jazz' Mutter, die ihren Sohn anflehte, sie zu töten.

Ja. Das kam hin. Das war absolute Billy-Logik, und Connie stieg die Galle in der Kehle hoch bei der Erkenntnis, dass sie inzwischen denken konnte wie Billy. Wie hatte Jazz das sein ganzes Leben lang ausgehalten?

Draußen im Zimmer stellte sie den Fernseher an und ließ sich in einen Sessel plumpsen. Weitere Lokalnachrichten über Jazz und Billy. Die Leute forderten den Kopf des Captain, den Jazz getroffen hatte – Montgomery –, sowie den des Polizeichefs und des Bürgermeisters.

Es gab nichts, was sie von einem Sessel oder Bett aus tun konnte, und daran würde sich auch nichts ändern, wenn sie von einem Krankenhauszimmer in Brooklyn zu ihrem Zimmer in Lobo's Nod wechselte. Sie war aus dem Rennen, am Boden. Wie Dr. Cullins gesagt hatte, würden Monate vergehen, bis sie wieder richtig mobil war. Alles, was sie in der Zwischenzeit zu bieten hatte, war ihr Verstand. Und vielleicht konnte der helfen.

Sie rief Howie an und war überrascht, als er sich sofort meldete. Die Winterferien waren seit ihrer Flucht vor Billy zu Ende gegangen, und in Lobo's Nod hatte die Schule wieder angefangen. Wie Mom in einer SMS geschrieben hatte, war die Rede davon, die Schule vorübergehend zu schließen, falls das FBI Gerüchte bestätigte, dass Billy Dent auf dem Weg in die Stadt sei. Connie wusste nicht, wo sie sich sicherer fühlen würde – in der Schule, umgeben von tausend Kids, wo ein fremder Erwachsener auffallen würde, oder zu Hause bei ihren Eltern und ohne jede Waffe.

»Machst du blau?«, fragte sie Howie.

»Ich wurde im Dienst verwundet. Die Eltern wollen, dass ich zu Hause bleibe. Wie geht es dir?« Howie klang einsilbig, es fehlte der übliche Schmiss. Keine Fröhlichkeit. Kein falscher Großstadtjargon. Keine unangemessenen Bemerkungen.

Da war etwas im Busch.

»Billy und Jazz sind hier pausenlos im Fernsehen. Wie sieht es bei euch aus?«, fragte sie.

»Das Übliche.«

»Die Polizei hier glaubt, Billy ist auf dem Weg zurück nach Lobo's Nod. Und Jazz ebenfalls.«

»Ach, wirklich?«

So etwas wie eine »Pokerstimme« existierte nicht, aber hätte es eine gegeben, dann hätte Howie die schlechteste der Welt gehabt.

»Was ist los, Howie? Hast du von Jazz gehört?«

»Von Jazz?« Er spielte auf Zeit. Mann, es war so offensichtlich. »Von *Jazz*?«

Sie hörte ein dumpfes Knallen. Als würde ein Kofferraumdeckel geschlossen.

»Sag mir, was los ist. Sofort. Wenn du etwas von Jazz gehört hast, müssen wir reden. Weißt du noch, was ich in Billys

Haus zu dir gesagt habe? Dass wir Billy nicht aufhalten können, aber wir können ihm alles verderben?«

»Ich muss jetzt wirklich Schluss machen.«

»Howie! Wir waren uns einig! Wir können Jazz retten, und das wird Billy vernichten. Schließ mich jetzt nicht aus. Ich dachte, wir sind ein Team.«

»Es tut mir leid, Connie. Ich bin eben dabei, in den Wagen zu steigen, und du weißt, meine Eltern hassen es, wenn ich rede und fahre.«

»Du hast Bluetooth! Erzähl mir nicht so einen Mist!«

»Ich muss jetzt los. Ich wette, du siehst verflucht sexy aus mit deinem Bein in einem Gips. Bis dann.«

Sie stieß wütend mit dem Zeigefinger auf seine gespeicherte Nummer, aber sooft sie es auch versuchte, sie hörte nur seine Mailbox.

Sie schrieb ihm eine SMS: *Du bist ein Idiot, und ich habe dich durchschaut!!* Sie wusste, dass sie keine Antwort erhalten würde.

Sie kämpfte sich aus dem Sessel und stützte sich auf ihre Krücken. Ihre Achselhöhlen waren jetzt schon wund gescheuert. Howie wusste etwas. Er hatte Kontakt mit Jazz gehabt. Davon war sie überzeugt.

Jetzt stellte sich nur die Frage: Würde sie es jemandem sagen?

34

Howie wusste, seine Eltern würden sich so was von in die Hosen machen, wenn sie bemerkten, dass er sich aus dem Haus geschlichen hatte. Wieder einmal. Während er verletzt war. Wieder einmal. Diesmal konnte es gut sein, dass sie ihm das Auto wegnahmen. Angedroht hatten sie es oft genug, unter den dürftigsten Vorwänden und für die geringsten Vergehen gegen elterliche Vernunft.

Auf seinem Weg aus der Stadt kam er am Coff-E-Shop vorbei. Was ihn natürlich an die arme Helen Myerson denken ließ. Helen hatte sie normalerweise bedient und gutmütig jedes noch so bizarre Gebräu fabriziert, das Howie bestellte. Und dann hatte der Impressionist sie getötet, und wenn Howie jetzt darüber nachdachte, war er seitdem nicht wieder im Coff-E-Shop gewesen.

Ich bin viel zu jung für so viele Tote in meinem Leben, dachte er. Er fuhr weiter auf der Hauptstraße durch The Nod, bis er außerhalb der Stadt war, dann gab er Gas, als die Geschwindigkeitsbeschränkung nach oben sprang. Die Karten-App auf seinem Smartphone zeigte ihm den Weg.

Im Kofferraum lagen eine nagelneue Spitzhacke und eine Schaufel. Connie hatte seine kaum weniger nagelneuen Werkzeuge verloren, als sie durchgedreht und vor einem erbosten Nachbarn weggelaufen war, nachdem sie in Billy Dents Garten gegraben hatten. Sie schuldete ihm noch zwanzig Dollar.

»Ständig müssen wir hier irgendwo graben«, murmelte Howie, ein Auge auf die Straße, eines auf den Bildschirm des Handys gerichtet. »Man sollte meinen, das könnte warten, bis der Boden nicht mehr gefroren ist.«

Er steuerte auf den Highway und fuhr nach Osten. In einer kleinen Tüte auf dem Beifahrersitz klapperten Arzneiflaschen mit Pillen darin gegeneinander. Bald hatte er sein Ziel erreicht: eine heruntergekommene Tankstelle nahe der Staatsgrenze. Gesamtzahl der ignorierten Anrufe von Connie: vier. Plus eine SMS. Sie hatte ihm drei kurze Nachrichten hinterlassen, die er sich alle nicht anhörte. Wenn das keine Sache war, wo der Bruder Vorrang vor der Braut hatte, was dann? Zeiten wie diese, Krisen wie diese, schmiedeten das Band bester Freundschaften oder ließen sie unwiederbringlich zerbrechen. In einem alten Witz heißt es, ein guter Freund erzählt es niemandem, wenn du mit einer Leiche im Kofferraum auftauchst, aber ein bester Freund hilft dir, sie zu verscharren.

Er dachte an die Spitzhacke und die Schaufel, und er hoffte wirklich sehr, es würde keine Leiche zu begraben geben.

Er parkte abseits der Zapfsäulen und ließ den Motor eine Weile laufen; er hatte keine Lust auszusteigen. Die Kälte hatte leider die Fähigkeit, in seine Wunden zu kriechen und sie neu zu beleben. Das warme Wageninnere war viel besser.

Er stellte den Motor ab. Stunden vergingen. Er begann, sich Sorgen zu machen, dass seine Eltern bald von der Arbeit nach Hause kommen würden und feststellten, dass Howie in Abwesenheit genas, was ihrer Ansicht nach nicht zählte. Gelegentlich ließ er den Motor lange genug laufen, damit sich der Wagen ein wenig aufwärmte, dann machte er ihn wieder aus.

Und wartete.

Und wartete.

Er beschloss, sich nach Gramma zu erkundigen, deshalb rief er im Krankenhaus an und ließ sich zur Schwesternstation auf ihrem Stockwerk durchstellen. Doch als er fragte, ob sich an Grammas Zustand etwas verändert habe, hielt die Schwester inne, sagte: »Einen kleinen Moment«, und schaltete ihn auf ein Band mit einer Kaufhausmusikversion von Justin Bieber, was ungefähr so war, als würde man Tabasco in eine Schusswunde schütten. Nach einer Weile kam wieder jemand in die Leitung, und fragte mit barscher Stimme: »Wer spricht da?«

»G. William!«, rief Howie. »So trifft man sich wieder, telefonisch gesprochen. Arbeiten Sie jetzt Teilzeit im Krankenhaus? Reicht es nicht, den Sheriff zu spielen …«

»Halt den Mund, Howie!« G. William klang müde, verärgert und erleichtert zugleich.

Howie begriff den Zusammenhang auf Anhieb – die Polizei überwachte Anrufe bei Gramma. Natürlich. Sie dachten, es könnte Jazz sein. Oder sogar Billy.

»Ich habe keine Zeit für deine Mätzchen. Hat Jazz dich zu diesem Anruf angestiftet?«

»Herrgott, nein, G-Dabblju! Sie vergessen, dass ich Stammgast im Hause Wahnsinn bin. Ich wollte nur hören, wie es der alten Dame geht. Sie hat zwar nur noch die wenigsten Tassen im Schrank, aber manchmal fällt ihr noch ein, wie man gemein gute Snickerdoodle-Plätzchen backt. So was gibt man nicht ohne Weiteres auf, Sheriff.«

Tanner stieß einen langen Seufzer aus. »Howie, eigentlich kann ich ebenso gut … Wir haben die Information zurückgehalten, aber das Krankenhaus wird demnächst eine Stellungnahme abgeben, also kann ich es dir genauso gut gleich sagen: Mrs. Dent ist vor einer Weile verstorben.«

Irgendwie hatte Howie gewusst, was kommen würde, als er G. William seufzen hörte, dennoch traf ihn die Nachricht wie ein Keulenschlag. Ein Kloß blockierte seinen Hals, und er hatte Mühe zu schlucken.

Es war seine Schuld. Alles war seine Schuld. Sie würde

noch leben, wenn er nicht mit dieser verdammten, nutzlosen Flinte in ihr Haus gestampft wäre, um nach Bruce-Willis-Art herauszufinden, ob Sam Ugly J. war oder nicht. Er hätte ein richtiges Gewehr kaufen und sie einfach erschießen sollen, das wäre schneller und humaner gewesen.

»Howie, bist du noch da?«

»Mhm«, würgte er hervor.

»Ich will nicht, dass du dir Vorwürfe machst, Junge, hörst du? Sie war eine alte Frau, und sie war alles andere als gesund. Es war Zeit für sie, okay?«

»Sicher, Sheriff.«

»Ich meine es ernst, Howie. Alles, absolut alles hätte sie so erschrecken können.«

Ich habe die Großmutter meines besten Freundes getötet. Ich kann es nicht glauben. »Ich muss Schluss machen, G. Dub«, sagte er gezwungen fröhlich. »Meine Xbox spielt nicht von allein, und irgendwer muss das Universum retten. Warum nicht ich?«

Als er das Gespräch beendet hatte, starrte er das Telefon in seiner Hand an und kämpfte gegen den Drang, es so weit wegzuschleudern, wie er konnte. Oder gegen das Armaturenbrett zu schmettern.

Tot. Sie ist tot. Oh Mann. Jazz wird mich umbringen. Oder – großer Gott – Billy wird mich tatsächlich umbringen. Für immer, quasi.

Er wischte sich Tränen von der Wange. *Verdammt. Verdammt. Verdammt.*

35

Jazz und Marta fuhren stundenlang in frostigem Schweigen.

Er glaubte nicht, dass sie tatsächlich Angst hatte. Sie war eher wachsam. Sie wusste nicht, was sie glauben und von der ganzen Sache halten sollte, und das war in Ordnung für Jazz. Wer aus der Bahn geworfen war, entschied sich im Allgemeinen für den sichersten Weg, und im Moment war es für Marta das Sicherste, einfach weiter ihren Lkw zu steuern.

Er aß einen Schokoriegel, den er bei ihrem letzten Stopp gekauft hatte, vor dem Nickerchen, das alles veränderte. Marta hatte seitdem nicht mehr angehalten, als glaubte sie, solange sie den Fuß auf dem Gaspedal ließ, könne ihr nichts geschehen.

Billy hatte ihn einen Killer genannt, der nur noch nicht getötet hatte. Jazz hatte ihm nicht geglaubt, aber Billy hatte auch nur gespottet über Jazz' Behauptung, noch jungfräulich zu sein. Wie sich herausstellte, hatte Billy recht gehabt – Jazz' Magen bewies es jedes Mal, wenn er an Sam dachte. Billy konnte also auch in der anderen Sache recht haben. Jazz musste zugeben, die Vorstellung, Billy zu töten, wärmte seine Eingeweide wie heißer Apfelwein. Sie durchflutete seinen Körper und seine Seele.

Es würde Konsequenzen geben. Natürlich. Er war nicht so dumm oder so besessen zu glauben, er könnte Billy töten und davonspazieren, ohne dass es ihn etwas kostete. Aber – und es war vielleicht naiv – er stellte sich vor, die Folgen würden möglicherweise nicht so gravierend sein, wie er im ersten

Moment dachte. Billy Dent kurz und schmerzlos auszulöschen, würde ihn für manche Leute wahrscheinlich zu einer Art Volkshelden machen. Die Angehörigen der Opfer würden zweifellos auf seiner Seite stehen. Geschworene würden sein Aufwachsen mit den Verheerungen durch seinen Vater strafmildernd werten. Seine Anwälte würden Kindesmisshandlung und »erlernte Hilflosigkeit« geltend machen.

Und natürlich würde er so oder so Connie verlieren. Wenn er sie nicht bereits verloren hatte. Sie konnte auch nicht beliebig viel ertragen. Er machte ihr keinen Vorwurf. Aber hier ging es um mehr als Connies Glück, und sicherlich um mehr als seins.

»Fahr da raus«, sagte Jazz in das Schweigen hinein. Nach der Ausfahrt ließ er Marta ein paarmal abbiegen, dann hielt der Sattelschlepper keuchend und ächzend an einer heruntergekommenen Tankstelle, die abgelegen am Straßenrand stand. Jazz sah Howies Wagen stehen, tat aber, als hätte er ihn nicht bemerkt. Sie waren eine gute Stunde von Lobo's Nod entfernt.

Mit der Hand am Türgriff sah er zu Marta hinüber, die ihre eigenen Knöchel am Lenkrad anstarrte.

»Ich verlasse dich jetzt«, sagte er. »Ich lasse dich gehen.« Die Worte klangen edelmütig und schmutzig zugleich. Ja, sie blieb am Leben. Aber wer war er, diese Entscheidung zu treffen?

Er wusste es nicht. Und es spielte keine Rolle mehr. Nichts spielte mehr eine Rolle, außer Billy zu finden.

»Ich will dich etwas fragen«, sagte Marta.

»Nein. Fahr einfach.«

»Aber meine Familie …«

Ihre Kraft, die Härte in ihr, das alles schmolz augenblicklich weg, und sie lag nackt und verängstigt vor ihm. Jazz mahlte mit den Zähnen. Sie war, erkannte er, seine Lisa

McVey, das Mädchen, das Bobby Joe Long laufen ließ, obwohl er wusste, es würde die Polizei zu ihm führen.

Menschen sind echt. Menschen zählen.

Es konnte nicht so einfach sein. Billy zählte auch, aber Billy musste sterben. Jazz war echt, aber er wusste, er zählte nicht. Sein Leben und seine Träume waren nichts im Vergleich zu Billys Machenschaften.

Marta ist echt. Marta zählt.

Vielleicht war das alles, worauf er sich im Augenblick stützen konnte.

»Die ganzen Sachen, die ich vorhin gesagt habe ... ich glaube ...« Er zögerte, er war sich seiner Worte erst sicher, als er sie tatsächlich aussprach und hörte und sie nicht an seiner Stimme oder ihrem Klang erkannte, sondern an ihrer Wahrheit. »Ich glaube, das war Quatsch. Vielleicht, ich weiß es nicht. Ich weiß es wirklich nicht. Aber ich glaube, du und deine Familie, ihr seid nicht in Gefahr. Ich bin mir ziemlich sicher. Ich suche nach meiner Mutter, und ich muss meinen Vater töten, weil es keinen anderen Weg gibt, und es kann sein, dass ich dabei bin, den Verstand zu verlieren, aber ich weiß es nicht. Ich habe ein paar anstrengende Tage hinter mir. Aber ich bin mir ziemlich sicher, dass du nie wieder etwas von mir hören oder sehen wirst.«

Dann öffnete er die Tür und sprang aus ihrem Leben, bevor sie noch etwas sagen konnte.

Howie sah, wie Jazz zu dem windschiefen Tankstellengebäude ging und auf dessen Rückseite verschwand. Pinkelpause?

Nach einer Weile setzte sich der Sattelschlepper, mit dem Jazz gekommen war, pfeifend und schnaubend in Gang und fuhr auf die Hauptstraße. Noch immer kam Jazz nicht aus der Toilette. Howie trommelte nervös auf dem Lenkrad. Er überlegte ernsthaft – nur für einen Moment, aber immerhin –, Gas zu geben und so schnell es ging nach Lobo's Nod zurückzufahren. Seinen besten Freund in einem Augenblick höchster Not im Stich lassen? Ja, das rangierte ziemlich weit oben auf der Liste für schlechtes Karma, aber es erschien ihm immer noch sehr viel verlockender, als Jazz wegen Gramma Bescheid sagen zu müssen.

Wem willst du etwas vormachen, Howie. Du fährst nirgendwohin.

Kurz nachdem der große Sattelschlepper außer Sicht war, kam Jazz um das Gebäude herum. Er ging schnell, humpelte jedoch. Howie wäre gern herausgesprungen und hätte ihm eine Schulter zum Anlehnen geboten, aber die Anweisungen waren eindeutig gewesen: Bleib im Wagen, starte den Motor, entriegle alle Türen, sei bereit zur Abfahrt.

Schließlich kam Jazz zum Wagen und ließ sich auf den Rücksitz plumpsen.

»Verstopfung? Pinkelhemmung?« Die Witze sprudelten automatisch aus Howies Mund, aber nicht einmal für ihn selbst klangen sie komisch. Gramma war tot.

»Ich musste warten, bis sie weg ist«, sagte Jazz. Die Stimme seines Freunds erschreckte Howie. Sie war ausdruckslos, wie die Stimme eines Toten.

Oder genauer gesagt, wie die Stimme von jemandem, der das Leben aufgegeben hat.

»Was …«

»Fahr«, sagte Jazz. Er kauerte sich in den Fußraum vor dem Rücksitz, obgleich die erforderlichen Verrenkungen seinem Bein wehtun mussten, und zog Howies alten Regenmantel über sich.

Howie fuhr los. »Wohin?«

»The Nod.«

»Ah, klar, großartige Idee. Niemand glaubt, dass du dorthin willst.«

»Ich habe ja nicht gesagt, dass du mich nach Hause oder in die Ortsmitte kutschieren sollst. Wir fahren zum Ende der Danvers Street.«

Nachdem Howie auf die Hauptstraße gebogen war, versuchte er, im Rückspiegel einen Blick auf Jazz zu erhaschen, aber er sah nichts, deshalb langte er nach hinten und ließ die Tüte mit den Medikamenten baumeln.

»Lass das«, kommandierte Jazz und riss sie ihm aus der Hand. »Fahr einfach, als wäre alles in Ordnung und als wär niemand hier hinten.«

Howie hörte, wie eine Arzneiflasche geöffnet wurde, dann, wie Jazz auf einer Tablette kaute. Je länger er Jazz nicht wegen Gramma Bescheid sagte, desto schlimmer würde es werden, wenn er es schließlich tat. Die Wirkung würde heftiger sein, das Schuldgefühl größer. Aber so konnte er es ihm nicht sagen. Nicht während er den Wagen fuhr und Jazz sich wie ein Kleinkind versteckte, das dachte, wenn es dich nicht sieht, siehst du es auch nicht.

Also fuhren sie schweigend. Sie waren inzwischen wieder auf dem Highway in Richtung Lobo's Nod, als es bei Howie endlich Klick machte. Danvers Street. Danvers …

Ach so, ja. Natürlich. Wer würde nicht zum Friedhof der Stadt fahren wollen?

36

Als sie beim Friedhof eintrafen, war bereits ein früher Winterabend angebrochen. Jazz hatte für den Rest der Fahrt kein Wort mehr gesprochen. Howie dachte, er sei vielleicht eingeschlafen dahinten auf dem Boden. Als er vor dem Friedhof vorfuhr, räusperte er sich, um zu sagen: »Hey, wach auf, Jazz«, aber ehe er dazu kam, drang Jazz' noch immer tonlose Stimme von hinten zu ihm.

»Ist jemand in der Nähe?«

»Nein. Hier sind nur wir.«

»Schau zu der großen Fichte in der nördlichen Ecke, schräg gegenüber vom Tor. Einer von G. Williams' Deputys macht gern Rauchpause hier, wenn er Schicht hat.«

Howie wollte nicht wissen, wieso Jazz das wusste. Er spähte mit zusammengekniffenen Augen durch die Windschutzscheibe und sah nichts. Er sagte es Jazz.

»Gut.« Jazz' Kopf tauchte auf dem Rücksitz auf. »Hast du die Sachen mitgebracht, um die ich dich gebeten habe?«

»Ja, natürlich.« In dem Moment, in dem er es sagte, sah Howie die Spitzhacke und die Schaufel im Kofferraum vor seinem geistigen Auge aufblitzen. Er kam sich wie ein Idiot vor, als er die Werkzeuge und den Ort miteinander in Verbindung brachte und auf der rechten Seite der Gleichung ein krasses Ergebnis sichtbar wurde. »Kommt nicht infrage, Jazz. Wir graben keine Leiche aus. Ausgeschlossen.«

Jazz zuckte mit den Achseln und öffnete die Wagentür. »*Wir* müssen überhaupt nichts tun. Ich kann es allein.«

Von allen Dingen, die Jazz in diesem Moment hätte sagen können, veranlasste nur dieses eine Howie garantiert dazu, seinen dürren Hintern aus dem Auto zu bewegen. Jazz sagte *nie,* dass er etwas allein tun konnte. Es war fast eine Manie, dass er Howie auf alle seine Unternehmungen mitnahm. Howie bildete sich nicht ein, dass Jazz nur seine unnachahmliche Gesellschaft suchte – er tat es wahrscheinlich, weil er um die Anlage zum Einzelgänger wusste, die Serienmörder wie seinen Vater prägte. Fast, als funktionierte Howies Anwesenheit wie ein Unterbrecherschalter, wenn zu viel verrückter Saft durch die Leitungen floss. Howies nicht endende Zerbrechlichkeit zwang Jazz dazu, vorsichtiger zu sein, als er dies sonst vielleicht gewesen wäre.

Und deshalb ging er nach hinten zu Jazz, der inzwischen vor dem Kofferraum stand. »Du gehst da nicht allein rein.«

Jazz zuckte erneut mit den Achseln. Zum ersten Mal konnte Howie seinen besten Freund jetzt richtig sehen. Er versuchte, sich einzureden, es liege nur an dem matten Licht des Monds und der schwachen Birne im Kofferraum, aber Tatsache war: Jazz sah schrecklich aus. Sein Gesicht war fahl, die Augen lagen tief in den Höhlen und waren blutunterlaufen. Seine Hände zitterten leicht, als er nach der Spitzhacke und der Schaufel griff.

»Jazz«, sagte Howie leise. Jazz hörte nicht zu, er stützte sich auf den Rand des Kofferraums, um die Werkzeuge herauszuholen.

»Jasper.« Es war das erste Mal seit ewigen Zeiten, dass Howie Jazz' richtigen Namen benutzte, und es hatte nicht die erhoffte Wirkung.

Jazz zerrte die Werkzeuge mit einem leisen Stöhnen heraus, lud sie sich auf die Schulter und wandte sich dem Friedhof zu.

Also feuerte Howie den letzten Pfeil in seinem Köcher ab.

»Alter, deine Großmutter ist tot.« Er krümmte sich innerlich, als er es sagte, wegen seiner selbst und wegen Jazz.

Jazz hielt inne und sah Howie an. »Machst du Witze?«

Howie schüttelte den Kopf. »Schön wär's, Mann. Aber sie ist heute im Krankenhaus gestorben.« Er breitete die Arme aus, bereit für die große brüderliche Umarmung.

Stattdessen lachte Jazz.

Es war ein schnelles, unerwartetes und helles Lachen. Jazz ließ Hacke und Schaufel fallen und lehnte sich an den Wagen, bis er wieder zu Atem kam.

Ach du lieber Himmel. Jetzt hat er ernsthaft den Verstand verloren.

»Alles in Ordnung mit dir?«, fragte Howie, als Jazz sich bückte, um die Werkzeuge aufzuheben.

»Mit mir war noch nie alles in Ordnung«, sagte Jazz und marschierte los.

Howie stand einen Moment wie erstarrt da, während sein bester Freund in der Dunkelheit verschwand. Dann rannte er ohne nachzudenken hinter ihm her.

Im Friedhof hüpfte Howie neben Jazz her, während sie sich ihren Weg zwischen den schlichten Grabsteinen mit der einen oder anderen auffälligen Statue dazwischen suchten. Die Bewohner von Lobo's Nod neigten nicht dazu, das Gedenken an ihre Toten großartig zur Schau zu stellen. Ein einfacher Grabstein anstelle der verzierten Standbilder und Grüfte, die Howie aus Filmen kannte, musste genügen. Der Friedhof war flach und öde und sah in alle Richtungen gleich aus. Tausend Witze gingen Howie durch den Kopf, aber irgendwie brachte er es fertig, sie für sich zu behalten.

Nachdem er ihn eingeholt hatte, war es nicht schwer, mit ihm Schritt zu halten – das Bein machte Jazz erkennbar zu schaffen. Wenn er langsam ging, wie jetzt, bewegte er sich einigermaßen gleichmäßig. Wenn er schneller ging, zog er das linke Bein nach.

Howie ertrug das Schweigen nicht länger. Er hasste Stille generell, aber Stille auf einem Friedhof war absolut am schlimmsten. »Was war mit diesem Lkw, der dich abgesetzt hat?«

»Nichts. Sie hat wahrscheinlich die Polizei gerufen, sobald ich ausgestiegen war. Deshalb musste ich mich auf dem Rücksitz verstecken. Zu Fuß hätte es von dort zu lange gedauert.«

Zumal du nicht gerade gut zu Fuß bist …

»Was genau tun wir hier?«, fragte Howie, obwohl die Werkzeuge für sich sprachen.

»Wir suchen nach etwas, das Billy hinterlassen hat«, sagte Jazz und beschleunigte ein wenig.

Was ihm nichts nützte. Selbst an seinem besten Tag konnte Jazz Howie mit seinen drei Meter langen Beinen nicht enteilen, und das war nun wirklich nicht sein bester Tag heute.

»Billy hat etwas hinterlassen? Hier auf dem Friedhof? Bei einem Opfer oder was?«

Soviel Howie wusste, waren zwei von Billys Opfern auf dem Friedhof von Lobo's Nod begraben. Tatsächlich die letzten beiden vor seiner Festnahme. Howie konnte sich allerdings nicht vorstellen, wie oder warum Billy etwas in ihren Särgen hinterlassen haben könnte.

»Nein«, sagte Jazz und blieb stehen. »Er hat es hier hinterlassen.«

Howie folgte Jazz' ausgestrecktem Zeigefinger. Das Mondlicht reichte eben aus, damit er die Inschrift auf dem Stein entziffern konnte.

JONATHAN WALTER DENT

Und ein Geburts- und Sterbedatum.

Howie rechnete. »Dein Großvater?«

»Ja. Starb vor etwa zwanzig Jahren.«

»Damals waren wir noch nicht einmal auf der Welt. Wie sollte Billy dir da etwas hinterlassen haben?«

Normalerweise hätte eine solche Bemerkung eine bissige Erwiderung von Jazz zur Folge gehabt, aber er zuckte nur mit den Achseln. Die Geste ging Howie jetzt schon auf die Nerven.

»Ich habe nicht gesagt, dass er es für mich hinterlassen hat. Er hat es hinterlassen, Punkt.« Jazz holte versuchsweise mit der Spitzhacke aus. »Als er zu mir in das Mietlager kam, sagte er, er hätte mir bereits erklärt, wie alles anfing.«

»Ich verstehe es nicht.«

Erst Stille, dann ein schmerzerfülltes Stöhnen. Jazz schwang die Spitzhacke. Sie fuhr direkt unterhalb des Grabsteins seines Großvaters in die gefrorene Erde und löste ein deprimierend kleines Stück Grasnarbe heraus.

»Ich habe einmal in einem Buch gelesen«, sagte Howie, »dass man sich leichter tut beim Graben, wenn man eine Mülltonne voll Feuer über den gefrorenen Boden rollt.«

Jazz holte wieder aus. »Woher sollen wir jetzt eine Mülltonne voll Feuer nehmen?« Mit dieser leblosen Stimme. Nüchtern. Ohne den freundlich-kampflustigen Ton, an den sich Howie gewöhnt hatte. »Und wie sollten wir verhindern, dass der Feuerschein gesehen wird?«

»Ich weiß es nicht.«

Dann halt den Mund, hing unausgesprochen, aber deutlich in der kalten Januarluft.

Jazz attackierte erneut den Boden. Und dann wieder und wieder. Nach einer Weile machte er eine Pause, um sich den Schweiß von der Stirn zu wischen, und stützte sich schwer atmend auf den Stiel der Spitzhacke.

»Billy sagte, er hätte mir einen Hinweis gegeben, als ich in Wammaket mit ihm gesprochen habe«, fuhr Jazz ungefragt fort. »Erst kam ich nicht dahinter, was er meinte, aber dann habe ich es kapiert.«

Wieder Schweigen. Howie hätte gern weitergebohrt, aber Jazz hatte sich in sich selbst zurückgezogen. Er hackte wieder auf den Boden ein. Rhythmisch und anhaltend. Howie schaute wiederholt auf sein Handy. Bald würden beide Eltern von der Arbeit nach Hause kommen. Wie lange konnte er hier bei Jazz bleiben? Bis er so festgefroren war wie der Boden? Jazz schwitzte bei der Arbeit, aber Howie bibberte bereits.

»Du musst noch etwas für mich tun«, sagte Jazz in einem Ton, der kein Bedauern erkennen ließ und keinen Widerspruch duldete.

»Was?«

Jazz sagte es ihm.

37

Ehe er Howie in die reale Welt jenseits der Friedhofsmauern entließ, bat Jazz ihn noch, ihm die Medikamente zu bringen, die er seiner Mutter stibitzt hatte. Er wartete, bis Howie weg war, dann schluckte er gierig eine weitere Schmerztablette – er war jetzt beim Doppelten der empfohlenen Dosis angelangt – und ein Antibiotikum, dann sank er für eine Pause an den Grabstein. Der kalte Boden fraß sich durch Mark Culpeppers Hose in seinen Hintern. Da er ohnehin schwitzte von der schweren Arbeit, zog er Hughes' Mantel aus, faltete ihn mehrmals und setzte sich darauf.

Das Grab seines Großvaters vor ihm sah angenagt aus. Er hatte die härteste Schicht Erde in einem unregelmäßigen Oval durchbrochen, das etwa einen Meter entlang seiner Hauptachse maß. Dunkle, schwere Erde empfing ihn jetzt. Sie war zwar weniger gefroren, aber er würde sie zur Seite schaufeln müssen, statt nur Schwung, Schwerkraft und sein eigenes Gewicht einzusetzen, um sie zu durchbrechen.

Kurz dachte er an Howie. Und an seine Großmutter. Er hatte Howie zuerst nicht geglaubt, aber es dauerte nur wenige Augenblicke, bis er ihren Tod als wahre und unveränderliche Tatsache begriff. Jazz glaubte nicht an Geister, Magie oder übernatürliche Dinge. Er konnte sich nicht mit außersinnlicher Wahrnehmung, hellseherischen Fähigkeiten und dem ganzen Mist anfreunden. Aber er *wusste* irgendwie, dass sie tot war, er wusste es über Howies schlichte Mitteilung hinaus und auf eine tiefere Weise. Etwas Fundamentales hatte sich verschoben. Im Universum. Oder in ihm. Vielleicht in beidem.

Sie war nicht mehr. Er hatte von ihrem Tod fantasiert, und jetzt war er Realität. So wie Billy viele Morde geträumt und dann durch reine Willenskraft und kraft seiner außergewöhnlichen, tödlichen Tüchtigkeit in die reale Welt übertragen hatte.

Ich habe sie nicht getötet, sagte er sich. *Ich habe sie nicht getötet.*

Wenn es einen Gott oder eine andere Gestalt gab, die das Universum beherrschte, überlegte er, war es dann seine/ihre Vorstellung von einem Witz, dass Jazz seinen Großvater am selben Tag exhumierte, an dem seine Großmutter gestorben war?

Wenn ja, war es ein lausiger Witz.

Vielleicht sollte ich direkt neben ihm gleich noch ein Loch für Gramma ausheben.

Er zog sich auf die Beine. Im ersten Moment war ihm schwindlig und er war benommen von dem Schmerzmittel, aber sein Bein gab Ruhe, was er begrüßte. Leise stöhnend begann er zu graben.

Du weißt mehr, als du denkst, hatte Billy behauptet. Du hast die Anfänge von allem, Junge.

Er hatte Gilles de Rais heraufbeschworen. Aber nicht Belle Gunness. Belle Gunness, eine der ersten schwarzen Witwen der Moderne vielleicht. Ende des neunzehnten Jahrhunderts. Kam nach Amerika, tötete die Männer, die ihr den Hof machten, lebte von ihren Hinterlassenschaften. Tötete ihre eigenen beiden Töchter.

Und zur Krönung des Ganzen verschwand sie aus der Geschichte. Wurde nie der Gerechtigkeit zugeführt. Man nimmt an, dass sie ihren eignen Tod vorgetäuscht hatte. In ein anderes Leben verschwand.

So wie Tante Samantha The Nod verließ und in eine neue Identität verschwand.

Er hätte es sehen müssen. Hätte sie als das erkennen müssen, was sie war. Tante Sam war Ugly J., und sie war Belle Gunness. Sie benutzte eine Vielzahl von Namen, wie Billy.

Hatte Billy seiner Schwester beigebracht, wie man sich einer Festnahme entzog? Oder hatte sie es ihm beigebracht?

Es musste Ersteres sein. Bei Frauen schien es das Zusammentreffen psychischer Störungen einfach nicht zu geben, das für ausgedehnte Mordserien notwendig ist. Typischerweise arbeiteten sie mit einem männlichen Partner zusammen, wie Fred und Rosemary West in England, ein Paar, das Pensionsgäste in ihrem Haus sowie ihre eigene Tochter ermordet hatte.

Rosemary hatte behauptet, Fred habe sie dazu gezwungen, und ihre Unschuld beteuert.

Man musste den Briten zugutehalten, dass sie es ihr nicht abkauften, und sie war immer noch im Gefängnis.

Wie viele Menschen hatte Ugly J. getötet, während sie frei und unverdächtig durch ihr Leben ging? Wie viele waren gestorben, weil es niemandem einfiel, mit dem Finger auf eine Frau zu zeigen?

Billy sagte, alles habe in Lobo's Nod begonnen. Und das stimmte. Dort waren er und Sam aufgewachsen. Dort lernten sie, auf die Pirsch zu gehen. Vielleicht haben sie im Lauf der Jahre bei Gelegenheit zusammengearbeitet. Vielleicht haben sie einander Tipps gegeben. Es war ein Spiel für sie, genau wie das mörderische Monopoly, das Hut und Hund spielten. Ich wette, sie hielten die ganzen Jahre über Kontakt und suchten einander zu übertreffen.

Bis Billy im Gefängnis landete. Und das konnte Sam einfach nicht ertragen, nicht wahr? Ihr Partner im Verbrechen, ihr Bruder, eingesperrt? Eingelocht wie ein gewöhnlicher Krimineller? Ausgeschlossen.

Sie hatte Jahre gebraucht, aber dann gelang es ihr, den Impressionisten auf den Weg zu schicken. Und Jazz in eine Situation zu bringen, wo er Billys Hilfe brauche würde.

Und als Billy dann bereit war, brach er aus. Indem er mich, ohne dass ich es wusste, ein Signal an Sam schicken ließ.

Er erinnerte sich an diesen Besuch bei Billy in der Haftanstalt. Er hatte geglaubt, er sei sicher vor Billy, mit den Ketten und den Wächtern und allem. Aber Billy hatte die ganze Zeit alles unter Kontrolle gehabt. Es war, als spielte man Dame, nur um irgendwann zu merken, dass der Gegner die ganze Zeit Schach gespielt hat.

Und er hat es mir gesagt …

Ich habe es dir praktisch erzählt, damals in Wammaket. Ich hab dir gesagt, wo es anfing.

Ja. Ja, das hatte er. Jazz hatte es damals nur nicht verstanden. Was es bedeutete. Es hatte wie diese ganze verbale Spreu geklungen, die Billy in die Luft spie, Giftmüll für die Ohren, damit der Zuhörer nicht auf der Hut war und immer einen Schritt zurückblieb.

Aber diesmal nicht. Nein, diesmal hatte er Jazz freiheraus gesagt, wohin er fahren und was er tun musste. Und Jazz hatte nicht zugehört. Er war zu beeindruckt von sich selbst gewesen, weil er Billy in dessen Höhle entgegentrat, weil er es nicht nur wagte, seinem Vater die Stirn zu bieten, sondern auch in seinen Widerstand gewandet zu ihm zu gehen und ihn zu bitten, auf dem Weg über Jazz der Polizei zu helfen.

Und Billy hatte meisterhaft mit ihm gespielt.

Du sollst dir meinen Tod sowieso nicht wünschen, hatte sein Vater gesagt. *Weißt du, was mich dazu veranlasst hat, auf die Pirsch zu gehen? Der Tod meines eigenen Vaters.*

Es war Quatsch. Jazz' Großvater war vor zwanzig Jahren gestorben, und Billys erster bestätigter Mord – Cassie Overton – datierte etwas mehr als ein Jahr früher. Und wenn man

Billys penible Vorbereitungen kannte, war klar, dass er schon Jahre vor dem Tod seines Vaters Mord im Sinn gehabt hatte.

Weißt du, was mich dazu veranlasst hat, auf die Pirsch zu gehen? Der Tod meines eigenen Vaters.

Es stimmte nicht. Bei vielen Serienmördern war der Tod des Vaters oder einer Vaterfigur der Auslöser für ihr Treiben, aber nicht bei Billy. Und das hieß, es musste noch etwas anderes mit dem verstorbenen Jonathan Dent – oder genauer mit seinem Tod – auf sich haben, mit dem Billy Jazz verhöhnt hatte. Und er, der Idiot, hatte nichts bemerkt.

Trotz Howies Medikamenten schoss ein Schmerz durch Jazz, und ihm wurde bewusst, dass er ohne Pause schon fast einen Meter tief gegraben hatte. Er wusste nicht, wie lange er schon grub, und der Nachthimmel bot keine Anhaltspunkte. Dem Schmerz in seiner Schulter und im Nacken nach zu urteilen, musste es länger als eine Stunde sein.

Er stützte sich auf das gesunde Bein, bis das verwundete nur noch dumpf pochte, dann grub er weiter. Bald darauf stieß er mit der Schaufel auf etwas Hartes.

Unfähig, seine Begeisterung zu zügeln, grub er wie von Sinnen weiter. Er hatte keine Zeit, einen sechs Fuß tiefen Graben von der Länge des Sargs auszuheben, deshalb begnügte er sich damit, die Erde vom obersten Drittel wegzuschaufeln, wo der Deckel mittels eines Scharniers getrennt war, damit man Kopf und Oberkörper zur Besichtigung ausstellen konnte. Soviel Jazz wusste, war sein Großvater an einem Schlaganfall gestorben – die inzwischen selbst verstorbene Gramma hatte zwischen der Schlaganfallversion und einer Geschichte gewechselt, wonach ihr Gatte durch einen Blitzschlag ums Leben gekommen sei, den eine Hexe aus dem Ort auf ihn niederfahren ließ. Es hatte also keinen Grund gegeben, den Sarg während der Trauermesse nicht offen zu lassen.

Mit kräftigen und gezielten Hieben mit der Spitzhacke

brach Jazz die Scharniere und Klammern des Sargdeckels auf. Dann holte er tief Luft und hielt sie an. Der Gestank würde unbeschreiblich sein. Und möglicherweise gefährlich – irgendwelche Bakterien oder ein Gift konnten mit der Freilegung der Leiche entweichen. Er würde mangels Desinfektionsmittel einfach auf sein Glück hoffen müssen. Und vielleicht schützten ihn diese Antibiotika, falls Großvater über das Grab hinaus noch etwas zu bieten hatte.

Mit angehaltenem Atem riss er den oberen Teil des Deckels vom Sarg. Eine unsichtbare Wolke warmer, fauler Luft wehte ihm in die Nase, obwohl er nicht atmete. Gegen seinen Brechreiz ankämpfend, legte er die hölzerne Tür beiseite, krabbelte rasch aus dem Loch und lag keuchend auf der kalten Erde. Er drehte sich auf den Rücken und blickte zum Nachthimmel hinauf. In New York hatte er die Sterne vermisst. Zu viel Lichtverschmutzung dort. Zu Hause in Lobo's Nod explodierte der Himmel förmlich vor Sternen.

Nach einigen Minuten wagte er sich wieder in das Loch. Der Gestank von verwestem Fleisch und Faulgasen hielt an. Jazz zog sich das T-Shirt über die untere Gesichtshälfte und atmete durch den Mund. Er wusste nicht, welche Folgen es haben konnte, das alles einzuatmen. Ein verwesender Körper verschwand nicht einfach – die verwesten Teile mussten nach dem Satz der Erhaltung von Materie und Energie zu etwas anderem werden. Die scheußliche Luft, die zu Jazz emporstieg, *war* also im Grunde sein Großvater, verzehrt und in Gase umgewandelt von den Mikroorganismen, die in den Eingeweiden lebten.

Nach zwanzig Jahren im Grab war Jazz' Großvater in der letzten Phase des Zerfalls, keine Frage. Im schwindenden Mondlicht erkannte Jazz weiße Knochen und die unergründlich tief scheinenden Höhlen der Augen und Nasenlöcher. Der Sarg war alt und billig, nicht wasserdicht. Schimmel und

Mehltau klebte hier und dort an den Knochen. Jazz wünschte, er hätte Howie um eine Taschenlampe gebeten.

Nicht richtig nachgedacht. Das verdammte Bein. Der Lkw. Marta. Alles andere. Gute Arbeit, Jazz.

Er kauerte nieder, bedenklich über seinen Großvater geneigt. Er freute sich nicht gerade darauf, in dem Sarg herumfischen zu müssen. Es konnte noch Rückstände von Verwesungsflüssigkeit geben, in denen alle möglichen scheußlichen Organismen schwammen.

Als er seine Stellung veränderte, fiel ein Streifen Mondlicht auf die verschlissenen Reste des Revers am Begräbnisanzug seines Großvaters. Dort entdeckte er den Rand von etwas, etwas, das wahrscheinlich in der Hand des Toten steckte. Es sah aus wie ein durchsichtiger Plastikbeutel.

Jazz stützte sich vorsichtig am Rand der Grube ab, die er ausgehoben hatte, streckte die Hand in den Sarg und strich mit den Fingerspitzen über den Gegenstand.

Eindeutig Plastik. Ein verschließbarer Beutel. Der etwas enthielt.

Es fühlte sich an wie ein Buch.

Er zog vorsichtig daran, da er nichts anderes mit herauslösen wollte. Das Buch steckte fest. Er zog ein wenig kräftiger.

Es gab nach. Ein Knacken und Rascheln, dann hatte er das Buch in den Händen.

Zum Glück war es trocken. Er kletterte aus dem Grab, hustete und erbrach sich schließlich, bis er an den Grabstein seines Großvaters gelehnt nur noch trocken würgte.

Hoffentlich ist es nicht die geliebte Bibel oder das Tagebuch meines Großvaters. Hoffentlich ist es etwas von Belang.

Er setzte sich auf die andere, nicht vollgekotzte Seite des Grabsteins. Das Buch war schwarz. Oder dunkelgrün. Vielleicht war es früher blau gewesen. Oder grau. Wer konnte das sagen? Geschützt durch den Plastikbeutel hatte es weniger gelitten als der Großvater selbst, aber Alter, Mehltau und Verfall hatten dennoch ihren Tribut gefordert. Jazz zog den Verschluss auf. Ein modriger Hauch stieg ihm in die Nase, der fast schon angenehm war im Vergleich zu dem Gestank aus dem Grab.

Das Buch hatte einen festen Einband, auf dem nichts stand. Es sah aus wie eine Art Skizzenbuch. Jazz klappte es bedächtig auf, er hatte Angst, es könnte auseinanderfallen. Staub rieselte in seinen Schoß, und der Buchrücken bekam einen Riss, aber die Seiten hielten zusammen.

Keine Zeichnungen. Nicht auf der ersten Seite, jedenfalls. Nur Worte. Gedrängt und sorgfältig geschrieben vom Falz bis zum Rand.

Er erkannte die Handschrift seines Vaters auf Anhieb. Die Seite war dicht mit Text beschrieben, unmöglich zu lesen ohne anständige Beleuchtung, aber ein Satz ragte in größerer Schrift aus den anderen heraus:

Heute hat sie mir vom Krähenkönig erzählt.

38

Hughes nahm an, er würde Sheriff Tanner erkennen, wenn er ihn sah, und tatsächlich hätte er den Mann auch ohne Uniform und seinen lächerlichen Sheriffhut in jeder Menschenmenge identifiziert. Tanner sah genau so aus, wie Hughes es sich vorgestellt hatte – ein korpulenter Hinterwäldler mit zertrümmerter Nase und einem grotesken Schnauzbart. Keine Castingagentur hätte ihn besser besetzen können.

Der nächstgelegene Flughafen war zwei Stunden von Lobo's Nod entfernt, in einem anderen Bundesstaat, einem, der genauso berüchtigt war für seine bemerkenswert lasche Einstellung zu so vertrackten Dingen wie Bürgerrechten. Hughes war auf diesem Flughafen gelandet, als er Jasper abgeholt hatte – es fühlte sich an, als wäre es vor tausend Jahren gewesen, als der Junge scheinbar noch unschuldig war.

Er hatte nur sein Handgepäck bei sich, deshalb kämpfte er sich sofort durch die Menge zu Tanner, der sich zur Begrüßung tatsächlich an den Hut tippte. Himmel.

»Sheriff. Louis Hughes, NYPD.« Unter normalen Umständen hätte er jetzt seine Dienstmarke gezeigt, nur damit alles offiziell war. Aber das konnte er nicht, denn die hatte der junge Dent, der wahrscheinlich gerade Autos damit entführte. Und der verdammte Sheriff wusste es ebenfalls. Hughes entdeckte die Andeutung eines Grinsens unter dem lachhaften Schnauzbart.

»Freut mich«, sagte Tanner und streckte die Hand aus.

Auf dem Weg zum Wagen des Sheriffs – der, wie Hughes

mit widerwilligem Respekt bemerkte, im absoluten Halteverbot stand – scrollte der Detective durch sein Handy, ob es Neuigkeiten von Miller gab. Noch nichts zu Samantha Dent.

»Gibt es was Neues?«, fragte Tanner, als sie vom Flughafen abfuhren.

»Nein. Ich lasse meine Leute gerade das Leben der Schwester durchforsten. Alles, was sie bisher haben, war diese Geschichte vor ein paar Jahren, als die Medien sie aufgestöbert und ins Fernsehen gebracht haben. Sonst nichts Auffälliges. Alles langweilig. Vielleicht zu langweilig, wenn Sie wissen, was ich meine.«

Der Sheriff drehte an der Heizung. Hughes fror, aber ein Mann mit Tanners Wampe ließ wahrscheinlich im Dezember noch die Klimaanlage laufen. »Vielleicht kann sich einer meiner Leute mit Ihnen kurzschließen. Ich lasse einen Deputy gerade Leute befragen, die sie gekannt haben, als sie noch hier in der Stadt lebte.«

Hughes' Achtung vor Tanner rutschte fast versehentlich ein bisschen höher. »Gute Idee. Schon irgendwelche Ergebnisse?«

»Noch nicht. Aber es sind eine Menge Leute, mit denen wir reden müssen. Von Lobo's Nod zieht kaum mal jemand weg. Jedenfalls nicht von den älteren Leuten.«

»Haben Sie selbst sie gekannt?«

»Nein. Sie hat die Stadt sehr jung verlassen. Ich bin ihr nie begegnet. Billy bin ich die ganze Zeit über den Weg gelaufen. Man konnte nicht hier leben, ohne ihm über den Weg zu laufen. Ich habe allerdings nie wirklich Zeit mit ihm verbracht, bis sich seine Frau aus dem Staub gemacht hat. Da erst habe ich ihn kennengelernt und bin Jazz begegnet und …« Er zögerte. »Ich nehme an, Sie hatten kein WLAN auf dem Flug?«

Hughes' Warnlichter begannen zu blinken. »Wieso? Was ist passiert?« Wenn einer der Dents bereits gefunden wurde …

»Ich weiß nicht, ob es eine Rolle spielen wird, aber Billy Dents Mutter ist heute im Krankenhaus verschieden. Das FBI ist bereits auf dem Weg.«

Hughes nickte. Natürlich. Selbst wenn Billy nicht nach Lobo's Nod unterwegs wäre, würde das FBI annehmen, der Tod seiner Mutter könnte ihn veranlassen – natürlich getarnt –, zu ihrem Begräbnis zu kommen. Andere Mörder waren auf diese Weise bereits gefasst worden.

»Ich schicke Deputys los, die den Friedhof beobachten sollen, und wir schließen das Leichenschauhaus«, fuhr Tanner fort. »Nur für alle Fälle.«

»Wie ist die alte Dame gestorben?«

»Das ist noch strittig. Sieht nach Herzinfarkt aus, könnte aber eventuell auch etwas anderes gewesen sein. Der Gerichtsmediziner geht auf Nummer sicher.« Als Hughes nichts sagte, fuhr Tanner fort. »Eine Schwester ist kurz bevor sie starb zu ihr ins Zimmer gegangen. Anscheinend kennt niemand im Krankenhaus die Frau.«

Hughes merkte auf. »Eine Frau? Also hat Dent tatsächlich eine Partnerin.«

»Sieht so aus. Vom Alter her könnte es die Schwester sein – irgendwas in den Vierzigern. Ich lasse einen Phantombildzeichner mit meinem Deputy arbeiten.«

»Wieso mit Ihrem Deputy?«

Tanner rutschte voll Unbehagen in seinem Sitz. »Na ja, es ist nichts, worauf man stolz sein kann, aber mein Deputy stand Wache, als das alles passiert ist.«

Hughes stieß ein kurzes, bellendes Lachen aus, dann schüttelte er den Kopf und sah aus dem Fenster auf den absoluten Mangel an allem hinaus, auf das man schauen konnte. Endlose Felder, gelegentlich von einem Baum unterbrochen. »Na bravo. Kleinstadtpolizei auf der Höhe ihres Schaffens.« Normalerweise wäre er diplomatischer gewesen, aber er war müde. Er war angefressen. Er war ohne Dienstmarke. Und jetzt hatten die vertrottelten Polizisten hier zugelassen, dass eine Komplizin buchstäblich vor ihrer Nase einen Mord beging.

»Erzählen Sie mir, wie Sie sich wirklich fühlen«, sagte Tanner.

Hughes stöhnte. »Glauben Sie mir, das wollen Sie nicht wissen.«

»Wie Sie wollen. Aber Sie würden sich vielleicht besser fühlen, wenn Sie Ihren Anteil an der ganzen Geschichte zugeben würden.«

Hughes lachte wieder, ein humorloses Lachen. »Meinen Anteil? Machen Sie Witze?«

Ohne den Blick von der Straße zu nehmen, sagte Tanner nachsichtig: »Nein, mache ich nicht.«

Hughes setzte schon zu einer Erwiderung an, aber dann lehnte er sich stattdessen an die Beifahrertür. Tanner hatte natürlich recht. Die ganze Sache – und *Sache* umfasste mehr, als er sich im Moment auch nur vorstellen mochte – konnte ihm schwerlich allein zur Last gelegt werden, aber er hatte seine Rolle gespielt. Er hatte Mist für zehn Leute gebaut, und dass er nur die besten Absichten gehabt hatte, zählte nicht. Menschen waren gestorben, Karrieren endeten, vielleicht sogar seine eigene, bevor sie das alles hinter sich hatten. Falls sie es je »hinter sich« hatten. Billy hatte sich einer Festnahme über Jahrzehnte entzogen. Seine Schwester war ebenso lange nicht einmal auf dem Radarschirm aufgetaucht. Und ein siebzehnjähriger Junge erwies sich als genauso schwer zu finden. Wenn es in diesem Tempo weiterging, konnte sich Hughes mühelos vorstellen, wie er dereinst irgendwo in einem Altersheim starb, während der Fernseher lautstark verkündete, der Dent-Clan sei noch immer auf freiem Fuß.

Hughes hatte Jazz überhaupt erst nach New York gebracht.

Es hatte damals so einfach ausgesehen, aber so schlimm alles ohnehin schon war, geriet es danach schnell noch weiter außer Kontrolle. Weshalb alles, was danach folgte, seine Schuld war. Er kniff sich in den Nasenrücken und dachte wieder an den Moment, als Finley das Rolltor zu Einheit 83F aufgezogen hatte. Der Gestank, der ihm entgegenschlug. Das Blut. Morales' Leiche. Verdammt noch mal.

»Ich hätte ihn in der Sekunde, in der er mir von dem Einbruch in Belsamos Wohnung erzählt hat, rausschmeißen sollen«, flüsterte Hughes mit geschlossenen Augen, unfähig, Tanner anzusehen. Geständnisse sollten immer blind erfolgen. »Ich hätte ihn einsperren sollen«, sagte er. »Oder ihn wenigstens in das nächste Flugzeug nach Hause in sein Kaff setzen. Aber nein, ich habe im Zweifelsfall zu seinen Gunsten entschieden. Ich habe ihn auf sein Zimmer geschickt wie ein unartiges Schulkind, statt ihn wie den Kanister Nitroglyzerin zu behandeln, der er ist. Und jetzt ist Morales tot, und ich bin auf dem Weg in sein Kaff, und meine Karriere ist wahrscheinlich zu Ende, aber erst werde ich verdammt noch mal die Dents zur Strecke bringen.«

Nur die Fahrgeräusche antworteten auf sein Geständnis. Als er die Augen öffnete, starrte Tanner noch immer geradeaus auf den Lichtkegel seiner Scheinwerfer.

»Haben Sie mich verstanden? Sind Sie jetzt zufrieden? Großstadt-Cop gibt zu, dass er auf der ganzen Linie Mist gebaut hat?«

»Geht es Ihnen jetzt besser?«, fragte Tanner.

»Oh ja, natürlich.« Bitterer Sarkasmus triefte aus Hughes' Worten. »Sehr viel besser.«

Doch so ungern er es zugab, es ging ihm tatsächlich etwas besser. Es lag daran, dass er endlich ausgesprochen und selbst gehört hatte, was nach seiner Überzeugung alle dachten. Sie waren jetzt in der Welt, diese Worte, diese Gedanken. Nicht unter Verschluss gehalten, verborgen, bis sie ihn irgendwann anfallen würden oder bis jemand mit ihnen über ihn herfallen würde. Er hatte sie laut gesagt und damit kleiner gemacht.

»Mein Eindruck ist, Sie haben mit dem, was Ihnen zur Verfügung stand, getan, was Sie konnten«, sagte Tanner. »Aber was weiß ich schon?«

Eine ganze Menge mehr, als ihm die meisten Leute – er selbst eingeschlossen – zutrauten, dachte Hughes.

Er richtete sich im Beifahrersitz auf und öffnete die Notiz-App in seinem Handy, um die Checkliste durchzugehen, die er im Flugzeug gemacht hatte. Er fügte ihr ein paar Punkte hinzu. »Ich möchte das Haus der Dents sehen. Und den Friedhof. Und die alte Dame, wenn wir schon dabei sind.«

»Natürlich.«

»Aber erst sollte ich mir ein Hotel suchen.«

»Ich habe Sie bereits in dem einquartiert, das meinem Büro am nächsten liegt.«

Hughes grinste. Als er zu Tanner hinübersah, stellte er fest, dass der schwergewichtige Mann ebenfalls grinste. Aus diesem Blickwinkel wirkte sein Schnauzbart gar nicht mehr so lächerlich.

39

Dad hatte für den Heimflug nach Lobo's Nod erste Klasse spendiert, und Connie senkte die Sitzlehne so weit nach hinten, wie es ging, und schloss die Augen. Der Platz reichte gerade für ihr gebrochenes Bein. Perfekt. Dann nahm sie eine Schmerztablette, und bald ließen sie das Dröhnen der Triebwerke und die Wirkung der Betäubungsmittel einschlafen.

Als sie aufwachte, landeten sie bereits, und die Stewardess bat sie, ihren Sitz in die aufrechte Position zu bringen. Connie blinzelte sich den Schlaf aus den Augen und tat benommen, was man von ihr verlangte. Neben ihr sah Dad aus dem Fenster auf die Wolken hinaus, die sich wie Zeitlupenwellen ineinanderschoben.

Zu Hause weinte ihre Mutter über sie, als wäre sie ein heimkehrender Soldat. Connie murmelte beruhigende Worte und versuchte, sich nicht anmerken zu lassen, wie schmerzhaft die Umarmung ihrer Mutter war. Wann würde es wohl aufhören wehzutun? Würde es mit einem Schlag gehen, oder würde ein Körperteil nach dem anderen besser werden? Im Augenblick schienen selbst ihre Augenlider und Haare zu schmerzen. Sie wäre schon glücklich gewesen, wenn ein einziger Körperteil nicht wehtun würde.

Whiz täuschte Gleichgültigkeit vor, er schlurfte teilnahmslos zur Seite, während ihre Eltern sie abwechselnd umklammerten und bedauerten. Als ihre Mutter ihn aufforderte, etwas zu seiner Schwester zu sagen, brummte er ein paar unverständliche Worte und drückte sie verlegen mit einem Arm. »Willkommen daheim oder so«, sagte er.

Sie schoben sie in einem Rollstuhl, den Mom gekauft hatte, als Dad anrief, in ihr Zimmer. Das Zimmer erschien ihr zu groß, zu hell, zu laut. Die Gegenstände ihres alten Lebens verblüfften sie – kindischer Kleinmädchenkram. Haarpflegeprodukte und billiger Schmuck, den sie mit Freundinnen getauscht hatte, Seiten, die sie aus *Essence* und *Heart & Soul* gerissen hatte, Modezeitschriften, die ihre Freundinnen ihr ständig zusteckten. Die Rüschen am Bett sahen sie böse an, sie waren fast wie eine Anklage, was für ein oberflächliches, albernes Mädchen sie war. Zum Glück sah sie keine rosafarbenen Dinge – sie hätte es wahrscheinlich nicht ertragen.

Nachdem sie ein überzeugendes Lächeln für ihre Eltern hinbekommen hatte, stemmte sie sich vom Rollstuhl aufs Bett. Mom hatte bereits zusätzliche Kissen bereitgelegt, damit sie ihr Bein hochlagern konnte. Dad platzierte die Krücken in Reichweite, und beide fragten mehrmals: »Brauchst du noch etwas? Bestimmt nicht?«, ehe sie sich langsam zurückzogen.

Sie brauchte nichts. Bestimmt nicht.

Bis sie die Tür schlossen.

Ihr Herz hämmerte plötzlich so schnell und so kräftig, als wäre es geborsten, als sollte ihr letzter Gedanke sein: *Was ist gerade in meiner Brust passiert?* Aber es ging vorüber. Sie kontrollierte ihren Atem, wie sie es im Yoga gelernt hatte, bekam aber trotzdem kaum Luft.

Es war die Tür. Es war das Schließen der verdammten Tür, während sie allein und hilflos im Zimmer zurückblieb. Es spielte keine Rolle, dass es ihr eigenes Schlafzimmer war; es war zu einem fremdartigen Ort geworden. Es war der schalldichte Raum in Brooklyn, wo sie sich mühsam aus ihren Fesseln befreit hatte, wo Jazz' arme Mutter nicht hatte entkommen können. Es war der Kampf mit Billy Dent, der Sprung durchs Fenster, der Sturz …

Sie schloss die Augen und versuchte, sich auf eine Wiese zu konzentrieren. Auf ein Feld. Aber da war eine Leiche auf dem Feld, und in der Wiese war Blut, und nichts, was sie tat, verschaffte ihr Entspannung. Das war nicht mehr ihr Zimmer hier. Das war nicht ihr Zuhause. Es war nur ein Ort, an dem sie lebte. Sie war ein neuer Mensch geworden in New York, und im Haus ihrer Eltern zu sein, war, als wäre ihr die eigene Haut zu eng geworden. Sie wusste nicht, wie sie das aushalten sollte; sie wusste, sie würde schreien.

Der Raum war noch genauso, als sie die Augen öffnete; er hatte sich nicht durch Zauberei in ihr Gefängnis in Brooklyn verwandelt. Alles war zu hell, zu grell. Bis auf eins.

An den raumhohen Spiegel gegenüber vom Bett waren Fotos geklebt. Sie tastete nach den Krücken, wälzte sich aus dem Bett und hüpfte die vier Schritte zum Spiegel hin. Dort, in der Ecke links oben, war das Einzige, das in diesem Zimmer kein Angriff auf ihre Augen war.

Ein Foto. Von ihr und Jazz. Sie hielten sich in den Armen.

Es stammte vom vergangenen Sommer. Die Hut-und-Hund-Mörder dürften gerade ihre mörderischen Streifzüge begonnen haben, aber in Lobo's Nod ahnten Connie und Jazz nichts von dem, was in nur wenigen Monaten auf sie zukommen würde. Der Impressionist lag noch in der Zukunft, und Jazz und Connie waren schlicht und einfach nur glücklich.

Jazz lächelte so selten. Und noch seltener war es ein aufrichtiges Lächeln. Sie vergötterte dieses Lächeln.

Mit zittriger Hand löste sie das Foto vom Spiegel und drückte es an sich. Ihre Nähe. Wie sie sich ineinander auflösten. War das jetzt überhaupt noch möglich? Wenn er mit dem Blut seines Vaters an den Händen zu ihr kam, konnte sie das vergeben? Konnte sie damit leben?

Sicher, sie wünschte sich, dass Billy tot war. Vorzugsweise tot, in kleine Stücke gehackt und an Ratten verfüttert, und dann die Rattenexkremente eingesammelt und verbrannt. Nur, um auf Nummer sicher zu gehen.

Aber musste Jazz derjenige sein, der abdrückte?

Vielleicht würde es ihn befreien. Und wenn seine Mutter in sein Leben zurückkehrte, vielleicht …

Vielleicht, vielleicht, vielleicht.

Es waren ohnehin müßige Überlegungen. Jazz war fort, verschwunden, an einem Ort, wo sie ihn nicht berühren konnte. Vielleicht in der Nähe, vielleicht nicht. Sie wusste, es sprach einiges dafür, dass er irgendwo zitternd in einem Graben lag, das Bein entzündet und zur Größe eines Elefantenbeins angeschwollen. Wenn allerdings irgendwer diese Flucht überlebte, dann Jazz.

Wo ist er?, fragte sie sich. *Wo ist er, und was treibt er?*

40

In seinem Versteck war Jazz zumute, als wäre er unvermutet in die Vergangenheit geraten, in eine Welt, die im Rückblick viel freundlicher und einfacher gewesen war, als er damals dachte.

Er war seit der Zeit des Impressionisten nicht mehr im Versteck gewesen. Wenn das Wetter umschlug, konnte auch der kleine Heizofen nichts gegen die Kälte ausrichten, zumal er die Tür einen Spalt offen lassen musste, damit die Kerosindämpfe nicht zu Ende brachten, was Duncan Hershey nicht gelungen war.

Auf dem Friedhof hatte er den Deckel des Sargs notdürftig wieder aufgesetzt, auch wenn das Scharnier und die Klammern jetzt sinnlos waren. Er hatte begonnen, das Grab wieder zuzuschütten – aus einem Anstandsgefühl heraus, weniger weil er seine Spuren verdecken wollte –, als er Räder auf dem Kies knirschen hörte. Also hatte er eine letzte Schaufel Erde auf das Grab gehäuft und war in die Dunkelheit rund um die Grabsteine gehuscht.

Hier in seiner Zuflucht hatte er dann erst einmal verschiedene Insekten, Spinnen und anderes grusliges Krabbelzeug verscheucht, ehe er den Heizofen in Gang setzte und sich in den Sitzsack niederließ, der normalerweise für Schmusestunden mit Connie reserviert war. Die Erinnerung befiel ihn mit aller Schärfe: er und Connie eng umschlungen im Versteck, keuchend, ihre Lippen und Zungen in einem wilden Kampf um Vorherrschaft. Seine Hände, die jeden Zoll von ihr erkundeten, nichts war verboten, nichts blieb unberührt. Damals, in jenen Augenblicken, hatte er gedacht, er könnte eines Tages vielleicht normal sein, seine Geschichte könnte vielleicht glücklich enden.

Er unterdrückte die Erinnerung mit äußerster Kraftanstrengung. Dafür war jetzt keine Zeit. Er hatte ein Ziel. Seine Mutter brauchte ihn. Sein Vater lauerte im Dunkeln.

Wenn der Verlust seines eigenen Lebens, seines Glücks oder seiner Freiheit der Preis dafür war, die Welt von Billy Dent zu befreien, nun, dann war es der geringste vorstellbare Preis.

Und endlich – endlich! – hatte er eine Waffe. Eine, von der er noch nicht wusste, wie er sie einsetzen konnte. Aber nichtsdestoweniger eine Waffe. Wenn Billy das Buch mit seinem Vater begraben hatte, dann musste es etwas Wichtiges und Nützliches enthalten. Etwas Erhellendes. Einen Schwachpunkt Billys, vielleicht. Eine psychische Macke, die sich gegen ihn verwenden ließ. Oder vielleicht etwas ganz Einfaches wie eine Liste von sicheren Unterschlüpfen, die Jazz benutzen konnte, um seinen Vater ins Freie zu scheuchen, wo er wie eine Wanze, die aus ihrem Versteck huscht, leichter zertreten werden konnte.

Jazz schluckte noch eine Schmerztablette, klappte das Buch auf und begann zu lesen. Verwirrt übersprang er eine Seite. Dann noch eine.

Er blätterte weiter.

Er vergaß sein Bein und las.

Vielleicht lag es an den Schmerzmitteln, aber nachdem er stundenlang, wie es ihm schien, in dem Buch geblättert und darüber gebrütet hatte, verstand er immer noch nichts.

Zum einen gab es keine Ordnung, keine Struktur, nichts, was die Texte zusammenhielt. Das Buch maß zwanzig auf fünfundzwanzig Zentimeter, und sämtliche weißen Seiten waren dicht beschrieben, teilweise senkrecht an den Rändern, teilweise in Spiralen, Ellipsen oder schneckenmuschelförmigen Windungen. Das Buch ergab eine rauschhafte Melange aus Fantasien, Anweisungen und holprigen Versen, alles durch nichts weiter verbunden als die Gemeinsamkeit von Billys enger, nahezu perfekter Kalligrafie. Eine Seite konnte mitten im Satz enden, und wenn man weiterblätterte, begann die nächste mit etwas, das eindeutig Jahre zuvor geschrieben worden war. Wo endete dieser Satz? Endete er je? Jazz hatte es noch nicht herausgefunden. Eine Seite beschrieb etwa mit quälender Genauigkeit das Aussehen der Haut von Billys Vater im Bestattungsinstitut, aber auf der nächsten kam die Schilderung eines Gesprächs, das Billy eindeutig eben erst mit dem Mann geführt hatte. Zeit war eine zufällige Angelegenheit, als wäre das Buch zwar in chronologischer Reihenfolge geschrieben worden, aber dann hätte jemand die Seiten wahllos durcheinandergemischt und gebunden.

So musste es in Billys Kopf aussehen, überlegte er. Er dachte wieder daran, wie er zu Hughes gesagt hatte, Hut und Hunds Morde würden für den Mörder absolut einen Sinn ergeben, auch wenn sie für die Polizei vollkommen sinnlos waren. Dasselbe galt hier. Während das Buch für Jazz wenig bis gar keinen Sinn ergab, bedeutete es für Billy offensichtlich etwas. Es *sagte* ihm offenbar etwas, und höchstwahrscheinlich sagte es auch etwas *über* ihn aus.

Zwei Dinge ragten für Jazz bei seiner ersten Durchsicht heraus: der Name Jack Dawes, der immer wieder vorkam, immer größer als der Text rundherum und meist mehrmals nachgezeichnet, sodass die Buchstaben kräftig und unscharf waren. Das zweite war eine Art Spiralpfeil, der oft bestimmte Namen mit anderen verband, manchmal über eine Spanne von vollen zwei Seiten hinweg.

Eine große Zahl von Personen und Figuren kam vor, aber der Teufel sollte ihn holen, wenn er wusste, wer sie waren und was sie taten. Viele wurden nur einmal erwähnt, und sie trugen Namen wie der Chirurg, Honigfalle, der Koch oder Bewerter. Billy schrieb, als wären es real existierende Menschen, er schrieb ihnen Motive und körperliche Eigenschaften zu – »blau gesprenkelte grüne Augen«, »rote Warze am Finger«, »schiefer Schneidezahn«. Jazz nahm deshalb an, dass es sie wirklich gab, aber vermutlich konnten sie ebenso gut nur Billys Fantasie entsprungen sein. So verrückt sein Vater allerdings auch war, glaubte Jazz nicht, dass er regelrecht unter Halluzinationen litt. Wahn? Sicher. Aber dass er Dinge sah oder hörte, die nicht existierten? Nein. Billy war fest im Hier und Jetzt verankert und sich der Welt um ihn herum zu jeder Zeit zwanghaft bewusst. Immer wachsam, ob sich irgendwo ein Opfer regte.

Die ganze Nacht blätterte er hin und her und versuchte, Fäden festzuhalten, die forttrieben wie Quallen in der Flut. Kaum glaubte er, einen bestimmten Aspekt oder eine »Nebenhandlung«, wie er sie für sich nannte – es schien allerdings keine Haupthandlung zu geben –, verstanden zu haben, fiel sein Blick auf eine andere Verrücktheit oder Merkwürdigkeit, die seine Aufmerksamkeit gefangen nahm und auf Erkundungsmission durch den Text gehen ließ.

Irgendwo im Text erkannte er eine frühe Version – einen groben Entwurf? – der Gutenachtgeschichte, die Billy ihm als Kind erzählt hatte, der Geschichte vom Krähenkönig und seiner Peinigung einer widerspenstigen Taube. Jazz konnte nicht sagen, ob es etwas war, das sich Billy selbst ausgedacht und niedergeschrieben hatte, oder ob er es irgendwo abgeschrieben hatte. Er bekam eine Gänsehaut, als er es in der Handschrift seines Vaters aufgezeichnet sah.

Ohne Handy oder Uhr konnte er nicht feststellen, wie

spät es war, während die Nacht weiter fortschritt. Er wusste nur, dass er trotz des Heizofens fror. Seine Finger wurden regelmäßig taub beim Blättern, weshalb er Pausen machte, um sie sich am Ofen oder in den Achselhöhlen aufzuwärmen.

Er hatte sich vorgestellt, die Krähen seien eine Art Kollektiv von Billy-Dent-Fans, eine Gruppe von Impressionisten sozusagen, von denen jeder für sich zu Ehren des Krähenkönigs tätig war. Aber wenn er die zeitliche Reihenfolge des Buchs richtig verstand, hatte es die Krähen schon vor Billy gegeben. Sie hatten bereits existiert, bevor er zu töten begann, und er hatte etwa um die Zeit, als sein Vater starb, von ihnen erfahren. Sam hatte sie ihm vorgestellt – *Heute hat sie mir vom Krähenkönig erzählt* – und ihn in ihre Reihen eingeführt.

So unglaublich und unfassbar es schien, die Krähen waren offenbar so etwas wie … nun ja, ein soziales Netzwerk von Serienmördern. Jahre vor Facebook, Twitter oder selbst MySpace entwickelt und in Betrieb. Wenn die Krähen schon Anfang der Neunzigerjahre bestanden hatten, als Billys Vater starb, dann konnten sie sogar noch weiter zurückreichen. Wahrscheinlich gingen sie der Popularisierung des Internets selbst voraus, ein düsterer Undergroundvorgänger dessen, was kommen sollte. Jazz stellte sich vor, wie sie sich über Breitbandsysteme oder, noch früher, Amateurfunk, oder was ihnen an Technik zur Verfügung stand, austauschten. Himmel, das Buch ließ sogar annehmen, dass sie Dinge aufschrieben und mit der Post verschickten.

Vielleicht taten sie es immer noch. Die Idee eines sozialen Netzwerks aufzugreifen, aber dem Internet fernzubleiben, würde es den Strafverfolgungsbehörden erschweren, sie zu identifizieren. Noch wusste niemand, wie man Papier hackte; einen Brief in den Briefkasten zu stecken, war deshalb immer noch eine sicherere Methode der Geheimhaltung, solange man viele Adressen und Tarnnamen benutzte und es einem egal war, wenn es ein wenig dauerte.

Und Serienmörder konnten sehr, sehr geduldig sein.

Man nahm an, dass statistisch gesehen rund drei Dutzend Serienmörder zu jedem beliebigen Zeitpunkt in den Vereinigten Staaten aktiv waren. Wenn das stimmte, was Jazz aus dem Buch herauslas, waren es wahrscheinlich dreimal so viele. Vorausgesetzt natürlich, die Namen im Buch waren nicht verschiedene Alias-Namen für dieselben Personen, so wie Billy unter verschiedenen Namen aufgetreten war.

Aber was war der Sinn des Ganzen? Tauschten sie sich nur aus, gaben sie sich … Tipps? Jazz hatte plötzlich das absurde Bild vor Augen, wie Billy sorgfältig Anmerkungen zum Thema Zerstückelung auf Karteikarten schrieb und die Karten in einen dieser altmodischen Kästen steckte. Um irgendwo bei einer Serienmördertauschbörse mit ihnen zu handeln.

Es war lächerlich. Außerdem waren die meisten Serienmörder nicht sehr umgänglich. Sie waren ihrer Natur nach Einzelgänger. Was um alles in der Welt konnte sie alle zusammenführen?

Er schloss das Buch und trommelte mit den Fingern darauf, um sie in Bewegung und geschmeidig zu halten. Sein Atem beschlug trotz des Heizofens in der Luft. Er würde sich entscheiden müssen: Die Tür schließen und den Wind aussperren oder sie offen und den Heizofen laufen lassen?

Ein Blick auf die Brennstoffreserven des Heizofens nahm ihm die Entscheidung ab: Er hatte vielleicht noch für eine Stunde Kerosin. Er wählte einen auf den ersten Blick etwas riskanteren Weg, nämlich die Tür zu schließen und den Ofen anzulassen. Das Versteck war alles andere als luftdicht, lange bevor er an Kerosindämpfen ersticken konnte, würde der Ofen ausgehen, aber in der Zwischenzeit, so hoffte er, hatte sich die Hütte genügend aufgeheizt, dass er die Nacht überstehen würde.

Seinem Ziel, Billy zu fangen, nicht näher, als wenn noch immer Hunderte von Meilen zwischen ihnen liegen würden, rollte sich Jazz auf seinem Sitzsack zusammen. Er war überzeugt, keinen Schlaf zu finden, aber das war sein letzter Gedanke, ehe er einschlief, das Buch an die Brust gedrückt, wie es ein Kind mit einem Märchenbuch tut.

41

Jemand war bei ihr im Zimmer.

Selbst mit ihrem vom Schlaf noch trägen Gehirn spürte Connie die Anwesenheit einer anderen Person. Sie nahm es ernst. Ihre Hoffnung war jetzt, dass es sich doch nur um ein Überbleibsel aus einem Traum handelte, das in ihr waches Bewusstsein eingedrungen war, und wenn sie sich umsah, würde niemand außer ihr im Raum sein.

Dennoch brauchte sie einige Sekunden, bis sie den Mut aufbrachte, die Augen zu öffnen. Es war noch dunkel, nur die Straßenbeleuchtung ließ ein wenig Licht durch die Jalousien sickern, und aus dem Flur, wo aus Sicherheitsgründen immer eine schwache Lampe brannte, drang ebenfalls Licht ins Zimmer. Denn ihre Tür war nur angelehnt, wie ihr jetzt bewusst wurde.

Ihr Rollstuhl stand näher beim Bett, und eine Gestalt saß in ihm.

Es schnürte ihr die Kehle zu, sie hätte nicht schreien können, selbst wenn sie gewollt hätte. Reflexartig drehte sie sich im Bett zur anderen Seite, aber das gebrochene Bein schränkte ihre Bewegungsmöglichkeiten ein, und ein stechender Schmerz warnte sie davor weiterzugehen.

Die Gestalt im Stuhl zuckte und stieß Luft durch die Nase aus, und Connie erkannte, dass es ihr Bruder war.

Sie drehte sich sanft wieder zu ihm herum und wischte sich ein paar Tränen mit dem Zipfel des Kissenbezugs aus den Augen. Whiz konnte sich so gleichgültig stellen, wie er wollte, dass er sich nachts in ihr Zimmer schlich, um bei ihr zu sein, sagte mehr als alles Nörgeln und Augenverdrehen. Die Versuchung, ihn zu stupsen und aufzuwecken, war groß, aber sie unterdrückte sie. Es reichte, wenn einer von ihnen nicht richtig schlief.

Es war unmöglich, Ruhe zu finden. Auch nicht in ihrem eigenen Zuhause. In ihrem eigenen Bett.

Unbedeutende Figuren werden immer vor dem Ende des Spiels geopfert, hatte die computerbearbeitete Stimme zu ihr gesagt. Sie überlegte, ob Billy und Sam vielleicht beide diese Stimme benutzten, sodass der Zuhörer nicht wusste, mit wem er es zu tun hatte. Das war auf eine gespenstische Weise wahrscheinlich, und sie hasste es, dass sie inzwischen so denken konnte.

Jazz dachte so. Jazz hatte immer so gedacht, seit er ein kleiner Junge war. Wo er auch war, was er auch tat, er würde mit der ganzen Geschichte sicher besser zurechtkommen als sie.

Was sollte sie tun? Sie hatte die Polizei nicht angerufen, um ihnen zu sagen, dass sie mit Howie reden sollten, aber sie konnte es sich jederzeit anders überlegen. Und vielleicht wäre es besser.

Die Freundin würde Howie anrufen und schauen, was los war. Die Exfreundin würde die Polizei anrufen und ihnen raten, Howie zu beschatten, wenn sie es nicht bereits taten.

Sie wusste nicht mehr, was von beidem sie war. Oder ob ihr Status überhaupt noch relevant war, falls man Jazz schließlich tot oder wirres Zeug faselnd und halb verhungert irgendwo an einem Highway fand. Für manche Menschen kam der Tod als ein Trost oder wenigstens mit Würde. Für Jazz konnte sie sich nur einen hässlichen Tod vorstellen.

Wenn du stirbst, Connie, hatte die Stimme gesagt, *wird es hässlich sein, das verspreche ich dir. Und ich verspreche dir außerdem, dass ich in diesem Moment ein bisschen traurig sein werde. Aber nur ein bisschen.*

Sie schmiegte sich in ihr Kissen, streckte die Hand aus, so weit sie konnte, und legte sie auf die Armlehne des Rollstuhls. So nahe an Whiz' Hand, dass sie seine Wärme spürte. Ob Jazz sie noch liebte oder nicht, sie würde Trost in seinem Mut und seiner Überzeugung finden. Selbst wenn er Billy tötete, würde er immer noch der Junge, der Mann sein, in den sie sich verliebt hatte. Und wenn er sie nie wiedersehen wollte, würde das immer noch genügen. Sie würde sich von ihrer Angst nicht unterkriegen lassen.

Nur zu, komm und hol mich, du Miststück, du Hurensohn. Ich werde nicht leise gehen, und ich verspreche dir eins: Bevor ich sterbe, koste ich dich so viel wie nur möglich.

42

Am folgenden Morgen lief Howie ruhelos in seinem Zimmer hin und her und versuchte, sich vorzustellen, wie es weiterging. Doch die Vorahnungen waren bestenfalls vage. Er hatte immer auf seine Fähigkeit gesetzt, Jazz zu verstehen oder seine Schritte zumindest vorhersagen zu können. Die Jahre ihrer Freundschaft hatten Jazz zwar nicht gänzlich seiner Rätselhaftigkeit entkleidet, aber sie hatten zumindest einen Teil des Schleiers gelüftet. Howie hatte immer den Eindruck gehabt, die Grenze sehen zu können, auf die Jazz zusteuerte, die er jedoch nie überschreiten würde. Doch jetzt, nach Jazz' Reaktion auf die Nachricht von Grammas Tod und nachdem er gesehen hatte, mit welch manischer Entschlossenheit Jazz seinen Großvater ausgrub, in absolutem Schweigen und ohne ihre übliche Neckerei ... Nach alldem wusste Howie nicht, wie viel Jazz noch in Jazz steckte.

Was wird aus dem Sidekick, wenn der Held aus den Fugen gerät? Er wusste es nicht. Plötzlich überfiel ihn eine verstörend grelle Erinnerung an einen Horrorfilm, den er und Jazz gesehen hatten und in dem die Guten einer nach dem anderen von einer außerirdischen Macht in Besitz genommen wurden. Und am Ende waren nur noch zwei von ihnen übrig, und einer von ihnen war besessen und bat seinen Freund mit seinem letzten bewussten Gedanken: »Töte mich! Bitte, töte mich!«

Howie versuchte, sich vorzustellen, wie Jazz das von ihm verlangte. Würde Jazz den Augenblick erkennen, in dem er im Begriff war, die Grenze zu überschreiten, die er sich selbst vor Jahren gezogen hatte? Würde er widerstehen können? Oder würde er – mit Mordlust in den Augen – gerade lange genug innehalten, um sich an seinen Freund zu wenden, und ihn bitten, ihm diesen einen Dienst zu erweisen, den nur ein bester Freund oder ein Todfeind erweisen konnte.

Halt mich auf, Howie!

Und es würde nur einen Weg geben, es zu tun.

Hör auf damit, Howie! So wird es nicht enden. Jazz könnte nie jemanden töten. Und er ist klug genug, sich nicht darauf zu verlassen, dass ich ihn aufhalte.

Nur klangen die Worte leider hohl, obwohl sie nicht einmal laut ausgesprochen worden waren. Howie war schon lange Jazz' Freund, ihr halbes Leben lang. Und er wusste, dass Jazz durchaus fähig war, jemanden zu töten. Das war nie die Frage gewesen. Die Frage, über die Howie all die Jahre geflissentlich nicht nachgedacht hatte und der sich nun nicht mehr aus dem Weg gehen ließ, war vielmehr: Würde er es tun?

Es könnte passieren. Er könnte diese Grenze überschreiten.

Was soll ich tun? Was erwartet man von mir? Soll ich ihn melden? Ist es das? Soll ich ihn der Polizei melden und schauen, was passiert?

Es wäre die vernünftigste Vorgehensweise. Es hatte den Geschmack von *richtig*, aber auch den bitteren Nachgeschmack von Verrat. Trotz all seiner Fehler hatte sich Jazz kein einziges Mal gegen Howie gestellt. Verschaffte ihm das für den Rest seines Lebens einen Freipass? Wie weit musste sich Howies Dankbarkeit für die Rettung vor diesen Schlägern in der Kindheit erstrecken, und deckte sie Kapitalverbrechen mit ab? Dass Brüder vor Bräuten kamen, war eine Sache, aber vor dem ganzen Rest der Welt? Falls Jazz heute Nacht in Howies Garten auftauchen und Kiesel an sein Fenster werfen würde, und Howie würde sich durch die Garage zu ihm hinausschleichen, um Jazz vor Blut triefend und mit Billys abgetrenntem Kopf in der Hand vorzufinden, und Jazz würde sagen: *Hey, Mann, die Sache ist ein bisschen aus dem Ruder gelaufen, ich muss mir dein Auto ausleihen* – was würde Howie dann tun?

Er erschrak nur ein winziges bisschen, als er feststellte, dass der imaginierte Howie bereits in der Hosentasche nach den Wagenschlüsseln fischte.

Genau in diesem Moment klopfte Mom an die Tür und brachte das schnurlose Festnetztelefon. Howie war so in sein morbides Moralstück vertieft gewesen, dass er es nicht einmal läuten gehört hatte. »Dein Direktor. Er hat Aufgaben von deinen Lehrern für dich.«

Howie nahm das Telefon. Man sollte meinen, bei der Ergreifung eines Serienmörders zu helfen und nach der Auseinandersetzung mit einem zweiten im Krankenhaus zu landen, sollte dazu führen, dass man ihm erlaubte, es ein wenig lockerer angehen zu lassen, aber nein. Die engagierten Pädagogen der Lobo's Nod High verlangten, dass ihr geschundener Held trotzdem ihr nutzloses Wissen in seinen erschütterten Schädel presste. Er fläzte sich auf das Bett und sagte: »Ja, hallo?«

»Hallo, Howie«, ertönte die letzte und schlimmste Stimme, die Howie je erwartet hätte.

Er lag wie gelähmt auf seinem Bett, starrte zu Uma Thurman hinauf – was ihm zum ersten Mal in seinem Leben keine Freude machte – und brachte nur heraus: »Hallo, Mr. Dent.«

»Mr. Dent.« Billy lachte. »So höflich. Du hattest immer gute Manieren, Howie. Vorausgesetzt, dir war danach, von ihnen Gebrauch zu machen. Deine Eltern haben dich richtig erzogen. Apropos – wie geht es Tom und Melinda? Hat dein Vater je herausgefunden, was mit seiner Hüfte nicht stimmte?«

Howie konnte nicht schlucken. Seine Kehle war wie zugeschnürt, und sosehr er es auch versuchte, es ging nicht.

»Wir haben uns ja eine ganze Weile nicht gesprochen, Howie, aber das kannst du mir nicht zum Vorwurf machen. Die guten Leute in Wammaket haben es mir schwer gemacht, in Kontakt zu bleiben, auch mit dem besten Freund meines Jungen. Du musst mir verzeihen, dass ich so unhöflich war und mich nie gemeldet habe.«

»Natürlich«, brachte Howie schließlich heraus. Er spähte zu seinem Handy auf dem Nachttisch. Er sollte jemandem eine SMS schicken, das sollte er tun. Ja, absolut. Er nahm das Handy.

Billy schwafelte unbeschwert und im Plauderton weiter. »Wenn du weiter so still bist, werde ich noch denken, vielleicht ist es nicht nur Unhöflichkeit deinerseits. Ich werde denken, vielleicht bist du abgelenkt. Etwa durch deinen Computer oder dein Handy. Vielleicht versuchst du, jemandem Bescheid zu geben, mit wem du gerade redest. Ich verstehe das, wirklich. Aber, Howie, ich will jetzt nun mal ein wenig mit dir plaudern, und wenn du mich meldest, werden wir die Sache abkürzen müssen. Und wenn wir gezwungen werden, sie abzukürzen, nun, dann werde ich deine Eltern töten müssen.«

Sein Tonfall änderte sich nicht das kleinste bisschen, als Billy diese Drohung aussprach. Er hätte sich ebenso gut bei seiner Lieblingsbedienung ein gewendetes Spiegelei bestellen können. Der Schirm von Howies Handy zeigte den Beginn einer SMS an seine Mutter. *Ruf sofort Sheriff. Nicht der Direktor. Billy Dent! Sei vor…*

Sei vorsichtig, sollte es weitergehen, ein Rat, den Howie nun auf sich selbst anwenden musste.

»Vielleicht denkst du, ich bluffe«, fuhr Billy fort und klang nicht im Mindesten gekränkt. »Ich möchte dich dazu ermutigen, noch einmal darüber nachzudenken. Ich telefoniere mit einem Handy ohne Vertrag. Bis sie das geortet haben, bin ich längst woanders. Und deine Eltern werden nicht wissen, wie ihnen geschieht.«

Howie konnte förmlich das Achselzucken sehen.

»Na ja, das stimmt nicht ganz. Sie werden es schon wissen – sie werden nur nicht mehr lange darüber nachdenken können.«

Billy zu zwingen, die Karten auf den Tisch zu legen, erschien ihm als eine sehr, sehr dumme Methode, sich die Eltern vom Hals zu schaffen. Howie legte das Smartphone beiseite.

»Haben wir uns verstanden?«, fragte Billy.

»Ja, Sir.«

»Sir! Howie! Was um alles in der Welt …?! Du hast mich in meinem ganzen Leben nicht Sir genannt! Jetzt sag«, fuhr er fort, »wie geht es der Hüfte deines Vaters?«

Das war mehr als surreal. »Sie, äh, ist okay. Er hat seinen Golfschwung vor ein paar Jahren verändert und …«

»Ich habe immer zu ihm gesagt, Golf ist keine Freizeitbeschäftigung für einen Mann.« Billy schnalzte missbilligend mit der Zunge. »Du richtest ihm unbedingt schöne Grüße aus, hörst du? Und ich hoffe, als sie mich eingesperrt haben, ist er rübergegangen und hat seinen Rechen und seinen Laubbläser aus der Garage geholt, bevor dieser Hurensohn mein Haus einreißen und abbrennen ließ.«

»Ich … ich glaube, das hat er getan.«

»Und sag deiner Mom … Himmel, Howie ich habe nicht so viel Zeit. Es tut mir wirklich leid. Wir müssen das ein andermal machen. Ich muss zugeben, am Anfang war ich nicht allzu begeistert, als Jasper ein wundes Hündchen wie dich nach Hause gebracht hat. Aber du bist mir ans Herz gewachsen. Mein Junge schien immer … aufgeweckter zu sein, wenn du da warst. Fast so wie zu der Zeit, als seine Mom noch bei uns war.«

Billy sprach von ihr, als wäre sie tot. War sie es inzwischen wirklich? Howie biss die Zähne zusammen, um nicht danach zu fragen. Solange Billy reden wollte, würde Howie ihn lassen. Irgendwann während des Dent'schen Geschwafels rollte er sich aus dem Bett, schlug sein Chemieheft auf und blätterte an den Formeln, Molekülen und den obszönen Männchen vorbei, mit denen er die Seitenränder bevölkerte. So schnell und vollständig er konnte, erstellte er ein Protokoll der Unterhaltung. Wozu? Er wusste es nicht genau. Aber er sah ein Treffen mit Jazz in naher Zukunft voraus, und sein bester Freund raufte sich stöhnend die Haare. *Du hast dir keine Notizen gemacht? Billy hat geredet, und du hast nichts mitgeschrieben?* Es wäre typisch Jazz gewesen, so etwas zu sagen.

»Bist du noch in Kontakt mit meinem Jungen?«, fragte Billy. »Spar es dir, mich anzulügen, Howie. Ich merke, wann du die Wahrheit sagst und wann nicht. Die meisten Eltern haben ein Gespür dafür. Meines ist nur, nun, sagen wir: feiner. Von Person zu Person ist es sogar noch besser, denn es gibt gewisse … nennen wir sie *Methoden*, um sicherzustellen, dass du nicht lügst.«

»Ich weiß nicht, wo er ist.« Es war in gewisser Weise die Wahrheit. Bevor Howie letzte Nacht den Friedhof verlassen durfte, hatte Jazz ihm von einer versteckten Hütte im Wald erzählt. Wahrscheinlich war Jazz dort, aber er wusste es nicht mit Sicherheit. Theoretisch.

Falls Billy Howies Haarspalterei bemerkte, ging er nicht darauf ein. »Aber ihr habt Wege, miteinander zu kommunizieren, oder?«

»Ja.« Howie fiel nichts ein, wie er diese Tatsache glaubwürdig zerpflücken konnte.

»Gut. Ich habe nämlich eine Botschaft für ihn.«

»Ich schreibe es auf.«

»Das glaub ich dir nur zu gern.« Howie bekam eine Gänsehaut an den Armen. Etwas an diesem wissenden Tonfall … Es war, als würde ihm Billy über die Schulter schauen. Er drehte sich vorsichtshalber sogar um und sah nach. Nichts.

»Es ist aber keine schriftliche Nachricht«, fuhr Billy fort. »Es verliert ein wenig in der Übersetzung, wenn du weißt, was ich meine. Also gib mir deine Handynummer.«

Oh, Mann? Im Ernst, jetzt? Muss ich verdammt noch mal wirklich Billy Dent meine Nummer geben?

»Was dauert so lange?«

Howie seufzte und ratterte die Nummer herunter.

»Gut.« Billys Stimme klang wie ein zufriedenes Schnurren. »Jetzt wartest du einfach ein, zwei Minuten, dann wird etwas auf deinem Handy sein. Das bringst du zu Jasper.«

»Gehört eine Karte zu diesem Geschenk?« Howies natürliche Veranlagung zu spöttischen Bemerkungen würde ihn irgendwann noch umbringen, nahm er an, aber wenigstens starb er dann mit einem witzigen Spruch auf den Lippen.

Billy brüllte vor Lachen, es stand in einem krassen Missverhältnis zu Howies dürftigem Späßchen. »Nicht nötig, Howie. Verlass dich drauf, Jasper wird genau wissen, woher das kommt.«

Na wunderbar, dachte Howie, dann wurde die Verbindung beendet.

Er griff nach seinem Handy, starrte auf den Schirm und wartete.

Sobald seine Eltern zur Arbeit aufgebrochen waren, machte sich Howie mit seinem Wagen auf den Weg zu Jazz' Versteck. Er hatte den Fehler begangen, sich den Anfang der Audiodatei anzuhören, die Billy ihm geschickt hatte, und er wünschte, es gäbe eine Möglichkeit, durch seine Ohren bis in sein Gehirn zu schrubben, um das Gehörte wieder zu entfernen. Vielleicht eine Kombination von Bleiche und Drahtbürste … Diese Stimme – großer Gott.

Er merkte, dass er zu schnell fuhr, und ging vom Gas. Das Letzte, was er jetzt gebrauchen konnte, war, von der Polizei gestoppt zu werden oder von der Straße abzukommen. Sein Airbag würde ihn wahrscheinlich umbringen.

Das Versteck lag an einer einsamen Schotterstraße. Obwohl er sein ganzes Leben in Lobo's Nod verbracht hatte, hatte Howie die Straße nie auch nur bemerkt, geschweige denn war er auf ihr entlanggestreift, um die alte, verlassene Hütte dort zu entdecken. Eins zu null für das Serienmördergen und seine unheimliche Fähigkeit, gruslige Orte zu entdecken, die sonst niemand würde finden wollen.

Er erspähte ein unförmiges Steingebäude durch die dicht stehenden, aber kahlen Bäume. Zu jeder anderen Jahreszeit, wenn auch nur ein wenig Laub an den Bäumen gewesen wäre, hätte er es übersehen. Es hatte vielleicht drei, vier Meter Seitenlänge und war überwachsen von Ranken und Moos. Der Tarnanzug der Natur.

Er stieg aus, musterte das Gebäude und bemühte sich, die Kränkung zu unterdrücken, weil Jazz ein Versteck hatte, das nur Connie kannte; weil er ein Geheimnis vor seinem besten Freund gehabt hatte.

Gut, genau genommen *zwei* Geheimnisse. Schließlich hatte Jazz in ihrer Kindheit bei einem Teller Nudeln mit Soße kein einziges Mal Howie angesehen und gesagt. »Hey, übrigens, Mann: Mein Dad bringt echt Leute um. Massenweise.«

Howies aufkeimende Eifersucht und Empörung wurden ein wenig gelindert, als er die Tür öffnete und das Versteck vor Augen sah. Ein Teil von ihm hatte den Unterschlupf eines Erzbösewichts erwartet, ein anderer Teil eine wahre Lasterhöhle, mit verführerischer Beleuchtung und einer Glasschale mit Kondomen.

Stattdessen war es einfach ein Loch. Es roch nach Staub, Mehltau, Schmutz und diesem besonderen Geruch schierer Kälte. Eine Kerosinnote lag allem zugrunde, fraglos von dem kleinen Heizofen gleich neben der Tür. Es gab ein einziges Fenster – wenn man es so nennen konnte – mit einer milchigen, fast undurchsichtigen Plastikplane als Scheibe, ein paar wacklige Barhocker, die eindeutig vom Sperrmüll stammten, und einen traurig aussehenden Sitzsack. Auf diesem lag ein gleichermaßen traurig aussehender Jazz und schlief.

Jazz machte keinen besseren Eindruck als am Abend zuvor auf dem Friedhof, aber er machte zumindest auch keinen schlechteren. In der Annahme, dass Jazz die Läden in der Stadt, wo jeder sein Gesicht kannte, meiden musste, hatte Howie ein paar Flaschen Wasser und Gatorade, einige Äpfel und eine Handvoll Proteinriegel aus der Gersten'schen Küche geschmuggelt, bevor er losfuhr. Als er Jazz anstieß und ihm einen Riegel vor die Nase hielt, sagte Jazz nicht einmal »Guten Morgen«. Er riss ihm den Riegel aus der Hand und nahm sich kaum die Zeit, ihn auszupacken, bevor er ihn aß.

Howie ordnete seine überlange Gestalt auf dem Hocker an, der am meisten Halt und Bequemlichkeit zu bieten schien. Jazz verschlang den Proteinriegel und einen Apfel unter lautem Schmatzen und Rülpsen und spülte beides mit Wasser hinunter, dann warf er ein paar Tabletten hinterher und trank noch mehr Wasser.

»Gute Entscheidung mit den Medikamenten«, sagte Howie. »Wenn du das hörst, wirst du nämlich wünschen, du wärst bis zur Besinnungslosigkeit zugedröhnt.« Howie hielt sein Handy in die Höhe und wackelte damit. Während Jazz Gatorade trank und einen weiteren Apfel mampfte, legte Howie sein Handy auf einen Stuhl zwischen ihnen, stellte es auf laut und spielte die Datei ab. Auch wenn er es nicht wollte.

»... ist jetzt an.« Die Stimme war bekannt, es war Billys. Er fuhr fort. »Wenn schon, dann benutzen wir dieses kleine Ding auch, nicht wahr? Was meinst du?«

Die Antwort waren ein paar gedämpfte Laute. Verzweifelte Laute.

»Wir fangen jetzt an«, sagte Billy, und das waren seine letzten Worte für den Rest der Audiodatei, die etwas länger als fünfundzwanzig Minuten dauerte.

Erst war da diese gedämpfte Stimme wieder. »Warten Sie«, glaubte Howie zu hören, und dann noch einmal: »Warten Sie.«

Dann wurde die Stimme plötzlich laut und schrill: *»Neineineineineineineinein.«* Ebenso plötzlich brach es ab, und dann kam ein Schrei, ein Schrei, wie Howie in seinem Leben noch nie einen gehört hatte. Der Schrei klang nach Babys in einem Mixer. Bei lebendigem Leib mit Speeren in den Boden gespießte Hunde. Dieser Schrei dauerte eine volle Minute, ehe er abbrach und in keuchendes, nasses Schluchzen überging.

Jazz zog die Knie an die Brust, als wären sie eine Panzerung, kaute an einem weiteren Riegel und blickte auf das Telefon. So wie Kinder fernsehen. Hingerissen, aber nicht verstört.

Großer Gott, Jazz.

Ein raues, rhythmisches Geräusch. Fest, aber irgendwie nass.

Howie erwartete einen weiteren Schrei, vernahm aber nur ein tiefes, kehliges Stöhnen, unterbrochen von weiterem Weinen.

O Gott, dachte Howie, *ist das Jazz' Mom? Foltert Billy sie, um Jazz dazu zu bringen ...*

»Jazz, Alter, können wir …«

»Pst«, zischte Jazz, begleitet von einer unwirschen Handbewegung, und blieb auf das Telefon konzentriert. So unmöglich es war, er wirkte jetzt gesünder und energiegeladener, als würde es ihn beleben, die Folter mit anzuhören.

Ein kräftiges, dumpfes Klatschen. Ein Schlag ins Gesicht? Ein Fausthieb? Definitiv Fleisch und Knochen auf Fleisch und Knochen. Howie zuckte zusammen wie selbst getroffen. Jazz sah aus wie eine Marmorsäule, eine Granitstatue. Er war *Der Denker* mit einem Proteinriegel und einer schwer beschädigten Psyche.

Die Stimme wieder.

»Biigheeee …«

Howie brauchte eine Weile, bis er begriff, dass es *Bitte* heißen sollte, aus einem Mund, der entsetzlich zugerichtet sein musste.

Es ging weiter. Howie wand sich in seinem Sitz. Was um alles in der Welt hatte er hier verloren? Die Nachricht war für Jazz, nicht für ihn. Er hätte das Handy hierlassen und schleunigst nach Hause verschwinden sollen, oder wenigstens im Wagen warten.

Schließlich endete es. Nicht mit einem letzten Schrei oder einem erneuten Flehen um Gnade, sondern mit dem lauten Klicken des Aufnahmegeräts, als es abgestellt wurde.

»Oh, Himmel.« Es war kalt im Versteck, aber auf Howies Stirn stand Schweiß, und seine Achselhöhlen schwammen darin. »Was war *das*, verdammt?«

»Eine Nachricht. Anweisungen.«

»Machst du Witze? Das war Folterporno. In echt. Das war weit über …«

»Es war für mich, nicht für dich.« Jazz blinzelte und sah Howie an, als wäre ihm jetzt erst bewusst geworden, dass er da war. »Ich hätte dich wegschicken sollen. Tut mir leid.«

Howie betrachtete seinen besten Freund einen Moment lang und forschte nach dem alten Jazz in ihm. Er glaubte, etwas weit hinten in diesen Augen zu entdecken, aber er war sich nicht sicher. Jazz' Miene war nahezu ausdruckslos, er sprach langsam und überbetont, ein Roboter, der Text ablas.

Er ist nicht mehr erreichbar, oder? Er hat dichtgemacht, lässt nichts mehr an sich ran. Er hat entschieden, was er tun wird.

»Ich habe dir eine Decke mitgebracht«, sagte Howie völlig grundlos, höchstens vielleicht in der Hoffnung, die Banalitäten des Lebens könnten Jazz zwingen, an etwas anderes als Blut und Tod zu denken. »Ich dachte, du willst vielleicht ...«

»Nicht nötig. Das endet heute.« Er stand auf und runzelte die Stirn, dann drehte er sich zu Howie um. »Diese andere Sache, um die ich dich gebeten habe ...«

Howie schüttelte den Kopf. »Keine Zeit gestern Abend.« Er rechnete mit einem Ausbruch von Jazz. Das Schweigen war schlimmer. »Wenn mir meine Eltern die Autoschlüssel wegnehmen, kann ich ...«

»Dann tu es jetzt, bitte«, sagte Jazz viel zu höflich.

»Jazz ...«

Jazz langte hinter den Sitzsack und hob ein großes schwarzgraues Buch in einem verschließbaren Plastikbeutel auf. »Du musst das hier an dich nehmen.«

»Hast du das in dem ... du weißt schon, in dem Grab gefunden?« Howie drehte das Buch in den Händen. Es war kompakt und unerklärlich schwer.

»Ja. Es ist Billys. Du musst es verstecken, und sollte ich am Ende tot sein, gibst du es G. William.«

Howie blinzelte schnell beim Ansturm der Tränen. Ein verdammt heimtückischer Angriff. »Red nicht so«, sagte er schniefend. »Du wirst nicht ...«

»Das ist alles, Howie. Ich komme vielleicht nicht zurück.

Wenn doch, werde ich dieses Buch brauchen. Wenn nicht, kann G. William damit dort weitermachen, wo ich aufgehört habe.«

Howie wischte sich über die Augen und presste die Lippen zusammen. »Du benimmst dich wie ein Idiot. Du solltest dieses Zeug zu G. William bringen und ihn machen lassen.«

»Es ist meine Aufgabe. Ich muss derjenige sein.«

»Warum?« Howie hasste den weinerlichen Ton, der sich in seine Stimme schlich, konnte aber nichts dagegen tun. »Warum?«

»Weil ich Billy hätte töten können. Als ich ein Kind war. Oder ihn wenigstens der Polizei melden. Ich habe es nicht getan. Ich hatte Angst.«

»Du warst ein Kind!«, schrie Howie und hätte Jazz beinahe seines Vaters Buch von Wahn und Böse über den Kopf gedroschen. »Hör auf, dich selbst deswegen zu prügeln! Geh zur Polizei!«

Jazz schüttelte den Kopf. »Ich erwarte nicht, dass du es verstehst. Billy ist verrückt, und Sam auch. Meine Großmutter war verrückt. Und nach allem, was ich gehört habe, mein Großvater ebenfalls. Es ist genetisch, Howie. Ich habe es im Blut, geerbt, so wie du deine Bluterkrankheit.«

»Na und? Was hat das mit ...« Plötzlich dämmerte es ihm. »Du *willst* sterben«, flüsterte Howie. »Du hast gar nicht vor, zurückzukommen. Du denkst, du hast es verdient.«

Jazz verschränkte die Arme vor der Brust und sah zur Seite. »Ich tue nur, was getan werden muss. Und ich bitte dich um diese beiden letzten Gefallen. Das ist alles.«

»Du hast nicht genügend Platz auf deinem Körper für die Tätowierungen, Mann.«

Jazz schüttelte den Kopf. »Wir tauschen hier nicht. Es geht nicht darum, dass ich etwas für dich tue und du tust etwas für mich. Hier geht es um Hardcore-Freundschaft. Hier geht es darum, dass ich dich bitte, etwas für mich zu tun, ohne dass du etwas dafür bekommst. Es geht um Freundschaft, Howie.«

Noch mehr Tränen. Howie wischte sie mit dem Handrücken beiseite. »Das ist gemein. Du hast mich schon früher manipuliert, aber …«

»Ich manipuliere nicht. Ich glaube, ich habe zum ersten Mal wirklich verstanden, was Freundschaft ist. Und ich muss dir dafür danken.« Er legte die Hände sanft auf Howies Schultern und sah ihm in die Augen. »Du warst die längste Zeit das Beste, Normalste in meinem Leben. Vor Connie gab es dich. Und ich kann mich nie dafür revanchieren. Ich kann mich nie für das erkenntlich zeigen, was du jetzt für mich tust. Du musst dich einfach fragen, Howie: Musst du etwas zurückbekommen?«

Alles in ihm wollte Ja rufen, verlangen, dass Jazz als Gegenleistung für das, was Howie getan hatte und noch tun würde, sofort aufgab und weiterlebte.

Aber …

Er wusste …

Er wusste, was er nicht wusste. Nämlich: Wie es war, mit Billy Dent als Vater aufzuwachsen. Wie es war, mit dieser Bürde zu leben, die wie das Schwert von diesem griechischen Typen, von dem sie in der Schule gehört hatten, über Jazz' Kopf schwebte. Was es bedeutete, dass eine tote Mutter noch lebte, aber jetzt in den Klauen eines Verrückten war, der allen Grund hatte, sie langsam, Stück für Stück zu töten.

Er konnte nicht vorgeben, irgendetwas davon zu verstehen. Deshalb war es seine Aufgabe als bester Freund, seinem besten Freund zu vertrauen. Darauf zu vertrauen, dass Jazz wusste, was er tat. Und irgendwie lebend und heil aus der ganzen Sache herauskam.

»Wenn du stirbst«, sagte Howie, »werde ich zweimal im Jahr auf dein Grab pissen. Zu den Sonnenwenden.«

Zum ersten Mal seit Langem bedachte Jazz Howie mit einem Grinsen. Er knuffte ihn am Kinn, vorsichtig, um ihm nicht wehzutun. »Guter Junge«, sagte er.

Howie fuhr weiter zum nächsten Stopp auf seiner Jasper-Dent-Wahnsinnstour.

In Wahrheit war Gramma Dents Haus der letzte Ort auf der Welt, wo er sein wollte. Es war immer ein unheimlicher, abstoßender Ort gewesen. Der Geruch nach alter Dame. Das Reality-TV-reife Hamstern von Zeug, das gewisse Räume unbenutzbar machte. Und natürlich die Neigung von Jazz' Großmutter, jederzeit in einen Schwall rassistischer Sprüche, paranoider Wahnvorstellungen oder bruchstückhafter Erinnerungen auszubrechen. Oder in eine Kombination aus allen dreien. Er hatte bei seinen Besuchen im Lauf der Jahre verschiedene Phasen durchlaufen und das Haus abwechselnd als erschreckend, lustig, verstörend oder schlicht sonderbar empfunden.

Als er das letzte Mal dort war, hatte ihm Sammy J. die Haut halb von den Fingern gerissen, und Gramma war dem Grab eine Bananenschale näher gerückt. Er hatte es jetzt einfach gründlich satt. Aber Jazz bestand darauf, und Howie gehorchte. Er hatte bereits im Sheriffbüro angerufen und rundheraus gelogen, indem er einem Deputy weismachte, er habe sein Handy am Abend »des Zwischenfalls« im Haus der Dents liegen gelassen und bräuchte es zurück. Offiziell war es noch ein Tatort, aber die Polizei war fertig dort, und es gab keinen Grund, ihn nicht hineinzulassen.

Sie waren allerdings misstrauisch und bestanden darauf, ihn nur in Begleitung ins Haus zu lassen.

Ein Streifenwagen der Polizei von Lobo's Nod wartete in der Einfahrt auf ihn. Ein Deputy, den er nicht kannte, stieg aus.

»Gersten?«, sagte der Deputy. »Ich bin Ihre Eskorte.«

»Ein Escortservice, im Ernst?«, sagte Howie, als er ebenfalls ausstieg. »Ich hatte mir eher etwas mit großem Busen vorgestellt.«

Der Deputy stöhnte und bedeutete Howie mit einer Handbewegung, zum Haus zu gehen.

»Verstehen Sie mich nicht falsch«, fuhr Howie fort. »Ich meine, solange ihr die Rechnung übernehmt, würde ich mich auch mit winzig kleinen zufriedengeben, ich wollte nur eine Vorliebe zum Ausdruck bringen, verstehen Sie?« Er hörte keine Sekunde auf zu reden, während er die Eingangstreppe hinaufstieg und die Schwelle überquerte, und hoffte, bei seinem Geplapper würde der Polizist nicht merken, wie nervös er war. Wieder in dieses Haus zu gehen … nicht zu wissen, was er vorfinden würde …

Unmittelbar hinter der Tür war der Boden übersät mit Zeug, das die Sanitäter zurückgelassen hatten – Fetzen von Pappkarton, aufgerissene Plastikhüllen, eine schlanke Kappe für eine Nadel. Ein bräunlicher Fleck musste sein eigenes Blut sein. Und die Flinte, die unbrauchbare mit dem verschlossenen Lauf, mit der er Sam bedroht hatte, lag nicht weit entfernt. Bei dem Anblick wurde ihm schwindlig, und er musste kurz die Augen schließen.

»Beeilung«, fuhr ihn der Deputy an. »Wir haben nicht den ganzen Tag Zeit.«

Jazz wollte, dass er das Haus nach allem durchsuchte, was Samantha möglicherweise zurückgelassen hatte. Angesichts der Tatsache, dass sowohl Gramma als auch Howie unter mysteriösen Umständen auf Tragen aus dem Haus gebracht worden waren, würde die Polizei bereits alles durchsucht haben, aber wie Jazz es formulierte: *Sie haben sicher nach den naheliegenden Dingen gesucht, nach Anzeichen für irgendwelche Verbrechen. Du warst jeden Tag dort. Dir werden Dinge auffallen, die sie nicht sehen.*

Howie durchforstete das Erdgeschoss, Küche, Wohnzimmer, Esszimmer, dann oben die Schlafräume. Der Deputy machte große Augen, als er Jazz' Wand mit den Fotos von Billys Opfern in chronologischer Reihenfolge sah. *Der Typ rennt schnurstracks zu TMZ und sackt einen fetten Scheck ein,* dachte Howie missmutig. SOHN DES SERIENKILLERS VON DADS OPFERN BESESSEN! Die Schlagzeilen schrieben sich praktisch von selbst.

Nachdem er das ganze Haus abgesucht hatte, ärgerte sich Howie nicht weniger über sich selbst, wie sich der Deputy über ihn ärgerte. Er hatte überall nachgesehen und nichts gefunden. Selbst in Jazz' Zimmer, in dem Samantha während ihres Aufenthalts geschlafen hatte, hatte er nicht einmal auch nur ein vergessenes Höschen von ihr gefunden. *Hör auf, daran zu denken, Howie!*

Verlegen lachend und mit einem Achselzucken ließ sich Howie wieder aus dem Haus und zu seinem Wagen führen. »Ich muss es wohl doch woanders verloren haben.« Dann fuhr er rückwärts aus der Einfahrt bis zur Straße hinaus, wo er sorgsam darauf achtete, den Briefkasten nicht über den Haufen zu fahren, wie es ihm bei seinem ersten Besuch hier fast passiert wäre.

Moment mal.

Der Briefkasten?

Er trat auf die Bremse. In seinem Rückspiegel ragte Grammas Briefkasten halb in die Straße hinein, wie er es immer getan hatte. Er war verbeult und auf einen kräftigen Eichenpflock montiert. Die aufgemalten Orchideen und der schwarze Schriftzug MR. & MRS. J. DENT waren von der Sonne ausgebleicht und kaum mehr wahrnehmbar. Howie schauderte bei der Erinnerung an das letzte Mal, als er Jonathans Namen gesehen hatte. Auf seinem Grabstein.

Jonathan Dent. Sammy J. Ugly J. Was, wenn …

Nein. Jazz hatte seinen Großvater ausgegraben. Das war strikt die Show von Billy und Sammy.

Er setzte den Wagen ein kleines Stück zurück, sodass er direkt neben dem Briefkasten war. Im Vertrauen darauf, dass ihn der Polizist vom Haus oben nicht sehen konnte, streckte er die Hand aus dem Autofenster, öffnete den Briefkasten und verstieß gegen Bundesrecht, indem er die Post von Gramma und Jazz stahl. Noch etwas, das er jetzt mit Jazz gemeinsam hatte. Vielleicht würden sie sich eine Gefängniszelle teilen dürfen. Endlich Zimmergenossen!

Sobald er die Post im Wagen hatte, sah er zu, dass er wegkam, bevor der Deputy ihn noch erwischte. Auf der Hauptstraße durch Lobo's Nod fuhr er auf den Parkplatz eines Fast-Food-Restaurants und blätterte sie durch.

Rechnung. Rechnung. Katalog. Rechnung. Werbung. Werbung.

Ganz unten im Stapel lag ein einzelnes, schlichtes weißes Kuvert ohne Stempel oder Absenderadresse. Darauf stand einfach: JAZZ.

43

Mit zwei Tagesrationen Antibiotika im Blut beschwerte sich Jazz' Magen regelmäßig, aber sein Bein gab allmählich Ruhe, wie ein Betrunkener in einer Bar, der langsam begreift, dass der Rausschmeißer viel kräftiger ist als er. Huts Kugel würde für immer in ihm bleiben, deshalb war es an der Zeit, dass sie ihren Frieden miteinander machten. Wenn das Bein mitspielte, bis er mit Billy und Sam alles geregelt hatte, war es für ihn in Ordnung. Sobald das erledigt war, konnte das verdammte Ding verdorren und abfallen, es kümmerte ihn nicht.

Er kannte sich besser in Lobo's Nod aus als die meisten Leute. Als Kind hatte er die Stadt auf eigene Faust erkundet, von Billy dazu ermutigt, »gruslige Fleckchen« zu finden, Billys Ausdruck für verborgen Nischen, wo man entweder sich selbst oder Beweismaterial verstecken konnte. Für einen Jungen wie Jazz war es ein von Elternseite abgesegnetes Abenteuer gewesen, und er war mit einer Freiheit durch The Nod gestreift, um die ihn andere Kinder sicher beneidet hätten, solange sie nicht um den Preis für diese Freiheit wussten.

Als Folge davon kannte er die blinden Flecken der Stadt, die abgelegenen Gassen und Wege, die auf keinem Plan verzeichnet waren. Hughes Mantel war warm genug, solange er in Bewegung blieb.

Er hatte nicht die Absicht, stehen zu bleiben. Nicht, bevor er den Ort erreicht hatte, zu dem ihn Billys Hinweis führte.

Die Wohnung von Doug Weathers.

Es blieb Billy vorbehalten, einen Mann zu töten, statt

Howie einfach eine SMS mit Weathers' Adresse zu schicken. Eine weitere Leiche, ein weiterer Name auf Billys Dienstplan des Todes. Ein weiterer Grund, warum Billy sterben musste.

Und verdammt sollte er überhaupt sein, weil er Jazz in die Position brachte, den Tod einer degenerierten Null wie Doug Weathers zu rächen.

Jazz hatte Weathers' Stimme durch den Schmerz und die Todesangst hindurch und trotz des entstellten Mundes erkannt. Diese Stimme hatte ihn jahrelang verfolgt und mit Interviewanfragen belästigt, sie war aus Fernsehgeräten gedröhnt, wenn Weathers mit einer Inbrunst von Billy schwafelte, die nur jemand aufbringen konnte, der absolut ahnungslos oder wahrhaft verzweifelt war.

In Weathers' Fall traf beides zu.

Vor einigen Jahren hatte Weathers mit krankhafter Hartnäckigkeit versucht, Gramma dazu zu bewegen, sich »offiziell zu äußern«, damit »alle Welt weiß, dass man Ihnen wegen Ihres Sohns keinen Vorwurf machen kann«. Natürlich interessierte ihn ihr Ruf nicht im Geringsten – er wollte nur eine an Alzheimer leidende, alte Frau ausquetschen, bis sie etwas Verrücktes sagte oder etwas Belastendes ausplauderte. Jazz ertrug es kaum, wie Weathers ihn selbst aufs Korn nahm, und er weigerte sich hinzunehmen, dass der Schweinehund seine Großmutter nicht in Ruhe ließ. Also war er zum Gericht gegangen, um eine einstweilige Verfügung zu erwirken, und beim Gerichtstermin hatte er dann die schriftliche Fassung der Verfügung gegen Weathers gesehen, mit Adresse und allem Drum und Dran.

Das Gebäude, in dem Weathers wohnte, war viel hübscher, als es der Kerl verdient hatte. Andererseits musste man kein Großverdiener sein, um in Lobo's Nod anständig zu wohnen. Und das war auch gut so – Weathers hatte nicht mehr viel auf die Beine gestellt, seit Billy im Gefängnis war, und der Drang, seine hässliche Visage ins Fernsehen zu bringen, hatte nachgelassen.

Menschen sind echt, ermahnte sich Jazz. *Menschen zählen. Selbst Doug Weathers.*

Denke ich mal.

Es erschien ihm als eine Ungerechtigkeit von fast biblischen Ausmaßen, dass Jazz gezwungen war, sich auch nur einen Furz um Weathers zu scheren. Bestimmt hassten selbst *normale* Menschen den Kerl.

Jazz hatte fast bis zum Anbruch der Nacht gewartet – was um diese Jahreszeit eigentlich später Nachmittag war –, ehe er sich auf den Weg machte, im Vertrauen darauf, Kälte und Dunkelheit würden ihn davor bewahren, erkannt zu werden. In Weathers' Wohnung einzubrechen, würde kinderleicht sein. Er ging um das Gebäude herum. Eine verschlossene Stahltür hielt ihn ungefähr die zehn Sekunden auf, die es dauerte, Howies Spitzhacke unter Hughes' Mantel hervorzuholen und den Türgriff abzuschlagen. Sobald der Mechanismus des Schlosses freilag, dauerte es nur wenige weitere Sekunden, die Tür zu öffnen.

Er fand sich in einer Art Putzkammer oder Betriebsraum wieder. Dort ließ er die Spitzhacke; sie war zu schwer, um sie weiterzuschleppen, zumal er noch Treppen steigen musste. Weathers wohnte im fünften Stock. Ganz oben. Natürlich. Er musste ganz oben wohnen.

Sein Bein überraschte Jazz, denn er schaffte die fünf Stockwerke fast ohne Beschwerden.

Ein Hoch auf die Schmerztabletten. Und die Antibiotika. Aber vor allem auf die Schmerzmittel.

Der Flur auf Weathers' Stockwerk sah leer aus. Jazz wartete nicht, bis er sich vergewissert hatte – er marschierte schnurstracks zur Tür des Journalisten. Er machte sich nicht die Mühe zu klopfen. Falls Billy da drin war, hatte es keinen

Sinn, ihn vorzuwarnen. Stattdessen hebelte er die Tür mit dem steifen Plastik von Mark Culpeppers Kreditkarte auf, dann trat er ein und zog die Tür sofort wieder hinter sich zu.

Weathers' Wohnung war dunkel und eng. Jazz riskierte es, das Licht anzumachen, und erwartete halbwegs, dass Billy ihn anfallen würde.

Nein.

Doug Weathers' sterbliche Überreste über die Wohnung verteilt vorzufinden, hätte ihn ebenfalls nicht überrascht, und er war fast enttäuscht, dass sie auf diese besondere Junggesellenart vergammelt, aber ansonsten sauber war.

Wenn Doug Weathers so gefoltert und verstümmelt worden war, wie es der Audiodatei nach der Fall gewesen sein musste, würde er enorme Mengen Blut sowie den Inhalt von Darm und Blase verloren haben. Die Wohnung hätte nach Körperflüssigkeiten und Fäkalien stinken müssen. Dass dies nicht der Fall war, verriet Jazz, was er schon die ganze Zeit vermutet hatte – Weathers war woanders getötet worden.

Natürlich. Billy macht es nie einfach. Er liebt es, Hinweise zu hinterlassen. Er liebt es, mich an der Leine herumzuführen.

Der Gedanke, das Ganze könnte einfach ein weiteres Spiel sein, ging ihm durch den Kopf. Vielleicht war Billy längst aus Lobo's Nod verschwunden, war tausend Meilen weit entfernt und lachte zusammen mit Tante Sam über Jazz' Dummheit, während Mom durch einen Knebel hindurch um ihr Leben bettelte.

Aber er glaubte nicht wirklich, dass es so war. Billy musste bis vor Kurzem in Lobo's Nod gewesen sein, wenn er sich um Weathers gekümmert hatte, und da seine Abreise aus New York noch nicht lange zurücklag, musste es in den letzten rund vierundzwanzig Stunden gewesen sein. Selbst wenn er inzwischen geflohen war, würde er noch nicht weit gekommen sein. Er würde es nicht riskieren, in ein Flugzeug oder einen Zug zu steigen, nicht einmal in einen Bus. Er würde im Wechsel mit Sam selbst fahren und sich dabei an Nebenstrecken halten müssen.

Sie waren sicher noch in der Nähe.

Es gab zwei Türen, eine weit offen, eine angelehnt. Die offene führte in ein Badezimmer, was bedeutete, die andere musste ein Schlafzimmer sein. Jazz würde später dort nachsehen. Fürs Erste hatte er jedoch einen Laptop erspäht, der aufgeklappt auf einem Schreibtisch gegenüber vom Sofa stand. Wenn Weathers nicht hier war, war er woanders hingegangen, entweder freiwillig oder nicht. Falls freiwillig, könnte ihn eine E-Mail fortgelockt haben. Es war einen Versuch wert.

Jazz fuhr über das Tastfeld, und der Laptop sprang an. Eine Website erschien.

Eine Karte. Eine Karte von Lobo's Nod, mit einer Markierung irgendwo unmittelbar außerhalb der Stadt. Eine blaue Linie zeigte den Weg von Weathers' Haus dorthin an.

Jetzt geht das wieder los. Noch mehr Hinweise. Noch mehr Würfeln.

Die Erkenntnis machte ihn so müde, dass er nichts weiter wollte, als sich auf Weathers' Sofa zusammenzurollen und ein Jahr lang zu schlafen. Vielleicht würde alles vorbei sein, wenn er wieder aufwachte: Billy tot, Sam tot, Mom außer Gefahr ... Ja, das klang gut.

Stattdessen seufzte er, schloss kurz die Augen und zwickte sich in den Nasenrücken. Und in diesem Moment hörte er es.

Er wusste nicht, ob er es hören sollte oder nicht. Er schloss die Augen noch fester, sodass Spiralen und Wirbel hinter seinen Lidern tanzten.

Wie war er hierhergekommen? Wie war er in Weathers' Wohnung gelangt? Es war, als wäre er die ganze Zeit auf

Autopilot gewesen und würde erst jetzt richtig merken, wo er eigentlich war.

In die Wirklichkeit zurückgeholt von dem Geräusch hinter ihm. Den Schritten.

Dumm! Dumm! Ich bin mitten hineinspaziert.

Ich hätte erst im Schlafzimmer nachsehen sollen.

Und dann sagte Billy: »Hallo, mein Sohn. Schön, dich wiederzusehen.«

TEIL VIER
Der Krähenkönig

44

Jazz öffnete die Augen, machte ansonsten aber keine Bewegung, sondern behielt seine starre Position vor dem Laptop bei. Vielleicht sah es für Billy aus, als hätte ihn der Schock handlungsunfähig gemacht.

In Wahrheit suchte er den Schreibtisch nach Waffen ab und wünschte, er hätte die Spitzhacke nicht unten im Erdgeschoss gelassen. Die Elektroschockpistole steckte in der rechten Tasche von Hughes' Mantel, aber er wusste nicht, ob Billy ihm eine Gelegenheit geben würde, sie zu ziehen.

»Hallo, Billy«, sagte er. Der Schreibtisch war voller Zeug, aber Jazz entdeckte nichts, was er benutzen konnte. Er wünschte, Brieföffner wären noch in Gebrauch.

»Willst du dich nicht umdrehen und Dear Old Dad begrüßen?«

Achselzuckend drehte sich Jazz um, sein linkes Bein knickte dabei ein wenig ein. Er nahm ein leichtes Zusammenzucken von Billy wahr, wie aus Mitleid. Aber das konnte er vergessen. Billy hatte für niemanden Mitleid.

»Na, sieh mal an.« Billy grinste. Er hatte – ausgerechnet – ein iPad bei sich, den er auf der Lehne von Weathers' Sofa balancierte, das zwischen ihnen stand. Billy sah wie immer gesund und energiegeladen aus. Töten tat ihm gut. Er stützte die Hände in die Hüften. »Vater und Sohn, wieder vereint. Und diesmal ist keiner in Handschellen und keiner liegt blutend auf dem Boden. Apropos, was macht dein Bein? Das hat Dear Old Dad doch gut gemacht, oder?«

Jazz' Bein zitterte, und er taumelte ein wenig. »Die Ärzte sagten, ein echter Schlachter muss sich daran zu schaffen gemacht haben.«

Falls Billy gekränkt war, zeigte er es nicht. Er lachte. »Bist du das, der da in meinem Kopf herumfuhrwerkt und alle Möbel umstellen will? Ich glaube nicht, dass das funktioniert. Ich habe dir alles beigebracht, was du weißt, aber nicht alles, was *ich* weiß.«

Jazz legte den Kopf selbstbewusst schief. »Vielleicht habe ich ja ein paar neue Tricks gelernt, während du in Einzelhaft warst.«

Billy lachte erneut. »Ist das dein schwachbrüstiger Versuch psychologischer Kriegsführung? Ein kostenloser Tipp vom Experten: Du musst etwas verwenden, was für dein Ziel eine Bedeutung hat. Etwas, das es beunruhigt. Meine Gefängniszeit war keine große Sache für mich. Du musst etwas finden, was *wehtut.*«

»Wie beispielsweise, dass Mom dem großen Billy Dent entkommen ist? Das muss ein Schlag für dein Ego gewesen sein. Kein Wunder, dass du jede Erinnerung an sie aus dem Haus getilgt hast.«

»Deine Mom hat getan, was sie tun musste. Und ich habe getan, was ich tun musste.«

»Hat dir Samantha geholfen, darüber hinwegzukommen?« Die Frage verursachte ihm Übelkeit, aber er musste es wissen: Hatten Vater und Sohn sich ihre Reize geteilt?

»Du stellst lauter falsche Fragen.« Er sagte es fast klagend, ein Kind, das frustriert ist, weil der Erwachsene das Spiel nicht richtig mitspielt. »Ich dachte, du wüsstest Bescheid, Jasper. Ich dachte, du hättest genug Zeit gehabt, hinter alles zu kommen.«

Ein Rauschen war in Jazz' Ohren. Sterne und Flecken tanzten vor seinen Augen. Ohne es zu bemerken, hatte er die Luft angehalten. Seine Hände waren zu Fäusten geballt. Er war in Schwung gekommen und fühlte sich lebendiger, als er sich je gefühlt hatte. Als wäre sein ganzes Leben ein Test gewesen, der auf diesen Moment zusteuerte. Er hätte am liebsten einen Satz über das Sofa gemacht, die Hände um die Kehle seines Vaters gelegt. Er wollte Billys letzten Atemzug im Gesicht spüren, wollte, dass sich diese verdammten blauen Augen in den Schädel verdrehten, wollte die Luftröhre in der Gewalt seines Griffs brechen fühlen.

Es wartet in dir, hatte Billy im Besucherraum in Wammaket gesagt. *Es schleicht umher wie eine große Katze, und wenn du am wenigsten damit rechnest, springt es dich von hinten an.* Oh, er konnte es jetzt fühlen. Genau wie Billy es beschrieben hatte. Es war ein Puma, ein Tiger, ein Löwe, der durch seine Eingeweide pirschte und tief in seiner – und Jazz' – Kehle leise knurrte. Es hatte den Geschmack von Blut auf den Lippen und der Zunge.

Und Gott stehe ihm bei, er wollte es ebenfalls schmecken.

»Vielleicht hast du langsam das Gefühl, es sei Zeit, etwas gegen mich zu unternehmen?«, fragte Billy. »Du kannst es gern versuchen.«

Die Elektroschockpistole des Wachmanns im Krankenhaus wog tausend Pfund in Hughes' Manteltasche. Sie war seine Geheimwaffe, falls er irgendwie an sie kommen konnte. Es war keins der Modelle mit einer gewissen Reichweite – er würde auf Armeslänge an Billy herankommen müssen, um sie benutzen zu können. Und er würde sie aus der Tasche holen müssen, ehe Billy über das Sofa kommen und sie ihm wegnehmen konnte.

War Billy bewaffnet? Jazz konnte sich nicht vorstellen, dass sein Vater ohne Waffe hier war, aber er sah keine verräterischen Ausbuchtungen in seinen Taschen. Wahrscheinlich hatte er ein Messer hinten im Gürtel stecken. Billy mochte

Schusswaffen generell nicht, er zog das Lautlose und Persönliche, die kurze Distanz eines Messers vor. Messer gegen Elektroschocker. Billy war ausgeruht und fit. Jazz weniger. Aber für ihn sprach seine Jugend, und vielleicht auch die Gerechtigkeit.

»Ich möchte alles verstehen, Billy. Ich will über die Krähen Bescheid wissen. Ich habe deinen Vater besucht.«

Billys Augen leuchteten. »Ah, tatsächlich? Wie geht es meinem alten Herrn?«

»Er zerfällt. Aber er hatte interessanten Lesestoff bei sich.«

»Bestimmt. Dann verstehst du es jetzt also.«

Was immer *es* war, Jazz verstand verdammt noch mal überhaupt nichts. Jede Bedeutung hatte sich ihm völlig entzogen.

»An deinen schriftlichen Äußerungen musst du noch feilen.«

Billy schnalzte mit der Zunge und schüttelte den Kopf. Jazz benutzte den Moment, um die Hände in die Manteltaschen zu schieben, die rechte schloss er um die Elektroschockpistole. Sie hatte seines Wissens noch eine Ladung übrig. Eine Chance, Billy zu betäuben.

Und dann, Jazz? Was machst du mit ihm, wenn er hilflos zu deinen Füßen liegt?

Er kannte die Antwort darauf. Sie *schnurrte*.

»Du enttäuschst mich, mein Sohn. Ich dachte, du würdest etwas lernen können aus Dear Old Dads Schriften. Ich war nicht viel älter als du, als ich das Zeug geschrieben habe. Dachte, du würdest es verstehen.« Falls Billy auffiel, dass er die Hände in den Taschen hatte, ließ er es sich nicht anmerken. Jazz musste davon ausgehen, dass es ihm aufgefallen war und er sich bereits etwas dazu überlegte.

»Sah einfach nach einer Menge Verrücktheiten aller Art für mich aus«, sagte Jazz leichthin.

Billy verlor zum ersten Mal die Geduld. »Pass auf, wie du mit mir redest, Junge. Du bist noch nicht so alt und so groß, dass ich dir nicht den Arsch versohlen könnte, weil du respektlos bist.«

»Komm her, wenn du meinst.« Er verstärkte den Griff um die Elektroschockpistole. Wenn er Billy dazu brachte, den ersten Schritt zu tun, würden seine Chancen, lebend hier rauszukommen, rasant ansteigen.

Einen Moment lang dachte er, Billy würde anbeißen, aber sein Vater holte nur tief Luft und beruhigte sich wieder. »Ich dachte nur, du würdest es kapieren, Jasper. Das ist alles.«

»Oh, ich kapiere es. Ich weiß nur nicht, *warum*. Du und deine Soziopathenfreunde, ihr habt einen kleinen Verein, ja? Die Krähen.« Seine Stimme triefte vor Sarkasmus. Erwachsene sind in der Regel stark allergisch gegen abfällige Bemerkungen von Teenagern, und Jazz hoffte, dass Billy – der ins Gefängnis gekommen war, ehe Jazz zum rebellischen Teen werden konnte – blind und dumm reagieren würde. »Ihr tötet gern Leute, und ihr helft euch gegenseitig, wenn ihr könnt. Ihr identifiziert euch mit diesen lachhaften Codenamen, die ihr alle so liebt, aber letzten Endes kennt ihr euch untereinander alle als Jack Dawes, weil *jackdaw* ein anderes Wort für Krähe ist. Ihr seid ja so erfinderisch.«

Er war endlich dahintergekommen, dass es bei den wiederholten Verweisen auf Jack Dawes in dem Buch nicht um eine Person ging. *Jack Dawes* war ein Codewort, ein allgemeiner Ersatz für eine Krähe. Es war teils Passwort, teils Tarnbegriff, teils Ausweis. Die Krähen konnten Namen und Identitäten wechseln, wie sie es brauchten – und wie es Billy wiederholt getan hatte –, aber sie konnten immer auf Jack Dawes zurückgreifen, ein Name, der so nichtssagend und allgemein war, dass niemand wegen des Zufalls stutzig werden würde, wenn es mehr als einen in einer Gemeinde gab. Aber eine Krähe würde wissen, was er bedeutete. Es war brillant, wie Jazz zugeben musste.

Aber er würde es nicht gegenüber Billy zugeben.

Billy verzog spöttisch den Mund, und Jazz dachte, er habe vielleicht einen Treffer gelandet.

Er holte zum nächsten Schlag aus. »Ich meine, welcher Schwarze Mann spielt Monopoly, um zu entscheiden, wer in den Klub darf?«

»Es ist nicht immer Monopoly.« War da ein defensiver Tonfall in Billys Worten? Jazz hoffte es. »Was zählt, ist, dass sie konkurrieren. Wir können nicht zulassen, dass jeder x-Beliebige den Krähen beitritt, verstehst du. Manchmal ist das Spiel Schach. Oder Scrabble. Was zählt, ist, dass einer aufsteigt und der andere stirbt.«

Das Spiel ist uralt, hatte Hut gesagt. *Das Spiel läuft ewig. Einer steigt auf und einer stirbt.*

»Bis auf dieses Mal.«

Billy grinste bösartig. »Niemand hat behauptet, dass es im Leben gerecht zugeht.«

»Die Krähen sind also um einen Mann geschrumpft. Ihr werdet Mitgliederwerbung machen müssen. Vielleicht solltet ihr anfangen, Brandstifter und Kinderschänder aufzunehmen.«

Ein weiteres Aufflackern von Wut bei Billy, als er Kinderschänder erwähnte. *Es ist nicht so, als würde ich* Kindern *etwas antun,* hatte Billy in Wammaket gesagt. Vielleicht gelang es ihm, Billys Zurückhaltung langsam zu zermürben.

Ich darf ihn nicht töten. Nicht sofort. Er muss mir erst sagen, wo Mom ist.

»Wir kommen ganz gut zurecht«, sagte Billy. »Nicht nötig, an das Gesindel zu appellieren. Und genau darum geht es, Jasper. Warum verstehst du das nicht?«

»Oh, ich verstehe es sehr gut. Ich sehe einen Haufen Irre, die einander versichern, dass sie in Ordnung sind. Eine Selbsthilfegruppe für Serienmörder. Nett.«

Der spöttische Ton veranlasste Billy nur zu grinsen. »Dafür hältst du es? Du begreifst wirklich die Zusammenhänge nicht, hab ich recht?«

»Dann erklär sie mir.«

»Ich hätte nie gedacht, dass ich es dir haarklein auseinanderklauben muss, Junge. Hätte dich für intelligenter gehalten.« Billy seufzte und nahm eine fast lehrerhafte Haltung ein. Jazz machte einen kleinen Schritt vorwärts, die Hand noch immer um die Waffe in seiner Tasche.

»Du weißt, dass Serienmörder relativ selten in diesem Land waren?«, fragte Billy. »Relativ. In den Fünfzigern und so war nicht viel los in dieser Beziehung. Aber dann ist etwas geschehen. In den Achtzigern gab es einen großen Sprung, die Zahl hat sich fast verdreifacht.«

»Sie wurden nur besser erfasst«, sagte Jazz. »Du kannst nicht ...«

»Oh, sie wurden besser erfasst, aber die Krähen wurden ebenfalls besser. Damals haben sie angefangen. Ich habe Jahre später alles über sie erfahren. Und bin ihnen auch gleich beigetreten.«

»Als Sam dich dem Krähenkönig vorgestellt hat.« Peng. Jazz wusste nicht viel, aber das wusste er immerhin.

»Es gibt einen Typ namens Jenkins an der Pennsylvania State University«, fuhr Billy fort, ohne auf ihn einzugehen. »Der studiert Serienmörderstatistiken. Trends. So als wäre es Baseball oder Football, ist das nicht zum Schreien? Jedenfalls, sieh dir seine Forschungsergebnisse mal an. Er weist nach, dass es in den letzten drei Jahrzehnten einen Anstieg von Leuten wie mir gegeben hat. Das sind die Krähen. Sie organisieren sich. Werden effektiver. Wir sind wie eine Epidemie, die durch die Gesellschaft schwappt, verstehst du? – Und du wirst an ihrer Spitze stehen, Jasper.« Billys Gesicht schien zu leuchten von etwas, das unheilig und stark war.

Jazz war gegen seinen Willen davon gefesselt. »Du wirst der nächste Krähenkönig sein, der Herr des Mordes, und du wirst *alles* verändern.«

Jazz' Mund war trocken geworden, und er spürte kaum die Elektroschockpistole in seiner Hand, so taub waren seine Finger. Gegen seinen Willen und trotz der Notwendigkeit, seine Mutter zu finden, brach sich seine Neugier rabiat Bahn. Er hatte gedacht, er sollte nach Billys Willen einmal ein Serienmörder werden, wenn er erwachsen war, aber die Wahrheit war noch erdrückender und noch faszinierender: Billy wollte, dass er Serienmörder *führte*.

»Warum?«, fragte er; er konnte nicht anders. »Was ist der Sinn des Ganzen? Wieso macht ihr nicht einfach euer Ding …«

Billy drehte tatsächlich die Handflächen himmelwärts und blickte nach oben, als bitte er Gott um ein klügeres Kind. Jazz sah ihm gebannt zu und erkannte zu spät, dass er seine Gelegenheit zum Angriff verpasst hatte.

Lass ihn reden. Konzentrier dich, Jazz!

»Du hast alle nötigen Informationen von mir bekommen!«, schäumte Billy. »Ich sagte, du sollst über Gilles de Rais nachdenken, weißt du noch?«

»In dem Mietlager. Ja.«

»Und hast du es getan?«

»Natürlich.«

»Und?«

»Er war ein Wahnsinniger. Hat Leute ermordet.«

Billy schnaubte höhnisch. »Blödsinn. Erzähl mir was Richtiges.«

Jazz holte die Erinnerung an die Lektionen hervor, die er abends lernen musste, wenn er mit der Schule fertig war, und zitierte: »Er war ein französischer Adliger des fünfzehnten Jahrhunderts. Er ging gern zu armen Leuten und gab vor, die Not ihrer Kinder würde ihn quälen, weshalb er anbot, die Jungen als Diener mit auf sein Schloss zu nehmen, damit sie ein besseres Leben haben sollten. Und dann vergewaltigte er sie, schlug sie tot und stellte schreckliche Dinge mit ihren Leichen an, und niemand erfuhr es, bis er mehr als einhundert getötet hatte.«

»Du hast da gerade ein sehr wichtiges Wort gesagt.«

»›Französisch‹?«, höhnte Jazz.

»Nein. ›Adliger‹.«

Sie sahen einander über das Sofa hinweg schweigend an. Billys Augen funkelten vor Vergnügen. Würde Jazz dahinterkommen? Wie hell war sein Junge, wobei *hell* verrückt bedeutete, denn sicherlich müsste er verrückt sein, um dieses Zeug zu verstehen, oder?

Doch auf eine kranke Art, erkannte Jazz, ergab alles einen Sinn. Warum sollten Menschen mit ähnlichen Interessen nicht zusammenkommen? Die Krähen waren wie eine ... Gewerkschaft.

O Gott. Das Ganze fängt an, vernünftig für mich zu klingen.

Er zwang sich, wieder an Gilles de Rais zu denken. Aber Billy hatte außerdem gesagt, er solle über einen anderen Namen nachdenken ...

Caligula war ein römischer Kaiser gewesen. Gilles de Rais ein Adliger. In Billys Streifzug durch die Geschichte hatte es außerdem Elisabeth Bathory gegeben, eine Gräfin und eine der raren Serienmörderinnen der Geschichte. Und Lucrezia Borgia, die Tochter eines Papstes, die einen Ehemann nach dem anderen ermordet hatte. Vorläufer von Belle Gunness und Ugly J.

»Ich verstehe nicht ...«

»Wir müssten von Rechts wegen Könige sein!«, polterte Billy los. »Serienmörder stellten den Adel, wenn du dir die

Geschichte ansiehst! Jack the Ripper war höchstwahrscheinlich …«

»… ein Angehöriger der Königsfamilie«, flüsterte Jazz.

»Richtig! Damals, als unsere Kunst erfunden wurde, unsere Gilde entstand, waren wir *Herrscher,* Jasper! Wir waren Könige, Grafen und Lords. Mord war der Elite vorbehalten, der Crème der Gesellschaft. Die ägyptischen Pharaonen töteten, wen und wie es ihnen gefiel. Die römischen Kaiser. Später die europäischen und slawischen Fürsten. Der Mythos von Dracula entstand, als ein transsilvanischer Adliger das Blut seiner Feinde trank. Vlad Țepeș war kein Vampir – er war ein Serienmörder, Junge. Wir standen an der Spitze der Pyramide, und alle anderen existierten nur für unser Vergnügen und für sonst nichts! – Aber jetzt ist alles auf den Kopf gestellt.« Billys Stimme bekam einen gekränkten Ton. »Sie stecken die Könige ins Gefängnis und lassen die Opferkandidaten daherschwafeln wie gehirnamputierte Schafe. Und schlimmer als das, schlimmer, Jasper – es gibt Killer ohne Stil und Anstand, ohne Bedeutung. Sie streifen über die Erde und machen für uns andere alles viel schwerer.«

Jetzt verstand Jazz endlich. Es ging bei den Krähen nicht darum, Serienmörder zu versammeln. Es ging darum, die *besten* Serienmörder zu versammeln. Mithilfe der »Spiele« wurden die labilen, die unzuverlässigen aussortiert, dann wurden die übrigen zusammengezogen, indoktriniert, koordiniert …

»Ihr wollt ein Jagdrevier einrichten«, erkannte er plötzlich und sah vor seinem geistigen Auge die Felder von Kansas blutgetränkt und voller Leichen vor sich. Er erinnerte sich an Huts Behauptung, er würde den Grand Canyon mit Leichen füllen. »Ihr wollt das ganze Land verwandeln, oder was? Ihr wollt, dass es sicher ist für euch und euresgleichen. Damit ihr auf die Pirsch gehen und nach Belieben töten könnt.«

»Wir wollen, was uns zusteht«, flüsterte Billy leise und sehr überzeugend. »Das ist die natürliche Ordnung, Jasper. Unsere Geschichte lehrt es uns. Die Starken und Edlen regieren die Opfer und verwenden sie zu ihrem Vergnügen. Es ist im Lauf der Zeit pervertiert worden. Mehr Freizeit, mehr Gelegenheiten für die Unwürdigen wie Hund oder sogar Hut, die Sache für alle zu verpfuschen, es uns anderen schwerer zu machen. Früher verfügte nur die Oberschicht über die nötige Zeit und Disziplin und über die Werkzeuge. Alle anderen waren damit beschäftigt, am Leben zu bleiben. Heute gibt es zu viele Leute, die Zeit haben und denken, sie könnten der nächste Bundy oder Speck sein.«

»Oder Dent?«

»Wünschen Sie es sich etwa nicht? Ich habe ebenfalls klein angefangen, Jasper, ich leugne es nicht. Ich hatte allerdings immer großen Ehrgeiz. Der Son of Sam war Postbote! Postbote! Keine Finesse. Kein Stil. Ging einfach zu einem Wagen und hat abgedrückt. Du meine Güte! Der soll sein wie wir? Bestimmt nicht. Du und ich, Jasper, wir sind etwas Besonderes. Du bist einer der Starken. Du bist dazu bestimmt, eine Krähe zu sein. Und je stärker die Krähen werden, je mehr Mitglieder wir aus allen Bereichen der Gesellschaft aufnehmen, desto klüger werden wir. Schwerer zu erwischen. Besonders wenn wir Krähen in hohen Ämtern haben. Bei der Polizei. Hast du dich schon mal gewundert, dass hin und wieder eine Praktikantin in Washington verschwindet, und niemand kann sie finden? Das liegt daran, dass niemand allzu angestrengt sucht. Es ist schwer, einen Mörder zu finden, wenn ihn ein anderer Mörder deckt.«

Oder eine Mörderin.

Der Gedanke rüttelte ihn auf. Er hatte zugelassen, dass sich Billy in seinen Kopf fraß, ihn mit hohlen Ideen und blutigen Vorstellungen verführte. Aber letztendlich war Billy der Mann, der mit seiner Schwester an der Seite Menschen tötete. Billy war der Vater, der zugelassen … oder es sogar erzwungen hatte, dass sein eigenes Kind … und seine eigene Schwester …

Nicht jetzt! Nicht jetzt! Konzentrier dich!

Wo war Sam? Wartete sie im Schlafzimmer, wo Billy gelauert hatte? War sie irgendwo mit Mom und wartete auf ein Zeichen von Billy, um ihr die Kehle aufzuschlitzen?

Schlimmer noch: Würde sie Mom töten, wenn sie zu einer vereinbarten Zeit *kein* Zeichen von Billy bekam?

Seine Hand an der Elektroschockpistole war nass vor Schweiß. Er hatte Angst, er könnte sie im ungünstigsten Moment fallen lassen. Er durfte sein Rededuell mit Billy nicht weiterführen. Die Krähen spielten keine Rolle. Nichts davon war wichtig. Das war ein Problem für ein anderes Mal. Im Moment hatte er seinen Vater vor sich, und seine Mutter war verschwunden, und das war alles, was zählte.

»Du bist so armselig, Billy.« Er fragte sich, ob alle Kinder – normale Kinder – diesen Moment der Erweckung, dieses plötzliche Begreifen erlebten, dass ihre Eltern keine Götter waren, nicht einmal Könige. Sie waren einfach Menschen. Traurige, verpfuschte Menschen wie alle anderen. »Du glaubst, du folgst einer noblen Sache, aber alles, was du tust, ist Leute umbringen. Und alle deine Loser-Freunde tun auch nichts anderes. Und ihr redet alle darüber. Gut für euch. Ihr habt euch mit Leuten umgeben, die so denken wie ihr. Zum Trost und zur Sicherheit. Weißt du, wer das noch tut? Alkoholiker, Junkies und Sexsüchtige.« Er lachte herzhaft. »Weißt du was, Billy? Letzten Ende bist du genau wie eins deiner potenziellen Opfer!«

Seine Hand rutschte vom Elektroschocker ab. Er umfasste ihn erneut.

Billy bewegte sich nicht. Sein Gesicht war wie aus Stein. »Nimmst du das zurück, Junge?«, fragte er bedächtig.

»Sonst noch was?«

»Dann entscheide dich, Jasper. Du kannst dieses Spielzeug benutzen, das du in der Manteltasche hast …«

Billy langte hinter seinen Rücken und zog ein großes, fieses Messer hervor.

»… oder du kannst es wie eine Krähe machen.«

Und sein Vater nahm das Messer an der Klinge und streckte es ihm mit dem Griff voran einladend und in Reichweite entgegen.

45

Howie öffnete die Augen. Der schwarze Himmel über ihm war von Sternen übersät, und die Mondsichel hing an ihm wie ein Holzspan. Die Welt drehte sich einfach weiter, als wäre nichts geschehen.

Das Kuvert, das er in Gramma Dents Briefkasten gefunden hatte – das schlicht mit JAZZ adressiert war –, lag aufgerissen auf dem Beifahrersitz.

Jazz hatte nicht gesagt, was er mit einem Fund in Grammas Haus machen sollte, deshalb hatte er keine moralische Bedenken gehabt, ein an Jazz adressiertes Kuvert zu öffnen.

Er las den Brief einmal.

Er sagte sich, dass es Lüge war.

Er las ihn noch einmal.

Er war überzeugt, dass es gelogen war.

Er las ihn ein drittes Mal.

Es war keine Lüge.

Kompromisse. Das Leben war voll von ihnen. Etwa eine Basketballstatur zu haben, aber Bluter zu sein. Oder einen besten Freund zu haben, der allen Leuten eine Heidenangst einjagen konnte … und einem selbst auch.

Wie helfen zu wollen und nicht zu wissen, wie.

Er las den Brief noch einmal. Es konnte sehr leicht gelogen sein, aber es schmeckte nach Wahrheit. Howie verfügte nicht über einen kugelsicheren eingebauten Lügendetektor wie Jazz, aber er hatte ein Hirn im Schädel. Der Brief ergab einen Sinn. Es passte alles.

Und wenn er wahr war …

Wenn in dem Brief die Wahrheit stand, dann gab es nur einen möglichen Ausgang für Jazz. Einen einzigen.

Er hatte keine Möglichkeit, mit Jazz Kontakt aufzunehmen. Er war wieder zum Versteck hinausgefahren, nur um festzustellen, dass sein Freund nicht mehr da war. Wohin er gegangen war, wusste er nicht. Vielleicht war Jazz endlich zur Vernunft gekommen, hatte beschlossen, sich einen Bart stehen zu lassen, sich eine Hütte im hintersten Alaska zu suchen und ein nettes, ruhiges Leben als Lachsfischer zu führen. Der gelegentlich kleinere Verbrechen in der Gegend aufklärte. Das klang nach einer der lächerlichen Krimiserien, die Howies Vater verschlang, und es wäre der bestmögliche Ausgang für Jazz.

Aber Howie kannte seinen Freund zu gut. Wenn Jazz nicht im Versteck war, dann war er auf der Jagd nach Billy.

Wenigstens hat er den Rest von dem Essen mitgenommen, das ich ihm gebracht habe. Ein heranwachsender Junge, der auf Leben und Tod mit seinem geisteskranken Vater kämpft, muss auf seine Kalorienzufuhr achten. Auf Leben und Tod kämpfen ist eine schweißtreibende Angelegenheit.

Was also tun, wenn Jazz nicht da ist, aber man hat jazzmäßige Nachrichten? Die Antwort war verblüffend einfach: Wende dich an die Freundin.

Er rief Connie auf ihrem Handy an und erwartete, sie in New York zu erreichen, doch zu seiner Überraschung war sie bereits wieder in Lobo's Nod.

»Wenn das so ist: Ich habe etwas, das du sehen solltest. Kann ich rüberkommen?«

46

Connie öffnete die Augen, weil ihr Handy Aufmerksamkeit einforderte.

»Hey, Connie.«

Howie. Nicht Jazz. Hatte sie wirklich erwartet, Jazz würde anrufen?

»Howie, hast du …«

»Nicht am Telefon.«

»Unter normalen Umständen hätte sie Howies Paranoia entweder anbetungswürdig oder ärgerlich gefunden. Doch angesichts der Kräfte, die sie mobil gemacht hatten, um nach Jazz zu suchen, war Paranoia wahrscheinlich eine gerade noch hinnehmbare Stufe von Vorsicht. Billy konnte ihn töten. Sam konnte ihn töten. Die Polizei konnte ihn »aus Versehen« erschießen. Sie wusste Bescheid über die Polizei und ihre nervösen Abzugsfinger, über ihren bevorzugten Umgang mit Leuten, die ihresgleichen attackiert hatten. Ihr Vater hatte ihnen solche Geschichten von klein auf eingetrichtert, mehr als ihr noch Whiz, der die Bürde trug, ein schwarzer Junge zu sein, der zu einem schwarzen Teenager heranwuchs. *Wenn dich die Polizei nur komisch ansieht,* hatte Dad gesagt, *wirfst du dich auf den Boden und legst die Hände über den Kopf! Widersprich nicht! Versuch nicht zu fliehen! Versuche nicht, etwas zu erklären! Sie suchen nur nach einem Vorwand, auf dich zu schießen. Liefere ihnen keinen.*

Dasselbe würde trotz seiner weißen Haut für Jazz gelten. Er hatte Polizisten angegriffen, schlimm genug. Aber er war außerdem in den Tod einer FBI-Agentin verwickelt, und das machte ihn praktisch zum Äquivalent eines schwarzen Jugendlichen mit Kapuzenshirt in einer weißen Wohngegend.

Und falls die Polizei Jazz erwischte, bestand nicht einmal die entfernte Möglichkeit, dass er sich flach auf den Boden legte und die Hände über den Kopf nahm. Die Polizisten würden ihn töten, ohne zu zögern.

Sie drehte den Kopf zur Seite und kämpfte mit Tränen. Howie redete immer weiter, und nachdem sie zu ihm gesagt hatte, er solle vorbeischauen, hob sie das Bild von ihr und Jazz vom Nachttisch auf. Es war ihr einziger Trost.

Bald darauf traf Howie ein. Er schlug sich fast den Kopf am Türrahmen ihres Zimmers an, zog ihn aber in allerletzter Sekunde noch ein.

»Ninja-Reflexe«, gackerte er, und Connie brach fast in Tränen aus, so froh war sie über sein ironisch übertriebenes Selbstbewusstsein, das ihr so vertraut war. Sie begnügte sich jedoch damit, sich in eine sitzende Position zu kämpfen und die Arme auszustrecken, damit der große Trottel sie umarmen konnte. Sie hätte ihn gern kräftig gedrückt, stattdessen hielt sie ihn vorsichtig und schmiegte die Wange an seine knochige, spitze Schulter.

Als Howie zu weinen anfing, war es, als erlaubten seine Tränen den ihren, sich zu zeigen, und bald heulten sie zusammen in einer Mischung aus Erleichterung und Angst und hielten sich aneinander fest wie an den Sicherheitsbügeln einer Achterbahn. Connie weinte hemmungslos und durchnässte Howies Shirt, und sein Kinn zitterte an ihrem Scheitel, aber zum ersten Mal in ihrem Leben verschwendete sie keinen Gedanken an ihr Haar. Sollte Howie es wässern mit seinen Tränen. Es war ihr egal.

Schließlich versiegten die Tränen, und ihr wurde bewusst,

dass sie sich in einem engen, verzweifelten Clinch mit *Howie* befand und keine Ahnung hatte, wie sie sich von ihm lösen sollte, ohne seine Gefühle zu verletzen oder ihm tatsächlich Schaden zuzufügen. Howie richtete es für sie, als er mit einer Stimme, die noch immer tränenerstickt war, flüsterte: »Ich kann total deine Titten spüren.«

Gott sei Dank. Er war wieder Howie. Und sie war wieder Connie. Sie ließ ihn los und stieß ihn sanft zurück. »Nimm dein Gesicht aus meinem Haar, alter Bluter.«

Er grinste sie an, und alles war gut.

»Hast du ihn gesehen?«, fragte Connie leise, weil sie Angst hatte, ihre Eltern oder Whiz könnten mithören.

Howie legte einen überlangen Zeigefinger auf die Lippen, stand auf und schloss die Tür. Dann kam er zurück und ließ sich in ihren Rollstuhl sinken. Trotz des Größenunterschieds und einer zu weißen Haut sah er genauso aus, wie Whiz ausgesehen hatte, hilflos, verloren und so bemüht, ein Mann zu sein. Er nickte.

»Wann?«, fragte sie. »Wo?«

Howie verzog den Mund nach links, wie er es immer tat, wenn er überlegte, ob er lügen sollte. Es ließ sein Gesicht aussehen, als würde man mit dem Finger in einem noch nicht trockenen Gemälde herumschmieren.

»Sag es mir, Howie.«

»Ich weiß nicht, ob es eine Rolle spielt. Er ist nicht mehr, wo er war. Ich habe nachgesehen.« Er beugte sich vor, spitze Ellbogen auf vorspringenden Knien.

»Es ist so weit, Connie. Ich glaube, es passiert.«

Er erzählte ihr, wie Billy angerufen hatte, um Jazz eine Nachricht zu hinterlassen – »Und um über den Golfschwung meines Vaters zu reden, was ist nur los mit dem Typ?« –, und wie Jazz anschließend verschwunden war. Wie sehr sie auch bettelte, er weigerte sich, ihr die Nachricht vorzuspielen.

»Ich werde für den Rest meines Lebens Albträume haben und dann in meiner nächsten Inkarnation als der Hugh Hefner des zweiundzwanzigsten Jahrhunderts. Nicht nötig, dass du sie ebenfalls hast.«

»Hefner, hm?«

»Hey, nach allem, was ich in *diesem* Leben erlitten habe, bin ich wohl mal fällig für ein Leben mit endlosem Sex. Aber pass auf – auf Befehl von du weißt schon wem habe ich Grammas Haus durchsucht und das hier gefunden.« Er zog ein aufgerissenes Kuvert aus der Tasche und reichte es ihr.

Der Brief darin war handgeschrieben und kurz. Connie las ihn zweimal und furchte die Stirn dabei in dem Versuch, ihm eine zusätzliche Bedeutung zu entlocken. Es sah so einfach aus …

»Ich verstehe es nicht«, gab sie zu.

»Was, wenn das stimmt, was da steht?«, fragte Howie.

»Na ja, dann …« Ihre Stimme verlor sich. Sie stellte den Zusammenhang nicht her. Verdammte Schmerzmittel.

»Wenn der Brief korrekt ist«, sagte Howie, »dann bedeutet das, wir haben uns geirrt. Du. Ich. Jazz. Wir sind von einer bestimmten Annahme ausgegangen, und wenn die falsch ist …«

»O Gott!« Connie ließ den Brief fallen und schlug die Hände vors Gesicht. »O Gott, Howie! Dann …«

»Wir müssen zur Polizei gehen«, sagte Howie. »Kein Herumeiern mehr. Wir erzählen ihnen alles, und wenn es Jazz nicht gefällt …«

Es klopfte an der Tür. Connies Vater streckte den Kopf herein.

»Conscience«, sagte er ernst. »Die Polizei ist hier, um dich zu sprechen.«

47

Hughes erwartete Connie Hall und war deshalb überrascht, als statt ihrer ein absurd großer, dünner weißer Junge aus dem Flur ins Wohnzimmer der Halls kam. Er hoffte, die Basketballkünste des Jungen waren entsprechend, weil sonst all diese Größe vergeudet wäre, eine verdammte Schande.

Er und Tanner hatten den ganzen Tag Orte in Lobo's Nod abgeklappert, wo einer der Dents versteckt sein könnte, doch ohne Erfolg. »Sie sind beide keine Idioten«, hatte ihm Tanner anvertraut, als sie ein weiteres Mal ergebnislos irgendwo nachgesehen hatten. »Ich glaube im Grunde nicht, dass wir sie an einem dieser Orte finden, aber wir müssen es andererseits ausschließen können.«

Gegen seinen Willen fand Hughes immer mehr Gefallen an Tanner. Unter all dem Speck schlug das Herz eines ausgezeichneten Mordermittlers. In New York oder San Francisco wäre Tanner Detective ersten Rangs oder würde seine eigene Einheit leiten. Seine Talente und seine Intelligenz erschienen ihm in einer Stadt wie Lobo's Nod vergeudet, aber Hughes fiel kein höflicher Weg ein, es ihm zu sagen. Stattdessen hörte er einfach den weitschweifigen Reden des Sheriffs zu, während sie durch Lobo's Nod und Umgebung fuhren und gelegentlich ein heruntergekommenes Hotel oder eine abbruchreife Ladenfront kontrollierten.

Zu Mittag aßen sie in einem Laden namens – Hughes konnte es nicht glauben – DINNER. Er konnte nicht sagen, ob das Lokal zunächst als Restaurant begonnen hatte, das nur abends geöffnet war, oder ob schlicht jemand nicht gewusst hatte, wie man *Diner* schreibt. Während der Mahlzeit überprüften sie beide wie besessen ihre Handys, aber es gab keine hilfreichen Meldungen. Beide Dents waren bis zu diesem Zeitpunkt in so ziemlich allen fünfzig Bundesstaaten gesichtet worden, und es gab zwei Berichte aus Mexiko und einen aus Kanada. Die Leute sahen die Dents im Fernsehen und projizierten sie überallhin.

Hughes und Tanner arbeiteten auf der Basis reiner Vermutungen und der Aussage einer Lkw-Fahrerin, die behauptete, sie habe Jasper Dent an einer Tankstelle abgesetzt, die eine Stunde Fahrzeit entfernt war. Tanner hatte Deputys dorthin geschickt, und sie hatten nichts gefunden.

Irgendwann im Verlauf des Tages stellte Hughes dann endlich die Frage, die ihm schon die ganze Zeit auf der Seele lag. »Sagen Sie, Sheriff, wie haben Sie Billy damals eigentlich gefasst?«

Tanner setzte ein Lächeln auf, während er seinen Wagen über ein altes Bahngleis steuerte. Weiter draußen an dieser Straße gab es ein paar Hütten, die er sich ansehen wollte. »Ich wünschte, ich könnte sagen, es war brillante Polizeiarbeit, aber es war einfach reiner Dusel.«

»Ich glaube, Sie sind zu bescheiden, Sheriff.«

»Nennen Sie mich G. William. Und meine Mom sagte immer, Bescheidenheit ist nur Prahlerei, die ein bisschen aus der Übung gekommen ist.«

»Was zum Teufel soll das denn bedeuten?«

Tanner zuckte mit den Achseln. »Weiß ich auch nicht so genau. Klingt aber irgendwie gut, oder?«

Sie lachten beide, und dann überprüften sie mit Taschenlampen und gezogenen Waffen die Hütten und fanden wieder einmal nichts.

»Und jetzt?«, fragte Hughes, als sie zum Wagen zurückgingen.

Tanner blickte ins Leere. Wären sie in New York gewesen, hätte Hughes ihren nächsten Schritt gewusst, aber hier in Timbuktu fiel ihm nichts ein. Gab es noch mehr baufällige Schutthaufen, in die sich die Dents verkrochen haben könnten? Hoffentlich nicht.

»Connie ist wieder in der Stadt«, sagte Tanner. »Fahren wir zu ihr. Sie sagten, Jasper hat sie angerufen, während er im Krankenhaus war, richtig? Dann lassen Sie uns nachfragen, ob ihr noch etwas eingefallen ist.«

Hughes wusste, Tanner sagte mit seiner Formulierung nur auf höfliche Weise: *Ob sie sich entschieden hat, uns zu erzählen, worum es in diesem Telefongespräch wirklich ging.*

»Hört sich gut an.« Es hörte sich in Wahrheit verzweifelt an, aber an diesem Punkt regierte längst Verzweiflung. Hughes wollte nicht in Kürze vor einer neuen Leiche stehen.

Und jetzt standen sie im Wohnzimmer der Halls. Die Mutter hatte ein Kind in die Küche hinausgescheucht, und der Vater hatte nicht übermäßig erfreut gewirkt, Hughes wiederzusehen, wenngleich er durchaus freundlich zu G. William gewesen war. Der schlaksige weiße Junge kam hereingeschlendert, als gehörte ihm das Haus, und ließ sich aufs Sofa sinken. Hughes rechnete halb damit, seine Knochen rasseln zu hören, wenn sie aneinanderstießen.

»Na, was geht ab, G-Dub«, reimte er wie der schlechteste Gangsta-Rapper der Welt.

Hughes musste den Drang unterdrücken, hinzugehen und dem Jungen den Möchtegernschwarzen aus dem Leib zu prügeln.

»Howie«, sagte Tanner mit der Miene eines Mannes, der jedes vorstellbare Ärgernis hinter sich und ein zenartiges Verständnis dafür entwickelt hat. »Mit dir habe ich hier nicht gerechnet. Wir …«

Ehe er zu Ende sprechen konnte, kam Dad den Flur entlang und schob Connie in einem Rollstuhl. Hughes zuckte bei ihrem Anblick zusammen. Im Krankenhausbett hatte sie schlimm genug ausgesehen, aber jetzt waren die meisten Verbände abgenommen, und ein Patchwork aus Blutergüssen, Abschürfungen und Schnitten zeigte sich fast überall, wo ihre Haut nicht von Kleidung bedeckt war. Das linke Bein war geradeaus vorgestreckt, und ihr Vater manövrierte vorsichtig um die Möbel im Wohnzimmer herum, ehe er sie neben Howie abstellte. Hughes war nicht entgangen, dass er sie absichtlich möglichst weit von ihm und Tanner entfernt postierte. Zwischen ihnen standen ein Kaffeetisch und ein zweisitziges Sofa.

Connie streckte den Arm aus und ergriff Howies Hand. Wie süß.

»Mr. Hall«, sagte Hughes und nickte. »Eine Freude, Sie wiederzusehen.«

»Die Freude ist ganz auf Ihrer Seite.«

Anwälte.

»Wir sind hier …«

»Bewegen Sie sich nicht ein wenig außerhalb Ihres Zuständigkeitsbereichs, Detective?«

Gottverdammte Anwälte.

Tanner sprang ein. »Jerry, ich weiß, Sie wollen nicht, dass Ihr Mädchen noch mehr durchmacht, als es schon durchmachen musste, und ich will ihr weiß Gott nicht weiter zusetzen. Wir haben nur ein paar Fragen, und ich verspreche, dann lassen wir Sie wieder in Ruhe.«

Das schien Hall zu besänftigen, der knapp nickte, aber weiter mit verschränkten Armen dastand und Hughes böse ansah.

»Da wir aber Howie schon mal hier haben …«

Hughes wusste, worauf Tanner hinauswollte. Der Phantombildzeichner der Polizei war endlich nach Lobo's Nod gekommen und hatte ein Bild der Frau angefertigt, die Erickson im Krankenhaus gesehen hatte. Sie waren überzeugt, es handelte sich um Samantha Dent, aber in der Stadt hatte sie seit vielen Jahren niemand mehr zu Gesicht bekommen.

Außer Howie.

»Könntest du einfach einen Blick auf die Bilder hier werfen?«, fragte Tanner und entfaltete ein Blatt Papier. »Links oben ist sie so, wie sie für Erickson ausgesehen hat. Dann haben wir Projektionen ohne Brille, mit dem Haar unter der Haube. Das ist die Frau, die nach unserer Ansicht möglicherweise in die Ermordung von …«

Howie heulte vor Schmerz auf und zog seine Hand mit einem Ruck aus Connies. »He, was soll das?«

Connie stand der Schock ins Gesicht geschrieben. Sie sah Howie an, und zwischen den beiden ging etwas hin und her.

»O Gott«, hauchte Howie.

»Armer Jazz«, flüsterte Connie. »Ach, Jazz …«

»Was ist?«, fragte Hughes. Zum Teufel mit dem Vater – irgendetwas ging hier vor sich.

»Sie haben keine …« Howie schüttelte den Kopf.

Connie sah ihn aus tränennassen Augen an. »Es ist hoffnungslos«, sagte sie. »Es gibt nichts, was irgendwer jetzt noch für Jazz tun könnte.«

48

Jazz wusste, dass das Messer eine Finte war.

Und da er Billys Hang zu Gerechtigkeit, Ironie und Symbolik kannte, hätte er darauf gewettet, dass es dasselbe Messer war, mit dem sein Vater Connies Zopf abgeschnitten hatte. Es war eine schöne, verführerische Finte, aber nichtsdestoweniger war es eine. Sollte er danach greifen, würde Billy es nur allzu schnell umdrehen, und er würde auf die Spitze blicken, nicht auf den Griff. Er wusste nicht, ob sein Vater ihn töten würde oder nicht; Billys elterlicher Wunsch, ihn mordend an seiner Seite zu sehen, war stark ausgeprägt und wahr. Doch wenn Billy vollkommen überzeugt war, Jazz sei ein verlorener Fall und er würde nie der kleine Gott des Mordes und der Folter werden, den er sich seit Jahren erträumt hatte … Nun, dann konnte niemand sagen, was er tun oder nicht tun würde.

Jazz wollte das Messer so sehr, dass seine Handfläche juckte.

»Ich kämpfe nicht gegen dich«, sagte er. »Nicht, bevor du mir gesagt hast, wo Mom ist.«

»Du denkst, diese Information wird eine Bedeutung für dich haben?«

»Ich weiß, dass ich dich nichts mehr fragen kann, wenn ich dich getötet habe, deshalb frage ich jetzt.«

Billy riss die Augen auf und lächelte wie ein Kind beim Öffnen seiner Geburtstagsgeschenke. »Jetzt klingst du wie eine Krähe, Junge!« Das Messer schwankte nicht, so wie es zwischen ihnen in der Luft hing. Jazz bemühte sich, nicht darauf zu blicken. Billy war wie ein Zauberer – mit einer Hand lenkte er dich ab, während er mit der anderen blutige Kunststücke vollführte.

»Ich denke nicht, dass du bereit bist, deine Mom zu sehen«, fuhr Billy fort. »Ich denke nicht, dass du es dir verdient hast. Warum zeigst du Dear Old Dad nicht, was du da in der Tasche hast?«

Keine Chance. Jazz hatte die Kontrolle über das Gespräch verloren, falls er sie je gehabt hatte. Billy hatte alle Trümpfe in der Hand. Billy hatte Mom. Solange er nicht wusste, wo seine Mom war, musste Jazz bei Billys Spielen mitspielen.

Jazz blies verärgert die Luft durch die Nase, zog die Hand aus der Tasche und zeigte Billy … Hughes Dienstmarke.

»Ha! Ich wette, da läuft irgendwo in New York ein Bulle herum und ist stinksauer.«

»Mit Sicherheit.« Jazz hatte die Dienstmarke zum Glück in derselben Tasche gelassen wie die Elektroschockpistole. Billy war nicht der einzige Zauberkünstler in der Familie. *Schau dir diese funkelnde Dienstmarke hier an und achte nicht darauf, was ich sonst vielleicht noch in der Tasche habe …*

»Steck sie dir an«, sagte Billy mit einer Spur Erheiterung in der Stimme.

»Wieso?«

»Ich weiß nicht. Vielleicht sieht es lustig aus. Ich habe gerade Bock drauf, dich als Cop zu sehen, und ich ignoriere es nicht, wenn ich Bock auf etwas habe.«

Jazz dachte, der Mantel würde zu dick sein, deshalb schlug er das Revers zur Seite und steckte sich Hughes Marke links an die Brust von Mark Culpeppers Hemd. »So? Zufrieden?«

Billy verzog das Gesicht. »Nö. Nicht so komisch, wie ich dachte. Na gut. Ich nehme nicht an, du musstest jemanden töten, um das Ding in die Finger zu bekommen …?« Ein hoffnungsvoller Ton lag in seiner Stimme. Ein Vater, der ein Zeugnis aufklappt, das nach seiner Erwartung schlecht ausgefallen ist, der aber hofft, dass wenigstens eine Zwei dabei ist.

»Tut mir leid, dich enttäuschen zu müssen.«

Billy zuckte mit den Achseln. »Enttäuschungen gehören bei Eltern dazu, Jasper. Der Trick besteht darin, deine Kinder selbst dann zu lieben, wenn sie dich enttäuschen. Wusstest du, dass sie mich in Wammaket gezwungen haben, es mit Therapie zu versuchen? Ging nicht lange, aber ich habe gelernt, dass wir in Wahrheit oft von uns selbst enttäuscht sind, wenn uns jemand enttäuscht.« Billy ließ das Messer sinken, offenbar überzeugt, dass Jazz nicht vorhatte, es an sich zu bringen. Er betrachtete es einen Moment lang und steckte es dann mit einem Schulterzucken in seinen Hosenbund. »Ich habe viel Zeit in Einzelhaft verbracht. Ich habe gelernt, sehr eingehend über das nachzudenken, was ich getan habe – und was ich nicht getan habe. Und meine Enttäuschung über dich, Jasper, ist in Wirklichkeit Enttäuschung über mich. Dass ich dich so früh verlassen habe. Bevor ich deine Erziehung abschließen konnte. Es ist nicht deine Schuld, dass du so bist, wie du bist. Es ist meine.«

Das konnte er laut sagen.

Mit echtem Bedauern in der Stimme fuhr Billy fort: »Wenn ich meine … Bedürfnisse im Zaum gehalten hätte, hätte mich Tanner, dieses fette Arschloch, nie erwischt. Ich wäre ein freier Mann gewesen und hätte deine Unterrichtung zu Ende gebracht.«

»Du hast mir genug beigebracht«, sagte Jazz leise. Gänzlich ungerufen tauchte das Messer in seinen Händen vor seinem geistigen Auge auf, das Messer, das in Fleisch schnitt …

Mom? War es Mom, die ich geschnitten habe? Oder hat Sam mich an ihr üben lassen?

Billy redete weiter, als hätte Jazz nichts gesagt. »Stattdessen gehst du her und schließt *Freundschaften.*« Billy spuckte das Wort förmlich aus. »Du beschmutzt deine Haut mit Tätowierungen.«

»Du musst gerade reden.« Billys Gefängnistattoos prangten immer noch auf seinen Knöcheln.

»Hör auf, freche Antworten zu geben, Junge!« Billy schrie, an seinem Hals traten die Sehnen hervor. »Diese Worte bedeuten etwas!« Er hob beide Fäuste. LOVE stand auf der einen, FEAR auf der anderen. »Das ist *Philosophie.* Deine Tätowierungen sind nur Quatsch. Du besudelst deinen Körper zur *Unterhaltung.*«

Und Jazz erinnerte sich verblüffend deutlich an die erste Nadel, die in seine Haut eindrang, an dem Tag, an dem ihm das stilisierte CP3 tätowiert worden war. Howie hatte daneben gestanden, einen Blick reiner, kindlicher Freude in den Augen, der so gar nicht zu seiner hoch aufragenden, erwachsenen Gestalt passte.

»Nein. Aus Freundschaft.«

Billy stieß die Fäuste vor. Die Tätowierungen waren ungleichmäßig und ungenau. LOVE. FEAR.

»Welche enthält dein Schicksal, Jasper. Liebe zu deiner Familie, zu deinesgleichen? Zu den Menschen, die dich zu dem gemacht haben, was du bist? Oder Angst vor dir selbst? Vor den Opferkandidaten und ihrer Welt, in der du nach ihrem Willen leben sollst.«

Es blieb Billy überlassen, es so zu sehen. Es blieb Billy überlassen zu denken, man könnte die Welt in genau zwei Kategorien einteilen und sie dann auf diese Weise definieren. *Liebe* musste nicht Familie bedeuten. Und *Angst* musste nicht für den Rest der Welt gelten.

»Ich glaube, ich hatte genug von deiner Art Liebe«, sagte Jazz und war selbst überrascht, dass ihm Tränen in die Augen traten. »Du … du hast mich *missbraucht*«, sprudelte es aus ihm heraus. »Du hast mir schreckliche Dinge angetan. Du hast mich gezwungen …«

»Ich habe dich nie missbraucht.« Billy ließ die Hände sinken. »Ich habe dich geliebt – ich liebe dich noch, Junge. Du bist mein Sohn. Mein Kind. Nicht ein Mal habe ich …«

»Du hast mich gezwungen, sie zu schneiden!«, schrie Jazz. »Du hast mich gezwungen, sie zu schneiden, und du … und du …« Er rang nach Luft. Er konnte nicht sprechen. O Gott, was war nur los mit ihm? *Ich darf nicht die Kontrolle verlieren,* sagte er sich. *Ich darf nicht verrückt werden. Wenn du die Kontrolle verlierst und Billy schleicht sich in deinen Kopf, dann bist du erledigt, so oder so. Entweder du bist am Ende tot, oder du knickst ein und findest dich mit dem tödlichsten Vater/Sohn-Tag aller Zeiten ab.*

Zu Jazz' Überraschung stand Billy einfach nur da und beobachtete mit sorgenvoller Miene, wie Jazz sich wieder fing und tief Luft holte. Er wischte sich mit dem Ärmel über die Augen.

»Alles in Ordnung?«, fragte Billy sanft.

»Leck mich.« Jazz' Stimme war hitzig. »Du hast mich mein ganzes Leben lang manipuliert, aber ich falle nicht mehr darauf herein. Du hast mich …« Er schluckte. Er musste es sagen. Er musste es laut sagen. Doch dann kam es doch nur als Flüstern heraus. »Du hast mich zum Sex mit meiner eigenen Tante gezwungen. Die Dinge, die du getan …«

Billy schüttelte den Kopf und schnalzte mit der Zunge. »Ich habe nichts dergleichen getan, Jasper. Ich schwöre es.« Er hob tatsächlich eine Hand und legte sie auf die Stelle, wo bei einem Menschen das Herz gewesen wäre. »Das ist nie passiert.«

»Ich erinnere mich daran.« Jazz konnte kaum sprechen, er erstickte an seiner eigenen Sprache. Er konnte nicht aufhören, an den Traum zu denken, der sich – wie der Traum vom Schneiden – als real herausgestellt hatte. An die Berührungen.

»Für deine Erinnerungen kann ich nichts«, sagte Billy und zuckte mit den Achseln.

Jazz zwang sich, an etwas anderes zu denken. Die Geburtsurkunde. Ein wehmütiges Lachen entrang sich seiner Kehle. Diese verdammte Geburtsurkunde. Das war Billys erster Fehler gewesen. Das höhnisch anklagende leere Kästchen bei *Vater* hatte Jazz eine wichtige Lektion gelehrt.

»Wenn ich dich töten muss, um Mom zu retten«, sagte Jazz, »werde ich es tun. Ohne nachzudenken. Ohne Reue.«

Billy nickte bedächtig. »Und dann bist du nur noch einen Schritt davon entfernt, jeden aus jedem Grund zu töten. Ohne nachzudenken und ohne Reue.«

»Hör auf, mir den Kopf zu verdrehen. Hör auf, mir zu sagen, was ich denke und fühle, was ich denken und fühlen werde. Ich bin selbst der Herr meiner Gedanken und Gefühle.«

»Ich bin überzeugt, dass du das gern glauben willst.« Billy zog erneut das Messer und streckte es Jazz mit dem Griff voran entgegen. »Aber du wirst es erst wissen, wenn du es ausprobiert hast, oder?«

Ohne es zu wollen, sogar ohne dass es ihm gänzlich bewusst war, machte Jazz einen Schritt auf Billy zu, einen Schritt auf das Messer zu. Seine rechte Hand zuckte, und Jazz musste sie mit Willenskraft zurückhalten.

Billys Augen funkelten. Blaues Eis, das auf einem Meer aus blutunterlaufenem Weiß trieb.

»Das kannst du mir nicht antun«, flüsterte Jazz, aber es geschah bereits. Er sah sich selbst, wie er das Messer nahm. Sah sich diese verdammten funkelnden Augen aus dem Gesicht seines Vaters schneiden. Dann die Zunge, diese gottverdammte Zunge, die nie, *nie* still hielt. Ja! Diese Stimme für immer zum Schweigen zu bringen. Die Zunge abschneiden, sie noch zuckend und nach Sprache dürstend aus dem blutigen Brunnen von Billys Mund ziehen.

Und dann, wenn Billy nicht mehr fähig war, sich zu verteidigen, ihm die Klinge ins Herz stoßen. Sie umdrehen, um sicherzugehen. Würde er spüren, wie sich die Herzmuskeln teilten, wie sie von der Klinge durchtrennt wurden? Ja, zum Teufel, er würde es spüren!

Andernfalls wäre es zu enttäuschend.

Er wollte fühlen, wie das Herz seines Vaters entzweiging.

Er bekam einen Krampf in den Fingern. Sie sehnten sich nach einer Waffe.

»Ich glaube, du bist jetzt bereit«, sagte Billy. Sie sahen einander wie hypnotisiert an. Sein Vater legte das Messer auf die Rückenlehne des Sofas. »Ich glaube, du bist bereit für die Wahrheit. Für den Krähenkönig.«

»Ich kenne die Wahrheit«, flüsterte Jazz. »Ich dachte, du wärst der Krähenkönig, aber du bist es nicht.«

»Und war es nie«, stimmte Billy zu. »Erzähl mir, was du weißt.«

Ja. Ja, er würde es ihm erzählen. Es erschien ihm einfacher zu kapitulieren. Das Dunkel musste nicht kalt sein. Es konnte warm sein, er konnte sich in es hüllen wie in eine Daunendecke und … die Welt einfach geschehen lassen. So hatte es Billy gemacht, und Billy war glücklich.

Warum nicht?

Er hörte sich selbst alles darlegen, alles, was er im Lauf der Zeit begriffen hatte. Wie sehr er sich die ganze Zeit geirrt hatte. Er hatte gedacht, Billy sei der Krähenkönig, der Herrscher, der Meister, aber er hatte sich geirrt.

Es war die ganze Zeit seine Tante Samantha gewesen. Sie war der große Puppenspieler. Das Geschlecht war nur eine List. Weibliche Serienmörder waren so selten, dass niemand eine Frau an der Spitze der Krähen vermuten würde. Niemand würde je vermuten, eine Frau sei der Krähenkönig.

Jazz hatte ihr an Grammas Küchentisch gegenübergesessen und Kaffee mit ihr getrunken. Damals hätte er allem ein Ende machen können, hätte er sich nicht so verzweifelt nach Familienanschluss gesehnt.

Nun, jetzt hatte er alle Familienbande, die er sich nur wünschen konnte. Vater und Tante Tötungsmaschinen. Es war in seiner DNA.

»Sam war älter als du«, fing Jazz an. »Sie hat zuerst den Kontakt hergestellt.« Er dachte an die Geschichte, die Sam ihm erzählt hatte, wie Billy als Kind eines Nachts nackt in ihrem Zimmer gestanden hatte. Er glaubte diese Geschichte. Sie hatte sie nur nicht zu Ende erzählt. Was war danach passiert?

Seine eigenen Kindheitserinnerungen füllten die Leerstellen aus. Und sie verursachten ihm nicht länger Übelkeit. So war es jetzt eben. So hielten es die Dents. Hatte sein Großvater Billy oder Sam missbraucht? Hatte es so angefangen? Er würde es nie erfahren. Seine Großeltern waren tot, und er konnte sich nicht vorstellen, dass Billy diese Frage beantwortete. Billy und Sam waren böse zur Welt gekommen, oder sie hatten gelernt, böse zu sein. Das Ergebnis war so oder so dasselbe.

Lange Zeit, hatte Sam gesagt, *dachte ich, dass etwas nicht mit mir stimmt, weil es sonst niemand zu bemerken schien.* Er war so ein Idiot. Sie hatte ihm praktisch erzählt, wer und was sie war. Sie hatte Billys Wahn und seinen Hang zum Mord frühzeitig erkannt. Und ihn zweifellos ermutigt. Die ältere Schwester, die ihren kleinen Bruder anhimmelte, ihn an der Hand nahm und ihm alles beibrachte.

»Sie hat das Haus zuerst verlassen. Ist auf die Pirsch gegangen. Sie hat die Aufmerksamkeit der Krähen gewonnen und dich bei ihnen eingeführt. Und da ging deine Karriere dann richtig los. Vielleicht hat sie dir bei ein paar von deinen Morden geholfen. Ich weiß es nicht. Aber sie war da draußen und hat sich in der Krähenhierarchie nach oben gearbeitet. Hat ihre Spiele gespielt und sie alle gewonnen. Bis sie der Krähenkönig war und ihr beide euch wiedervereinen konntet. Sie hat den Impressionisten nach Lobo's Nod geschickt. Sie hat deine Flucht aus Wammaket arrangiert.«

Billy nickte nachdenklich. »Du hast dir alles zusammengereimt.«

Jazz schob die Hände in die Taschen, er war wie benommen. Ach ja, die Elektroschockpistole. Sie interessierte ihn nicht mehr. Es hatte keinen Sinn. Er konnte Billy betäuben und töten, und Tante Samantha würde ihn trotzdem kriegen.

»Du hast mit allem recht«, sagte Billy. »Bis auf die Dinge, bei denen du falschliegst. Aber die Spielstunde ist vorbei. Bist du bereit, den Krähenkönig kennenzulernen?«

Jazz hatte Sam bereits kennengelernt, aber er gestattete Billy diesen melodramatischen Moment, während der sein iPad zur Hand nahm und einschaltete.

»Dieses Ding hier ist ein gottverdammtes Wunderwerk, Jasper. Ist an mir vorbeigegangen, als ich im Gefängnis war, aber es ist so einfach …« Er fummelte kurz daran herum, dann stellte er ihn auf das Sofa, mit dem Bildschirm zu Jazz. Ein kleines Licht ging an, es zeigte an, dass die Webcam aktiv war, und dann kam ein Gesicht auf den Schirm.

»Hallo, Jasper«, sagte seine Mutter.

49

Ihre Stimme hatte sich nicht verändert. Nicht im Geringsten.

»Hallo, Jasper.«

Die ersten Worte, die er seit Jahren von ihr gehört hatte. Sie trafen ihn stärker, als er erwartet hatte, und trieben ihm Tränen in die Augen. Er bohrte mit den Fingern in ihnen, in ihm schwoll eine Wut an, die so maßlos und mächtig war, dass sie überfloss und ihn zu zersprengen drohte.

Hatte er wirklich gedacht, alles sei vorbei? Hatte er wirklich erwogen, vor Billy zu kapitulieren? Hier war sie, die Frau, für die er Polizisten angegriffen, gestohlen und gelogen hatte. Und sie war so identisch mit dem Bild, das er von ihr all die Jahre bewahrt hatte, dass es war, als wäre überhaupt keine Zeit vergangen, als wäre er wieder ein Kind. Bis auf die feinen Linien um die Augen – jene haselnussbraunen Augen, die seinen so ähnelten und so ganz anders waren als Billys – und der leichten Silbertönung in ihrem Haar, hätte sie exakt dieselbe Person sein können, die er zuletzt gesehen hatte, als er an jenem Tag vor vielen Jahren in die Schule gegangen war.

Seine Mutter. Lebend, hier vor ihm. Er konnte sie sehen. Sie hören. Jetzt musste er sie nur noch finden.

»Wo ist sie?«, fragte er Billy. »Wo hält Sam sie gefangen?«

Billy schüttelte den Kopf und seufzte, ein Seufzer, der allen leidgeprüften Eltern bekannt sein musste. »Ich glaube, er kapiert es nicht, Belle. Willst du den Jungen aufklären?«

Jazz' Augen gingen von Billy zurück zu dem iPad. Seine Mutter, so wurde ihm nun bewusst, lächelte gequält, ihre Lippen kräuselten sich verwirrt. In ihren Augen lag keine Angst, ihre Miene drückte keinerlei Besorgnis aus.

Nein.

Nein. Nein.

Nein.

»Jasper«, sagte sie, »hast du deiner Mom nichts zu sagen? Es ist so lange her. Es tut mir leid, dass ich fortgehen musste, aber ... als Krähenkönig ist man nie fertig mit der Arbeit.«

»Nein!« Diesmal brach es aus ihm heraus. Er konnte es nicht zurückhalten. »Wie hast du sie dazu gebracht?« Er drehte sich zu Billy um, die Hände zu Fäusten geballt. »Wie hast du sie gezwungen, so zu ...«

Billy streckte die Hände mit den Handflächen nach oben von sich, sein Gesicht war verzerrt, als wollte er sagen: *Sieh mich nicht an!* »Sie gezwungen? Junge, ich könnte deine Mom nie zu etwas zwingen. Es war alles ihre Idee. Sie liebt ihre Spiele, weiß Gott.«

»Du lügst«, sagte Jazz, aber er wusste, dass es nicht stimmte. Er hatte sich Billys Lügen und Billys Wahrheiten sein Leben lang angehört. Er konnte eins vom anderen unterscheiden.

Billy sagte ausnahmsweise die Wahrheit. Tatsächlich, das erkannte Jazz nun, hatte sein Vater in dieser Beziehung immer die Wahrheit gesagt. Zumindest so gut er konnte.

»Du kennst diese alte Redewendung, mein Sohn«, sagte Billy. »Hinter jedem großen Mann steckt eine große Frau. Nun, ich, mein Sohn, bin ein *großartiger* Mann.« Er gestikulierte zu dem iPad, aus dem Janice Dent, der Krähenkönig, Belle Gunness, Ugly J. lächelnd blickte. »Komisch nur: Frauen sind immer so stolz, wenn sie das über einen Arzt, einen Präsidenten oder König sagen. Und viel weniger stolz, wenn es um Burschen wie mich geht. Warum ist das so, was meinst du?«

»Weil mein Geschlecht von seiner selbstgerechten Opferrolle und von Selbstmitleid verzehrt wird«, sagte Jazz' Mutter trocken.

»Ich glaube, da könntest du recht haben.« Billy grinste.

Jazz taumelte einen Schritt rückwärts. Der Anblick, wie seine Eltern ihn beide anlächelten, absolut seelenlos und mit einem Herzen aus Stein – er verschlug ihm den Atem.

Die Träume.

Das Schneiden.

Und ...

O Gott.

Er sank auf die Knie und schnappte nach Luft. War das Schock? War er dabei, einen Schock zu erleiden? Er konnte nicht atmen, und vor seinen Augen verschwamm alles.

Er hatte sie berührt ...

Die Hände in Weathers' billigen Teppichboden gepresst, versuchte Jazz, Luft zu holen, und es gelang ihm nicht. Seine Lunge hatte sich in Stein verwandelt, die erste Stufe der Lähmung, wenn man in die verfluchten Antlitze der Gorgonen blickte.

Wunderschön, hatte der Impressionist gesagt. *Aber die Art, wie man stirbt, ist so hässlich.*

Und schön war sie, seine Mutter. Hässlich auch.

Jazz würde hier, in Doug Weathers' Wohnung, an seiner eigenen Geschichte ersticken. Und er wusste, er hatte es verdient. Für die Anmaßung zu glauben, er könnte seine Vergangenheit besiegen und über Billy triumphieren. Für die Arroganz, sich für schlauer als seinen Vater zu halten und zu meinen, er habe die letzte Pointe richtig gefolgert.

Für die Schwäche eines Jungen, seine Mutter zu lieben.

Alles, wovon er überzeugt gewesen war, alles, woran er sich in seinem Leben geklammert hatte, war schlimmer als eine Lüge gewesen. Es war bewusste Täuschung gewesen. Seine sichere Zuflucht hatte sich in einen Hinterhalt verwandelt.

Er starrte auf seine Hände, die gerötet waren und zitterten und mit dem Muster des Teppichs verschwammen. Plötzlich ergab alles einen Sinn und nichts hatte mehr einen Sinn. Billys Fähigkeit, sich der Polizei zu entziehen, war keine so große Zauberei mehr, da die Polizei nach einem einzelnen Mann oder einem Mann mit einer Geisel gesucht hatte. Als Billy und Mom aus New York hinausfuhren, mussten sie wie jedes andere glücklich verheiratete Paar ausgesehen haben und problemlos durch sämtliche Checkpoints gerauscht sein. Moms Verschwinden war geplant gewesen, und dass Billy sie aus der Geschichte tilgte, war nur ein weiterer Punkt auf der To-do-Liste gewesen.

Billy hatte die Wahrheit gesagt. Er hatte gesagt, dass er Mom nichts getan hatte …

Was hast du mit Mom gemacht?, hatte Jazz gefragt.

Und Billy hatte die Achseln gezuckt. *Was ich mit deiner Mutter gemacht habe? Nichts.*

Lüge war Wahrheit, und Wahrheit war Lüge. Mom hatte ihm Rusty als Welpen geschenkt, und Billy hatte den Hund bei lebendigem Leib vor seinen Augen gehäutet. Hatte das zu einem Plan gehört? War es ein Teil ihres Entwurfs für sein Leben gewesen?

Und natürlich war da …

Und so

Es ist gut

Es ist nicht gut

Es ist gut

Jazz erbrach heftig. Sein Magen zog sich ein ums andere Mal zusammen. Alles, was er gegessen und getrunken hatte, sprudelte aus ihm wie aus einem Wasserrohr, einem Feuerwehrschlauch, einer Arterie. Galle brannte in seiner Kehle und auf seiner Zunge, und was aus ihm herauskam, reichte nicht, sein Magen hob sich immer weiter und produzierte nichts mehr als seine eigenen hohlen Schreie.

Kotze durchsetzt mit Schokoriegelbrocken und leuchtend rotem Gatorade glänzte Zentimeter vor seinem Gesicht auf dem Boden.

»Billy, Schatz, wie geht es unserem Jungen?«

»Er kotzt sich gerade die Seele aus dem Leib«, sagte Billy im Plauderton.

»Hört sich ziemlich grob an von hier. Vielleicht kannst du dich vergewissern, dass er nichts davon in die Lunge bekommt.«

Billy kam um das Sofa herum und stand vor Jazz. Jazz erkannte den Klang seiner Schritte und seine Nikes, die links von ihm ins Bild kamen, nur Zentimeter von Jazz' Hand entfernt.

»Scheint okay zu sein«, sagte Billy.

»Ich habe dir gesagt, er wird extrem reagieren«, sagte Mom mit einer Stimme, als würde sie sagen: *Ach du dummer Junge …*

Jazz bekam starken Schluckauf, sein ganzer Körper wurde geschüttelt. Er wäre beinahe flach auf dem Boden gelandet, aber Billy bückte sich rasch, fasste ihn unter den Armen und hielt ihn fest.

»Hoppla! Vielleicht geht es ihm doch ein wenig schlechter, als wir …«

Billy brachte den Satz nicht zu Ende, denn Jazz stieß den Kopf ruckartig nach oben. Sein Schädel dröhnte, als er an Billys Kinn traf und seinen Vater schlagartig verstummen ließ.

»Was ist los bei euch?«, fragte Mom aus dem iPad.

Billy taumelte rückwärts und riss Jazz dabei gleichzeitig mit sich. Jazz stieß sich mit den Beinen ab, warf sich gegen Billys Mitte und brachte seinen Vater aus dem Gleichgewicht. Sie fielen zusammen auf den Boden.

»Billy! Was ist los da drüben?« Mom klang besorgt.

»Nichts, womit ich nicht fertigwürde, Schatz.« Billy drückte gegen Jazz, der sich mit seinem ganzen Gewicht auf seinen Vater geworfen hatte. Aus dieser Position gelang es ihm, einen Arm von Billy auf dem Boden festzunageln. Mit der freien Hand boxte Billy kräftig in Jazz' Rücken. Jazz unterdrückte einen Schrei und strampelte mit den Beinen, um Billys zweiten Arm ebenfalls unter Kontrolle zu bringen.

»Du hast ja doch Kampfgeist!« Billy lachte. »Gut für dich! Unser Junge ist eine Kämpfernatur, Belle!«

Jazz widerstand der Versuchung, die beiden zu beschimpfen. Er brauchte seinen ganzen Atem, seine ganze Luft. Er hatte die Schwäche seines Beins zuvor nur vorgetäuscht, weil er wusste, dass Billy jedes Zittern und Stocken registrieren würde. Eigentlich fühlte es sich mit den Schmerzmitteln und den Antibiotika ziemlich gut an. Doch auch wenn sein Bein insgeheim funktionierte, waren sie noch zu ausgeglichen. Sicher, Jazz war jünger, elastischer, aber er war auch erschöpfter. Und er hatte gerade seine ganze Nahrung ausgekotzt. Billy war älter, aber fitnessgestählt durch das Gefängnis.

Jazz blinzelte Erinnerungen fort, Fetzen von Gefühlsregungen, schändliche Gedanken. Keine Zeit für Emotionen. Er musste zu einer Maschine werden. Er musste alles andere auf später verschieben und sich nur auf Billy konzentrieren. Nichts anderes zählte.

Er hielt einen Arm Billys mit den Beinen am Boden fest und den anderen mit den Händen, und dann riskierte er es, mit einer Hand nach dem Elektroschocker in seiner Tasche zu greifen. Billy, der spürte, wie sein Zugriff schwächer wurde, bäumte sich auf und schaukelte vor und zurück, um Jazz abzuschütteln. Jazz machte sich bewusst schwer und federte Billys Bewegungen ab. Er fühlte die Elektroschockpistole zwischen den Fingern.

Genau in dem Moment, in dem er sie aus der Tasche zog, gelang es Billy, einen Hebel mit seinen Füßen zu finden und

Jazz so weit von sich zu schütteln, dass er die Arme freibekam. Jazz führte die Pistole nach oben und versuchte, sie an seinen Vater zu drücken, doch ehe sie ihn berührte, wand sich Billy unter ihm frei und schleuderte Jazz von sich. Jazz' Finger zuckte am Abzug, und die Elektroschockpistole entlud sich sinnlos in die Luft.

»Wie oft habe ich dir gesagt«, keuchte Billy, der inzwischen stand, »dass man zweimal Maß nimmt …«

»… und einmal schneidet!«, fiel Mom auf ihrem iPad ein. Ihre Stimme allein schnitt ebenfalls. Sie schnitt grässliche neue Tätowierungen in sein Fleisch, klaffende Wunden aus Erinnerung und Schmerz.

Schieb es beiseite. Schieb alles beiseite.

Jazz sprang mit einer Tatkraft auf die Füße, die er in Wahrheit nicht empfand. Er durfte Billy nicht erkennen lassen, wie sehr er außer Atem war, wie sehr er um Luft rang. Sein Herz pulsierte wie ein Schlagzeugsolo.

»Jasper«, sagte Mom ganz ruhig. »Die Tatsache, dass du denkst, du kannst deinen Vater töten, sollte dir etwas verraten. Sie sollte dir verraten, dass wir dich gut trainiert haben.«

»Wir?«, fragte Billy.

»Gut, okay. Ich weiß, ich weiß – ich musste gehen, bevor das Training richtig anfing. Es ist schwer, Karrierefrau *und* Mutter zu sein. Du hast keine Ahnung. Ich wollte nicht gehen, aber ich hatte keine Wahl. Trotzdem, Jasper, denk nach: Diese Mordlust, die du jetzt fühlst, diese Wut – es gibt bessere Verwendungsmöglichkeiten für sie. Statt alles zu verbrauchen, kannst du sie willkommen heißen, sie nähren, wachsen lassen. Und an unserer Seite benutzen. Eine glückliche Krähenfamilie.«

Jazz wischte sich einen gummiartigen Rückstand von Erbrochenem von den Lippen. Er hielt immer noch die Elektroschockpistole in der anderen Hand, und genau in dem Moment, wo jemand, der sich über die Lippen wischt, die Hand wieder sinken lassen würde, hob er stattdessen die andere und schleuderte die Waffe auf Billy. In dem Sekundenbruchteil, den Billy brauchte, um zu reagieren und das Ding aus der Luft zu schlagen, sprang Jazz.

Billy stand einen Moment lang mit offenem Mund da, ehe er begriff, was passierte.

Er hatte angenommen, Jazz würde ihn direkt anspringen und die Ablenkung durch die Elektroschockpistole zu seinem Vorteil nutzen.

Stattdessen warf er sich auf das Sofa, er krachte so heftig in es, dass es umkippte und das iPad zusammen mit Jazz auf dem Boden landete.

Von wo er sofort wieder aufsprang, um tief geduckt dazustehen, als Billy auf ihn zustürzte.

Doch Jazz war schneller gewesen. Er führte das Messer bereits in der Hand, das Billy auf der Sofalehne hatte liegen lassen.

Billy blieb unmittelbar außerhalb von Jazz' Reichweite stehen und grinste höhnisch. »Unser Kleiner hat sich einen Saufänger geschnappt. Weißt du noch, wie man mit so einem Ding umgeht? Weißt du noch, was Dear Old Dad dir beigebracht hat?«

»Ja.« Jazz wechselte das Messer in die rechte Hand. Es gab verschiedene Arten, ein Messer zu halten. Er wählte absichtlich den schlechtesten Griff für diese Situation, mit nach unten zeigender Klinge und nach außen zeigender Schneide. Mit diesem Griff konnte man kraftvoll zustoßen, sich aber schlecht verteidigen – man musste den Arm über den Kopf heben, um zuzustechen, was bedeutete, dass Brust und Bauch ungeschützt waren. Es sah fies aus im Kino, aber es war eine Anfängerentscheidung.

»Ts, ts«, machte Billy. »Bist du dir sicher, dass du das

tun willst, Jasper? Nicht, dass ich es drauf anlegen würde, heute abzutreten, aber ich will, dass du eine faire Chance hast.«

»Hör auf, mit ihm zu spielen«, sagte Mom. Das iPad lehnte jetzt gefährlich an einem Tischbein. »Nimm ihm das Messer weg und lass uns die Sache zu Ende bringen.«

»Nur einen Moment noch, Janice«, sagte Billy. Er beugte und streckte die Finger. »Bist du bereit, Junge?«

»Ich bin bereit zur Welt gekommen.«

Jazz hob den rechten Arm, um zuzustoßen, und Billy griff ihn an, wobei er etwas Wichtiges vergaß.

Er vergaß, dass Jazz kein Opfer war.

Opfer fürchteten sich. Sie kreischten und duckten sich weg und taten alles, um Schmerz zu vermeiden. Manchmal erstarrten sie stattdessen auch, und der Schmerz wurde unvermeidlich.

Jazz rührte sich nicht, aber es war eine bewusste Entscheidung. Er wusste, dass Billy versuchen würde, ihn mit einem Blitzangriff zu überrumpeln, dass er versuchen würde, hart auf seinen Ellbogen zu schlagen, damit er das Messer fallen ließ, während er ihm gleichzeitig die Schulter in die Brust rammte, um ihn zu Boden zu werfen.

Er wusste es, weil er und Billy es viele, viele Male geübt hatten.

Als Billy gegen ihn prallte, und unmittelbar bevor er zu einem Schlag gegen den Ellbogen ansetzte, ließ Jazz seinen Arm rasch wieder sinken, und das Messer blieb an Billys Hemd hängen. Es durchtrennte das Gewebe und schnitt eine schmale Furche in Billys Oberarm.

Peng. Billy krachte mit seinem ganzen Gewicht und Schwung in ihn. Jazz ging die Bewegung mit, schlang dabei seinen linken Arm um Billys Hals und zog ihn mit sich nach unten. Stöhnend und ächzend wie Preisboxer prallten sie auf den Boden. Jazz' Zähne ratterten, und sein linkes Bein jaulte, als Billy darauf landete.

Billy lag halb auf, halb neben ihm. Ehe sein Vater diese Position ausnutzen konnte, wechselte Jazz mit dem Messer flink zu einem Fechtergriff und hieb damit aus; Billy konnte sich gerade noch zur Seite rollen, weil er die Armbewegung durch ihren engen Körperkontakt gespürt hatte. Mit einem Stöhnen, das er gern unterdrückt hätte, rollte sich Jazz ebenfalls herum und stieß sich auf die Knie. Billy kniete ein, zwei Meter entfernt und funkelte ihn wütend an.

»Nicht schlecht«, sagte er. »Es ist ein gutes Messer, nicht? Deiner Freundin hat es bestimmt gefallen.«

»Willst du reden oder kämpfen?«, höhnte Jazz. »Man hatte immer den Eindruck, dass du den Unterschied nicht kennst.«

Billy lachte. »Waffenstillstand. Ich komme nicht in deinen Kopf und du kommst nicht in meinen.«

»Nein. Wir sind jeder im Kopf des anderen. Dort gibt es nur nichts, was zu gebrauchen wäre.«

»Könnte stimmen.«

»Jungs«, sagte Mom gelangweilt, »das ist ja alles sehr unterhaltsam, aber höchst kontraproduktiv. Jasper, leg das Messer weg, und dann lasst uns die Sache wie eine Familie regeln.«

Für einen Sekundenbruchteil huschte Jazz' Aufmerksamkeit zu dem iPad, und im nächsten war Billy doppelt so groß in seinem Gesichtsfeld, weil er ihn ansprang wie ein Linebacker. Jazz fiel rückwärts und drehte sich zur Seite. Billy krachte in seine linke Schulter, und sein Knie stieß in seinen linken Oberschenkel und ließ die Schusswunde erneut aufheulen. Jazz biss die Zähne zusammen, um den Schmerz nicht zu zeigen, und rutschte nach rechts, um Billy herum.

Er sah seine Chance. Billys Rücken war ungeschützt.

Er schwang das Messer in einem weiten Bogen und ließ es

in den Rücken seines Vaters sausen. Eine Erschütterung lief durch seinen Arm, und fast hätte er losgelassen, aber im selben Augenblick schrie er, und der Klang seines Schmerzes verlieh seinen Fingern Kraft.

Er trieb das Messer in Billys Rücken, durch das Hemd, durch die Haut.

Und weiter.

Im ersten Moment nahm Billy gar nicht wahr, dass es geschah. Dann jaulte er plötzlich auf, mehr aus Schreck, wie es schien, als aus irgendeinem anderen Grund.

Jazz rammte das Messer tiefer hinein. Muskeln wurden durchtrennt. Blutgefäße platzten. Jazz fühlte ein Knirschen, es wurde durch die Klinge in seine Finger übertragen.

Schnell drehte er das Messer einmal.

Billy heulte wie ein Hund am Bett seines toten Herrn. Er versuchte, sich auf die Hände zu erheben, seine Schultern spannten sich, seine Nackenmuskeln traten hervor, sein Gesicht war feuerrot vor Anstrengung.

Der Schrei endete abrupt, als Billy mit dem Gesicht voran zusammenbrach und still und reglos liegen blieb.

Jazz blieb einen Moment auf dem Boden sitzen, die Beine unter seinem Vater eingeklemmt. Schließlich strampelte er sich frei, stand auf und sah nach unten.

Sein Vater lag vor ihm.

Jazz bückte sich und zog das Messer aus Billys Rücken.

So. Nun gut.

Er wandte sich dem Bildschirm und seiner Mutter zu.

»Du kommst als Nächste dran«, sagte er.

50

Einen Moment später wurde der Monitor schwarz, und das Kameralicht des iPad ging aus. Jazz starrte das dunkle, leere Auge an.

Leere.

Ins Schwarze, ins Leere sinken.

Wenn du nichts fühlst, kann dir nichts wehtun. Denk nicht darüber nach. Denk nicht nach über das, was passiert ist. Denk nicht darüber nach, du beherrschst das gut, du kannst dich gut abschotten, denk nicht darüber nach, denk nicht nach …

Er kehrte zu Weathers' Schreibtisch und dem Laptop zurück, als wäre er nie unterbrochen worden, und stieg unterwegs über Billy.

Weathers hatte Billy getroffen, Billy und …

Billy und …

Ugly J. Den Krähenkönig. Ja. Die beiden hatte er getroffen.

Weathers hatte sie getroffen und war gefoltert worden, um eine Nachricht zu schicken. Also musste es hier einen Hinweis geben, der zu …

Zu …

Zu Ugly J. führte.

Jazz schüttelte den Kopf. Das Bild auf dem Monitor des iPad ließ ihn nicht mehr los. Es tanzte und grinste höhnisch am Rand seines Gesichtsfelds. Er legte die Hand flach auf den Tisch und hob das Messer. Ein kleiner Schmerz würde genügen, dachte er. Einfach etwas, das die Erinnerung vertrieb, das ihn an etwas anderes denken ließ. Er würde nicht den Impressionisten nachahmen und sich einen Finger abschneiden. Oder gar die ganze Hand durchbohren. Nur ein kleiner Schnitt über den Handrücken vielleicht, nichts, was einen bleibenden Schaden hinterließ. Nur Blut. Nur Schmerz. Nur das, was er brauchte.

Seine Hand zitterte, als er das Messer hob. Die Klinge wanderte am Schirm des Laptops vorbei, und Jazz sah sich wieder mit der Karte konfrontiert.

Ein Ort, unmittelbar hinter der Stadtgrenze.

Und in dem Suchfeld, das Weathers dorthin geführt hatte, ein Name: Jack Dawes.

Jazz kannte das Haus. Er war als Kind mit dem Schulbus daran vorbeigefahren oder immer, wenn er die Stadt in Richtung Südwesten verlassen hatte. Es war ein großes, allein stehendes, heruntergekommenes Haus im viktorianischen Stil, das schon alt gewesen war, als Gramma jung war.

Das sichere Haus von Billy, wurde ihm klar. Von Billy und seiner …

Und von Ugly J.

Nahe genug, dass sie notfalls schnell dort waren. Billy wäre wahrscheinlich am Tag seiner Verhaftung dorthin gefahren, wenn er es geschafft hätte, G. William zu entkommen.

Vergessen das Vorhaben, sich selbst zu schneiden. Jazz studierte die Karte und überlegte, wie er dorthin kam. Zu Fuß würde es zu lange dauern, und er wäre zu sichtbar. Er brauchte ein Auto.

Billy. Billy ist bestimmt nicht zu Fuß von dem Haus hierhergekommen. Es wäre für ihn genauso riskant gewesen, sich hier sehen zu lassen, wie für mich. Er muss gefahren sein.

Jazz kehrte zu Billy zurück, kniete nieder und tastete die Taschen seines Vaters ab. Auf der rechten Seite wurde er fündig und zwängte die Hand hinein, um die Schlüssel herauszuholen.

Genau in diesem Moment hustete Billy und zuckte. Jazz zog die Hand weg und wich zurück. Billy sah ihn wütend an und fletschte bösartig die Zähne.

»Dachtest du, Dear Old Dad ist schon von dir gegangen?« Er sprach heiser und gepresst vor Schmerzen, dennoch brachte er eine Art Singsang zustande. »Du hattest nicht den Mumm. Du hattest nicht den Mumm, es zu tun. Mich zu töten. Dir fehlen die Eier, um Dear Old Dad zu erledigen.«

Jazz begegnete dem Blick seines Vaters ohne Unsicherheit. »Halt's Maul, Billy. Du kannst mich nicht dazu anstacheln, dich zu töten.«

»Du hattest nicht den …«

»Ich hatte den Mumm, dich *nicht* zu töten.« Er stand auf, holte mit dem Fuß aus und trat Billy in die Seite, genau unter den Rippenbogen, und er gab sich keine Mühe, die reine Freude zu verbergen, die er dabei empfand. »Jetzt halt den Mund.«

Billy setzte die Handflächen auf den Boden und stemmte seinen Oberkörper nach oben, er kochte vor Zorn und fixierte Jazz. »Das war der größte Fehler deines Lebens, Junge. Mich nicht richtig umzubringen. Ich werde dafür sorgen, dass du verdammt noch mal viel Zeit hast, es zu bereuen.«

»Wer sagt, dass ich dich töten wollte?«, erwiderte Jazz sehr ruhig.

Billy stieß sich höher … und hielt inne. Aus seinem wütenden Gesichtsausdruck wurde Verwirrung. Verblüffung. Er strengte sich mit aller Macht an, die Muskeln an Schultern und Armen zeichneten sich unter dem Hemd ab.

Doch sosehr er sich auch anstrengte, weiter kam er nicht vom Boden hoch.

»Was zum Teufel …?«

Und dann begriff er. Jazz sah die Erkenntnis im Gesicht seines Vaters erblühen, in den geweiteten Augen, in der starren Maske seines Entsetzens.

»Ich kann meine …«

»Ich habe dein Rückenmark durchtrennt«, sagte Jazz so teilnahmslos wie möglich. »Das war dieser stechende Schmerz, den du gespürt hast. Der Schmerz, der dich ohnmächtig werden ließ. Direkt am thoracolumbaren Übergang, um die Wirbel T12 und L1.« Er verschränkte die Arme vor der Brust und blickte äußerst zufrieden auf Billy hinunter. »So wie du Hut und Hund beigebracht hast, es bei ihren Opfern zu machen.«

»Du hast mir die Beine genommen!«, schrie Billy. »Du hast mir meine gottverdammten Beine genommen!« Er drosch mit den Armen auf dem Boden herum und wand sich, verzweifelt bemüht, eine Reaktion seiner unteren Körperhälfte zu erzeugen, aber es gab keine Reaktion. Nur hin und wieder ein leichtes Schwänzeln durch die Bewegung des Oberkörpers. Billy war von der Hüfte abwärts gelähmt. Für immer.

»Du Stück Scheiße!«, tobte Billy. »Ich hätte dich im Kindbett erwürgen sollen! Ich hätte dich aus dem Mutterleib reißen sollen! Dafür vernichte ich dich, hörst du? Du wirst wünschen, dass ich deine Mom nie geschwängert hätte!«

Jazz kauerte nieder und fischte die Schlüssel aus Billys Tasche. Sein Vater versuchte, ihn zu packen, aber es war nicht schwer, ihm auszuweichen.

»Ich schwöre bei allem, was heilig ist, dafür werde ich in deinen hohlen Schädel pissen«, wütete Billy.

»Riechst du das?« Jazz beugte sich hinunter und flüsterte in Billys Ohr; seine Stimme zitterte nicht vor Furcht, sondern vor kaum beherrschbarer Erregung. »Das ist deine eigene Scheiße, Billy. Du hast keine Gewalt mehr über deine Eingeweide. Du kannst nicht gehen. Du kannst nie wieder jemanden vergewaltigen mit diesem nutzlosen Ding zwischen deinen Beinen. Du vernichtest mich nicht. Du vernichtest überhaupt niemanden mehr. Du wirst den Rest deines Lebens in einem Rollstuhl verbringen und dir von einer Gefängnisschwester die Windeln wechseln lassen.«

Das Gebell von Billys ohnmächtiger, qualvoller Empörung war Musik in Jazz' Ohren.

Er hob das Messer auf und hielt es Billy hin, wie dieser es zuvor getan hatte, mit dem Griff voran. Er wartete, bis sein Vater es genommen hatte, dann wich er aus Billys Reichweite zurück.

»Es gibt nur noch einen Menschen, dem du etwas antun kannst, Billy«, sagte Jazz und wandte sich zum Gehen. »Wenn dich also der Drang überkommt, kannst du dir die Klinge jederzeit gern ins Auge stoßen.«

Und dann verließ er unter Billys Wutgeheul Doug Weathers' Wohnung und schloss die Tür hinter sich.

Der Wagen war leicht zu finden. Billy hatte in einiger Entfernung zu allen Straßenlaternen einen Block weiter geparkt. Jazz drückte einfach die Fernbedienung, bis irgendwo die Scheinwerfer aufblinkten. Niemand war in der Nähe. Er stieg in den Wagen und fuhr los.

Mach einfach weiter. Es ist fast vorbei. Du brauchst nicht zu denken, bis alles vorbei ist. Dann kannst du zurückschauen, aber jetzt blick einfach nur nach vorn.

Du bist als Nächste dran, wiederholte die Stimme ein ums andere Mal.

51

Tanner fuhr wie der Henker. Hughes stützte sich in den schärferen Kurven am Armaturenbrett ab und betete wie seit der katholischen Schule nicht mehr, dass der Airbag nicht spontan aufgehen und ihm die Arme in die Schultern treiben würde. Er hatte schon an wilden Verfolgungsjagden teilgenommen, an mehreren in Brooklyn und ein paar in Manhattan, doch dort machte der Verkehr ein wirklich halsbrecherisches Tempo über eine längere Zeit hinweg fast unmöglich.

Hier draußen jedoch, wo Männer noch Männer waren und Kühe verängstigt, waren die Straßen leer wie ein Drogenumschlagplatz, wenn eine Razzia angesagt ist. Tanners Sirene verscheuchte, was um diese späte Abendstunde noch auf der Straße war, und der Mann fuhr die Kurven, als würde er für einen Achsentest seines Streifenwagens bezahlt.

Gerade als Hughes fragen wollte, ob Tanner jemals zuvor so durch seine kleine Stadt gebrettert war, und falls nein, ob sie nicht zumindest ein bisschen langsamer fahren könnten, streckte der Sheriff die Hand aus und schaltete die Sirene ab. Ehe Hughes reagieren konnte, trat er auf die Bremse.

»Ich will nicht, dass er uns kommen hört«, murmelte der Sheriff.

Er.

Billy Dent.

Hughes konnte nicht glauben, dass er im Begriff war, dem Bösewicht Nummer eins des Landes zu begegnen, dem Mann, der unter zwei verschiedenen Falschnamen die FBI-

Liste der meistgesuchten Verbrecher angeführt hatte, dem Meistermörder persönlich.

Die bleiche Bohnenstange von Jugendlichem namens Howie hatte dem Sheriff einen Brief gezeigt. Nach diesem und der Zeichnung, die sie ihn und Connie ansehen ließen, schien es nur eine einzige, grauenhafte Schlussfolgerung zu geben.

»Wir sollten uns noch nicht zu sicher sein«, hatte Tanner gesagt. Hughes hatte sein ganzes Erwachsenenleben in Gesellschaft von Polizisten verbracht. Er merkte es, wenn einer einen Zeugen anlog.

Dann hatte der Junge sein Handy hervorgeholt und eine Audiodatei abgespielt, von der Hughes wahrhaftig und zutiefst wünschte, er hätte sie nie gehört. Eine Folge von Lauten, die er in seinen Träumen und Albträumen noch oft hören und an die er sich wahrscheinlich noch auf seinem Sterbebett mit erschreckender Klarheit erinnern würde.

Kaum war die Audiodatei zu Ende gewesen, hatte Tanner seinen Hut aufgesetzt und Hughes zum Wagen zurückgescheucht, und dann waren sie mit heulender Sirene in die Nacht gebraust.

Nun, da die Sirene aus war und der Streifenwagen eine vernünftige Geschwindigkeit einhielt, entspannte sich Hughes. »Sie glauben wirklich, Dent wird in der Wohnung von diesem Weathers sein?«

»Es ist jedenfalls die beste Spur, die wir den ganzen Tag hatten.« Tanner bog um eine Ecke und parkte verbotswidrig vor einem Feuerhydranten. Vor ihnen lag ihr Ziel, ein fünfstöckiges Gebäude an der gegenüberliegenden Ecke des Blocks. Verglichen mit den niedrigen Gebäuden ringsum war es fast schon ein Hochhaus.

Tanner forderte über Funk Verstärkung an. »Aber bleibt einen Block zurück und rührt euch nicht, bis ich es sage. Ich will ihn nicht aufschrecken, und falls er es schafft, an uns vorbeizukommen, sollt ihr alle bereit sein, die Straßen abzuriegeln.«

»Verstanden, Sheriff«, kam die Antwort.

»Die beste Spur des ganzen Tages«, wiederholte Tanner. Er reckte den Kopf vor und zurück und holte tief Luft. Hughes konnte es kaum erwarten, auszusteigen und in das Gebäude zu stürmen, aber das war Tanners Stadt, er würde dem Sheriff die Führung überlassen.

Sekunden verstrichen und wurden zu Minuten. »Machen wir es nun oder nicht?«, fragte Hughes freundlich.

Tanner lächelte matt. »Tut mir leid. Ich freue mich nur nicht eben darauf, den Burschen wiederzusehen. Erinnerungen.«

»Ich verstehe. Wollen Sie …«

»Bringen wir's hinter uns.« Tanner schlüpfte erstaunlich behände für so einen fettleibigen Mann aus dem Wagen. Hughes folgte ihm, und die beiden eilten im Schatten der umstehenden Häuser zu dem Wohngebäude. Die Eingangstür war verschlossen, man kam nur hinein, wenn man irgendwo läutete. Tanner holte einen Schlüsselring aus der Tasche und sperrte die Tür auf. Als er Hughes' erstauntes Stirnrunzeln sah, erklärte er: »Das ist eine kleine Stadt, Detective. Den Leuten gefällt es, wenn die Polizei im Notfall in der Lage ist, in ihre Häuser zu gelangen.«

Hughes stellte sich den bürgerrechtlichen Aufstand vor, wenn er versuchen würde, mit den Schlüsseln zu allen Gebäuden durch Brooklyn zu laufen.

Sie huschten hinein, und Hughes zog seine Waffe einen Moment nachdem es Tanner getan hatte. In der Eingangshalle war alles ruhig. Ohne Absprache waren sie in dem Augenblick verstummt, in dem sie das Gebäude betreten hatten. Hughes' Körper vibrierte vor Adrenalin. Er vergewisserte sich, dass seine Waffe gesichert war; er wollte nicht einen unschuldigen Bürger von Lobo's Nod anschießen, der seinen Müll hinausbrachte.

Natürlich gab es einen Aufzug. Tanner drückte den Knopf und bedeutete Hughes per Handzeichen, zum obersten Stock hinaufzufahren, während er selbst die Treppe nehmen würde. Hughes versuchte, sich nicht anmerken zu lassen, wie absurd die Idee war. Er winkte Tanner stattdessen zum Aufzug und zeigte an, dass er die Treppe nehmen würde. Achselzuckend schlurfte Tanner in die Kabine, als sich die Tür öffnete.

Hughes ging zur Treppe. Er blickte mit vorgestreckter Waffe nach oben und stellte fest, dass er schwitzte, bevor er auch nur eine Stufe gestiegen war. Draußen herrschte Januarkälte, das Treppenhaus war nicht beheizt und dennoch war er seine eigene Privatsauna. Armselig für einen Mann, der es gewohnt war, zu Fuß in den dritten Stock zu gehen. *Beruhige dich, Lou. Er ist auch nur ein Verbrecher unter vielen. Auch nur ein Verbrecher.*

Das Mantra trug ihn die Stockwerke hinauf und ließ ihn vorsichtig um die Kurven biegen und andächtig nach oben schielen, ob Dent etwa über die Treppe Reißaus zu nehmen versuchte. Er lauschte nach Schüssen, da er wusste, dass Tanner vor ihm oben ankommen würde.

Als er schließlich im obersten Stock eintraf, hatte er sich keineswegs verausgabt, und doch stand ihm der Schweiß auf der Stirn und lief ihm zwischen den Schulterblättern hinab. Er wischte sich die Hände trocken, ehe er in den Flur hinaustrat.

Tanner wartete vor einer Wohnungstür. Hughes unterdrückte ein Kichern, als er sah, wie der mächtige Bauch des Mannes in den Flur hineinragte, während er sich mit dem Rücken flach an die Wand drückte. Dann bezog er auf der anderen Seite der Tür Stellung, die Waffe zum Boden gerichtet. Tanner hob drei Finger.

Mann, wie ich diesen Teil hasse.

In eine Wohnung oder ein Haus einzudringen, wurde nie einfacher, egal wie oft man es tat.

Hughes nickte, und dann nickten sie dreimal gemeinsam, ehe Tanner die Tür aufriss.

Hughes stieß sich von der Wand ab, wirbelte mit erhobener Waffe herum und richtete sie in die Wohnung. Sein Herz hämmerte. Nichts.

Er entsicherte die Waffe und bedeutete Tanner hineinzugehen.

Als er Tanner folgte, schlug ihm sofort der Gestank menschlicher Exkremente entgegen, vermischt mit dem säuerlichen Geruch von Erbrochenem. In der Mitte des Raums lag ein umgekipptes und von seinem Platz verschobenes Sofa. Der Geruch war heftig, und Hughes fing an, durch den Mund zu atmen.

Vor dem Sofa war Erbrochenes in den Teppich gesickert.

Und dann bewegte sich ein Schatten in Hughes' Augenwinkel, und als er herumfuhr, sah er eine Gestalt hinter dem Sofa hervorkriechen.

Nein, nicht kriechen, nicht wie ein Baby auf allen vieren. Die Gestalt zog sich auf den Ellbogen vorwärts. Und zwischen ihren Zähnen klemmte …

»Ein Messer!«, rief Hughes, hob die Waffe und zielte auf die Stirn des Mannes.

Er nahm Tanners Masse neben sich wahr.

»Hallo, Billy«, sagte Tanner leise und richtete seine Waffe ebenfalls auf ihn.

Billy. Hughes sah mit zusammengekniffenen Augen noch einmal hin. *Verdammter* … Es war tatsächlich Dent. Billy Dent persönlich. Der über den Boden robbte wie ein Infanterist in einem billigen Kriegsstreifen, ein blutiges Messer zwischen den Zähnen.

Da zwei Polizisten vor ihm standen und auf seinen Kopf zielten, spuckte Dent das Messer aus. Blut färbte seine Lippen. Obwohl er und Tanner alle Vorteile auf ihrer Seite hatten, waren Hughes' Nerven zum Zerreißen gespannt. Und er wusste nur teilweise, wozu Dent fähig war. Er konnte sich nicht vorstellen, was Tanner in diesem Moment durch den Kopf gehen mochte.

Falls der Sheriff Angst hatte, zeigt er es nicht, ruhig nahm er Billy ins Visier. »Schön, Sie wiederzusehen, Billy. Sie wissen, wie es läuft.«

»Aus dem Weg, Tanner.« Dents Stimme war gramerfüllt, seine Miene abgezehrt. Aber sein Knurren ließ Hughes immer noch am ganzen Körper schaudern. Mit scheinbar übermenschlicher Kraft stieß er sich auf den Händen vom Boden, die Arme waren kerzengerade ausgestreckt. »Das alles hat nichts mit Ihnen zu tun.«

»Ich werde Sie nur einmal auffordern, Billy. Hände hinter den Kopf und flach auf den Boden.«

Dent kniff die Augen mit einem listigen Ausdruck zusammen und begann wieder vorwärtszurobben.

»Bist du taub, Arschloch?«, fragte Hughes.

Aber Dent schnaubte nur höhnisch, musterte Hughes von Kopf bis Fuß und zog sich dann noch ein paar Zentimeter weiter, als hätte er bei Hughes Maß genommen und wäre zu dem Schluss gekommen, dass er einfach nicht zählte.

»Hey!«, bellte Tanner. »Ich sagte, flach aufs Gesicht und Hände hinter den Kopf.«

»Hab dich beim ersten Mal schon gehört, Scheißbulle.«

»Der Mann sagte, keine Bewegung, Arschloch.« Hughes verfolgte Billys minimale Bewegung und hielt die Waffe auf seine Stirn gerichtet.

Mit einem gekränkten und widerwilligen *Uff* hielt Billy inne. Ohne auf Hughes zu achten, grinste er höhnisch zu Tanner hinauf.

»Überlegen Sie sich, dem alten Billy eine Kugel in den Kopf zu jagen? Denken Sie daran, mich zu erledigen?« Billys Stimme gewann an Kraft, während er sprach, als würde er an seinen eigenen Worten gedeihen, sich an seiner Bösartigkeit nähren. »Dann tun Sie es lieber jetzt, Tanner. Knallen Sie mich besser jetzt ab, und machen Sie es richtig, Sie fettes Stück Scheiße. Ich grabe Ihre Mutter aus und mache Dinge mit ihr, Tanner …«

Hughes und Tanner wechselten einen Blick. Hughes war überzeugt, falls er beschloss, eine Kugel in das Knäuel giftiger Schlangen zu schießen, das Billy Dent sein Gehirn nannte, würde Tanner ihn decken. Und er wusste mit Bestimmtheit, wenn Tanner beschloss, den Schweinehund zu erledigen, würde kein Wort über seine Lippen kommen.

»Ihre Stadt«, sagte Hughes achselzuckend. »Ihre Entscheidung.«

Tanner begnügte sich damit, Billy gegen den Kopf zu treten. Dent schrie nicht einmal auf, er verdrehte nur den Kopf und spannte die Arme an.

»Wir haben meine Mutter eingeäschert«, sagte er gepresst. »Also viel Glück beim Ausgraben.«

Zur Sicherheit trat er Billy noch einmal an den Kopf. Diesmal platzte die Haut an Dents Schläfe auf, und Blut schoss hervor. Billy stöhnte und sank auf beide Ellbogen, bewegte sich jedoch ansonsten nicht. Er versuchte nicht, sich wegzurollen oder davonzulaufen.

Was in drei Teufels Namen ist hier los? Warum ist er so …

Und dann fielen ihm die Opfer von Hut und Hund ein, beginnend bei dem armen Harry Gidden, dem Vergnügungssteuerfeld auf dem Monopolybrett.

»Er ist gelähmt.« Hughes' Stimme klang zu laut und zu tief in der Enge der Wohnung. »Von der Hüfte abwärts.«

»Ist das so?« Tanner wechselte seine Stellung und stieß Dents Bein mit der Schuhspitze an. Dann trat er ihn an dieser Stelle. Dent knurrte und griff nach Tanners anderem Bein, und ehe Hughes reagieren konnte, zog er sich über den Boden und schlug die Zähne unmittelbar über dem Knöchel in Tanners Bein.

Tanner schrie vor Schmerz auf und zog sein Bein zurück, aber Dent klammerte sich mit beiden Händen fest. Hughes konnte nicht schießen, ohne zu riskieren, Tanner zu treffen, deshalb steckte er seine Waffe stattdessen weg, packte Billys Beine und zerrte mit aller Kraft daran. Obszöne Verwünschungen schreiend, musste Billy schließlich loslassen. Tanner stolperte ein paar Schritte rückwärts und wäre fast auf dem Hosenboden gelandet.

Der Kerl kann seine Beine nicht bewegen und lässt uns immer noch wie Idioten aussehen. Hughes setzte sich rittlings auf Dent, bog ihm beide Arme auf den Rücken und legte ihm Handschellen an. »Versuch dich jetzt mal zu bewegen, du Scheißvogel«, flüsterte er Dent zu, der mit den Zähnen nach ihm schnappte, sodass er mit einem Ruck zurückwich.

Dent lachte. Er lachte immer weiter, obwohl er vollkommen hilflos war. Er schaukelte mit seinem Oberkörper hin und her, verwünschte sie und versuchte, sich vorwärtszubewegen. Es war das Traurigste und Erschreckendste, was Hughes in seinem Leben gesehen hatte.

»Alles in Ordnung, Sheriff?« Hughes kniete neben Tanner nieder, der sich an einem Schreibtisch abstützte und sein Hosenbein hochkrempelte.

»Sagen Sie es mir.«

Hughes untersuchte das Bein. Tanners Haut war gerötet,

wo Billy zugebissen hatte, aber sie war nicht aufgeplatzt. Hose und Socken hatten das Schlimmste abgefangen. »Sieht aus, als hätte dieser besondere Vampir nicht von Ihnen genascht.«

»Gut so. Wir haben nämlich immer noch eine lange Nacht vor uns.«

52

Jazz überlegte, wie viele Male er am Dawes-Haus vorbeigefahren oder -gegangen war. Er fragte sich, wie viele andere Leute es getan hatten und wie oft insgesamt.

Lobo's Nod war natürlich eine kleine Stadt, aber selbst bei einer Kleinstadt musste die Zahl der Passanten, multipliziert mit den Jahren, in die Hunderttausende gehen.

Kaputte Häuser, tote Heime. Sie waren unsichtbar, das wurde ihm klar. Abgesehen von einheimischen Kids, die als Mutprobe auf dem Gelände herumschlichen oder Steine auf die Fenster warfen, schmorten sie in ihrem eigenen Gifthauch aus Vernachlässigung, Staub und Schimmel dahin, traurige Meilensteine auf dem Weg zur Umwandlung. Er dachte an die endlosen Fassaden mit leeren Fensterhöhlen in Brooklyn, von denen er in seiner Zeit dort nur einen winzigen Bruchteil gesehen hatte. Wie viele von ihnen waren unbewohnt, aber besetzt? Wie viele Jack Dawes hausten dort? In jeder kleinen und großen Stadt überall im Land, auf der ganzen Welt, gab es verlassene und vergessene Häuser, mit geschlossenen Läden und vergitterten Fenstern, die zu einem lokalen Mythos wurden, dann zu einer Märchengeschichte. Zuletzt vergaß man sie vollständig, und irgendwann gehörten sie zur Landschaft wie die Bäume oder die Hügel.

Jemand hatte einmal gesagt, dort versteckte man sich vor aller Augen am besten.

Er parkte vor dem Haus. Der Wagen, den er gefahren hatte, war laut Zulassungspapieren im Handschuhfach der von

Doug Weathers gewesen. Er wartete in dem Wagen, während dieser knackend und ratternd auskühlte, und sah zum Dawes-Haus hinauf. Es sah nicht unheimlich aus. Es durfte nicht unheimlich aussehen. Ein Haus, das aussah, als spukte es darin, würde die lokalen Märchenerzähler auf den Plan rufen. Es hätte Kinder dazu angestachelt, eine Nacht darin zu verbringen.

Nein, das hier war einfach ein verwahrlostes, heruntergekommenes, aber ansonsten normales viktorianisches Haus mit zwei Stockwerken. Es erregte keine Aufmerksamkeit, und genauso brauchte es Billy.

Wie ein Serienmörder fiel das Haus nicht auf. Es passte zu seinem Standort, und sein Standort passte zu ihm.

Soweit er feststellen konnte, brannte kein Licht im Haus, aber die Fenster waren mit Brettern verschlagen und manche von innen mit Papier abgedeckt. Er stieß die Autotür einen Spalt auf und rechnete halbwegs mit dem hallenden Donner eines Schusses. Er wusste, wie es war, angeschossen zu werden, aber vermutlich würde Ugly J. nicht auf die Beine zielen.

Sie würde mich nicht töten. Nicht so, wie es Billy versucht hat. Sie ist meine Mutter, Herrgott noch mal.

Jazz wurde schwindlig, und er hielt das Lenkrad umklammert, um sich zu stabilisieren.

Du bist die Nächste.

Nein. Das ist nicht das, was ich denke. Konzentriere dich, Jazz.

Sie ist meine Mutter, sagte er sich wieder und wartete darauf, dass das Schwindelgefühl verflog.

Denk nach. Denk es durch. Denk daran, was du über weibliche Serienmörder weißt. Sie tun es nicht zum Vergnügen. Sie tun sich mit einem Mann zusammen und sie fahren auf das Vergnügen des Mannes ab. Wie …

Wie dieses Paar in Kanada. Homolka. Sie hat auf Video

aufgenommen, wie ihr Freund ihre eigene Schwester vergewaltigt und getötet hat. Weil es ihn glücklich machte. Deshalb tun Frauen es – um ihre Männer glücklich zu machen. Oder sie töten aus Angst oder Notwendigkeit. Jetzt, da Billy nicht mehr war, gab es keinen Grund für sie, Jazz zu töten. Und keinen für ihn, sie zu töten.

So war es. So war es mit Sicherheit.

Die bloße Tatsache ihrer Existenz verwirrte ihn und machte es ihm nahezu unmöglich, vernünftig zu denken. Sie war tot und begraben gewesen, und dann lebte sie wieder und nun war sie Billys Partnerin gewesen, was er immer noch nicht glauben konnte. Nicht gänzlich jedenfalls. Was ihm trotz Billys Beteuerung des Gegenteils noch am ehesten einleuchtete, war, dass sie in seinem Bann stand. Hybristophilie lautete der Fachausdruck. Es kam so häufig vor, dass es sogar einen flotten populärpsychologischen Ausdruck dafür gab, die Art von Begriff, mit denen Doug Weathers in seinen Artikeln und Fernsehbeiträgen um sich geworfen hatte: *Bonnie-und-Clyde-Syndrom.* Starke, herrschsüchtige Männer. Unterwürfige, gefallsüchtige Frauen. Die Kombination war gefährlicher als die Summe ihrer Teile, denn sich selbst überlassen, würden diese Frauen niemals töten. Nur unter dem Einfluss des männlichen Parts wurden sie tödlich.

Connie hatte sie in Handschellen gesehen, in Billys Gewalt. Ihre Hingabe an Billy war automatisch suspekt. Seine Herrschaft über sie konnte unmöglich vollständig sein. Nicht, wenn sie gefesselt gewesen war. Nicht, wenn sie Connie geholfen hatte zu entkommen.

Ich habe mich an sie geklammert. Mein ganzes Leben lang habe ich mich an die Idee von ihr, an die Erinnerung an sie geklammert. Ich dachte, sie hätte mich retten können. Aber es ist andersherum. Ich muss sie retten.

Du bist als Nächste dran. Nein. Es ist vorbei. Sie weiß es nur noch nicht. Ich werde es ihr sagen. Es wird alles einen Sinn ergeben. Ich gehe da hinein, und es wird alles einen Sinn ergeben.

Er schwang die Beine aus dem Auto. Sog tief die kalte Luft ein. Schloss die Autotür hinter sich und ging zur vorderen Veranda.

Die Stufen ächzten und knarrten in der Winterluft.

Die Eingangstür war nicht versperrt. Jazz öffnete sie und ging hinein.

Im Haus roch es nach ausgetrockneter Erde, Staub und Schimmel sowie etwas anderem, das Jazz erkannte, worüber er jedoch lieber nicht nachdachte. Von dem Moment an, in dem er Weathers' Stimme aus Howies Smartphone gehört hatte, hatte er gewusst, er würde dieses besondere Potpourri aus Blut, Gasen, Exkrementen und Urin riechen. Er war daran gewöhnt, unempfindlich dagegen, nachdem er Billy geholfen hatte, seine Werkzeuge und gelegentlich auch echte Tatorte zu reinigen.

Du musst dich an den Geruch gewöhnen, hatte Billy gesagt. *Wenn er dich ablenkt, wenn dir schlecht wird oder was weiß ich, kannst du die Sache nicht richtig zu Ende bringen, verstehst du? Du wirst versuchen, möglichst früh wegzukommen, und hinterlässt …*

Halt den Mund, dachte Jazz wütend und freute sich, dass Billy es zur Abwechslung tatsächlich tat.

Er stellte sich vor, wie sein Vater eine hübsche junge Studentin in seinem Rollstuhl jagte und verlangte, dass sie zurückkam, und er kicherte eine halbe Minute lang wie verrückt geworden.

Ich drehe durch.

Er schloss die Haustür hinter sich. Eine Treppe lockte ihn, aber das massive Dunkel, das sich ab ihrer oberen Hälfte ausbreitete, ließ ihn zögern. Ein schmaler Gang vor ihm führte in die Tiefen des Hauses, aus einer Tür an der Seite fiel flackerndes Licht.

Er erschrak so heftig, dass er tatsächlich die Hand aufs Herz legte, als ihm plötzlich bewusst wurde, dass er unbewaffnet war. Er hatte das Messer bei Billy gelassen.

Idiot. Idiot!

Dennoch kam es auf keinen Fall infrage, dass er jetzt kehrtmachte. Jetzt, da er so nahe war. Jetzt, da er es beenden konnte. Wenn er wieder ging, um eine Waffe zu holen, würde er das Haus bei seiner Rückkehr leer vorfinden.

Und du brauchst keine Waffe, Jazz. Du wirst sie nicht töten. Du wirst nicht einmal gegen sie kämpfen. Sie ist nicht Billy.

Die Bodendielen flüsterten unter seinen Füßen. Dagegen konnte er nichts machen. Ein altes Haus gab Geräusche von sich, und er konnte sie nicht vermeiden. Er konnte sie nur zur Kenntnis nehmen und sich darüber im Klaren sein, dass seine Mutter …

Ugly J. Belle. Der Krähenkönig.

… ihn kommen hörte und vorgewarnt sein würde.

Ich wurde missbraucht. Ich wurde missbraucht.

Der Gedanke war zu groß. Er schob ihn beiseite. Damit würde er sich später beschäftigen. Falls es ein Später gab.

Ein Leben mit Therapie. Und selbst das würde wahrscheinlich nicht genügen. Doch es wäre immerhin ein Anfang.

Sie will mir nichts tun. Sie denkt nur, sie muss es. Und wenn sie mich erwischt, bevor ich ihr sagen kann, dass Billy ausgeschaltet ist …

Seine Muskeln verkrampften sich. Er schlich an der Wand entlang, sein Schatten tanzte im flackernden Licht. Er lauschte angestrengt nach allem, was in dem Zimmer mit dem Licht lauern mochte.

Und hörte … ein Zischen.

Leise und anhaltend.

Es gab keine andere Möglichkeit, als in das Zimmer einzubiegen. Er tat es rasch, bevor er es sich anders überlegte.

Da war ein Stuhl, auf dem eine Coleman-Lampe stand, und sie zischte in der Art, wie es diese Lampen tun. Im zuckenden Schein der Lampe sprang ihm nur noch eine andere Sache in dem Zimmer ins Auge.

Doug Weathers. Oder was von ihm übrig war.

Jazz brauchte nicht nach einem Puls zu fühlen, um zu wissen, dass der Mann tot war. Weathers war toter als alles, was er jemals gesehen hatte. Sein Verstand arbeitete fieberhaft, um die grotesken Dinge zu katalogisieren, die Billy an Weathers verübt hatte …

Denn es war Billy. Es muss Billy gewesen sein, er allein.

… und gab auf.

Ein Ohr war an die Wand genagelt.

Jazz presste die Kiefer zusammen. Er war entschlossen, den Raum nach Hinweisen zu durchsuchen. So tat man es, oder?

Du drückst dich. Du drückst dich davor, nach oben zu gehen.

Es stimmte. Er wusste, sie war da oben, aber er war noch nicht bereit. Noch nicht.

Er ging um eine Blutlache herum. Das Haus war nicht beheizt, deshalb hatte Weathers noch nicht ernsthaft zu verwesen begonnen. Winter. Es würde länger dauern, bis sich die Fliegen und anderes Zeug über ihn hermachten. Noch hatte er Weathers für sich allein.

Er zog sich Mark Culpeppers Hemd über den Mund und sah auf Doug Weathers' verwüsteten Körper. Unfreiwillig musste er wieder lachen.

Na, Doug, wie sich herausstellt, hast du ja doch ein Herz. Da ist es!

Lass das, Jazz. Lass das.

An Weathers' linker Hand waren keine Finger mehr, aber die Handfläche zeigte nach oben und in ihr lag ein kleines digitales Aufnahmegerät. Jazz bückte sich und hob es auf, ohne Weathers selbst zu berühren.

Als er sich in Richtung Tür zurückzog, fühlte er plötzlich Blicke auf sich und fuhr herum. Der Flur war leer.

Aber war er es eben auch gewesen?

Er zog sich in eine Ecke zurück. Jetzt konnte sich niemand ungesehen nähern.

Er brauchte drei Versuche, bis er das Aufnahmegerät zum Laufen brachte.

»Hallo, Jasper.«

Die Stimme. Ihre Stimme. Er sah zur Decke hinauf, für einen winzigen Augenblick ließ die Anspannung nach, und er war wieder ein Kind und hatte seine erste Leiche noch nicht gesehen, und alles war in Ordnung und würde immer in Ordnung sein, und dann hörte er etwas und erschrak, und da war nichts, nichts.

»Wenn du das hörst«, fuhr sie fort, »bedeutet das, du hast deinen Vater getötet.« Sie hielt inne. »Gut für dich. Die einzige Frage ist nun folgende: Hast du aus dieser Erfahrung etwas gelernt?«

Hatte er? Billys Leben war in seiner Hand gewesen. Was hatte er in jenen Augenblicken der höchsten Verletzlichkeit seines Vaters gelernt?

»Ich möchte, dass du dir kurz die Zeit nimmst, um nachzudenken, Jasper.« Die Stimme seiner Mutter war beruhigend. Es war die Schlafliedstimme, die Pflaster-auf-Kratzer-Stimme. Er fühlte wieder Tränen aufsteigen. »Denk über die Vergangenheit nach und denk über die Zukunft nach. Du weißt, man sagt im Englischen ›Wie die Krähe fliegt‹, um eine gerade Linie zu bezeichnen. Und das ist sehr wichtig, denn tatsächlich fliegen wir Krähen in einer geraden Linie. Sie mag manchen als Zickzack erscheinen, aber die Krähe fliegt in gerader Linie auf ihr Ziel zu.« Sie lachte. »In diesem Fall meist Männer. Mommy ist durch den gläsernen Himmel gestoßen, Schatz. Der erste weibliche Krähenkönig in der Geschichte. Bist du nicht stolz? – Jedenfalls sollst du zwei Dinge wissen, Jasper. Du sollst wissen, dass ich nie aufgehört habe, dich zu lieben, auch wenn ich weggegangen bin. Du bist Fleisch von meinem Fleisch, Blut von meinem Blut. Ich bin deine Mutter, und es wäre einfach unmöglich für mich, dich nicht zu lieben. Und das zweite ist: Ich bin stolz auf dich. Ich stelle mir vor, du hegst vielleicht den Gedanken, ich könnte wütend auf dich sein, weil du mir deinen Vater weggenommen hast. Aber er und ich, wir wussten, dass es eines Tages dazu kommen könnte. Dass ein Tag kommen könnte, an dem du dich gegen ihn erhebst. Damals im Oktober musste ich in Lobo's Nod sein. Wie du inzwischen sicher schon vermutet hast.«

Billys Flucht. Und der Impressionist. Natürlich. Sie war diejenige gewesen, die ihm die ganze Zeit geholfen hatte.

»Es war nicht leicht. Ich wollte dich besuchen kommen. Aber ich musste mich die meiste Zeit versteckt halten. Es ist zwar Jahre her, seit mich jemand hier gesehen hat, aber in einer Kleinstadt hat man ein langes Gedächtnis. Eines Abends habe ich mich jedoch verkleidet hinausgeschlichen. Es war der Abend, an dem euer Stück aufgeführt wurde, *Hexenjagd*. Ich stand ganz hinten im Zuschauerraum und habe dir zugesehen, und ich war so von Liebe zu dir erfüllt. ›Blut ist auf meinem Haupt‹, hast du zum Himmel geschrien, und es stimmte, Jasper, es stimmte, und es war so wunderbar. In diesem Moment hast du sogar mich davon überzeugt, dass du das Blut bedauerst, dass es dich abstößt. Und ich wusste, wenn du mich überzeugen konntest, kannst du alle Welt davon überzeugen. Ich wusste, dein Vater hatte recht: Du würdest der Größte von uns allen werden. Der neue Krähenkönig.«

Jazz stöhnte tief in seiner Brust, dort wo der Wahnsinn Wurzeln geschlagen hatte, wo sein Herz einen Sprung gemacht hatte vor Aufregung bei dem Gefühl, seinem eigenen Vater das Messer in den Rücken zu stoßen. Dazu war er geboren und herangezüchtet worden. Für das alles.

»Bist du bereit, das zu akzeptieren, Jasper? Bist du bereit, deinen rechtmäßigen Platz einzunehmen? Wenn ja, dann komm nach oben, mein Sohn. Es ist so lange her. Mommy vermisst ihren kleinen Jungen.«

Die Aufzeichnung war zu Ende.

Ein Deckenbalken knarrte über ihm, und er sah rasch nach oben, halb in der Erwartung, seine Mutter durch die Decke niederfahren zu sehen. Noch ein Scharren auf dem Boden, dann war Stille.

Er ließ den Rekorder auf den Boden fallen und kehrte zur Diele und der im Dunkeln liegenden Treppe zurück.

Er begann zu steigen.

53

Hughes und Tanner versuchten, Billy zu vernehmen, aber Dent machte dicht und brach sein Schweigen nur, um sie zu verspotten oder zu beleidigen. Einige Deputys markierten Positionen im Raum, die Lache von dem Erbrochenen, die inzwischen eher einem bunten Schorf auf dem Teppich glich, sowie die Stelle, wo Billy Dent immer noch auf dem Bauch lag. Ein richtiges Spurensicherungsteam, das Tanner vom County anfordern würde, konnte sich später mehr Zeit nehmen.

»Wir improvisieren mit dem, was wir haben«, sagte der Sheriff, ohne im Geringsten entschuldigend zu klingen.

Sie untersuchten Weathers' Laptop, der aufgeklappt auf dem Schreibtisch stand. Der Bildschirm zeigte eine Karte von Google, mit einer Routenbeschreibung zu einem Haus außerhalb von Lobo's Nod.

»Ich weiß, wo das ist«, sagte Tanner. »Ein einzelnes altes Haus, das Dawes-Haus. Steht seit mehr als zwanzig Jahren leer.«

»Und das lässt man hier einfach so stehen?«, entfuhr es Hughes, ehe er sich an all die veralteten und aufgegebenen Lagerhäuser, Bäckereien, Restaurants und Läden zu Hause im 76. Revier erinnerte.

»Das Problem ist«, sagte Tanner, »ist das ein Hinweis, den Weathers hinterlassen hat? Oder Jasper? Oder aber ...« Er warf einen Blick über die Schulter auf Billy Dent.

Hughes verstand. Wenn Billy wollte, dass sie zu diesem

Dawes-Haus gingen, konnte das nichts Gutes bedeuten. Sprengfallen vielleicht und wer weiß, was sonst noch.

Und wenn der Junge derjenige gewesen war, der den Hinweis hinterlassen hatte … Was würde das bedeuten? Billy wollte nicht reden, aber die logischste Schlussfolgerung war bis jetzt, dass Jasper Dent – genau wie sie selbst – aufgrund der Audiodatei zu Weathers' Wohnung gefahren war, wo es zu einer Auseinandersetzung mit seinem Vater kam, bei der er ihm ein Messer in den Rücken gestoßen hatte. Und dann …?

Wichtiger noch: Hatte Jasper beabsichtigt, Billy mit dem Messerstich zu töten, und es nur verpfuscht? Die Präzision, mit der der Stich ausgeführt war, ließ Hughes vermuten, dass es nicht der Fall war, aber er konnte es nicht mit Sicherheit sagen. So wie niemand wissen konnte, ob er seinem alten Herrn das Messer im Eifer des Gefechts, zur Selbstverteidigung oder kaltblütig in den Rücken gestoßen hatte.

Angesichts Billys Natur neigte Hughes dazu, Selbstverteidigung anzunehmen, aber er wusste es nicht. Es war fast ebenso wahrscheinlich, dass der Junge wie der Vater geworden war, der Apfel, der nicht weit vom Stamm fällt, und dass sie jetzt nicht einen verängstigten, verzweifelten Teenager suchten, sondern einen durchgeknallten, frisch geborenen Serienkiller.

»Wie sieht Ihre Entscheidung aus, Sheriff? Wir könnten das FBI mit Sicherheit im Handumdrehen hierhaben, wenn wir wollen.«

»Dafür ist keine Zeit. Wenn Jasper verletzt ist, müssen wir sofort handeln.«

»Und was, wenn Jasper jetzt der Bösewicht ist?«

Man musste Tanner zugutehalten, dass er nicht sofort widersprach, obwohl Hughes wusste, dass ihm der Gedanke ein Gräuel war. »Dann ist es umso wichtiger, dass wir schnell handeln.« Er schaltete sein Schultermikro ein. »Lana, hier ist G. William. Lass jetzt die Jungs vom County möglichst schnell hier anrücken, ja? Und notier dir, dass Hughes und ich zu dem alten Dawes-Haus rausfahren, um nach dem Rechten zu sehen.«

»Können Sie hellsehen, oder was, Sheriff?«, antwortete Lana verblüfft.

»Wieso, was meinst du?«

»Ich wollte Sie gerade anrufen, weil eben ein Notruf hereinkam. Jemand hat gehört, wie im Dawes-Haus Schüsse fielen.«

54

Jazz schlich die Treppe hinauf. Er spreizte sich zwischen Geländer und Wand ab, aus Angst, eine Stufe könnte aus Altersgründen oder aus Perfidie unter ihm nachgeben.

Sie würde das nicht tun. Sie würde keine Fallen auf der Treppe einbauen. Sie ist meine Mutter.

Du bist als Nächste dran.

Konnte er sie durch Reden von der Klippe des Wahnsinns zurückholen? Wie weit war sie schon gegangen?

Er tastete sich vorsichtig zwei weitere Stufen hinauf.

Du bist als Nächste dran.

Er war auf Billys letzten, verzweifelten psychologischen Sabotageakt hereingefallen: zu glauben, seine Mutter sei eine Komplizin bei den Horrortaten seines Vaters gewesen.

Was ihm als Kind widerfahren war, war mehr als ungeheuerlich. Ein Teil von ihm wusste, er würde diese neue Information nie wirklich verarbeiten können, egal, wie lange er lebte. Die Enthüllungen hatten ihm nicht nur körperlich Übelkeit bereitet und ihn sein Abendessen wieder loswerden lassen. Sie hatten sein Herz durchbohrt. Aber es war *ihr* ebenfalls passiert. Es war Billys Meisterstück gewesen. Mit einem einzigen Akt sexueller Verderbtheit hatte er Mutter und Sohn zugleich psychisch verkrüppelt. Sie war so beschädigt wie er selbst. Durch dieselbe Hand.

Noch zwei Stufen. Er hielt inne, damit sich seine Augen an das Dunkel des Obergeschosses gewöhnen konnten.

Wie weit war Moms Gehirnwäsche gediehen? Würde sie

erleichtert sein, dass Billy nicht tot war? Entsetzt? Wütend über seine Lähmung?

Er würde behutsam vorgehen müssen. So behutsam wie sein Schritt, als er nun den stockdunklen Flur betrat. Doch dann ging rechts von ihm ein Licht an und blendete ihn. Er schirmte die Augen mit der Hand ab. Am Ende des Gangs stand eine Tür offen. Von dort kam das Licht. Er ging darauf zu.

Bis er die Tür erreicht hatte, hatten sich seine Augen an das Licht gewöhnt. Er blieb kurz stehen, dann betrat er das Zimmer und begrüßte seine Mutter.

Das Zimmer war überraschend sauber und ordentlich. Sparsam möbliert und karg, mit weiß getünchten Wänden, Hartholzboden und einer einzelnen Glühbirne, die von der Decke hing. Es gab zwei Polstersessel, beide abgenutzt, aber intakt, und ein Doppelbett an einer Wand.

Seine Mutter saß in einem der Sessel in der Mitte des Raums und sah ihn an.

»Jasper«, sagte sie leise, ein Lächeln um die Augen, und sie biss sich auf einen Fingerknöchel vor Aufregung. »Es ist so lange her …«

Sie war kleiner, als er sie in Erinnerung hatte. Natürlich. Sie war eine Riesin für ihn gewesen, als er noch klein war, aber im Gegensatz zu den meisten Kindern fehlte ihm die Erfahrung, in ihrer Nähe größer zu werden und sie schließlich zu überragen. Diesen Moment, den Howies Mutter einmal beschrieben hatte, als sie begriff, dass ihr das eigene Kind in die Augen blicken konnte.

Sie trug schmale schwarze Stiefel und Leggins unter einem kurzen blauen Kleid. Ihr Haar war lang, hellbraun mit grauen Einsprengseln. Sie war schön, so wie es der Impressionist versprochen hatte und wie Jazz es in Erinnerung hatte, und sein Herz machte einen Satz, als er in dieser Weise an sie dachte, bei der Erinnerung daran, was sein Vater ihn gezwungen hatte, mit ihr zu tun und ihr anzutun. Seine Sinne meldeten ihm, dass sie schön war, seine Hingabe als Sohn befahl ihm, stolz auf ihre Schönheit zu sein, und sein Bauch riet ihm, sie nie wieder anzusehen.

»Mom.« Er würgte. Drei Meter trennten sie. Sie hatten eine Entfernung von tausend Meilen und neun Jahren hinter sich, mit Billy als Barriere zwischen ihnen, aber diese letzten drei Meter schienen unüberwindlich zu sein. Sie waren ein Marathon, und er war erschöpft.

»Du bist so gewachsen«, flüsterte sie.

Keiner von ihnen war zu einer Bewegung fähig.

»Du hast das Stück gesehen.« Das war absurderweise das Einzige, was ihm einfiel.

»Ja. Du warst sehr gut. Ich war sehr stolz auf dich.«

Er errötete. Elterliches Lob für etwas, das nichts damit zu tun hatte, Hinweise von einem Tatort zu entfernen oder sich die Druckpunkte am menschlichen Körper zu merken, war etwas Neues.

»Ich schätze, wir müssen reden«, sagte er langsam. Er würde mit größter Vorsicht zu Werke gehen müssen. Tief in sich verspürte er einen ursprünglichen Drang, zu ihr zu stürzen und sie zu umarmen, aber er traute ihm nicht. Er traute sich selbst oder ihrer Reaktion nicht.

Sie schürzte die Lippen und nickte. »Worüber möchtest du reden?«

Menschen sind echt. Menschen zählen. Denk an Bobby Joe Long.

Bobby Joe Long hatte Lisa McVey freigelassen, obwohl er wusste, es würde zu seiner Festnahme führen. Er hatte nicht anders gekonnt, angetrieben von denselben dunklen Zwängen, die ihn zuvor dazu gebracht hatten, zehn Frauen zu töten.

Vielleicht war das der Zugang. Der Drang zu retten.

»Ich möchte über Connie sprechen«, sagte er.

Sie wirkte überrascht und sogar ein wenig verärgert, aber sie legte die Fingerspitzen aneinander und nickte. »Nun gut, wenn du willst ... Ich habe mich an die Kassette im Garten erinnert. Ich hatte sie vor Jahren vergraben, bevor ich gegangen bin. Dinge, von denen ich wollte, dass sie in Sicherheit waren. Ich wusste, dein Vater würde mich aus deinem Leben ausradieren, wenn ich weg war, und ich wollte Erinnerungsstücke dort haben. Und als Connie ins Spiel kam, wusste ich, das war das richtige Spiel für sie. Also führte ich sie zu der Kassette.«

»Ja, gut, aber das meine ich nicht.« Jazz fuhr sich mit der Zunge über die Lippen. »Ich möchte darüber reden, was geschehen ist, als ihr euch getroffen habt. Als ihr zusammen eingesperrt wart.«

Sie sah ihn ausdruckslos an. »Ich verstehe nicht.«

»Ihr wart beide Billys Gefangene. Du hast ihr geholfen, zu entkommen.«

»Ich war niemands Gefangene.«

»Du warst mit Handschellen ans Bett gefesselt.«

Sie starrte ihn weiter verständnislos an, und plötzlich dämmerte es ihr. Sie warf den Kopf in den Nacken und lachte laut auf. »Ach, jetzt verstehe ich! Du hast das *geglaubt!* Genau wie sie. Die Handschellen habe ich mir selbst angelegt. Unter der Matratze steckte ein Schlüssel. Das Ganze war nur ein Trick, ich wollte, dass sie mir vertraut, damit ich etwas von ihr erfahre, und die tiefsten Vertrauensbande gibt es zwischen Menschen, die Ähnliches erlitten haben. Nicht in tausend Jahren hätte ich gedacht, dass sie tatsächlich entkommt. Glaub mir, es war eine lange, schweigsame Fahrt aus New York heraus, nachdem das passiert war.«

»Aber ...«

Sie schüttelte den Kopf und schnalzte missbilligend mit der Zunge, als wäre er ein Kleinkind, das einfach nicht lernen wollte, aufs Töpfchen zu gehen. »Ach, Jasper, wir hätten die dumme kleine Schlampe jederzeit töten können, wenn wir gewollt hätten. Ich habe nur mit ihr gespielt. Jetzt, da du und ich zusammen sind, schnappen wir sie uns auf jeden Fall noch, bevor wir Lobo's Nod verlassen. Wenn du besonders sentimental bist, kannst du ein Stück von ihr mitnehmen, aber mal ehrlich, findest du nicht, dass es an der Zeit ist, diese kindischen, pubertären ... Aufwallungen hinter dir zu lassen? Schließlich ist Mommy wieder da. Du brauchst sie nicht, wenn du mich hast.«

Jazz schluckte schwer und ließ nicht locker. »Billy ist kein Faktor mehr, das musst du verstehen.« Der entscheidende Schlag. »Du bist frei.«

Sie legte den Kopf schief und sah ihn an, ein amüsiertes Lächeln spielte um ihre Lippen. »Jasper, wovon um alles in der Welt redest du? Was denkst du, wer deinem Vater alles beigebracht hat, was er weiß?«

55

»Eigentlich wollten wir dich töten«, sagte sie leichthin.

»Was?« Jazz' Lippen waren taub und seine Zunge schwer, und er verstand sich selbst kaum.

Seine Mutter stöhnte unbestimmt mütterlich. »Ach, Jasper, Jasper. Sag mir eins. Sag Mommy, wie es ist, sich auf die Suche nach seiner Seele zu machen, nur um herauszufinden, dass man nie eine hatte.«

Jazz' Sprechwerkzeuge weigerten sich hartnäckig zu funktionieren.

»Dachtest du, Mommy sei ein Opfer gewesen?«, fuhr sie fort. »Dachtest du, du hattest eine Chance von fünfzig zu fünfzig? Nein, mein Sohn. Du warst von Geburt an damit gesegnet, so wie wir zu sein. Die beiden größten Mörder, die die Welt je sehen wird, in dir vereint. – Aber ganz am Anfang hatten wir vor, dich zur Welt zu bringen, mit nach Hause zu nehmen und zu sehen, wie lange du durchhältst. Vollkommen vernachlässigt. Mit dir zu spielen. Nicht wie man normalerweise mit einem Baby spielt, du verstehst. Wie eine Krähe spielt. Deshalb haben wir Billys Namen auf der Geburtsurkunde weggelassen. Er wurde zu dieser Zeit gerade ziemlich produktiv und begann seine Serienkillerlaufbahn eigentlich erst so richtig. Wenn die Polizei den toten Säugling je zu mir zurückverfolgt hätte, wäre ich für eine mitleidvolle Jury nur eine beliebige postnatal depressive Mutter gewesen. Dein Vater hätte glaubwürdig leugnen können, überhaupt von dem Kind gewusst zu haben.« Sie zog eine Augenbraue in die Höhe. »Als Connie«, sie spie den Namen verächtlich aus, »nach der Geburtsurkunde fragte, musste ich mir auf die Zunge beißen, um nicht zu lachen. Sie dachte, es würde dich gewissermaßen freisprechen. Sie dachte, es bedeutete, dass du nicht der Sohn deines Vaters bist.«

»Ich dachte das nie«, flüsterte Jazz. »Wer das geglaubt hat, war ein Träumer. Ich sehe aus wie er. Ich höre mich an wie er. Ich bin Billys Sohn.«

»Das bist du. Und meiner.«

»Ich weiß, wer ich bin und was ich bin.«

»Wirklich?« Sie richtete sich auf, und ihre Augen funkelten ihn an. »Weißt du es wirklich? Du redest nämlich die ganze Zeit wie ein Opfer, Jasper. Du klingst wie einer von ihnen. Wie die Männer, die mir als Kind aufgefallen sind. Die mich lüstern angestarrt haben, seit ich dreizehn war. Und es hat mir keine Angst gemacht, es hat mich nicht einmal angeekelt. Es hat mich amüsiert, Jasper. Wie alles zivilisierte Benehmen, alle Umgangsformen und alle Intelligenz weggespült wurden wie Sand unter einem Wasserstrahl. Mein Dekolleté machte sie zu Idioten, meine Beine verwandelten sie in Trottel. Damals wurde mir klar, dass Männer nicht zählten. Dass sie armselige, untermenschliche Geschöpfe waren. Und damit waren Frauen umso schlimmer. Denn wo ich hinsah, malten sich Frauen an, kleideten sich und bohrten sich Löcher in ihr Fleisch, um Schmuck daran aufzuhängen, weil sie eines dieser bedauernswerten, abgrundtief infantilen männlichen Tiere anlocken wollten, die ihre eigenen Triebe kaum unter Kontrolle hatten. Mein eigener Vater bemerkte es. Wie sich mein Körper veränderte. Glotzte. Wurde närrisch und dumm, bis ich ihn eines Tages schließlich getötet habe.«

Ihre Augen leuchteten. »Aber dann habe ich deinen Vater kennengelernt«, schwärmte sie. »Und er war der erste richtige Mann, den ich je traf. Und es veränderte alles. Billy hatte nur ein paar Leute getötet, bis sein eigener Vater starb. Aber dann trafen wir uns. Ich wusste bereits von den Krähen, aber sie wollten mich nicht aufnehmen. Nicht eine alleinstehende Frau. Aber mit deinem Vater an meiner Seite, unter meiner Anleitung, wurden wir …« Sie lachte. »Wir waren das Powerpaar der Serienkillerwelt. Beyoncé und Jay Z! Brad und Angelina! Der Tod deines Großvaters war das Zeichen für Billy, seine Berufung ernst zu nehmen, sein wahres Leben zu beginnen. Und er war wunderbarer, Jasper, als ich mir in meinen wildesten Träumen ausgemalt hatte. Eine so fruchtbare Fantasie, wie sie mir noch nie begegnet war. Endlos erfinderisch, endlos verderbt, endlos bösartig. In jeder Beziehung perfekt.«

Jazz musste sich am Türpfosten abstützen. Seine Beine zitterten, und sein Magen zog sich zusammen, wenngleich er leer war. »Das kann nicht wirklich geschehen«, sagte er, aber die Leugnung klang sogar für ihn selbst kraftlos und dürftig.

»Natürlich kann es das. Es ist bereits geschehen.« Sie klopfte sich mit dem Zeigefinger geistesabwesend ans Kinn, dieselbe Marotte, die er bei Billy gesehen hatte. »Ich wollte jedoch das ultimative Vergnügen, sehnte mich danach.« Ihre Augen funkelten. »Kindsmord. Ich ließ zu, dass ich schwanger wurde, ohne es Billy zu sagen, und erst als es zu spät war, erzählte ich es ihm. Wir begannen sofort, deinen Tod zu planen. Doch dann hat dein Vater dich in den Armen gehalten. Und er wurde schwach, wie es Männer eben werden. Plötzlich hieß es: ›Das ist mein Junge. Das ist mein Sohn.‹ Und er war auf einmal besessen von der Idee, durch dich weiterzuleben. Also wurden neue Pläne geschmiedet. Wir hatten so viele Möglichkeiten, es war schwindelerregend. Nachts saßen wir wach und beobachteten dich, wie du in deinem Kinderbett geschlafen hast, und wir redeten uns besoffen von all den Möglichkeiten mit dir. Und dann entschieden wir es.

Wir würden dich an mich binden. Wir würden dich von deinem Vater isolieren und dich an mich binden. Und der Plan war, dass wir ein Liebespaar werden sollten, und eines Tages dann solltest du deinen Vater im Bett mit mir entdecken. Dein Rivale um die mütterliche Zuneigung. Die Freud'sche Urszene. Wer weiß, was das in deinem kleinen, zerbrechlichen Verstand angerichtet hätte. Aber es wäre bestimmt aufregend geworden. – Doch die Wirklichkeit kam dazwischen. Momma musste fortgehen. Und der Plan änderte sich. Und da sind wir nun«, sagte sie, »wir beide, wieder vereint. Du bist jetzt ein Mann, und es ist an der Zeit, dass du die Träume deines Vaters in seinem Namen erfüllst. Alles ist so gut wie vorbereitet. Sobald wir uns um deine ›Freundin‹ gekümmert haben, sind wir frei.«

»Du hast Gramma getötet.« Es brannte sich in ihn wie ein Laser. Sie war keines natürlichen Todes gestorben. Ugly J. hatte ein weiteres Opfer gefordert. Er hielt sich am Türrahmen fest, aber seine Beine würden ihn nicht mehr lange tragen.

»Nun, ja. Das war längst überfällig. Mom hatte ein langes, erfülltes Leben gehabt. Du kannst mir nicht weismachen, dass du sie tatsächlich vermisst. Was mich angeht, habe ich die Frau verabscheut. Sie hat mich von Anfang an gehasst, vom ersten Moment an, als ich in ihr Haus kam. Sie dachte, ich hätte einen schlechten Einfluss auf deinen Vater. Weit gefehlt. Ich habe ihn befreit. Ich habe getan, was eine gute Ehefrau tun sollte: Ich habe ihm geholfen. Ich habe ihn dazu gebracht, sein Potenzial zu erkennen. Wahrhaftig hätte er der Krähenkönig sein sollen, nicht ich.« Sie seufzte mit echtem Bedauern, die deutlichste Gefühlsregung, die Jazz bisher an ihr wahrgenommen hatte. »Billy wollte nicht, dass ich sie töte, aber ich habe ihn überzeugt, dass es dich auf den richtigen Weg stoßen würde.«

Jazz krallte sich noch heftiger in den Türstock. Seine Finger schmerzten, aber er achtete nicht darauf. Der Schmerz verlieh ihm Klarheit und Kraft.

Seine Eltern waren nicht vollkommen. Sie hatten einen Fehler gemacht.

Zwei sogar.

Erstens die Geburtsurkunde. Sie lehrte ihn, was nicht zählte. Dass es keine Rolle spielte, wer sein biologischer Vater war – *Ich bin so oder so, was ich bin. Ich habe bisher niemanden getötet, und ich will es nicht einmal. Könnte ich es? Sicher. Wäre es leicht? Sicher. Ich habe es sogar einmal zu Connie so gesagt. Und es würde mir vielleicht auch später nicht zu schaffen machen. Aber ich* will *es nicht. Das ist* ihre *Krankheit. Meine ist, dass ich es mir vorstellen und es sehen kann.*

Der zweite Fehler war, Gramma zu töten. Er hatte bei der Nachricht von ihrem Tod gelacht, aber nicht aus Freude oder Häme. Er hatte über die Erkenntnis gelacht, dass ihm die Person genommen wurde, auf die er über Jahre hinweg seine Mordgedanken konzentriert hatte. Sie war fort, er hatte kein Ziel. Und auch das befreite ihn. Er musste nicht länger gegen den Wunsch ankämpfen, sie zu töten, er konnte sich jetzt – da sie tot war – eingestehen, dass er sie niemals getötet hätte. Denn sie war immer noch eine Blutsverwandte. Und so verrückt sie war, so hasserfüllt und irre, sie hatte seines Wissens nie einem anderen Menschen etwas angetan. Was man von seinen Eltern nicht behaupten konnte. Nicht einmal von ihm selbst. Als ihre Demenz ins Kindische drehte, war sie nervtötend und beleidigend geworden, aber auch süß, freundlich und komisch.

Gramma zu töten, war *falsch*. Es machte ihn wütend, und die Wut gab ihm Kraft, spülte die Schuldgefühle, die Scham und die Übelkeit fort. Er stieß sich vom Türstock ab und stand aufrecht und selbstbewusst da.

Meine Mutter hat meine Großmutter getötet, und das war falsch. Es ist so einfach.

Ich bin ein Mensch.

»Was zwischen uns passiert ist …«, begann sie.

»Ich wollte das nicht!«, schrie er. »Verstehst du das nicht? Ich habe nicht darum gebeten! Ich wollte nur leben!« Er wusste nicht einmal, was er mit *das* meinte. In seiner Vergangenheit waren so viele Perversionen angehäuft worden, dass das Wort viel zu klein war, um sie alle zu enthalten. Aus dem Nichts stiegen Tränen auf, und er hielt sie zurück. Er war so weit gekommen. Er würde bis zum Ende durchhalten. Was immer das Ende war.

»Das langweilt mich allmählich, Jasper«, sagte Mom. »Die einzige Frage, die noch bleibt, ist folgende: Wirst du den Platz deines Vaters einnehmen oder wirst du nur ein weiteres potenzielles Opfer sein?«

Er hatte diese Frage erwartet, allerdings hatte er gedacht, Billy oder Sam würden sie stellen. Nicht seine Mutter.

Er kannte die Antwort. Er hatte sie tief in seinem Innern vielleicht schon lange gekannt, aber mit Sicherheit seit dem Moment, als Howie ihm erzählt hatte, dass seine Großmutter tot war. In diesem Moment hatte er sofort gewusst, wer er war. Was er war.

»Ich werde nicht für dich töten«, sagte er.

»Oh.«

Und dann holte seine Mutter eine Pistole hervor und schoss auf ihn.

56

Ich muss aufhören, mich anschießen zu lassen, dachte Jazz benommen.

Und kippte nach vorn ins Zimmer, auf Hände und Knie. Er bekam keine Luft. Seine Brust brannte, und sein Herz raste, Gedanken rauschten im schnellen Vorwärtsgang vorbei. Es war nicht so, als würde sein Leben an ihm vorbeiziehen – nicht ganz –, sondern wahllose Einblicke und Schnipsel, durchsetzt mit Schmerz und Panik. Er kam nicht zu Atem …

… Connie tauchte vor ihm auf …

… vor seinen Augen verschwamm alles …

Seine Mutter stand aus dem Sessel auf …

Alles wurde von Schwarz überflutet, dann von Rot, dann leuchteten Funken auf. Holzdielen unter seinen Händen. Keine Luft in seiner Lunge.

Das war anders als damals, als er in Brooklyn angeschossen wurde. Diesmal war es nicht ins Bein. Er war aus kurzer Distanz in die Brust geschossen worden, und er war dabei, zu sterben. Sein Herz ruckte und pumpte im Stakkato, und seine Lunge sprang nicht mehr an.

Seine Mutter ließ sich Zeit, die wenigen Schritte zwischen ihnen zurückzulegen, die Pistole lässig an der Seite. Er sah sie nur von der Mitte des Oberschenkels abwärts, da er nicht die Kraft hatte, den Kopf zu heben.

»Deinen Daddy töten und mit deiner Mommy schlafen«, gurrte sie. »Wir hätten dich Ödipus nennen sollen, nicht Jasper.« Sie kauerte vor ihm nieder, sah ihm in die Augen und runzelte die Stirn. »Dann würde dich deine armselige kleine Freundin wenigstens nicht mit diesem lächerlichen Spitznamen rufen. ›Jazz.‹ Ich habe dich getauft!«, tobte sie. »Ich habe dir deinen Namen gegeben, deine Identität. Ich habe dir deine Unschuld geraubt und dich zu meinem Besitz gemacht. Wer zum Teufel ist sie, um einen Anspruch auf dich zu erheben, Jasper? Sie ist nichts. Nichts!«

Er ließ den Kopf hängen, keuchte und saugte einen halben Atemzug in seine Lunge. Es fühlte sich süß und bitter zugleich an. Er sank auf die Ellbogen. *Bring den Kopf näher zum Boden. Dann kann das Blut leichter zu ihm fließen. Bleib am Leben. Ach, was mache ich mir vor? Sie steht mit der Waffe vor mir. Es ist aus.*

»Du gehörst *mir*«, sagte sie. »Und ich gehöre dir. Ich bin für dich da, sie nicht. Du hast dein Werk signiert, Jasper. Du hast deine Liebe bewiesen.«

Ihr Kleid kam in Sicht, es fiel ihr um die Knöchel, als sie wieder aufstand. Er reckte den Hals und sah sie in Strumpfhose und BH vor sich stehen und wütend auf ihn hinunterblicken.

Ihre Oberarme und ihr Rumpf waren übersät von Narben und runzligen, verheilten Wunden.

... wie Hähnchen schneiden ...

... ein Messer in der Spüle, und eine Hand berührt das Messer, und die Hand ist seine ...

»Ich konnte keine ärmellosen Blusen oder Kleider mehr tragen«, sagte sie. »Nachdem du an mir geübt hast.«

Er stöhnte und zwang Luft in seine Lunge. Schmiegte seine Wange an den Boden und führte eine Hand an seine Brust, um zu sehen, wie schlimm die Schusswunde war.

Sie wird mir eine Kugel in den Kopf schießen. Spielt keine Rolle. Gib auf. Wahrscheinlich hast du schon Blut in der Lunge. Bist schon tot. Bist nur zu dumm, um es zu merken.

»Du hättest ein Gott sein können bei uns, Jasper. Hättest die Krähen regieren und uns in eine glorreiche Welt führen können, wo wir ohne Angst oder Strafe jagen werden.« Sie kauerte sich wieder nieder, ihre Narben – seine Narben, seine Trophäen – schimmerten im Licht. »Wir haben einen Senator in unseren Reihen. Er hat erst drei erledigt, aber das reicht. Fürs Erste. Ein Mann mit ungewöhnlichen Bedürfnissen und ungewöhnlicher Selbstbeherrschung. Er wird eines Tages Präsident sein, und dann … oh, dann wird sich einiges ändern, Jasper!

Eine Weile überlegten wir, die Polizei zu sein. Aber dann haben wir erkannt: Warum die Polizei sein, wenn wir diejenigen sein können, die die Polizei an der Leine führen? Politik ist so ein wunderbares altes Gewerbe für fähige, umgängliche Leute wie uns.«

Er testete seine Brust und stellte überrascht fest, dass ihm das Atmen jetzt viel leichter fiel. Es waren flache Atemzüge, aber sie kamen einer nach dem anderen und jeder ein bisschen länger als der vorherige. Sein Herz war immer noch ein Frosch im kochenden Wasser, aber die Tatsache, dass es überhaupt schlug, war ein Wunder.

Seine Finger fuhren um das Einschussloch in Hughes' Mantel. Er zischte vor Schmerz bei dem Druck.

Seine Mutter beugte sich vor und flüsterte ihm ins Ohr. »Und du solltest an der Spitze von alldem stehen. Aber nun wirst du hier und jetzt sterben. Wegen deines Mangels an visionärer Kraft. Für deine bedauernswerte Zuneigung zu jenen, die als Opfer auserkoren sind. Erkenne, Jasper, dass deine Aufsässigkeit nichts bewirkt hat. Sei versichert, dass ich dem Bluterjungen, Connie und dem Sheriff einen Besuch abstatten werde, bevor ich gehe. Du hast niemanden gerettet. Was hast du dazu zu sagen? Was hast du zu sagen, bevor du stirbst?«

Jazz murmelte etwas.

»Nur frisch heraus damit, mein Sohn«, sagte sie amüsiert und klang in diesem Moment fast genauso wie Billy.

»Ich sagte«, brachte er heraus, »du solltest nicht so eine Girlie-Waffe mit dir führen. So ein Kleinkaliber.«

Und ehe sie reagieren konnte, stieß seine Hand vor, und er packte sie am Knöchel und warf sie rückwärts auf den Boden.

Sein Herz war in Ordnung. Seine Lunge war in Ordnung. Er atmete, sein Blut kreiste, und er lebte.

Und das alles, weil seine Mutter so ausgezeichnet schoss. Sie hatte genau dorthin gezielt – und getroffen –, wo eine Kugel seine Aorta zumindest geritzt hätte.

Und wo er auf Geheiß von Billy zuvor Hughes' Dienstmarke angesteckt hatte.

Sie hatte die Form eines Schilds.

57

Der Schmerz in seiner Brust war echt. Er hatte innere und äußere Blutergüsse, und mindestens zwei Rippen waren gebrochen.

Aber er lebte. Er würde nicht sterben. Noch nicht. Nicht jetzt.

Mit einem animalischen Knurren stürzte er sich auf sie und drückte ihr rechtes Handgelenk auf den Boden, sodass die Waffe von ihnen wegzeigte. Ihre Finger verkrampften sich, und zwei Schüsse gingen los und weit daneben. Er hämmerte auf ihr Handgelenk, bis ihr die Pistole aus den gefühllosen Fingern glitt.

Als er danach griff, fuhr sie ihm mit den Nägeln der linken Hand über das Gesicht und kratzte ihm fast das rechte Auge aus. Blutende, schmerzende Bänder zogen sich von seiner Schläfe bis zum Kinn hinunter, und er wich reflexartig zurück und vergaß die Waffe für einen Moment. Seine Mutter zischte und kratzte wieder, diesmal erwischte sie ihn am Hals und hinterließ tiefe Spuren. Er setzte sich rittlings auf ihren nackten Bauch, setzte das Knie auf den freien Arm, mit dem sie ihn zu kratzen versuchte, und streckte sich nach der Waffe. Sie hob den Kopf und schnappte mit den Zähnen nach ihm. Die Waffe war fast in Reichweite. Ein kleines Kaliber, ja, aber er würde ihr genau ins Auge schießen, das würde ohne Frage genügen.

Er dachte für einen Moment an Morales in dem Mietlager, als Huts Kugel in ihrem Schädel einschlug. Wie sich ihr Auge mit Blut gefüllt hatte.

Und seine Mutter bog den Rücken durch und brachte ihn aus dem Gleichgewicht. Seine Finger stießen an die Waffe und ließen sie nur weiter fort schlittern, bis sie an eine Wand prallte.

Jazz rammte seiner Mutter den Ellbogen ins Gesicht, dann versetzte er ihr Fausthiebe. Das Stechen in seinen Rippen verhinderte, dass er mit voller Kraft zuschlug, aber sie war für einen Moment still.

Er krabbelte von ihr und hechtete auf die Waffe zu. Sie war zu weit weg, und seine Rippen schmerzten bei jeder Bewegung. Er hielt kurz inne, um Atem zu holen, und schon war sie auf ihm, schlug ihm die Nägel in die Schulter und biss ihn in den Hals. Er warf sie mit einem Ruck von sich, und sie landete wieder auf dem Rücken. An Jazz' Hals lief Blut hinunter.

Seine Mutter streckte auf dem Rücken liegend einen Arm über den Kopf, um nach der Waffe zu tasten. Jazz überwand seinen Schmerz und warf sich auf sie. Er gestattete sich einen Moment, um zu Atem zu kommen, dann legte er ihr die Hände um den Hals und drückte zu.

Sie schlug nach ihm, aber er achtete nicht darauf. Sollte sie ihn aufkratzen und Fetzen aus ihm reißen, er würde ihre Kehle für nichts in der Welt mehr loslassen.

Ihre Augen leuchteten plötzlich auf, sie ließ die Hände an den Körper sinken, und dann stieß sie mit ihrer Hüfte gegen ihn. Verzweifelte Taktik, oder stand sie tatsächlich darauf? Er wusste es nicht, und es interessierte ihn nicht. Zum Teufel mit ihr und ihren Spielen. So hatten sie angefangen, und so würden sie enden. Wenn sie zusammen starben, umso besser. Sie keuchte und bäumte sich auf, und bald würde sie tot sein. Und vielleicht hatte Billy recht: Vielleicht schlich es hinter einem her wie eine große Raubkatze, und vielleicht knurrte diese Katze bereits und stürzte sich mit ihrem Tod auf ihn.

Erst als sie das Messer aus seiner Seite zog, erkannte Jazz, dass sie ihn gestochen hatte. So scharf war es, so leicht war es in ihn gefahren. Brennende Lava floss aus der Wunde. Ihre Beckenstöße hatten dazu gedient, die Hand unter den Körper zu schieben, damit sie Zugang zu der Klinge hatte.

Es war eine kleine Klinge, aber er spürte, wie sie wieder in ihn fuhr, diesmal bis zum Heft. Sie stach in blinder Panik nach ihm, und sosehr er sich danach sehnte, sie weiter zu würgen, rollte er sich von ihr, ehe sie ihm das Messer ein drittes Mal in den Leib rammen konnte.

Hustend und stöhnend wälzte sich seine Mutter zur Seite. Jazz lag schwer atmend auf dem Boden, die Hand auf der Wunde, um die Blutung zu stillen. Sie kam keuchend auf Hände und Knie, kaum noch zu einer Bewegung fähig. Das Messer hatte sie fallen gelassen und schleppte sich wie ein Invalide in Richtung Pistole.

Jazz behielt eine Hand an der Seite, drehte sich in der Hüfte und packte sie mit der anderen Hand am Knöchel. Sie strampelte und schlug aus, verlor dabei aber das Gleichgewicht und landete flach auf dem Boden. Jazz holte Luft und zog sie zu sich. Sie heulte mit einer Stimme wie ein Asthmatiker und drosch um sich.

Seine andere Hand war schlüpfrig von Blut, aber er packte ihren zweiten Knöchel und zog. Aus der Wunde an seiner Seite schoss noch mehr Blut.

Mit einer Energieleistung, die er sich selbst nicht zugetraut hätte, gelang es ihm, neben ihr zu liegen zu kommen, und er drehte sie beide herum, sodass er auf dem Rücken lag und sie rücklings auf ihm. Beide keuchten und schnappten nach Luft, und ihre Körper waren erhitzt.

Er hatte vorhin gedacht, dass er nicht töten wollte. Das war vor zehntausend Jahren gewesen, als er ein anderer Mensch war. Jetzt, in diesem Augenblick interessierte er sich weder für sich noch für sein eigenes Leben. Sogar Connie und Howie interessierten ihn nicht. Es ging ihm nur um eins.

Seine Mutter zu töten.

Geometrie ist alles.

Er schlang den Arm um ihren Hals und drückte, und es war das schönste Gefühl, das er je gehabt hatte.

58

Diesmal störte sich Hughes weniger an Tanners Fahrstil. Vielleicht hatte er sich daran gewöhnt, durch die Straßen von Lobo's Nod zu rasen, aber wahrscheinlicher lag es daran, dass ihm bewusst war, wie nahe dran sie waren, dem Ganzen ein Ende zu machen. Die mehr als zwanzigjährige Karriere von Billy Dent war vorbei. Der Hut-und-Hund-Killer war Geschichte. Und jetzt war es Zeit, den Schlussakkord in diesem ganzen bluttriefenden Durcheinander zu setzen.

Außerhalb der Stadtgrenze verlangsamte Tanner, und als er in eine nicht asphaltierte Einfahrt bog, schaltete er die Scheinwerfer aus, und sie krochen langsam weiter, bis ein weiteres Auto und ein Haus in Sicht kamen. Das Haus lag im Dunkeln, bis auf einen schmalen Streifen Licht, das durch eine Lücke in den Brettern fiel, mit denen ein Fenster im Obergeschoss verschlagen war.

Ehe sie von Weathers' Wohnung losgefahren waren, hatte Tanner befohlen, dass die Deputys ihnen zum Dawes-Haus nachkommen sollten, sobald das Spurensicherungsteam des Countys eingetroffen war. Bis jetzt hatten sie nichts von ihnen gehört.

»Verstärkung?«, fragte Hughes und hoffte, er würde die gewünschte Antwort bekommen.

»Keine Zeit zu warten«, sagte Tanner. Der Sheriff enttäuschte ihn nicht.

Im Kofferraum des Streifenwagens lagen zwei kugelsichere Westen. »Diesmal machen wir es richtig«, sagte Tanner mit grimmigem Selbstvorwurf. Sie legten die Westen an, dann holte Tanner noch eine Flinte aus dem Kofferraum, die nicht die größte der Welt war, aber bestimmt die fieseste.

Als er den erstaunten Blick auf Hughes' Gesicht sah, zuckte Tanner mit den Achseln. »Ich habe auch noch eine nette Nitro, Kaliber sechzig da drin. Wollen Sie sie?«

Hughes schüttelte den Kopf. Rednecks und ihre Waffen. Er vertraute lieber seinem Dienstrevolver.

Sie gingen die Treppe zur Haustür hinauf und machten sich nicht die Mühe zu klopfen. Die Tür war nicht versperrt, und Hughes stieß sie sachte auf. Tanner folgte ihm in eine leere Eingangsdiele und sicherte eine Treppe mit diesem verdammten Elefantentöter, während Hughes in einen kaum beleuchteten Flur genau vor ihnen spähte.

Sie wechselten einen Blick. Hinauf oder unten bleiben?

Eine Reihe dumpfer Laute von oben entschied die Frage. Obwohl er am liebsten die Treppe hinaufgerast wäre, als ob er unbedingt noch eine U-Bahn erreichen müsste, zwang er sich, hinter Tanner eine Stufe nach der anderen zu erklimmen. Bei jedem Knarren zuckte er zusammen.

Im ersten Stock wandten sie sich nach rechts, auf ein Licht zu. Tanner ging voran, Hughes folgte im Rückwärtsgang mit vorgestreckter Waffe, für den Fall eines Hinterhalts.

Dann lief er in Tanner, der abrupt stehen geblieben war. Hughes fuhr herum. Der Sheriff versperrte den Eingang zum Raum vor ihnen, er stand wie erstarrt da und sagte nichts.

Hughes schob ihn zur Seite und quetschte sich an ihm vorbei. Als er den Raum betrat, blieb er ebenfalls wie angewurzelt stehen.

Der Boden war wie eine Landkarte aus Blut – Spritzer, Fußabdrücke, Schleifspuren. In der Mitte des Raums lag Jasper Dent. Auf ihm war eine Frau, die Hughes von dem Phantombild der Frau kannte, die Deputy Erickson gesehen hatte, der Frau, die Clara Dent getötet hatte.

Jaspers eigene Mutter. Und wie es schien, war Jasper im Begriff, sie zu erwürgen.

Beide waren voller Blut. Jaspers Augen waren nahezu tot, aber er hatte den Gesichtsausdruck eines Besessenen. Die Mutter war halb nackt, mit schlaffen Zügen, die Zunge hing ihr aus dem Mund.

Die Kraft des Jungen versiegte, und er lockerte seinen Griff. Die Mutter keuchte, ein armseliges Luftholen, auf das Jasper seinen Griff sofort wieder verstärkte, und sie röchelte und verstummte. Einen Augenblick später verließ Jasper erneut die Kraft, und er entließ sie kurz aus seinem Griff, ehe er die Muskeln abermals spannte, um ihr die Kehle abzuschnüren.

Hughes' erster Impuls war, sich die Waffe an die Schläfe zu setzen und sich das Hirn aus dem Schädel zu pusten, denn du lieber Himmel, alles was recht war, aber in so einer Welt wollte er nicht leben.

Noch Jahre später sollte er sich fragen: *Hätte ich es getan? Hätte ich meinem Leben dort und damals ein Ende gesetzt, wenn Tanner nicht getan hätte, was er tat?* Und auch Jahre später hatte er keine Antwort darauf.

Aber Tanner tat, was er tat: Er stieß Hughes zur Seite und schrie aus Leibeskräften: »Jasper!« Als das offenkundig keine Wirkung zeitigte, feuerte er seine Flinte an die Decke ab. Der Knall ließ Hughes taub werden in dem engen Raum, die Glühbirne an der Decke schaukelte und tauchte den Raum in eine Höllenlandschaft zuckender Schatten. Das Blut auf dem Boden schien zu tanzen.

Der junge Dent musste seinen Griff erneut lösen. Tanner setzte sich schwerfällig in Bewegung, und Hughes erwachte aus seiner Trance und stürzte hinzu, um zu helfen. Er hielt Jasper zurück, als Tanner die Mutter von ihrem Sohn zerrte.

Hughes bemerkte nun, dass Blut aus Jaspers Seite quoll. Ein Treffer in die Niere? Er konnte es nicht sagen.

»Wir haben ein Problem«, sagte er und blickte auf. Tanner stand über der Mutter, die mausetot aussah.

»Wir haben zwei«, sagte Tanner und forderte über sein Schultermikrofon lautstark einen Rettungswagen an, ehe Hughes reagieren konnte.

Dent murmelte etwas. Hughes beugte sich zu ihm hinunter.

»... tut mir leid ...«, sagte der Junge.

Hughes dachte an das letzte Mal, als sich Jasper Dent bei ihm entschuldigt hatte, aber diesmal war der Junge eindeutig nicht in der Verfassung anzugreifen.

»Ich konnte es nicht«, keuchte Jasper. »Ich konnte die beiden nicht töten.«

»Pst. Der Krankenwagen ist unterwegs.« Hughes sah zu Tanner, der bei der Mutter mit Wiederbelebungsversuchen begonnen hatte. »Du kannst später reden.«

»Ich konnte es nicht«, sagte Jasper und fing zu weinen an. Es war ein schrecklicher Anblick, die Tränen verschmierten das Blut auf seinem Gesicht. »Es tut mir so leid. Ich konnte es nicht.« Es sprudelte wieder und wieder aus ihm heraus. Hughes brachte ihn nicht dazu aufzuhören, deshalb bettete er den Kopf des Jungen auf sein Knie, hielt seine Hand und hörte ihm zu, während in der Ferne die ersten Sirenen erklangen.

Hughes wartete mit Tanner draußen vor dem Haus, solange Sanitäter hin und her liefen. Noch im Freien hörte er sie Kommandos rufen und die Treppe hinauf- und hinuntertrampeln. Nach einigen Minuten brachten sie Jasper auf einer Trage heraus. Der Junge bewegte sich nicht, aber er hatte eine Sauerstoffmaske auf dem Gesicht, und die Sanitäter rannten.

Kurz darauf schoben sie Janice Dent heraus. Hughes fing

den Blick eines der Sanitäter auf, der nur den Kopf schüttelte.

Die Rettungsfahrzeuge fuhren mit heulenden Sirenen die Einfahrt hinunter und gaben dann Gas. Tanner sagte eine Weile nichts, und auch Hughes schwieg.

»Sie müssen nicht hier herumhängen«, sagte der Sheriff schließlich. »Ich bleibe bei den Leuten von der Spurensicherung. Ich kann Sie von jemandem in Ihr Hotel bringen lassen.«

»Ich bleibe«, sagte Hughes. Er war noch völlig aufgedreht und konnte sich nicht vorstellen, in einem Hotelzimmer zu hocken. Er schmeckte das Adrenalin förmlich, es floss wie heißer Stahl durch seinen Mund.

»War dunkel da drinnen«, sagte Tanner, nachdem sie einige Zeit weitergeschwiegen hatten. »Ich bin mir nicht ganz sicher, was ich gesehen habe.«

»Ja.« Hughes räusperte sich, reckte den Hals und spähte zum Nachthimmel. Verdammt. Er hatte sich nie bewusst gemacht, wie viele Sterne es dort oben gab. Er musste öfter mal aus der Stadt raus. »Ich sage Ihnen, was ich gesehen habe. Ich habe gesehen, wie dieser Junge sich verteidigt hat.«

»Genauso sah es für mich auch aus.« Sie blickten einander nicht an. Zwinkerten sich nicht verschwörerisch zu. Hughes fragte sich, ob das hell blitzende Ding am Himmel wirklich ein Stern war oder nur ein Flugzeug. Spielte keine Rolle. Von hier unten war es wunderschön.

»Wissen Sie, was das Ironische dabei ist?«, fragte Tanner.

»Was?«

»Meines Wissens war Jazz ihr einziger lebender Blutsverwandter. Deshalb wird er derjenige sein …«

Tanner führte den Gedanken nicht zu Ende, aber Hughes wusste, worauf er hinauswollte.

»Ja, Teufel auch. Ist schon eine komische Welt, was, Sheriff?«

»Zum Schießen komisch.«

59

Jazz öffnete die Augen.

Die Welt war eine schmutzige Windschutzscheibe.

Er verließ sie wieder.

Er wachte erneut auf.

Eine Hand hielt seine, sie war kühl und vertraut.

Er sank wieder in den Schlaf.

Wieder.

Er glaubte, Connies Hand kurz gesehen zu haben.

Und einen Rollstuhl.

Ich habe ihr das angetan. Es ist meine Schuld.

Er verlor erneut das Bewusstsein.

Diesmal postierten sie eine Wache in seinem Krankenzimmer. Er erkannte die Uniform des Deputy, er war also noch in Lobo's Nod. Den Deputy selbst kannte er jedoch nicht. Sie wollten nicht, dass er auf die Sympathie von jemandem bauen konnte.

Und für alle Fälle hatten sie ihn wieder mit Handschellen an das Bett gefesselt.

Hätte er gedacht, dass ihm jemand glaubt, so hätte er ihnen gesagt, dass sowohl Bewacher als auch Handschellen überflüssig waren. Sicher, er hätte das Schloss der Handschellen knacken können, aber er würde in naher Zukunft nirgendwohin gehen. Tatsächlich war sein Bein noch das Körperteil, das ihm am wenigsten wehtat. Mit den gebrochenen Rippen, dem Blutverlust und den vielen Stichwunden konnte er sich nicht einmal aufsetzen, geschweige denn aus dem Bett steigen.

Er hatte viel Zeit. Um nachzudenken.

Es ist wirklich passiert.

Das war das Erste. Hier musste er anfangen. Es zur Kenntnis nehmen.

Er wälzte den Gedanken ewig lange in seinem Kopf. Er schmeckte ihn.

Alles geschah tatsächlich, und alles war wahr. Selbst die Lügen waren wahr.

Es ist alles passiert. Es war kein Traum.

Und ich lebe noch.

Das ist doch schon mal was.

Howie war der Erste, der ihn besuchte. Jazz hatte eher mit der Polizei gerechnet, aber es war Howie.

Er kam mit federnden Schritten ins Zimmer, als wäre es etwas, das er jeden Tag machte. Sein Gesicht sah viel besser aus als beim letzten Mal, die Narbe auf der Stirn war kaum noch sichtbar. Jazz fragte sich, wie lange er bewusstlos gewesen war.

Howie schnaubte verächtlich, als er den Deputy sah, und warf ihm einen unfreundlichen Blick zu, dann zog er sich einen Stuhl ans Bett und ließ sich daraufplumpsen.

»Ich wollte dir eigentlich einen Kuchen mit einer Säge darin backen«, begann er ohne Einleitung, »aber …«

»Aber dir ist klar geworden, dass es nicht funktionieren würde.«

»Äh, nein. Mir ist klar geworden, dass ich nicht backen kann.«

Lachen tat höllisch weh, aber Jazz versuchte, den Schmerz

zu genießen. Schmerz bedeutete Leben. Schmerz war besser als die Alternative.

»Ein Mann muss seine Grenzen kennen«, sagte er.

Howies Kopf ging rauf und runter wie der einer Puppe. »So ist es, Mann. Ich bin nur so verdammt froh, dass sich deine Tante nicht als Serienmörderin herausgestellt hat. Das hätte Dinge über meine Psyche ausgesagt, die ich noch nicht erkunden will. Ich warte, bis ich meine eigene Krankenversicherung habe, bevor ich in Therapie gehe – meine Eltern haben schon genug geblecht, verstehst du?«

Sam. Hätte Jazz die Energie dazu aufgebracht, dann hätte er Schuldgefühle gehabt, weil er sie für Ugly J. gehalten hatte. »Wo ist sie?« Nachdem sie vom Verdacht, eine Mörderin zu sein, befreit war, wuchs die Wahrscheinlichkeit, dass sie ein Opfer war.

Howie zuckte mit den Achseln und gab ihm einen aufgerissenen Umschlag, auf dem JAZZ stand. Er fummelte ein Blatt Papier heraus, entfaltete es und las vor:

Jazz,

es tut mir sehr leid, du kannst dir nicht vorstellen, wie leid. Aber ich muss weggehen. Ich halte es hier nicht aus. Ich dachte, ich könnte Mom vielleicht helfen und eine Verbindung zu dir aufbauen, und ein Teil von mir will das immer noch, aber ich kann es nicht. Ich breche am Morgen auf.

Bitte suche nicht nach mir. Bitte folge mir nicht. Ich habe Lobo's Nod damals verlassen, um dem Wahn der Dents zu entkommen, und er hat die Hand nach mir ausgestreckt und mich zurückgeholt.

Und dann in einer anderen Tintenfarbe und erkennbar hastig hingekritzelt:

Tut mir so leid

Sam

»Die, äh, Polizei denkt, sie hat den Brief angefangen ...«

»Und dann in der Nacht, in der du und Gramma ins Krankenhaus gekommen seid, rasch beendet.« Er konnte es vor sich sehen, wenn er es versuchte. Sam, die mit der Entscheidung rang, die den Brief anfing, um sich über ihre Gedanken und Gefühle klar zu werden. Die dachte, sie könnte ihn immer noch beenden, wenn sie es tatsächlich nicht mehr aushielt.

Und dann kommt Howie mit einer Schrotflinte ins Haus gestürmt, Gramma bricht zusammen, Sam reagiert, und Howie liegt blutend am Boden … Sam gerät in Panik. Sie ruft die Notrufnummer an, und dann wird ihr klar, dass sie es nicht packt, dass sie nicht bleiben kann, bis das alles aufgeklärt ist. Sie darf sich nicht mehr hineinziehen lassen. Also kritzelt sie schnell hin: »Tut mir leid«, und verlässt die Stadt.

Es fiel Jazz schwer, wütend auf sie zu sein.

Er winkte Howie zu sich heran und vergewisserte sich, dass der Deputy nicht lauschte. »Du hast das Buch noch, oder?«

Howie sah demonstrativ böse zu dem Polizisten, der nicht einmal Notiz von ihm nahm. »Ja.«

»Wo hast du es versteckt?«

»Ich habe es mehr oder weniger vergessen. Es liegt auf meinem Schreibtisch.«

»Howie!«

»Keine Panik. Niemand weiß, was es ist. Und sie werden nicht nach etwas suchen, von dessen Existenz sie nichts wissen.«

Damit hatte er vermutlich recht, dachte Jazz.

»Wie hat dein Plan ausgesehen? Billy töten, dir dann das Buch vornehmen, es entschlüsseln und anfangen, Krähen zu jagen?«

»Etwas in der Art.« Immerhin hatte er nach wie vor I HUNT KILLERS auf die Brust tätowiert.

»Vielleicht überlassen wir das den Cops, hm?«

»Hört sich gut an.« Jazz ergriff Howies Hand. »Danke, Mann. Für die Rückendeckung.«

»Jederzeit.«

Connie kam später, als er von einem weiteren Nickerchen aufwachte. Oder vielleicht hatte er tagelang geschlafen. Er rieb sich die Bartstoppeln, aber er hatte sie noch nie wachsen lassen, deshalb wusste er nicht, für wie viele Tage sie standen.

Als sie ins Zimmer rollte, begann er, unkontrollierbar zu weinen. Sie hatte einen Gips am Bein, und ihr Gesicht war geschwollen und von blauen Flecken übersät, ihre Kopfhaut war voller Nähte, Gaze und Verbände. Sie fuhr im Rollstuhl an seine Bettseite und nahm seine Hand, und er schämte sich so, dass er wegsehen musste.

»Jazz, schau mich an.«

Er konnte es nicht. Sie hatte Schmerzen, sie war *versehrt* wegen ihm. Wegen seiner Suche nach Erlösung, wegen seines Egos, seiner Selbstvergessenheit. Wie könnte er sie ansehen?

Sie hob seine Hand an den Mund und küsste sie sanft. Bei ihrer Berührung kamen ihm erneut die Tränen. »Es tut mir so leid …« Er schluchzte auf. »So leid.«

Sie hielt seine Hand, streichelte seinen Arm und saß still bei ihm, bis keine Tränen mehr kommen konnten. Dann berührte sie sanft seine Schläfe, seine Wange und strich behutsam um die Nähte herum.

»Wir passen gut zusammen«, sagte sie.

Er lachte wieder, der Schmerz bewies, dass er lebte. Endlich sah er sie an, und sie war schön wie immer. Sie passten tatsächlich gut zusammen. Die anderen sahen ein schwarzes Mädchen und einen weißen Jungen, aber er kannte die Wahrheit. Connie war seine andere Hälfte.

»›Wenn du gehst – wenn du ihn tötest –, ist es aus mit uns‹«, zitierte er.

»Ich habe es mir anders überlegt«, sagte sie und beugte sich zu ihm, um ihn zu küssen. Er hatte keine große Reichweite, und sie kam ebenfalls nicht sehr weit, aber es war trotzdem der süßeste Kuss, den sie sich je gegeben hatten.

»Du hast mich angelogen«, sagte er.

»Nein, ich habe meine Meinung geändert«, wiederholte sie frech. »Das ist nicht das Gleiche.«

»Das meine ich nicht. Letztes Jahr, während des Impressionisten-Falls. Wir waren im Versteck, und du hast gesagt, als du nach Lobo's Nod gekommen bist, hättest du gewusst, wer ich bin, und dich trotzdem in mich verliebt.« Er hielt inne und sammelte neue Kraft. Über einen längeren Zeitraum zu sprechen, war schmerzhaft, für seine Wange, den Hals, die Brust. Für so ziemlich alles. »Aber du wusstest nicht, wer ich bin, bis du mich nach unserer ersten Verabredung gegoogelt hast. Das ist mir erst vor Kurzem wieder eingefallen.«

Sie zuckte mit den Achseln. »Okay, du hast mich erwischt. Aber du warst letztes Jahr in einer schlechten Verfassung, und es war genau das, was du gebraucht hast.«

»Du darfst mich gern jederzeit wieder anlügen, wenn ich es brauche.«

»Abgemacht.«

»Ich glaube, damals ist mir klar geworden, dass ich dich liebe«, sagte er nüchtern. »Aber ich würde es verstehen, wenn du …«

»Den Satz darfst du nicht einmal zu Ende denken.«

»Aber stellst du dir keine Fragen? Es war schlimm genug, als Billy auf mir lastete. Aber mit beiden Eltern … Wie könnte ich …«

»Darüber habe ich mit Howie schon geredet. Als uns klar wurde, dass deine Mom Ugly J. ist, dachten wir dasselbe.«

»Schon gut, ich mache euch keinen Vorwurf.«

»Ich habe nicht um Verzeihung gebeten. Wir dachten es

auch, natürlich. Aber weißt du was? Zunächst einmal wird nicht alles weitergegeben. Nicht alles ist genetisch.«

»Aber ich bin aufgewachsen mit ...«

»Und zweitens ...« Sie verstärkte den Griff an seiner Hand, um ihn zum Schweigen zu bringen. »Zweitens gab es in deinem Leben nicht nur Billy. Es gab die ganze Welt. Fernsehen und Filme. Bücher. Andere Kinder. Andere Familien. Schule. Jede Menge Beispiele, jede Menge Vorbilder. Einschließlich dem trotteligsten weißen Jungen aller Zeiten und einer unglaublich sexy Freundin.«

Jazz begriff, dass er sein ganzes Leben lang versucht hatte, Billy zu verstehen. Aber er hatte sich nie wirklich selbst verstanden.

»Ein Teil von dir wusste immer, dass das falsch war, was du zu Hause gelernt hast. Und du hast dem widerstanden, was sie dir beigebracht haben. Ich kenne niemanden, der so stark ist wie du.«

»Was sie mir angetan haben ...«

»Andere Menschen sind auch missbraucht worden. Sie hatten Probleme. Du hast Probleme. Aber sie wuchsen nicht zu ...«

»Ich weiß. Ich weiß das.« Er wünschte, er könnte sich aufsetzen und sie in die Arme nehmen. »Ich weiß, was vor mir liegt. Der Schmerz, der Kampf. Das Überleben. Aber ich weiß noch etwas. Ich habe es bis hierher geschafft. Und ich bin immer noch derselbe Mensch. Sie haben mich erzeugt, aber sie besitzen mich nicht. Sie entscheiden nicht, wer oder was ich bin. Nur ich entscheide das.« Er hatte die Stimme gehoben, sie überschlug sich fast. Er zwang sich, ruhiger zu werden.

»Nur ich entscheide das«, wiederholte er etwas leiser.

»Vielleicht ist das der erste Schritt«, sagte sie.

»Von tausend.«

»Es ist ja nicht so, als würdest du allein gehen, Blödmann.«

Er drückte ihre Hand an seine Wange und genoss das Gefühl ihrer Berührung.

»Ich will dir etwas erzählen«, flüsterte sie. »Es ist nicht einfach. Ich weiß nicht, wie es dir damit gehen wird.«

Er wusste nicht, ob er neuen Informationen gewachsen war. Sein Verstand, sein Herz, seine Seele, alles war randvoll. Kein Platz mehr für Gut oder Böse. Aber er zuckte schief mit den Achseln, um ihr zu verstehen zu geben, dass sie fortfahren durfte.

»Es geht um deine Großmutter.«

»Ich weiß, dass sie tot ist. Meine ... Ugly J. hat sie getötet.«

Falls Connie sein Stocken auffiel, ließ sie es sich nicht anmerken. »Ja. Okay, dann weißt du das also. Sie glauben, es war eine Überdosis Kalium.«

Das würde zu einer Lähmung der Herzmuskulatur führen, ähnlich wie bei der Giftspritze bei Hinrichtungen. Je nach dem Zeitpunkt der Untersuchung hätten die Ärzte es möglicherweise gar nicht erkannt – es würde nach einem Herzinfarkt ausgesehen haben. Jazz hoffte, es war schmerzlos.

»Sie haben versucht, sie zu retten. Sie haben alles versucht. Und sie konnten sie sogar für einige Minuten wiederbeleben. Aber sie war zu alt und zu schwach.«

»Ich verstehe.«

»In diesen wenigen Minuten hat sie etwas gesagt, Jazz.« Connies Unterlippe zitterte. »Willst du wissen, was es war?«

Wollte er es wissen? Die bessere Frage war: Sollte er?

»Sprich weiter.«

»Sie sagte: ›Er ist ein guter Junge.‹ Das war alles. ›Er ist ein guter Junge.‹«

Es kamen keine Tränen mehr, er hatte wohl keine mehr übrig. Abgesehen davon war Gramma an ihren besten Tagen nicht klar im Kopf gewesen. Warum sollte sie es auf ihrem Sterbebett gewesen sein? Sie konnte Jazz gemeint haben, sicher. Aber sie konnte genauso gut Billy gemeint haben, Grampa oder den Osterhasen.

Sie konnte Jazz gemeint haben.

Er drückte Connies Hand. »Danke, dass du es mir gesagt hast.«

Er wusste nicht, wie viel Zeit sie miteinander verbrachten. Es gab keine Uhr im Zimmer, und niemand zählte die Sekunden.

Sie verglichen Narben und Verbände, Medikamente und ärztliche Anweisungen. Sie sprachen darüber, wie viel sie in der Schule versäumt hatten und weiter versäumen würden. Sie lachten über Howies absurdes Verlangen nach Samantha, und dann lachten sie noch ein wenig heftiger bei der Vorstellung, es wäre tatsächlich etwas daraus geworden. Sie vermieden es, von der letzten Woche zu sprechen, und redeten stattdessen von ihrer gemeinsamen Vergangenheit und von der Zukunft.

Irgendwann musste es enden. Die Tür ging auf, und Connies Vater kam herein.

»Es ist Zeit, Kleines«, sagte er.

Connie packte Jazz' Hand noch kräftiger. »Noch nicht«, sagte sie und weigerte sich, ihn loszulassen.

»Es tut mir leid, aber jetzt, da er wach ist, muss ich mit meinem Klienten sprechen.«

Connie gab sich geschlagen, nickte traurig, beugte sich vor, so gut es ging, und küsste ihn noch einmal. »Bis bald«, flüsterte sie.

Jazz hätte ihr gern geglaubt, aber als sie aus dem Zimmer rollte, konnte er den Gedanken nicht abschütteln, dass sie vielleicht zum letzten Mal zusammen gewesen waren. Wenn die Strafjustiz nicht dafür sorgte, dann ihr Vater.

Mr. Hall wandte sich an den Deputy. »Sie ebenfalls. Das ist ein vertrauliches Gespräch zwischen Klient und Anwalt.«

Der Polizist ging.

Jazz fühlte sich weniger sicher, so ans Bett gefesselt und Mr. Halls Gnade ausgeliefert. »Ich bin ein wenig überrascht«, sagte er abwehrend. »Ich dachte, dass mich G. William bestimmt vor Ihnen besucht.«

»Du sprichst mit überhaupt niemandem von der Polizei. Du berufst dich auf deine Rechte nach dem Fünften Zusatzartikel. Der Deputy, den sie hier postiert haben, ist nur da, weil du dich in New York als so gefährlich herausgestellt hast. Ich habe mich mit Händen und Füßen dagegen gewehrt, und der Richter sagt, falls du den Mann irgendwie ansprichst, hat er strikten Befehl, einen Arzt zu rufen, der dich sediert, damit du dich nicht selbst belasten kannst.«

Mr. Hall zog sich einen Stuhl heran. »Ich möchte, dass du etwas verstehst«, begann er. »Ich habe mich in New York bereit erklärt, dein Anwalt zu sein. An irgendeinem Punkt wirst du einen Strafverteidiger brauchen. Es ist neun Jahre her, seit ich als Pflichtverteidiger gearbeitet habe, und das war in Georgia, nicht hier oder in New York. Du wirst jemanden brauchen, der dich in beiden Zuständigkeitsbereichen vertreten kann, und das werde nicht ich sein. So weit alles klar?«

Jazz nickte.

»Ich gehöre zu deinem Team, bis du mich nicht mehr haben willst, stell dir vor. Ich hätte mir niemals träumen lassen, dass ich dich einmal verteidigen würde. Aber hier bin ich nun. Und im Augenblick, Jasper, bin ich dein bester Freund.«

»Nein.« Jazz schüttelte heftig den Kopf, obwohl es schmerzte. »Howie ist mein bester Freund. Und wird es immer sein.«

»Howie hat keinen Juraabschluss und keine Tochter, die sagt: ›Daddy, bitte hilf ihm.‹« Mr. Hall holte sein Handy hervor und tippte darauf. »So. Ich habe in meiner Funktion als dein Anwalt mit Howie gesprochen, und er sagt, du hast ein Beweismittel gefunden. Etwas, das deine Eltern und andere belastet.«

Das Buch. Billys Buch.

»Ja.«

»Weißt du, wo es ist?«

»Ja, wir …«

Mr. Hall hob die Hand. »Sag es mir nicht. Ich will es nicht wissen. Du hast das Gesetz gebrochen, als du deinen Großvater ausgegraben hast, und theoretisch könnte es passieren, dass ich dem Gericht verraten muss, wo die Frucht dieses Verbrechens versteckt ist. Sag mir einfach nur, dass es gut aufgehoben ist.«

»Das ist es.«

»Gut.« Mr. Hall seufzte. »Du hast eine Menge Gesetze gebrochen, Jasper. Und nicht zum ersten Mal.«

Jazz wusste es. Er wusste nicht einmal mehr, wie viele, aber irgendwer hatte sie bestimmt aufgelistet. Es würden lange Tage vor Gericht werden.

»Aber«, fuhr Mr. Hall fort, »ein vernünftiger Anwalt wird eine Jury dazu bringen, deinen Taten deine Vergangenheit gegenüberzustellen und am Ende ein sehr mildes Urteil zu erreichen. Vielleicht wirst du unter diesen Umständen nicht einmal vor Gericht gestellt.«

Mehr konnte sich Jazz nicht erhoffen. Die richtige Jury – eine mit vielen Müttern – würde ihn milde behandeln.

»Aber mit diesen Beweisen, die du gefunden hast … Wenn sie so viel taugen wie Howie sagt, bin ich mir ziemlich sicher, wir können einen Deal machen, sodass eine Menge Anklagepunkte von vornherein fallen gelassen werden. Oder eine Art Strafaussetzung erreichen.«

Jazz brauchte einen Moment, bis er begriff. Er würde nicht gänzlich ungeschoren davonkommen, aber die Vorstellung, seine Freiheit zu behalten, war bereits mehr, als er sich erträumt hätte. »Im Ernst?«

»In New York hat die ganze Sache zu einem politischen Desaster geführt. Die Staatsanwaltschaft will den Hut-und-Hund-Fall schnell abschließen, für immer. Sie sind bereit, dir im Austausch für deine Aussage Straffreiheit für alle Vergehen im Vorfeld von Oliver Belsamos Tod zu gewähren.«

»Das kommt mir zu einfach vor«, sagte Jazz zweifelnd.

Mr. Hall lehnte sich zurück und verschränkte die Arme. »Es ist nicht einfach, und das weißt du. Was dich stört, ist etwas anderes.«

»Sie wissen nicht, was mich stört.«

»Ich weiß genau, was dich stört. Du fühlst dich schuldig. Schuldig für das, was du getan hast, und schuldig, weil du ungestraft davonkommst.«

Jazz wandte den Blick ab.

»Glaubst du, du hast eine Bestrafung verdient, Jasper? Ist es das?«

Glaubte er es? War es das? Er hatte Unrecht getan. Vieles davon im Dienst der guten Sache, aber spielte das eine Rolle? Er biss die Zähne zusammen, was an seinen Nähten zerrte und Schmerz verursachte.

Schmerz.

Ja, Schmerz bedeutete Leben, aber andersherum traf es nicht zu: Leben bedeutete nicht Schmerz.

»Also gut«, sagte er und sah Mr. Hall wieder an. »Dann machen wir es so, wie Sie es vorschlagen.« Er holte tief Luft. »Und ich schätze, jetzt kommt der Teil, wo Sie mir mitteilen, der Preis dafür, dass Sie mich rausboxen, ist, dass ich mich von Ihrer Tochter fernhalte.«

Mr. Hall sah ihn lange an. »Ich will ehrlich zu dir sein, Jasper. Ich weiß an diesem Punkt nicht, wie es weitergeht. Das ganze juristische Zeug ist beinahe einfach verglichen damit. Es gefällt mir nicht, dass meine Tochter mit jemandem wie dir zusammen ist, mit jemandem, der anscheinend magnetisch von Gefahr angezogen wird. Aber auch vorher hat es mir nicht gefallen, dass meine Tochter mit einem weißen Jungen zusammen war.«

»Ich weiß.«

Mr. Hall schien mit sich zu ringen, mit etwas Unerklärlichem, das Gewalt über ihn hatte und das er nicht in Worte fassen konnte. »Es sitzt tief in mir. Es spielt sich nicht in meinem Kopf ab, Jasper, sondern in meinen Eingeweiden. Es ist unsere Geschichte, die uns immer noch verfolgt, und es gefällt mir nicht.«

»Das kann ich respektieren.«

»Du kannst nicht wissen, wie es ist. Du weißt nicht, was es heißt, in diesem Land schwarz zu sein, deshalb kannst du es nie verstehen.«

Sie schwiegen. Worte gingen Jazz durch den Kopf, aber er konnte sie nicht zu etwas ordnen, was einen Sinn ergab.

Also fing er einfach an zu reden.

»Sie haben recht. Ich weiß nicht, wie es ist, schwarz zu sein. Und ich werde es nie wissen. Aber die Sache ist die: Wir sind alle verschieden, oder? Und natürlich gibt es gemeinsame Erfahrungen, aber jeder sieht die Welt zumindest ein klein wenig anders. Jeder filtert sie durch sein eigenes Leben. Sie kennen Ihre schwarze Erfahrung und Sie wissen sehr viel mehr, als ich je wissen werde, aber Sie können nicht die Erfahrungen aller Menschen kennen. Denn wenn Sie glauben, die Leute sind gleich, wenn Sie glauben, unsere Erfahrungen seien austauschbar, nun … dann würden Sie fast wie Billy denken. Wir sind alle Individuen. Menschen sind echt. Menschen zählen. Jeder von uns zählt, für das, was uns unterscheidet, genauso wie für das, was ähnlich ist.«

Mr. Hall brummte. Jazz wusste nicht, ob das, was er gesagt

hatte, einen Sinn ergab oder überhaupt relevant war, aber es ging ihm besser, weil er es gesagt hatte. Er durfte nicht durchs Leben gehen und Leute einstufen. Für ihn zumindest lag in dieser Richtung der Wahnsinn von Billy Dent.

»Ich habe mich mein Leben lang gefragt, was für uns als Volk, als Gesellschaft nötig sein würde, damit wir wahrhaft gleich werden«, sinnierte Mr. Hall. »Wie wir uns mit den Sünden der Vergangenheit aussöhnen können.«

»Ich glaube nicht, dass man das kann.«

»Genau.«

»Vergeben, vielleicht«, überlegte Jazz. »Vergessen, vielleicht.«

Wenn du jemanden vergisst, hatte Connie einmal zu ihm gesagt, *spielt es keine Rolle mehr, ob du ihm verzeihst.*

»Ich kann weder das eine noch das andere«, räumte Mr. Hall ein. »Aber eins weiß ich sicher. Sehr sicher. Ich sehe dich an, und ich sehe Connie an, und ich sehe, wie viel du ihr bedeutest, und jetzt sehe ich, wie viel sie dir bedeutet. Und ich denke, vielleicht habe ich es auf die falsche Weise betrachtet. Es geht nicht um uns als Volk. Oder als Gesellschaft. Es geht um uns als Individuen. *Ein* weißer Junge und *ein* schwarzes Mädchen. Und eines Tages verzeihen oder vergessen wir alle zusammen nicht, sondern wir bessern uns einfach ein wenig, ihr werdet ein bisschen toleranter, und ich bin vielleicht nicht mehr so wütend, und vielleicht denken wir alle nicht mehr so oft darüber nach. Klingt das einleuchtend?«

»Für mich ja. Andererseits bin ich mit zwei Irren aufgewachsen.«

»Du bist trotzdem richtig geworden, Jasper.«

Jasper biss die Zähne zusammen. Er wollte nicht, dass Mr. Hall seine Tränen sah, aber sie kamen trotzdem.

Von Mensch zu Mensch. So wie Bobby Joe Long, als er Lisa McVey gehen ließ.

Hall bemerkte höflicherweise nichts zu Jazz' Tränen. Er hielt ihm nur die Schachtel mit den Papiertüchern hin.

»Du hast vorhin gefragt, ob jetzt der Teil kommt, wo ich dir mitteile, dass du Connie nicht mehr sehen darfst. Nein, Jasper …« Er hielt inne und schüttelte den Kopf. »Das ist der Teil, wo ich dir mitteile, dass du mir sehr leidtust. Du tust mir so verdammt leid, mein Sohn.«

In Mr. Halls Stimme lag ein Ton, der Jazz zunächst fremd war. Schließlich wusste er, was es war.

Es war ein väterlicher Ton.

Zum ersten Mal seit langer Zeit beruhigte es ihn, und er merkte, wie er sanft in den Schlaf glitt.

»Ruh dich jetzt aus«, sagte Mr. Hall. »Alles wird gut werden. Du hast es verdient. Schlaf jetzt.«

60

Jazz schloss die Augen.

Epilog

Fünf Jahre später

Es war ein hässlicher Tag. Es war ein hässliches Zimmer.

Bis auf die Leiche.

Das Buch machte Jazz reich.

Krähen. Mein Leben im Innern der Serienmörderverschwörung von Jasper Dent – erzählt von Ricardo Sloan, Jazz' begeisterungsfähigem Ghostwriter – startete als Nummer eins auf der Sachbuch-Bestsellerliste der *New York Times* und blieb sechzehn Wochen dort. Erst nach acht Monaten fiel das Buch aus den ersten fünf und nach weiteren dreißig Monaten aus den Top Ten. Hin und wieder tauchte es danach ohne besonderen Grund erneut in der Bestsellerliste auf, blieb rund einen Monat und verschwand wieder. Bis die Taschenbuchausgabe herauskam, danach fing alles von vorn an. Auf dem überspannten Untertitel hatte der Verlag bestanden. Jazz hasste ihn.

Jazz ließ sich von dem Geld nicht verändern. Abgesehen davon, dass er Grammas Haus in Lobo's Nod renovierte, versuchte er, das Leben zu leben, nach dem er sich immer gesehnt hatte: ruhig und schlicht. Gelegentlich, wenn er in Laune war und der Fall besonders hartnäckig erschien, bot er dem FBI oder einer lokalen Polizeidienststelle seine Hilfe an. Immerhin waren noch eine Menge Krähen im Land unterwegs. Die Entschlüsselung von Billys »Journal« war eine schwierige Angelegenheit, für die Sprachexperten, Handschriftenanalytiker, Kryptografen und – wenn alles nichts mehr half – Jazz persönlich nötig waren.

Die Tätowierung auf seiner Brust, I HUNT KILLERS, lugte ihm weiter jedes Mal aus dem Spiegel entgegen, und manchmal stimmte sie noch.

Doch die meiste Zeit verbrachte er damit, die Renovierung des Hauses zu überwachen und an seinem Lieblingsprojekt zu arbeiten: einem Fonds für die Hinterbliebenen von Billy Dents und Ugly J.s Opfern. Er musste es inkognito betreiben. Er wollte nicht, dass die Leute dachten, er versuche, Vergebung oder Verständnis zu erkaufen.

Diese beiden Dinge sollten nicht zum Verkauf stehen, zu keinem Preis.

Howie, der inzwischen das College mit einem Diplom in Betriebswirtschaft abgeschlossen hatte, half Jazz, den Fonds aufzubauen. Sie verbrachten viel Zeit miteinander und brachen unvermeidlich regelmäßig in pubertäres Gelächter aus. Es war, als wären sie wieder Kids.

Nur Connie war nicht da.

Connie war in New York, wo sie neben dem Studium in einem gut aufgenommenen Off-Broadway-Stück spielte. Normalerweise musste sie an mehreren Abenden im Monat auf die Bühne, und die Rezensionen waren bisher gut gewesen. Jazz sprach fast täglich mit ihr. Er vermisste sie, sehnte sich nach seiner anderen Hälfte, aber er durfte ihr ihren Traum nicht nehmen. Liebe konnte Träumen Glanz verleihen, aber sie nicht ersetzen. Sie kam so oft sie konnte nach Lobo's Nod. Jazz besuchte New York dagegen eher selten. Die Stadt war für sie beide mit Erinnerungen belastet, aber nur Jazz konnte einen kleinen Menschenauflauf verursachen, wenn er sich irgendwo in den fünf Boroughs blicken ließ.

Er wusste, dass sie im Augenblick getrennte Wege gingen. Das war gut so. Connie hatte an seiner Seite zu viel gesehen und zu viel erlitten. Jetzt war sie endlich so weit, für sich allein zu sein. Ihre getrennten Wege würden sich wieder treffen und vereinen.

Er hätte sie natürlich manipulieren können. Beherrschen. Er hätte auf all die alten Tricks und Listen zurückgreifen können, die er so parat hatte wie die Hausschlüssel, die man auf dem Weg zur Tür fast unbewusst aus der Tasche zieht.

Er hatte die Schlüssel zu Connies Verstand, Herz und Seele. Sie rasselten jedes Mal in seiner Tasche, wenn er an sie dachte. Er hätte ihre Gefühle verwirren, sie dazu bringen können, dass sie auf geradem Weg zu ihm zurückkehrte und noch dachte, es sei alles ihre eigene Idee gewesen … Sie für immer nach Hause holen und ihre Träume vergessen lassen … Nichts wäre leichter gewesen.

Aber es war das, was ein Soziopath tun würde.

Und Jasper Francis Dent war kein Soziopath.

Tante Samantha war verschwunden. Es wäre nicht schwer gewesen, sie zu finden – unschuldige Menschen wissen nicht, wie man sich versteckt –, aber auch wenn sich Jazz nach seiner einzigen Angehörigen sehnte, brachte er es nicht über sich, sie gewaltsam in sein Leben zurückzuholen. Wenn es einen Dent geben konnte, der eine Existenz ohne den Makel von Butcher Billy und dem Krähenkönig führte, dann sollte es seine Tante sein. Sie hatte ihre Anonymität und ihre Privatsphäre verdient.

An den meisten Tagen, sofern ihn nicht absolut wichtige Gründe abhielten oder er verreist war, fuhr Jazz hinaus zum Kettle/Herrara-Pflegeheim, das etwa eine Dreiviertelstunde Fahrzeit von Lobo's Nod entfernt lag. Es war die beste und teuerste Langzeit-Pflegeeinrichtung im Bundesstaat, ein wie eine gotische Burg aussehendes Gebäude inmitten sanft gewellter Hügel mit Kirschbäumen und Eichen. Jazz bezahlte gutes Geld, um seine Mutter hier unterzubringen, an Maschinen angeschlossen, die für sie atmeten, sie ernährten und Medizin in sie pumpten.

Sie war am Leben, aber in einem »dauerhaft vegetativen Zustand«, wie es die Ärzte nannten. Ihr Gehirn war über einen zu langen Zeitraum ohne Sauerstoff gewesen.

Jazz war eine so regelmäßige Erscheinung in der Einrichtung, dass Dr. Indari, der für die Pflege seiner Mutter zuständige Arzt, scherzhaft vorschlug, ihm einen Mitarbeiterausweis zu besorgen.

Kettle/Herrara war teuer, aber nicht luxuriös. Der Raum, in dem seine Mutter lag, war hässlich, scheußlich grün gestrichene Wände, kühle Beleuchtung. Er stand vor seiner Mutter und sah ihr zu, wie sie den Schlaf der Hirntoten schlief. Er wusste, es gab keine Aktivität in ihrem Kopf – wenn er den Ärzten nicht geglaubt hätte, hätte es ihm das EEG neben ihrem Bett verraten –, aber er stellte sich gern vor, dass sie ihn irgendwo tief in ihrem Innern hören oder fühlen konnte.

»Hallo, Mom«, sagte er jedes Mal, wenn er sie besuchte. »Ich bin's, Jasper.«

Dr. Indari sagte, es sei sehr menschlich, mit jemandem zu sprechen, auch wenn man wusste, dass einen der Betreffende nicht hören konnte.

Die schöne Janice – Ugly J. – war nicht mehr schön. Ihre Haut war trocken und fahl, ihre Wangen eingefallen.

Als der einzige lebende Verwandte hatte Jazz die Vollmacht, die lebenserhaltenden Maßnahmen zu beenden. Wie ihm Indari regelmäßig in Erinnerung rief, konnte er jederzeit den Stecker ziehen lassen.

Eine Unterschrift von ihm, mehr war nicht nötig, um Ugly J. aus dieser Welt zu befördern.

Jeden Tag kam Jazz in die Pflegeeinrichtung und saß bei seiner Mutter. Jeden Tag lauschte er ihrem maschinenunterstützten Atem, sah, wie sich ihre Brust hob und senkte und ihre geschlossenen Augenlider aufgrund von Muskelkrämpfen zuckten. Die Anordnung, den Stecker zu ziehen, lag auf einem Klemmbrett neben ihrem Bett, ein Kugelschreiber lag obenauf.

Jeden Tag kam er hierher. Jeden Tag dachte er daran, was sie getan hatte.

»Ich könnte dich jederzeit töten«, flüsterte er ihr ins Ohr wie ein Liebhaber.

Jeden Tag entschied er: Nicht heute!

Danksagung

Ein letztes Mal …

Dank an Detective Paul Grudzinski vom NYPD und an Dr. Deborah Mogelof für Rat in Polizeiangelegenheiten beziehungsweise medizinischen Fragen. Wo alles stimmt, ist es ihr Verdienst, wo etwas falsch dargestellt wurde, ist es meine Schuld.

Ich möchte außerdem meiner Agentin Kathy Anderson und allen Leuten bei Anderson Literary Management danken, weil sie bei diesem wilden Ritt nicht lockergelassen haben.

Dankbarer als man sich vorstellen kann, bin ich allen Mitarbeitern von Little, Brown, die dieses verrückte Unterfangen unterstützt haben, vor allem, da sie ganz am Anfang nicht wussten, worauf es hinauslief; meiner Herausgeberin, Alvina Ling; ihrem Team: Bethany Strout, Nikki Garcia und Pam Gruber; meiner Lektorin Wendy Dopkin; den Mitarbeitern in Vertrieb, PR und Marketing; den Designern und der Herstellung, die diese Bücher so unheimlich und stark wie möglich aussehen ließen, und der Verlegerin Megan Tingley. Euch allen vielen Dank für eure Professionalität, eure Detailgenauigkeit und euren Glauben an mich.

Einen besonderen Dank an Eric Lyga und Morgan Baden für die Lektüre der frühen Entwürfe und an Libba Bray für »Zwei Autoren, eine Kugel«.

Und nicht zuletzt danke ich *Ihnen,* meinen Lesern.

blanvalet
DAS IST MEIN VERLAG

... auch im Internet!

twitter.com/BlanvaletVerlag

facebook.com/blanvalet